대전환

EVERSION

Copyright © 2022 by Alastair Reynolds
Korean Translation Copyright © 2025 by Prunsoop Publishing Co., Ltd.
Korean edition is published by arrangement with Orion Publishing Group
through Duran Kim Agency Co., Ltd.

이 책의 한국어판 저작권은 듀란킴 에이전시를 통한 Orion Publishing Group과의
독점계약으로 푸른숲에 있습니다. 저작권법에 의하여 한국 내에서 보호를 받는 저작물이므로
무단전재와 무단복제를 금합니다.

Eversion
Eversion
Eversion
Eversion
Eversion

대전환

✶

앨러스테어 레이놀즈 지음
이동윤 옮김

푸른숲

차례

*

대전환 009

해설 얼음과 해골의 퍼즐 심완선(SF평론가) 405

의사야, 네 자신이나 고쳐라.
누가복음 4장 23절

일러두기
본문 하단의 주는 모두 옮긴이의 주다.

1

발소리가 나를 악몽에서 구해냈다. 낡고 삐걱거리는 목재 바닥에 딱딱한 신발 밑창이 닿아 쿵쿵거리는 소리로 보아 누군가 서둘러 다가오는 것 같았다. 쓰고 있던 원고에 얼굴을 파묻고 책상에 앉아있던 나는 정신을 차렸다. 고개를 들고 끈끈해진 양 눈가를 꼬집듯이 눌렀다. 코안경은 책상 위에 떨어져 있었다. 책상 위로 고개를 푹 숙이고 있던 탓에, 코안경은 이마에 짓눌려 살짝 뒤틀린 채였다. 안경을 곧게 펴 도로 코에 얹고 코르크 마개가 달린 자기 물병에 담긴 물을 얼굴에 끼얹었다.

발소리가 뚝 그쳤다. 누군가 문을 두드리더니 곧바로 문이 살짝 열리는 소리가 들렸다.

"들어오게, 모틀락."

한창 일에 몰두하다 방해받은 듯한 인상을 풍기려고 애쓰며 몸을 돌렸다. 키가 크고 몸이 구부정한 하급선원이 고개와 어깨를 움츠리며 천장이 낮은 선실로 들어왔다.

"코드 박사님, 어떻게 저인 걸 아셨습니까?"

"자네 걸음걸이에는 특징이 있거든." 나는 사근사근 대답했다. "사람들은 저마다 걸을 때 습관이 있는데, 나는 자네 특징을 기억하고 있으니까. 우리가 조난당하지만 않는다면, 나는 조만간 이 배에 탄 모든 사람의 걸음걸이를 알게 될 것 같은데." 마지막으로 글을 적어 넣은 지 몇 시간은 족히 지나 잉크가 다 마른 상태였지만, 원고 위로 흡수지를 누르는 척했다. 그런 다음 가죽으로 장정이 된 표지를 덮다가 여전히 책상 위에 놓여있는 상자에 시선이 쏠렸다. 기계로 세공된 작은 코담배 상자였다. 뚜껑을 열고 내용물을 확인했다. 안에 담긴 것이 무엇인지 알아차리자 차가운 공포가 몸을 꿰뚫었다. "치료한 치아는 좀 어때?" 나는 지나치게 서두르는 기색을 보이며 물었다.

모틀락은 목에 맨 스카프를 아래로 내려 양쪽 턱을 어루만졌다. 아직도 살짝 부어있었지만, 나흘 전 농양을 처치했을 때보다는 염증이 한층 가라앉은 모습이었다.

"훨씬 나아졌습니다, 박사님. 정말 감사드립니다."

"고개를 돌려보게. 옆에서 좀 봐야겠어."

내가 시키는 대로 모틀락이 고개를 돌렸고, 나는 코담배 상자를 서랍에 안전하게 넣어둘 몇 초의 소중한 시간을 벌 수 있었다.

"그래." 나는 고개를 끄덕였다. "경과가 굉장히 좋군. 내가 준 물약을 계속 복용하도록 해. 하루하루 꾸준히 좋아질 거야." 안경 너머로 그를 바라봤다. "모틀락, 자네들은 언제나 환영이야. 그런데 치통 말고도 무슨 문제가 있나 본데?"

"대령님 때문입니다. 갑판에서 머리를 다쳐서 기절했어요. 지금은 정신이 돌아왔지만, 주먹을 휘두르고 몸을 꿈틀거리면서 자기 나라 말로 욕설을 퍼붓는데…."

"스페인어 같은데. 아니면 적어도 스페인 식민지 특유의 방언일 테지." 나는 모틀락이 코담배 상자가 갑자기 사라졌다는 사실을 전혀 알아차리지 못한 것 같다는 생각에 다소 마음이 놓였다. "부상 원인은 뭐지?"

"돛대에 매단 도르래가 떨어지는 바람에 머리를 호되게 부딪혔습니다. 바다에 대자로 뻗어버렸죠." 모틀락은 머리를 강하게 내리치는 동작을 취했다. "절벽에서 그 '균열'을 찾으며 진로를 변경하는 중이었습니다. 그러다 돛줄임줄 하나가 끊어졌는데, 대령님이 마침 딱 그 자리에 있었지 뭡니까. 피가 조금 났지만 머리가 푹 익은 것처럼 말랑말랑해지거나 하지는 않았어요. 일으켜 앉힌 다음 럼이나 한 모금 마시게 하면 괜찮아질 거라고 생각했는데요…."

그들은 글조차 간신히 읽을 수 있는 사람들이었으니, 하물며 제대로 된 진단을 내렸을 리가 만무했다. 나는 그들이 그 불쌍한 사람의 상처를 마구잡이로 다뤘으리라는 생각에 몸서리를 쳤다. "모틀락, 당장 그를 이리로 데려와."

"뭐가 문제인지 아십니까?"

"어림짐작은 할 수 없어. 하지만 뇌진탕을 일으켰다면 두개골절이 발생하지 않을 정도의 타격이었을지라도 뇌내 압력이 높아졌을지도 몰라." 책상 아래로 손을 뻗어 승선할 때 갖고 온 우아한 상자들 중 하나를 꺼냈다. "이제 서두르게, 모틀락!" 나는 기세 좋게 목소리를 높이며 말을 이었다. "그리고 머거트로이드 씨나 반 부흐트 선장님을 직접 뵙고 내 말 좀 전해주면 고맙겠군. 배가 앞으로 30분 정도 일정한 방향을 유지해 준다면 엄청나게 도움 될 거라고 말이야."

"탐색 작업이 늦어지면 대장님 기분이 상할지도 모릅니다, 박사님."

나는 우울하게 고개를 끄덕였다. "분명 그렇겠지. 하지만 내가 애를 쓰고 목숨을 구하려 하는 사람이 바로 자기 부하라는 사실을 알려주고 싶은데."

모틀락이 떠나자 그의 발소리도 저 멀리로 울려 퍼졌다. 나는 잠시 동안 자리에 앉아있다가 이내 정신을 가다듬었다. 예쁜 상자를 숨기더니 이윽고 다른 상자를 꺼내 든 아이러니를 되새겼다. 둘 다 정교하게 만들어진 물건이었다. 모두 각기 다른 방식으로 내 일에 필수적이었다. 숨긴 상자에는 꿈도 꾸지 않고 망각으로 무감각하게 빠져버리기 위해 흡입하는 아편가루가 들어있었다. 다른 상자에는 흠잡을 곳 하나 없이 제작된 프랑스제 천공(穿孔)기구가 들어있었다. 그 기구를 생명체에게 사용해야 했던 적은 한 번도 없었으나 나는 상황이 곧 바뀔 것이라는 두려움에 휩싸였다. 아니, 사실은 그러기를 바랐다고 해야 올바른 표현일 터였다.

"사일러스, 이 일에 준비가 됐어?" 나는 큰 소리로 자문했다. "이번 항해에서 처음으로 맞이한 진짜 시험, 아니 인생에서 처음으로 맞이한 진짜 시험을 치를 준비가 됐어?"

천공기구가 든 상자를 여는 동안, 머뭇거리며 애쓰는 내 모습에 의심의 시선을 보내는 대학 시험 채점관들을 떠올렸다. 엄격한 표정을 지은 검은 옷차림의 남자들, 런던식 예의범절을 갖춘 사람들, 힘든 항해와 피비린내 나는 업무의 달인들. 그들에게 절단과 톱질은 숨 쉬는 일만큼 손쉬웠고, 비명은 그저 직업 환경에서 유래한 독특한 음악일 뿐이었다. 나는 무슨 오만함으로 내가 그들 대열에 합류할 수 있을 것이라고 생각했을까? 나는 영국 웨스트컨트리 출신의 아무 연줄도 없는 자, 플리머스에서 태어난 가난한 의사(하지만 내 말에 귀 기울이는 사람들에게 거듭 말하듯이, 내 가문의 뿌리는 콘월이다), 나이는 44세(따라서 첫 항해에 나서는 의사들의 평균 나이를 훌쩍 넘긴 상태다), 네덜란드인 선장이 지휘하는 5등급 슬루프에 소속된 한낱 보조외과의(하지만 전공을 막론하고 유일한 의사다)일 뿐이었다. 선장은 친절한 사람이었다. 하지만 그의 배는 낡았고, 선원들은 지쳐있었다. 게다가 보급품은 거의 바닥났고, 우리가 맺은 계약조건은 극도로 의심스러웠다.

정녕 내가 이런 길을 가려고 했을까?

천공기구의 반짝거리는 부품들은 보라색 펠트가 움푹 들어간 곳에 잠들어 있었다. 기구의 금속부에는 문양이 새겨져 있었고, 핸들은 흑단으로 제작됐다. 이렇게 아름다운 예술품이 그토록 잔혹한 목적으로 쓰이다니. 드릴 역할을 하는 부품에 손을 뻗자 손가락이 떨려오기 시작했다.

나는 갑작스레 고개 든 부끄러움을 억누르며 코담배 상자를 다시 꺼냈다. 서둘러 아편을 조금 집어 들어 신경을 진정시키고 악몽의 마지막 흔적들을 지우려 했다. 이제는 지극히 익숙해진 이 습관은 노르웨이 해안을 따라 모험이 북쪽으로 향할수록 점점 심해졌다. 베르겐을 떠난 후 상황은 여러 가지로 악화됐고 악몽은 더욱 잦아졌다. 그 영향에서 벗어나기 위해 점점 더 아편에 의존했지만 반대로 효과는 계속해서 떨어질 뿐이었다.

악몽은 데메테르호에 승선하기 전 겪었던 그 어떤 것과도 달랐다. 꿈속에서 나는 후드나 마스크, 혹은 헬멧으로 보이는 것을 쓴 채 희미한 빛만이 어른거리는 석재 터널을 비틀거리며 걸어갔다. 그곳에서 나는 이미 죽었다는 끔찍한 암시에 사로잡혀 있었다. 내가 텅 빈 눈구멍과 히죽거리는 턱뼈를 가진, 그저 어기적거리는 시체일 뿐이라는 암시였다. 이런 극심한 고통의 근원이 무엇인지는 알아낼 수 없었다. 그저 오랜 시간 선실에 틀어박혀 책과 물약, 수술 도구만을 벗 삼아 지내면서, 정신이 병약해진 채로 산 자와 죽은 자를 가르는 희미한 경계에 사로혔던 탓이라고 추측할 수밖에 없었다.

나는 우리의 원정이 실패하리라는, 좀 더 정확히 말하면 우리가 원정을 포기하리라는 희망을 품고 있었다. 우리는 끝없이 이어진 노르웨이의 음울한 해안선을 샅샅이 뒤지며 어떤 존재를 발견하려고 애쓰고 있었다. 그것이 실존한다고 진정으로 믿는 사람은 단 한 명뿐이었고, 그는 우리 중 가장 냉철하다거나 신뢰할 만하다고 할 수는 없는 사람이었다. 날씨는 훨씬 추워졌고, 바다는 더욱 거칠어졌으며, 유빙은 계속 늘어났다. 보급품의 비축량은 한층 줄어들었고, 배는 점점 더 낡아갔으며, 사기는 점차 떨어졌다. 여기에 우울한 표정의 네덜란드인 선장은 이제 우리의 성공 가능성에 노골적으로 회의감을 드러내기 시작했다. 이런 상황이 계속된다면, 어쩌면 귀향을 결정하게 돼 나는 구원받을지도 몰랐다. 이것이 비겁한 희망이라는 사실은 잘 알고 있었다. 하지만 바다 생활의 온갖 일반적인 어려움은 말할 것도 없고, 그에 더해 동시에 밀려드는 뱃멀미와 이질의 고통에 시달리다 보니, 내 말에 귀를 기울이는 사람들에게 기꺼이 내 비겁함을 선언할 작정이었다.

부상당한 대령이 내 방으로 내려올 때가 돼서야 코담배 상자를 다시 숨겨뒀다. 그리고 몇 분 남짓한 시간 동안 수술대로 쓸 테이블 위를 비우기 위해 책, 학술지, 원고 뭉치를 치우고 다른 수술 도구와 약품을 손이 바로 닿는 곳에 뒀다. 하급선원들이 라모스 대령을 선실에 강제로 데리고 들어왔다. 그가 상당히 흥분한 상태이기도 했거니와, 정신이 혼란스러운 와중에도 일행 중 가장 덩치가 크고 힘이 셌기 때문이다. 그를 테이블 위에 올려놓는 데 네 사람의 힘이 필요했다. 그가 근육질의 장어처럼 거세게 몸을 뒤흔들고 비틀어 하급선원들은 그를 제지하느라 악전고투해야 했다.

"발작을 일으켰을 때 무장하고 있지 않았나 보지?" 나는 모틀락에게 물었다. 그는 네 명의 보조자 중 한 명이었고, 내가 유일하게 이름을 아는 하급선원이었다.

"그 점은 운이 좋았습니다, 박사님. 대령님은 언제나 자기 화승총을 닦고 있었으니까요. 당시에도 한 손에는 총을, 다른 한 손에는 청소용 막대를 들고 있었는데 도르래에 맞는 바람에 그만 떨어뜨리고 말았죠. 총이 바닷물에 휩쓸려 뱃전 밖으로 떨어지기 전에 머거트로이드 1등항해사님이 얼른 붙잡았습니다. 만약 그러지 않으셨더라면 대령님은 여전히 총을 들고 있었을 테니, 지금쯤 박사님께서는 우리 중 한 명의 몸에서 총알을 뽑아내고 계셨을 겁니다."

"그렇다면 불행 중 다행이군."

부상 부위가 뒤통수였기 때문에 하급선원들에게 그의 얼굴을 아래로 둔 채 단단히 붙잡으라고 지시했다. 그가 이미 피를 대량으로 흘린 상태여서 가능한 한 조심스럽고 철저하게 환부를 닦아냈다. 심각한 골절이 발생하지 않았다는 확신이 충분히 들기 전까지는 그의 두개골을 압박하지 않으려 주의했다. 라모스는 정수리뿐만 아니라 바위처럼 뭉툭한 머리 전체에 모발이 거의 남아있지 않아서 검사하기 한층 수월했다. 머리카락 일부는 여전히 자라고 있었지만, 그는 자신의 총기처럼 애지중지 관리하는 턱수염과 콧수염을 제외하고는 매일 아침마다 모두 깨끗이 밀어버리고는 했다.

"심각해 보이지는 않는데요." 모틀락이 끼어들었다.

"두개골에 구멍이 나지도 않았고, 다른 골절상도 찾을 수가 없군. 우리 대령님은 뼈대가 참 튼튼하단 말이지. 하지만 충격으로 뇌가 흔들렸어. 지금 고통스러워하는 건 그것 때문이야. 피나 뇌척수액이 고여서 뇌압이 상승한 것으로 보이니 천공술로 압력을 낮춰야 해."

모틀락의 시선이 굉장히 아름다운 프랑스제 기구로 옮겨 갔다. 그 기구는 뚜껑이 열린 상자 안에 자리 잡고 있었다.

"저 개구리 같은 물건으로 대령님 머리에 구멍을 내실 겁니까?"

"그를 살릴 수 있는 유일한 방법이야." 나는 대령을 데리고 온 네 명의 남자들을 바라봤다. "대령님이 좀 불편해할 가능성이 높으니 자네들이 대비해야 해. 하지만 이 수술은 확실히 효과가 있을 거야. 서둘러 진행한다면 말이지." 코끝에 내려앉은 코안경을 습관처럼 다시 위로 밀어 올렸다. 양 소매를 걷어붙인 후 천공기구를 붙잡고 수술을 집도하기에 가장 편안하고 안정적인 자세를 잡았다.

그때 토폴스키 대장과 코실 부인이 아무런 예고도 없이 선실 안으로 불쑥 들어왔다. 먼저 들어온 이는 마치 검정색 구름 같았고, 뒤쪽은 마치 노란색 허깨비 같았다. 나는 준비하는 와중에 흐트러진 머리카락 사이로 눈을 가늘게 떠 두 사람을 흘끗 바라봤다.

"이게 뭔가?" 토폴스키가 물었다. 갑판에서 풍파에 시달린 듯 그의 두꺼운 옷이 젖어있었다.

"응급수술 상황입니다, 토폴스키 대장님."

"박사님께서 대령님 머리에 구멍을 뚫고 계십니다." 모틀락이 설명하는 모습에서 마치 보조의사로 승진이라도 한 듯한 열의가 한껏 묻어났다. "대령님 머리가 숨을 쉴 수 없어서 생각이 압박을 받는다고 하던데요."

"그보다 더 훌륭한 요약은 없어 보이네요." 코실 부인이 양손을 뾰족한 탑처럼 맞댄 채 말했다. "모틀락 씨는 곧 이 주제로 권위 있는 논문이라도 집필할 것 같은데요?"

모틀락이 미심쩍은 눈으로 나를 바라봤다. "박사님, 이 젊은 숙녀분께서 또 비꼬시는 건가요?"

나는 이 하급선원을 동정하듯 고개를 끄덕였다. 그는 라모스를 붙잡고 움직이지 못하게 하느라 안간힘을 쓰는 중이었다. "신경 쓰지 말게, 모틀락. 지금 잘하고 있으니까."

"이렇게 할 필요가 있을까?" 토폴스키는 테이블을 향해 다가오며 물었다. "대령은 저런 부류가 흔히 그렇듯 활기 넘치고 건장한 남자라고. 그냥 좀 쉬기만 해도 충분할 거야. 브랜디 통처럼 구멍을 뚫을 필요까지는 없어." 그의 말투가 날카로워졌다. "아직 저 친구가 필요해!"

"그가 계속해서 우리를 위해 일할 수 있도록 하려고 이러는 겁니다."

라모스는 테이블 위에 엎드린 채 뭐라고 중얼거렸다. 내 귀에는 마치 '트레세', 즉 스페인어로 '13'을 말하는 것처럼 들렸다. 그는 본토에서 태어난 스페인 사람이 아니라, 스페인의 식민지 출신 시민이었다. 호칭에서도 알 수 있듯 한때 군인이었고, 이제는 군대나 국왕에게 충성을 바치는 대신 토폴스키 같은 사람들에게 고용돼 군사적인 임무를 수행했다. 나는 라모스에 대해 아는 것이 거의 없었다. 잠시도 입을 다물지 못하는 고용주와는 정반대로 과묵한 사람이었기 때문이다. 하지만 우리는 이따금 대화를 나누고는 했다. 그런 일은 보통 근무 교대가 마무리된 후 조용해진 순간, 한쪽이 갑판에서 깊은 생각에 잠긴 채 바다를 바라보는 다른 한쪽을 마주쳤을 때 일어나고는 했다.

그는 정치적인, 또는 종교적인 문제로(본질적으로는 같은 일이었을 테지만) 어쩔 수 없이 아메리카 대륙을 떠나야 했다. 나는 거의 침묵에 가까운 교감을 나누는 과정에서, 그가 어쩌다 드문드문 털어놓은 아주 작은 조각들을 이어 붙여 그 사정을 조금은 이해할 수 있었다. 라모스는 아버지에게서 등을 돌리고 이달고 신부*가 이끄는 독립운동을 점점 지지하게 됐다.

"나보다 훨씬 훌륭한 사람들이 종교재판에 처했지." 라모스가 이런 이야기를 털어놓은 적이 있었다. "하지만 내게는 떠날 수단이 있었어. 그들은 그러지 못했지만. 그렇다고 내가 용감했다는 뜻은 아니야. 그저 약삭빨랐을 뿐이지."

이처럼 조심스럽게 이야기를 털어놓던 거인은(라모스는 자신의 덩치와 완력을 크리올 혈통의 어머니에게 물려받았다고 말했다) 이제 내 방 테이블에 엎드려 입에 거품을 문 채 낑낑거리고 있었다. 그가 얼굴을 바닥으로 돌리고 있어서 다행이었다. 천공기구로 수술을 시작하면서 그의 눈을 똑바로 바라볼 자신이 없었기 때문이다.

"트레세." 라모스가 중얼거렸다. 그러더니 잠시 입을 다물었다가 뒤이어 이렇게 말했다. "신코."

나는 손잡이를 일정한 속도로 천천히 돌리며 기구에 확실하면서도 꾸준한 압력을 가했다. 세 갈래로 갈라진 뾰족한 끝은 이미 뼛속을 파고들어 동전 정도 크기의 홈을 내고 있었다. 작업을 지켜보던 모틀락은 끝내 고개를 돌리고 말았다. 다른 세 하급선원은 단 한 번조차 쳐다볼 엄두도 내지 못하는 것 같았다. 나는 이런 일로 그들을 비난하지 않았다. 일상적인 선원 생활에서 천공술을 접할 일은 거의 없는 법이니까.

- 미겔 이달고 이 코스티야. 멕시코의 신부로 19세기 초 멕시코 독립운동의 초기 지도자로 활동하다 스페인에 체포되어 총살당했다.

"전문용어에 대해서 질문해도 될까요?"

흐른 땀이 진작부터 시야를 방해하고 있었다. 베르겐을 출발한 이후로 내 선실이 못 견딜 정도로 춥게 느껴지지 않은 적은 이번이 처음이었다. 작업을 중단하며 머리카락을 쓸어 올리고 안경을 고쳐 썼다.

"얼마든지요, 코실 부인."

"*라 비힐리아…*." 라모스는 점점 더 불안해하는 듯한 말투로 중얼거렸다. "*라 비힐리아! 라 비힐리아… 데…*."

"지금 당신이 하고 있는 수술에 관한 거예요." 코실은 여전히 손을 뾰족한 모양으로 맞댄 채, 말하는 사이사이 손가락 끝으로 입술을 두드렸다. 그녀의 입술은 완벽했다. 토머스 게인즈버러**의 붓조차 그 완벽함을 표현할 수 없을 터였다. "'천공술^{trephination}'과 '개두술^{trepanation}'이라는 용어를 접했는데요. 두 용어의 형태가 어원학적으로 관련이 있다고 생각하나요?"

나는 구멍 뚫는 작업을 재개했다. "그 점에 대해 생각을 많이 했다고 할 수는 없겠군요."

"그래도… 관련이 있다고 추정하나요?"

"글쎄요, 그럴 수도 있겠군요."

구멍 뚫는 자리에 시선을 고정했음에도 내 대답에 신이 난 듯한 코실 부인의 반응은 여전히 감지할 수 있었다. 그녀는 앞으로 껑충 뛰어나와 기쁜 듯이 손뼉을 치며 모자에 꽂힌 깃털을 쾌활하게 튕겨 올렸다. 그

•• 18세기 후반 영국을 대표하는 화가로 후대 풍경화에 큰 영향을 끼쳤다.

러다가 다시 이전의 손 모양으로 되돌아갔다.

"그렇다면 잘못 추측한 거예요, 코드 박사님! 두 용어는 어원학적으로 확실히 다르거든요. 이 점을 모르다니 놀라운데요."

나는 작업을 계속 이어나갔다. "우리를 깨우쳐주시죠, 부인."

라모스가 입을 열었다. "트레세… 신코. 트레세… 신코! 라 비힐리아 데 피에드라! 라 비힐리아!"

"'개두술^{trepanation}'은 'trepanon'에서 유래한 말인데, 거슬러 올라가다 보면 결국 그리스어 'trepanon', 그러니까 '구멍을 뚫는 도구'라는 뜻이 나와요. 하지만 '천공술^{trephination}'이나 '관상톱^{trephine}'은 라틴어에서, 그러니까 구체적으로 말하면 'tre fines', 즉 '세 갈래의 뾰족한 끝'이라는 뜻의 단어에서 유래했어요. 후자가 파브리치우스 아브 아콰펜덴테[•]에 의해 처음 만들어졌는지, 그게 아니면 한 세기 후에 존 우돌[••]에 의해 만들어졌는지는 아직 결론이 나지 않은 문제랍니다."

나는 작업을 하던 중에 시선을 들어 고개를 끄덕였다. "감사합니다, 부인. 우리 모두 극도의 깨달음을 얻었다고 확신합니다."

"깨달음 따위는 집어치우고." 토폴스키가 구멍을 내는 곳 지척까지 다가와 입을 열었다. 이 러시아인은 건장하고 배가 툭 튀어나온 40대 남자로, 넙데데하고 순진무구한 얼굴에 곱슬거리는 턱수염과 구레나룻, 앞머리가 빽빽하게 자라나 있었다. 반짝거리고 익살스러우며 탐구적인 두

- [•] 16세기 이탈리아의 외과의사 겸 해부학자로, 근대 발생학의 기초를 세운 인물로 평가받는다.
- [••] 17세기 영국의 군의관이자 화학자로, 선상에서 발생할 수 있는 다양한 질병과 그 치료법에 대한 저서를 남겼다.

눈은 쾌활함을 암시하는 것 같았지만 안타깝게도 그에게서 그런 성정은 찾아볼 수 없었다. "살아날 것 같아? 우리는 이 덩치가 필요해, 코드! 이 친구 없이는 원정을 계속 이어나갈 수 없다고! 가방끈도 짧고 예의범절도 유럽보다는 식민지 쪽에 확실히 더 가까운 것 같기는 해도 우리 중에서 대령만큼 화약을 잘 다룰 수 있는 사람이 또 누가 있어?"

"전적으로 동의합니다." 내가 대답했다. "그리고 말씀하신 대로 그를 소중히 여기신다면 수술 부위에 침을 튀기는 행위는 삼가 주시면 좋겠군요."

토폴스키가 러시아어로 내게 욕을 퍼부었다. 그의 입술은 엄청나게 부풀어 오른 수염 속에 숨겨져 있었고, 그 수염은 라모스의 것만큼이나 풍성하고 넉넉하며 깔끔하게 손질돼 있었다. 윤이 나는 머리카락에서는 희미하게 향유 냄새가 풍겼다. 그는 평소의 평정심을 일부 되찾자 말을 이었다. "자네 평판은 만족스럽더군, 코드. 그러니 지금 이 순간 자네의 평판이 가장 혹독한 시험에 놓이지 않았으면 좋겠는데."

"대장님, 제 경험상 심각한 사고가 일정에 맞춰 편리하게 일어나는 경우는 거의 없습니다." 갑자기 천공기구가 마지막으로 남은 얇은 뼈 조직을 통과하면서 기구에 가해지는 압력이 줄어들었다. 머릿속에 어떤 광경이 하나 떠올랐다. 드릴 끝이 얼음층의 밑바닥을 뚫고 그 아래의 어두컴컴한 물속으로 들어가는 모습이었다. 얼음은 뼈, 물은 경막과 뇌였다. "다 뚫었습니다. 대장님, 좀 도와주시겠습니까? 설탕 스푼 같은 작은 도구 보이십니까? 뼛조각을 들어 올려야 합니다. 시간이 좀 더 있었더라면 뼈 형성술에 쓸 덮개를 만들어보려고 했을지도 모르지만…." 나는 더 이상의 해설은 집어치우고 천공기구를 치운 후 토폴스키가 건네준 도구를 주먹으로 꽉 움켜쥐었다. 엄청난 안도감과 함께 동전 크기의 뼛조각이 기꺼이 딸려 올라왔고, 그와 함께 심각한 경막외혈종에서 비롯한 진득하고 끈적거리는 피가 배출됐다.

"꼭 라즈베리 잼 같은데요, 박사님!" 모틀락이 흥분해서 소리쳤다.

나는 그를 향해 미소 지었다. "하지만 맛은 별로 없을 거야. 자네 모친께서 만든 특별히 맛있는 버터 바른 빵에 곁들여 먹어도 말이지." 나는 잠시 동안 라모스를 살펴보다가 그의 고통이 한층 누그러졌으리라고 확신했다. "효과가 있을 겁니다." 딱 잘라 말했다. "어쨌든 내가 할 수 있는 일은 여기까지. 경막 아래까지 뚫어버렸다면 그는 죽었을 겁니다. 의학적으로 할 수 있는 일은 다 했습니다, 여러분. 이제 그의 운명은 라모스와 그의 신 둘이서 결정할 일이죠."

"그의 신이라니." 토폴스키가 경멸하듯 중얼거렸다. "그렇게 천한 신을 상상할 수 있겠나? 절반은 가톨릭의 악몽으로, 나머지 절반은 자기 어미에게 물려받은 잉카의 야만성으로 이뤄진 신이라니." 그가 웃음을 터뜨리자 눈과 입 주변에 주름이 졌다. 그가 이미 했거나 막 하려고 하는 말에 만족했을 때 나타나는 모습이었다. "감히 말하지만, 그런 신은 없는 게 더 낫다고 단언할 수 있어!"

쏟아져 나오던 피가 상당히 줄어들었다. 두개골 내에서 출혈이 계속되고 있을 것 같지는 않았지만, 그의 생존을 확신할 수 있을 때까지 몇 시간 혹은 며칠이 걸릴 터였다. 라모스가 완전히 회복되리라는 사실을 알게 될 때까지는 그보다 훨씬 오래 걸릴 터였다. 나는 그렇게 낙관적이지 못했다. 이전까지 건강상 별 문제가 없던 사람들에게 뇌진탕과 기타 뇌질환이 남기는 지속적인 후유증에 대해 책으로 공부한 적도 있고 실제 사례를 본 적도 있기 때문이었다. 오늘 일로 머리에 흉터 정도만 남는다면 그는 운이 굉장히 좋은 셈이었다.

"이 뼛조각을 다시 대령님 머리에 붙이실 건가요?"

"아니. 그러면 감염만 유발할 뿐이야. 구멍은 가능한 한 작게 냈어. 뇌압이 내려갔다는 사실을 확인하면 실로 상처를 봉합할 거야." 그 순간 내 반복되는 꿈에 등장하는 달갑지 않은 모습들이 떠올랐다. 석재 터널, 내가 뒤집어쓴 후드, 속이 텅 빈 해골로 축소돼 버린 내 얼굴. 나는 시큼한 뒷맛을 느낀 사람처럼 움찔하고 말았다. "대령님은 뒤통수에 급소를 달고 살아가야 하겠지만, 그래도 오늘 같은 일을 겪고도 살아남은 것에 운이 좋다고 여길 거야."

"노력이 가상하군요." 코실 부인이 말했다. 그녀는 온통 노란색 옷차림에, 대부분 노란색 깃털로 이뤄진 짧은 챙 모자까지 쓰고 있었다. "어쨌든 우리나라 지방 의대도 나름 쓸모가 있나 보네요."

"플리머스에 계신 제 스승님들께 부인의 평을 반드시 전달해 드리도록 하겠습니다. 또 어류학, 아니 어원학 수업에 대해서도 감사드립니다. 이보다 더 시의적절할 수 없군요. 제가 제대로 이해한 걸까요? 저는 가끔씩 무엇이 단어에 관련된 것이고 무엇이 물고기에 관련된 것인지 헷갈리고는 하니까요."

그녀는 하대하는 듯한 미소를 지으며 말했다. "이번만큼은 제대로 이해한 것 같네요."

"조금만 쉬면 멀끔하게 회복될 것 같은데 말이지." 토폴스키가 투덜거리며 이제는 한층 흔들림이 잦아든 테이블을 바라봤다.

라모스는 여전히 무엇인가 중얼거리고 있었다. 이제 그의 말은 졸린 듯한 말투로 흘러나오고 있어서 내면의 혼란은 전혀 전달되지 않았다.

"트레세… 신코… 라 비힐리아 데 피에드라."

"이렇게 조치하지 않았다면 그는 한 시간 내로 사망했을 겁니다, 대장님. 이제 그는 싸울 기회를 얻었습니다."

"좋아. 지옥의 톱질이 다 끝났다면 이제 선장에게 북쪽으로 항해를 재개하자고 말해도 되겠지?"

"탐험의 우선순위에 간섭하고 싶은 생각은 추호도 없습니다. 하지만 감히 여쭤보겠습니다. 유빙들 사이로 정확히 얼마나 더 깊이 들어가야 사냥감을 포기하실 생각입니까?"

"물약 같은 것에나 신경 써, 박사. 발견에 대한 문제는 상상력이 풍부한 우리들에게 맡겨두고."

"기꺼이 그렇게 하겠습니다."

토폴스키 대장과 코실 부인이 선실 밖으로 나갔다. 나는 하급선원들에게 지금까지 큰 도움이 됐으니 이제 맡은 일을 하러 가도 좋다고 말했다. 데메테르호는 분명히 방향을 이리저리 틀며 지그재그로 북쪽을 향한 항해를 재개할 터였다. 따라서 배가 순조롭게 나아가려면 그들이 갑판에 나가 돛줄임줄과 돛이 조화롭게 춤추도록 보조해야 했다.

모틀락은 다른 세 명이 밖으로 나간 다음에도 여전히 안에 머물렀다. "저는 지금 비번입니다. 그러니 대령님 곁에 앉아서 지켜볼 사람이 필요하시다면 제가 기꺼이 하겠습니다."

"그렇게 해준다면 정말 고맙겠군."

그의 시선은 아직 테이블 위에 묶인 채 이제는 평화를 되찾은 거인에게 쏠려있었다.

"저분은 조용하고 항상 깊은 생각에 잠겨있는 것 같지 않습니까? 처음에는 우리 선원들 사이에서 고고한 척을 한다는 말이 좀 돌았거든요. 자기가 다른 사람들보다 더 잘났다고 생각하는 것 같다면서요. 어쩌면 정말 그럴지도 모르죠. 그래도 토폴스키 대장님이 데려온 사람 중에서는 저분이 가장 마음에 듭니다."

"우리 의견이 서로 크게 다르지 않은 것 같군."

모틀락이 반쯤 미소를 지어 보였다. "박사님께서도 제 말에 동의하시지만 대놓고 인정하실 수는 없다는 뜻인가요?"

나는 천공기구를 부품별로 닦고 정리하면서 내 대답을 곱씹어 봤다. "코실 부인이라면 이번만큼은 제대로 이해한 것 같다고 말하겠지. 자, 이제 대령님을 돌아 눕히는 일을 도와주겠나? 똑바로 누우면 좀 더 편안해할 것 같은데."

모틀락은 나를 도와준 다음 마룻바닥 위로 내 방 의자를 끌고 와 내가 권하기도 전에 지친 몸을 털썩 기대앉았다. 그는 나만큼의 연배에 신장도 비슷했다. 기본적인 면에서 유사한 점은 그 정도였다. 모틀락은 요크셔 출신의 덩치 큰 빨강 머리 사내였고, 나는 콘월 지방에 있는 광산 지역 태생의 경주용 개처럼 깡마른 사람이었다. 소년 시절부터 배를 탄 모틀락은 전투, 선상 반란, 태형, 난파, 그리고 두 번의 괴혈병을 겪고도 살아남았지만, 나는 배에 탄 이후로 그저 지독한 뱃멀미와 재앙이 임박했다는 끊임없는 공포에 지긋지긋하게 시달릴 뿐이었다. 배가 삐걱거리는 소리 하나하나가 선체가 뱃머리부터 고물까지 통째로 쪼개질 것이라는 신호로 들렸다. 나는 바다 생활에 맞는 사람이 아니었고, 모든 사람이 그 사실을 어느 정도 알고 있었다. 하지만 그들 중 오직 모틀락만이 내가 실패했다는 이유로 나를 재단하지 않는 것 같았다.

"박사님, 그 대단하신 숙녀분 말인데요. 그분에 대해 주제넘게 말할 생각은 없지만 좀 짜증 나는 분 아닌가요?"

"짜증 난다고?"

"험한 말은 죄송합니다."

"괜찮아. 사실만 놓고 보면 자네가 내린 평가에서 잘못된 점을 찾을 수 없으니까."

모틀락은 의자에 앉은 채 긴장을 풀었다. "그분은 왜 박사님께 매번 그런 식으로 구는 걸까요?"

"그냥 그런 사람이기 때문이 아닐까. 내 생각에 그녀는 주변에 자신보다 열등한 존재밖에 없다는 생각을 내내 하면서 자랐던 것 같아. 요람에서 대학까지 거쳐오면서 그 잘나신 견해가 점점 더 강해졌을 게 분명해. 그 견해를 바로잡아야 할 사소한 계기조차 없었을 거야. 심지어 진실이 한 톨 정도는 있을지도 몰라. 그녀가 지적이고 교육을 잘 받았다는 점에는 의심의 여지가 없으니까."

"저는 학교에 다닌 적이 없습니다."

"그렇다면 내 견해가 증명된 셈이군. 자네는 학교에 다닌 적 없이 바다 생활을 통해 변변치 않은 지식 정도만 익혔을 뿐이지만, 코실 부인보다 훨씬 더 지내기 좋은 동료라는 사실을 스스로 증명했으니까. 그래, 자네는 눈이 그렇게 예쁘지도 않고 티끌 하나 없는 외모를 가진 것도 아니고 사람 미치게 할 정도로 구는 것도…." 나는 당황해서 얼굴이 빨개지기 전에 생각의 흐름을 억눌렀다. "하지만 우리는 그런 것들을 이해하고 넘어가야겠지. 토폴스키 대장이 원정대 동료들을 직접 골랐으니, 우리는 서로의 가치를 이해하려고 노력해야 할 거야."

모틀락은 의자에 등을 기대고 앉아 선반에 손을 뻗었다. 내가 테이블에서 치워버린 원고 뭉치를 집어 들고 페이지를 들추기 시작했다.

"승선하시기 전부터 그녀를 알고 계셨습니까?"

"그녀가 매번 지적하려고 애쓰는 것처럼, 나는 웨스트컨트리 출신의 시골 의사고 코실 부인은 다양한 분야의 런던 학계에서 활동하는 사람이야. 험프리 데이비* 같은 과학자들은 물론 조지 바이런 같은 문인들과도 잘 지낸다는 이야기를 들었지. 굳이 말하자면 우리 영역은 그리 크게 교차하지 않아."

"처음에는 학계, 다음에는 영역이라니. 참 어려운 말씀만 하시네요, 박사님!" 그는 목덜미로 손을 가져가 거칠어진 붉은 피부를 긁었다. "그냥 그분이 어째서 매번 박사님을 긁어대는지 이해가 안 갈 뿐입니다. 전생에 그분을 화나게 하신 것 같잖아요!"

"나도 조금도 모르겠네, 모틀락." 나는 힘없이 말했다. "코실 부인은 다른 사람의 영혼을 가끔 개선시켜 주는 걸 자신의 수익사업으로 여길 뿐이라고 생각할 수밖에 없군. 유감스럽게도 나는 이 탐험 기간 동안 그 의심할 바 없는 이타주의의 표적이 돼버린 거야. 대단하신 어원학자님 이야기는 이제 그만하지." 나는 그가 계속 내 원고 뭉치를 훑어보는 모습을 노려봤다. "내가 좀 도와줄까? 아니면 혼자서 내 글을 파헤치는 게 더 좋겠나?"

• 19세기 영국의 화학자로, 영국 왕립학회장을 역임했다.

"아니, 괜찮습니다. 그냥 다른 사람들보다 먼저 보고 싶었거든요."

내 실수였다. 모틀락이 치아 농양 문제로 내게 왔을 때, 나는 그가 내 원고의 진행 상황에 이런저런 질문을 던지도록 내버려뒀다. 심지어 시간이 지나면서, 서사를 풀어나갈 때의 한두 가지 문제점에 대해 그의 의견을 살펴보려고 다음 몇 개의 장을 훑어보게까지 해줬다. 이는 치료 과정에서 그의 신경을 다른 곳으로 돌리기 위한 나만의 방식이었다. 하지만 모틀락은 솔직하게 타인을 믿는 사람이어서 내 원고를 자신의 것으로 취급할 수 있는 자격이 주어졌다고 즉각적으로 받아들이고 말았다.

"원고에 대한 의견 교환은 이제 그만하는 게 좋을지도 모르겠어."

모틀락이 고개를 들어 나를 바라봤다. 사형 집행 영장을 읽은 사람처럼 충격에 빠진 모습이었다. "그럴 수 없습니다, 박사님! 그렇게 되면 선상 반란이… 아니 데메테르호 같은 사략선이라 해도 배 위에서는 그런 말을 쉽게 올리면 안 되지만… 다른 하급선원 녀석들이 다음 이야기를 듣지 못한다면 폭발하고 말 겁니다!"

"그러면 '소란'이라는 표현을 쓰면 되겠군. 하지만 다른 하급선원들은 그 이야기를 알 리가 없을 텐데. 그 계급에 속한 인원 중 선장실에서 식사를 한 사람은 자네뿐이야."

모틀락은 붓기가 줄어들고 있는 농양 치료 부위를 긁적거렸다. "그게 그렇지 않습니다. 언짢게 생각하지 않으셨으면 좋겠는데, 제가 그 내용을 좀, 그러니까 적어도 기억하는 만큼은 외우고 있었습니다. 그래서 아래로 내려갔을 때 그 이야기를 다시 말해줬습니다." 그는 교장에게 불려 간 여느 아이처럼 안절부절못하며 의자에 앉은 채 꼼지락거렸다. "무슨 나쁜 의도가 있었던 게 아니라, 저 아래쪽에는 읽지도 쓰지도 못하는 녀석들 천지라 이야기 같은 것에 사족을 못 씁니다.《걸리버 여행기》이야기를 해준 적도 있는데 박사님의 소설 내용이 더 재밌다고 하더라고요. 그래서 계속 이야기를 해줬습니다."

"알겠네." 나는 이렇게 대답한 다음 몇 초간 입을 다물었는데, 모틀락의 불편함을 즐기려는 못된 이유 때문만은 아니었다. "그 친구들이 이야기에 관심을 보였다고?"

"아, 그렇습니다." 모틀락은 열정적으로 몸을 앞으로 기울이며 대답했다. "특히 증기를 동력으로 삼는 배 있지 않습니까!"

"증기 추진 선박은 현재의 발전 수준에서 논리적으로 이어지는 다음 단계일 뿐이야."

"그리고 그 사람들의 항해 목표는 무엇인지… 녀석들에게 말해주지 않으면 안 됩니다, 박사님!"

"그 질문이 내 머릿속에서 완전히 해결됐으면 좋겠는데, 모틀락. 유감스럽게도 그렇지 않아. 선장님께서 낭독할 때 내가 그보다 한두 장 이상 더 써둔 경우는 극히 드물어." 나는 그가 들고 있는 종이 뭉치를 가리켰다. "그게 어려운 문제지. 우리 사이에서 하는 이야기지만, 나는 이야기 방향에 대해 갈팡질팡하고 있어."

모틀락은 원고의 처음 부분으로 되돌아갔다. 그의 손가락이 페이지의 가장 첫 줄을 따라 움직였다.

"감시…." 그는 잠시 말을 멈췄다가 이내 이렇게 말했다. "선?"

"'석'이라고 읽어야 해." 내가 정정해 줬다. "〈감시석〉. 마침내 제목을 그렇게 정했어."

모틀락은 계속 읽어나갔다. "〈감시석〉, 또는 〈얼음 속의 구조물〉. 사일러스 코드 박사가 쓴 모험담." 그는 감탄하듯 고개를 끄덕였다. "멋진 제목 같은데요."

우리 옆에 있던 라모스가 중얼거렸다. "라 비힐리아 데 피에드라."

"대령님도 좋다고 하는데요!" 모틀락이 웃음을 터뜨리며 말했다. "박사님께서 대령님 머리에 구멍을 뚫고 계실 때 대령님이 무슨 말을 하는지 궁금했습니다. 그냥 박사님 책 제목을 스페인어로 말한 것 아닙니까?"

나는 희미한 불안감을 느끼며 고개를 끄덕였다. "자네는 언어 감각이 참 좋군."

"바다 생활을 하다 보면 그렇게 됩니다. 이 세상의 모든 나라 말을 다 들은 것 같다니까요. 그중에 절반 정도는 욕설도 거하게 할 수 있을 정도입니다." 그는 원고 뭉치를 그러모아 도로 선반에 올려놨다. "뭐, 필요하시다면 대령님을 지켜보겠다고 말씀드렸던 겁니다. 정말입니다. 아직 읽어주시지 않은 부분은 엿보지 않겠다고 약속드리겠습니다." 그리고 진지하게 이렇게 덧붙였다. "하지만 계속 써주셔야 합니다. 최소한 그 녀석들을 위해서라도 말입니다. 만약 제가 그 빌어먹을 《걸리버 여행기》 이야기를 다시 꺼내면 놈들은 제 내장을 꺼내 교수대에 매달아 놓을 겁니다. 《로빈슨 크루소》 이야기는 하지도 마시죠."

"그렇다면… 힘껏 노력해 보도록 하지." 나는 속으로 미소를 지었다. 저 아래쪽 선실에 있는 선원들의 취향이 확실히 좀 거칠기는 해도, 그들이 내가 휘갈겨 쓴 소설을 스위프트나 디포의 작품들보다 더 좋아한다는 사실에 아예 우쭐해지지 않는 것은 아니었기 때문이다. "그래도 나는 의료 행위의 의무를 항상 우선해야 한다는 점을 이해해야 해."

모틀락은 애정이 담긴 눈으로 라모스를 바라봤다. 그는 이제 조용히 누워있었다. "우리 배는 운이 좋습니다. 반 부흐트 선장님께서 그렇게 말씀하셨죠. 대령님이 사고를 당해서 안타깝지만, 이 일은 우리가 겪은 유일한 불운이 될 겁니다. 제 말 기억해 두세요."

"모틀락, 자네는 똑똑한 사람이지만 개탄스러울 정도로 미신에 사로잡혀 있군."

"바다에서 지내다 보면 그렇게 되는 것 같습니다." 그는 당당한 태도로 대답했다. "박사님께서도 아시게 될 겁니다. 바다 위에서 충분히 오래 버티신다면요."

나는 이렇게 대꾸했다. "내 항해 경력이 그렇게 오래갈 것 같지는 않은데."

2

나는 모틀락이 계속해서 환자를 지켜볼 것이라는 사실에 만족하며, 흉포하게 몰아치는 바람과 파도에 맞서기 위해 갑판용 작업복을 꺼내 가능한 한 여러 겹 겹쳐 입었다. 코트 단추를 채우는 중에 선실 창문 밖으로 번개가 번쩍거렸다. 천둥소리가 들이닥치기를 기다렸지만 배에서 나는 소음 탓인지 들리지 않았다.

"항상 번개가 친다니까." 나는 혼잣말로 중얼거렸다. 마치 그 말에 어떤 깊은 진실이 묻혀있는 것처럼.

우리가 북쪽으로 정확히 어느 정도까지 진입했는지는 내 직업적 관심사도, 사적인 흥밋거리도 아니었다. 내가 마지막으로 기억하는 정확한 기준 지점은 보급품을 보충하기 위해 정박했던 베르겐이었다. 그 후로 노르웨이 해안을 따라 열흘 넘게 북쪽으로 계속해서 항해하는 중이었다. 속도로 따지면 24시간에 60~100킬로미터를 이동하는 정도였다. 하지만 항해 경로가 직선이었던 경우는 거의 없었다. 북극권에서 맞바람이 불어왔기 때문에 반 부흐트 선장은 지그재그로 가는 힘든 경로를 설정해야 했다.

처음 스무 번 정도는 배가 방향을 바꾸는 것과 좌우로 기우는 것을 알아차릴 수 있었다. 그럴 때면 언제나 돛의 방향을 새로 잡기 위해 소란스러운 고함과 발소리가 내 선실 위로 울려 퍼졌기 때문이다. 하지만 해상 생활을 하다 보면 결국에는 이런 소란 역시 규칙적으로 겪는 일상처럼 의식하며 눈여겨보지 않는 일이 돼버린다. 내가 발을 헛디디거나 양초가 내 책상 위로 쓰러질 때만 빼면.

사다리를(정식 명칭은 '선내 계단'이지만 아무리 봐도 사다리였다) 타고 '주 갑판' 혹은 '선미 갑판'으로 부르는 곳에 올라가기 시작했다. 그러자 우리가 실제로 베르겐에서 멀리, 거의 600~800킬로미터 정도 떨어져 있다는 사실이 지극히 명확해졌다. 한 걸음씩 올라갈 때마다 살을 에는 듯한 바람이 비인간적인 악의를 점점 더 거세게 품고 들이닥치더니, 결국에는 그 맹렬한 힘 전체가 내 온몸을 계속해서 두드렸다.

갑판 바닥은 얼음으로 뒤덮여 있었다. 조타륜은 사다리가 있는 자리 기준으로 선미 쪽에 좀 더 치우친 곳에 있었다. 나는 선미 갑판을 따라 이동하면서 내 몸을 미끄러뜨리려 애쓰는 바람에 내내 저항해야 했다. 하지만 시간이 지나니 나이 든 뱃사람들의 안정적인 팔자걸음을 흉내 낼 수 있게 됐다. 이 특유의 자세는 흔들리고 미끄러운 갑판 위를 지나가는 데 도움이 됐을 뿐만 아니라, 내가 굉장히 취약하다는 사실이 애저녁에 입증된 뱃멀미를 완화하는 데 효과가 있었다. 선원들은 자신을 치료하는 선의가 하고많은 질병 중에서 하필이면 시간 외에는 별다른 약이 없는 병으로 고생한다는 사실을 재밌게 여기고는 했다.

나는 바람이 휘몰아치는 선미 갑판을 따라 걸음을 옮겼다. 그러다가 조타륜 옆에 모여있는 세 남자를 발견했다. 그중 한 명은 선장이었고, 다른 한 명은 토폴스키였다. 그 정도 체격을 갖춘 사람은 그 외에는 없었으니까. 하지만 세 번째 사람은 쉽게 알아볼 수 없었다. 코실 부인이거나 상급선원 중 한 명일 가능성은 낮아 보였다. 그렇다면 라모스를 제외하고 토폴스키가 데려온 원정대 중에서 남은 두 명 중 하나일 터였다. 뒤팽 씨와 브루커 씨. 둘 다 체격이 비슷해서 누구인지 알아보기 어려웠다. 나는 조심스럽게 계속 전진하면서 돛과 돛을 조종하는 장치, 그리고 그 너머로 보이는 천체의 심연으로 시선을 옮겼다. 밤 열 시가 된 하늘은 맑고 고요하고 투명했다. 북극성이 우리 머리 위로 높게 솟아있었고, 보름달은 배를 희미하게 빛나는 유령처럼 파란 환영으로 변모시켰다. 화로와 랜턴, 손으로 움켜쥔 채 입 가까이 가져간 담배 파이프에서 피어오르는 주황색 얼룩 같은 불빛을 제외하면 온통 유령 같은 모습이었다.

좌현 밖으로 그 속을 가늠할 수 없을 정도로 어두운 바닷물이 거품을 일으키며 새까만 수평선까지 이어졌다. 우현, 그러니까 동쪽 방향으로는 험준하고 척박한 해안 절벽이 바다를 마주한 채 흐릿하게 이어졌고, 넘실거리는 파도가 그 윤곽을 강조했다. 우리는 그 절벽으로부터 1.5킬로미터 정도 떨어져 있었다. 베르겐을 출발한 이후, 배가 비록 지그재그 형태의 경로를 택했을지라도 전체적으로는 이 절벽을 따라 항해하고 있었다.

때로는 작은 만이나 섬이 등장해 지루함을 깨뜨리고는 했지만, 전체적인 인상은 따분한 반복의 연속이었다. 마치 끝없이 펼쳐지는 두루마리 벽지처럼 같은 무늬가 어지러울 만큼 규칙적으로 반복되는 느낌이었다. 나는 아무리 예민한 항해사라 한들 우리의 현 위치를 어떻게 확신할 수 있을지 의문이 들었다. 반 부흐트는 베르겐을 출발한 이후 내게 지도를 보여주고는 했다. 처음에는 지도 위 해안의 사소한 지점에 이르기까지 일일이 이름을 붙여 표기해 뒀지만, 위도가 상승함에 따라 세세하게 표기된 부분이 계속해서 줄어들기 시작했다. 그는 며칠 전부터 섬과 만에 대한 기록을 중단한 채, 대신 천체관측과 자신이 챙겨 온 경도 측정용 크로노미터, 항해표에 의존하기 시작했다. 거친 바다 위에서 종종 구름이 끼는 하늘을 바라보며 그런 작업을 수행하는 것은 말처럼 쉬운 일이 아니었다.

세 사람과 손쉽게 이야기를 주고받을 수 있는 거리까지 다가가고 나서야 세 번째 남자가 뒤팽이라는 사실을 알아차렸다. 반 부흐트는 두 손으로 조타륜을 잡고 있었고, 토폴스키는 그 옆에 서있었다. 비바람에 풍화된 선장의 얼굴은 그가 문 파이프 담배의 미약한 불빛에 물들어 있었다. 만약 렘브란트가 그를 모델 삼아 그림을 그렸다면, 분명 그는 믿을 수 없을 정도로 엄청나게 나이를 먹은 성경 속 금욕적인 부족장처럼 묘사됐을 것이다. 선장의 나이는 50세 정도였지만, 바다 위에서 생활하는 사람들이 으레 그렇듯이 그보다 더 나이 들어 보였다. 턱수염과 눈에 띄게 돌출된 콧수염을 길렀는데, 그 콧수염은 오래 써서 든든한 느낌을 주는 빗자루 솔처럼 뻣뻣하게 굳어있었다.

"코드 박사, 라모스 대령은 좀 어떤가? 토폴스키 대장님 말씀으로는 그의 머리에 구멍을 뚫었다던데."

선장의 영어는 나무랄 데가 없었지만, 아직도 's'를 부드럽게 발음하는 버릇이 있어 'z'처럼 들리고는 했다.

"간단한 천공술이었고 원하는 결과가 나오기를 바라고 있습니다."

"이 친구는 자기가 돈을 받는 이유를 증명하고 싶어 안달이 난 사람처럼 달려들더군요." 토폴스키는 선장에게 불평했다.

"의사의 훌륭한 판단을 믿어야 하지 않겠습니까?"

"기꺼이 그렇게 하겠습니다. 나머지 사람들의 머리에도 구멍을 뚫겠다고 우기지 않는다면 말이죠."

토폴스키는 선장보다 키가 훨씬 작았지만 덩치는 더 컸다. 우리가 알게 된 지 얼마 지나지 않아 나는 그가 선내 계단을 오르내리면서 얼마나 쉽게 숨 가빠하는지 알아차렸는데, 그러자 그는 이렇게 호언장담했다. "나는 코사크 레슬링 선수의 체질을 타고났지." 물론 그 가상의 레슬링 선수가 성대한 잔치와 영웅적인 수준의 게으름에 족히 1년은 빠져있었다고 가정해야 그나마 말이 될 터였다. 어쩌면 토폴스키가 정말로 코사크인의 피가 흐를지도 몰랐다. 하지만 그는 허세와 말 돌리기의 달인이었기 때문에 나는 그의 주장을 어느 것 하나 입증된 사실로 받아들이지 않았다. 또한 그는 영어와 프랑스어에 능통했다. 런던과 파리에 거주한 적이 있다는 사실은 분명했다. 러시아어는 욕설을 퍼부을 때만 사용할 뿐이었지만, 그럼에도 자신이 러시아 황실과 연줄이 있다는 이야기를 종종 흘리고는 했다. "아, 그래, 캐서린(예카테리나 2세)이 자기 입으로 이렇게 털어놓은 적이 있었는데…"라거나 "피터(표토르 3세)가 예르미타시 박물관의 개인용 별관에서 보여준 정말 아름다운 예술품이 떠오르는데…" 같은 식이었다. 하지만 그에 대해 좀 더 자세한 이야기를 끄집어내려고 하면, 예를 들어 그가 마지막으로 러시아에 갔던 시기나 어째서 러시아가 아닌 곳에서 입신양명을 노리는지 물어보기라도 하면 그는 빠르고 능숙하게 회피하고는 했다.

    내가 확신할 수 있는 것은, 그가 이 탐험의 예산을 감당할 수 있을 정도로 부유하지만 자금을 후하게 댈 정도로 돈이 많거나 인심이 넉넉한 사람은 아니라는 것 정도였다. 이 배는 분류상 5등급 슬루프인데, 반 부흐트와 토폴스키의 상호 합의에 따라 굉장히 적은 수의 선원이 배를 운용했기 때문에 그들은 지속적으로 과로에 노출될 위험에 처해있었다. 그리고 싸구려 염장 고기를 보급하고 중고 돛을 구입하며 내 의료 도구에까지 간섭하는 등 온갖 쩨쩨한 방식으로 예산을 절감했다. 나 역시 비용 절감을 위한 수단 중 하나였다. 별다른 명성도 없는 데다가 고용조건에 목소리를 높이기도 어려운 처지였기 때문이다. 다시 말해 나는 염장 고기와 마찬가지로 빈약한 보급품이었다.

"북쪽으로 항해를 재개했습니까?" 내가 물었다.

반 부호트는 뻣뻣한 콧수염 양 끝이 올라갈 정도로 미소를 지었다. "이러다 코드 박사는 항해사가 되겠군."

"제 관찰력이야 자부하지만 우리의 오른쪽, 아니 우현이라고 해야겠군요. 그쪽이 노르웨이라는 사실은 굳이 배울 필요도 없는 사실이니까요." 나는 조타륜 옆에 선 사람을 향해 고갯짓을 하며 말했다. "뒤팽 씨가 목표물을 확인했습니까, 대장님?"

"아직 아닙니다." 뒤팽이 대답했다.

그는 나를 바라보지도, 시선의 방향을 바꾸지도 않았다. 앙증스러울 정도로 조그만 망원경을 한쪽 눈에 대고 있었기 때문이다. 망원경의 방향은 우리의 전방에서 약간 우측으로 치우친, 데메테르호에서 1.5킬로미터 정도 떨어진 절벽의 윤곽선에 고정된 채였다.

레이몽 뒤팽은 굉장히 젊은 청년이었다. 아마 풋내기 하급선원들을 제외하면 우리 중 가장 어린 축에 들 터였다. 스무 살쯤 됐으리라 짐작했지만, 겉모습만 보면 성실하고 살짝 침울한 학생 같다는 인상 외에는 별다른 특징이 느껴지지 않았다. 그가 날씨에 대비해서 눌러쓴 모직 모자 아래로 엄청나게 풍성한 노란색 머리카락이 솟아올라 있었다. 얼굴은 길고 선이 날카로웠으며, 턱은 부싯돌을 쪼갤 수 있을 정도로 강인해 보였고, 광대뼈는 면도날처럼 날카로웠다. 그는 아직 완성되지 않은 스케치 속 인물처럼 빛과 그림자만으로 이뤄진 것 같았다. 입가와 턱선 어디에도 수염의 흔적이 전혀 보이지 않았다. 움푹 패고 간격이 좁은 두 눈은 우리가 현재 항해하는 바닷물처럼 차가운 회녹색을 띠고 있었다.

그는 원정대의 민간 지도제작자 겸 항법 전반에 대한 책임자 역할로 토폴스키에게 고용돼 배에 올랐다. 물론 반 부흐트 역시 지도 제작 및 항법에 필요한 지식을 갖췄고, 데메테르호에도 이미 관련 도구들이 갖춰져 있었다. 하지만 그 정도 자원으로는 원정대의 요구를 충족하기에 명백히 부족하다고 여겨졌기 때문에, 뒤팽은 직접 망원경, 육분의, 시계 같은 것들을 갖고 승선했다. 모두 흠잡을 데 없는 품질의 장비였다(적어도 이 부분에 대해서는 비용을 아끼지 않았다). 또한 지도, 해도, 항해 연감을 담은 커다란 트렁크도 몇 개 갖고 왔다. 그는 이 물건들을 왕실 보석처럼 애지중지 다뤘고, 다른 사람(특히 원정대의 정식 동료들)이 건드리거나 심지어 조금만 가까이 다가가 살펴보려는 기색만 보여도 잔뜩 경계하며 꼭 끌어안고는 했다. 이 훌륭한 장비(그중 일부는 분명히 원정대의 일원인 브루커가 들여온 것이었다)들이 부드러운 안감이 깔린 상자에서 나오고 들어가기를 반복하는 모습을 보면 꼭 아기 예수를 말구유에서 조심스럽게 들어 올렸다가 다시 눕히는 것 같았다.

그 점에 있어서 나는 그를 전혀 탓할 수 없었다. 나 역시 내 교정 도구나 의료용 나이프, 골절단기 같은 것들을 그 이상으로 애지중지했으니까. 우리는 전문 기술 직군에 속하는 사람들이었고, 그만큼 각자가 사용하는 도구의 가치를 잘 알았다. 내 도구가 인간의 살을 가르고 봉합하는 데 쓰인다면, 그의 도구는 거리와 시간을 자르고 묶는 데 쓰였다.

"정확히⋯." 나는 입을 열었다. "그러니까 우리는 정확히 무엇을 찾고 있는 겁니까?"

"균열이라니까!" 토폴스키는 짜증을 숨기지 않으며 말을 이었다. "코드, 그토록 여러 번이나 저녁에 모여 이야기를 주고받았는데 우리가 나눈 대화를 제대로 이해하지 못한 건가?"

"저는 제 임무에만 신경이 쏠려있었습니다, 대장님."

"우리가 걱정거리를 더 던져주지 않더라도 박사는 신경 쓸 일이 충분할 겁니다." 반 부흐트가 말했다.

"맞습니다. 공상소설이나 쓰는 데 정신이 팔려있으니 이만저만 신경이 쓰이는 게 아닐 겁니다."

반 부흐트는 놀랄 정도로 불쾌한 표정을 지으며 상대를 바라봤다. "그런 뜻으로 한 말이 아닙니다. 코드 박사는 거의 나지도 않는 여가 시간에만 글을 쓰고 있지 않습니까? 그리고 선원들은 그 소설로 기분 전환을 하며 당면한 문제들로부터 잠시 해방되는 기분을 느낀다고 알고 있습니다. 심지어 코실 부인까지 즐겁게 여기는 것 같더군요."

"그렇군요." 그 불쾌한 언어학자가 근처에 없었기 때문에 나는 이렇게 대답했다. "사냥개가 여우에게 느끼는 것과 같은 즐거움일 겁니다."

"평가가 너무 가혹한가?" 토폴스키가 물었다. "어쨌든 자네 임무는 글쓰기가 아닌 것 같은데."

"꼭 하나만 해야 하는 건 아닐 텐데." 반 부흐트가 혼잣말을 했다.

토폴스키는 내가 쓴 소설을 달가워하지 않았는데, 그 까닭은 코실 부인의 이유에 비하면 훨씬 투명한 편이었다. 우리가 처음 출항했을 때만 해도 토폴스키가 저녁 식사 자리의 주도권을 온전히 틀어쥐고 있었다. 그는 열변을 토하고 싶은 이야기가 굉장히 많았고, 비록 회의적이기는 해도 한동안 귀를 기울여 주는 청중들을 잠깐이라도 얻을 수 있었다.

그가 나를 좋아했던 까닭이 있다면 일장 연설을 늘어놓는 일에 위협적인 존재가 아니었기 때문이다. 그의 눈이 반짝거렸고, 셰리 와인은 넘쳐 흘렀으며, 시가의 길이가 줄어들었고, 거짓말처럼 과장된 무용담은 점점 더 부풀었다. 하지만 바람이 우리를 좀 더 먼 곳으로 실어다 줄수록, 과시하듯 유명 인사의 이름을 들먹이는 그의 행위에서 광택이 바래기 시작했다. 그의 이야기는 늘 한결같았고 예측이 가능할 정도로 뻔했다. 진작에 몇 번이고 들어본 듯한 기분이 들었다. 토폴스키 대장이 몸을 뒤로 젖히며 "결국 당연히 내 말이 옳다는 게 입증됐군"이라거나 "당연한 말이지만 그들이 내 말을 들었더라면 그런 일은 일어나지 않았을 거야" 같은 말을 하면서 마무리됐기 때문이다. 그는 다양한 변주를 거쳤지만 결국 거기서 거기였다.

그러던 어느 날, 자리가 소강상태에 접어들자 나는 사람들(머거트로이드를 비롯한 몇 명이 그 소설의 존재를 알고 있었다)의 성화에 못 이겨 내 소설을 큰 소리로 낭독했다. 저녁 식사 자리에서 토폴스키가 독차지했던 관심이 내게 쏠려버리고 말았다. 그럴 의도는 전혀 없었지만, 이제 나는 부주의하게 건방을 떤 대가를 매일같이 톡톡히 누리고 있었다. 감히 저녁 식사 자리에서 대장보다 더 인기 있는 연사가 되다니!

"대장님, 제가 더 이상 소설을 쓰지 않는다고 말씀드리면 좀 진정이 되시겠습니까? 모틀락은 계속 써달라고 할 테지만…."

"그 촌뜨기 녀석은 두뇌가 폐 같은 것과 똑같은 줄 아나 보지." 그는 손가락으로 콧잔등을 두드리며 내게 어떤 촌철살인의 충고를 던져야 할지 고심했다. "코드, 내가 자네였다면 그 녀석의 의견은 별로 신경 쓰지 않았을 거야. 그 친구는 제대로 배우지도 못했고, 하물며 안목도 없는 놈

아닌가? 친구를 좀 더 신중하게 고르는 게 좋을 거야."

"명심하겠습니다, 대장님."

"게다가 자네가 지어내는 공상 이야기는 이미 우리의 순진한 믿음을 지나치게 시험했어. 증기로 가는 배, 재장전 없이 다섯 번 연속 발사할 수 있는 총, 빛만 쬐면 스스로 나타나는 그림이라니!" 그는 지도제작자에게 말을 걸었다. "다음에는 뭐가 나올 것 같나, 뒤팽? 사람이 하늘을 날기라도 할까? 달에 소풍이라도 가게 되는 걸까?"

뒤팽은 관심 없다는 의미로 툴툴거렸다. 그는 여전히 절벽을 샅샅이 살펴보며 대략 3킬로미터 전방의 느리게 움직이는 지점을 향해 망원경을 기울이고 있었다.

"현재 위치에 대해 의견을 나눠봅시다." 반 부흐트 선장이 말했다. 그는 한 손을 여전히 조타륜에 얹은 채 다른 한 손으로 담배 파이프를 들고 조타륜 옆에 놓인 경사진 테이블을 쿡쿡 찔렀다. 그 위에는 지도가 놓여있었다.

독서대처럼 생긴 그 테이블은 즉석에서 만들어졌는데, 상판에 유리판이 덮여있어 펼쳐놓은 지도를 눌러두거나 비바람으로부터 보호할 수 있었다. 테이블 위에 매달린 랜턴이 바람과 배의 움직임에 따라 요동쳤다.

"우리가 지금 어디에 있다고 생각하십니까?" 내가 물었다.

반 부흐트는 파이프로 유리를 두드렸다. 결과적으로 유리 바로 아래 놓인 지도의 어느 지점을 가리키는 행위였다.

"우리는 이제 막 북위 68도를 통과했으니, 현재 위치는 대략 이쯤이 분명해. 그런데 뒤팽 씨 주장에 따르면 우리가 아직 앞서 말한 위도선보다 약간 남쪽, 그러니까 북위 67도 5분은 넘지 못했다고 하는데."

"67도 22분입니다." 뒤팽이 기계적으로 말했다.

"어느 쪽이든 제 의견을 내고 싶지만 안타깝군요." 내가 말했다. "제가 아는 건 날씨가 춥고 태양의 기울기가 하루하루 낮아지는 듯하다는 것뿐입니다. 하지만 매해 겨울이면 으레 그러지 않습니까?"

"문제가 있습니다." 토폴스키가 입을 열었다. "결정을 내려야 하는 모든 문제의 지휘권이 우리의 훌륭하신 선장님께 있다는 점에는 동의합니다. 그 점에 대해서는 완전히, 지극히 완전히 논쟁의 여지가 없지 않습니까? 하지만 문제가…."

"무슨 문제입니까?" 내가 끼어들었다. "선장님께서 68도를 우리 북쪽 진행의 절대적인 한계 지점으로 여기신다면, 그건 선장님의 결정입니다."

"하지만 문제가…." 토폴스키가 항변했다. "정말 심각한 문제는, 우리는 현재 위치에 대해 합의를 이루지 못했기 때문에 선장님의 절대적인 권위에 의존하는 호사를 누릴 수 없다는 점이야. 우리 위치가 정말로 북위 68도라는 사실이 아직 확정되지 않았으니 선장님이 결정을 내려야 하는 상황은 아직 오지 않았어. 그 결정이 무엇이든 간에 말이지."

"뒤팽 씨를 폄하하는 건 아니지만, 반 부흐트 선장님과 유능한 항해사들의 측정 결과를 좀 더 우선시해야 하지 않을까요? 선장님께서는 본인의 배와 장비를 잘 알고 계실 테니까요. 이 바다를 잘 알고 계시지 않습니까?"

"나는 이 해안 부근에서 항해해 본 적이 있습니다." 반 부흐트 선장이 말했다. 그리고 그는 부연 설명을 하지 않고 넘어가기에는 너무 겸손한 사람이었다. "하지만 지금처럼 이 절벽에 가까이 다가갔던 적은 한 번도 없었습니다."

"뒤팽은 자신의 측정 결과를 꽤 확신하고 있습니다." 토폴스키가 말했다. "그렇지 않나, 뒤팽?"

뒤팽은 들고 있던 망원경을 잠시 아래로 내렸다. 추운 날씨에도 불구하고 이마에서 시작된 한 줄기 땀방울이 날카롭고 긴 광대뼈를 따라 흘러내렸다. "충분히 확신합니다."

"이런 상황이라면…." 내가 조심스럽게 입을 열었다. "신중의 원칙을 고수하는 편이 현명할지도 모릅니다. 우리에게는 두 가지 측량 결과가 있는데 어느 한쪽에 더 신뢰가 간다고 말하기는 어렵습니다. 선장님께서는 본인의 도구와 그 사용 방식을 잘 알고 계시고, 또 뒤팽 씨의 능력이 열등하다고 하기도 어렵습니다."

반 부흐트는 담배 파이프를 거칠게 물고 두 손으로 조타륜을 조절했다. 그의 의도가 방향타에 전달됨에 따라 갑판 아래 어디선가 밧줄과 목재가 삐걱거리는 소리가 들렸다. 그는 간결하게 몇 마디 명령을 내렸다. 그에 따라 선원들이 바람과 얼음, 그 아래에서 휘몰아치는 물을 전혀 두려워하지 않고 돛줄임줄을 다루며 돛을 움직였다.

반 부흐트가 한쪽 입만 움직여 말하자 담배 파이프가 그가 하는 말에 따라 흔들거렸다. "양쪽 위치의 중간 지점에서 합의를 보자는 뜻인가?"

"아닙니다. 선장님의 측정 결과를 기준으로 삼는 게 좋겠다는 뜻입니다. 선장님의 측정이 본질적으로 더 믿을 만하기 때문이 아니라, 그 측정치에 따르면 우리가 보다 북쪽에 위치해 있기 때문에 이론적으로 위험도가 가장 크기 때문입니다. 선장님께서 우리가 보다 북쪽에 있다고 과장한다 해서 무슨 이득이라도 있습니까?"

"없지." 반 부흐트가 대답했다. "사실 우리가 토폴스키 대장님이 찾는 목표의 위치를 특정하지 못하게 되면, 나는 상여금 수령을 거부할 테니까요. 만약 내가 내 측정치를 믿지 못했다면 기꺼이 항해를 계속하려고 했을 겁니다." 그는 담배 파이프를 한층 더 꽉 깨물었다. 나는 그런 그의 습관을 볼 때마다 움찔하고는 했다. "하지만 불행하게도 내 측정치를 믿습니다. 그리고 내 측량을 뒷받침하는 증거가 없다 한들… 저것이 있습니다."

그는 마치 막 토끼를 발견한 사냥개처럼 갑작스러우면서도 신중하게 전방을 주시했다. 그의 눈에 무엇인가 차가운 것이 새롭게 비치며 반짝거렸다. 마치 달 조각 몇 개가 제멋대로 떨어져 나와 동공에 박힌 듯한 모습이었다. "유빙입니다." 그가 말했다.

"얼음이야 전에도 숱하게 봤을 텐데요." 토폴스키가 말했다.

"그때는 조그만 조각이어서 우리에게 전혀 위협이 못 됐습니다. 하지만 저 얼음은 1.5킬로미터 정도 떨어져 있는데 그 수가 상당히 많군요."

"돌아가야 할 정도로 심각한 상황입니까?"

"아직은 아니야, 코드 박사. 우리는 빙산들 사이로 항해할 수 있어. 고작 집 한 채 정도 크기라서 말이지. 하지만 보다 큰 빙산들이 나타날 거야. 언제나 그러는 법이니까."

나는 몸을 떨었다. 바다에서 파멸하리라는 두려움에 직면했기 때문이다. 이런 공포가 대부분 비이성적이거나 엄청나게 증폭돼 있다는 점에는 의심의 여지가 없었다. 하지만 반 부흐트 같은 사람 옆에서 그에게 닥친 공포의 숨결을 느끼는 것, 또 그런 두려움에 충분한 이유가 있다는 사실을 아는 것은 또 다른 문제였다.

뒤팽이 입을 열었다. "보입니다."

"얼음이 보인다고?" 토폴스키가 물었다.

"아니, 얼음이 아닙니다." 망원경을 쥔 그의 손이 떨렸다. "균열입니다!"

토폴스키가 마찬가지로 손을 떨면서 망원경을 받아 들고 눈가로 가져갔다. 망원경으로 절벽을 겨냥한 다음 가장 작은 원통 부분을 움직이며 초점을 맞췄다. "어디야, 뒤팽? 어디라고?"

뒤팽은 손을 뻗어 망원경이 흔들리지 않게 잡아줬다. "좀 더 가까운 지점입니다. 저 부근 말입니다."

"아무것도 안 보이는데."

"뚜렷하게 보이지는 않습니다."

"그럼 도와줘, 제발!"

"파도의 윤곽이 불규칙한 지점이 보이십니까?"

"불규칙하다고?"

반 부흐트는 테이블 위에 고정된 유리판을 치우고 토폴스키가 승선할 때 가져온 그림 중 한 장을 꺼내 들었다. 그림을 랜턴 아래로 높이 들어 절벽의 윤곽을 그린 스케치와 우리 앞에 희미하게 떠오른 달빛 아래의 환영을 비교해 봤다. 랜턴이 흔들릴 때마다 그림 역시 마치 살아있는 유기체의 피부에 새겨진 듯 숨을 들이마셨다 내쉬며 꿈틀거렸다.

"당신이 찾는 균열을 발견한 것 같군요, 토폴스키 대장님."

나 또한 그들이 주의를 기울이는 지점에서 무언가 보이는 듯한 기분이 들었다. 펜촉이 더듬더듬 움직이며 흰색 잉크로 선 하나를 그어놓은 것처럼 파도가 뚝 끊긴 부분이 있었다. 그 위로 완만한 경사가 져있는 듯 보이기도 했다. 절벽 안쪽으로 움푹 들어간 공간인 듯했다. 하지만 내 야간시력은 전혀 내세울 만하지 않았다. 내 선조들은 여러 세대에 걸쳐 광산에서 일했지만 그 점에 대해 특별한 능력을 물려주지는 않았으니까. 나는 인간의 뇌가 욕망만 충분하다면 거의 무엇이든 눈에 보이도록 자신을 속일 수 있다는 사실을 너무나 잘 알고 있었다.

나는 저 광경을 보고 싶었을까, 아니면 보고 싶지 않았을까? 그것은 다른 문제였다.

"그냥 깊게 홈이 파인 걸 수도 있습니다." 내가 말했다.

"그런 종류는 아니야." 토폴스키가 말했다. "눈 좀 제대로 쓰지, 박사."

"그렇게 하려는 중입니다."

"절벽 윤곽에 확실히 단절된 부분이 있어. 그 부분이 꼭대기까지 쭉 이어져 있군. 저게 그 균열이야. 작은 만이든 좁은 수로든 간에, 묘사된 그대로야. 점점 더 일치하고 있어! 맙소사, 가까운 쪽 면에 두개골 모양의 돌출부가 있군. 그 그림과 똑같아! 바로 저것이군. 실제로 우리 손이 닿는 곳에 있다고! 아침까지는 저 사이를 뚫고 반대편까지 갈 수 있을 거야!"

그들의 의도를 희미하게 눈치챌 수 있었다. "배로 저 틈을 지나갈 생각이십니까? 폭이 꽤 좁은 것 같은데요."

"우리 배도 폭이 좁아, 코드. 내가 왜 이런 5등급 슬루프를 택했을 것 같아? 폄하할 생각은 없습니다, 반 부흐트 선장님."

"아닙니다, 대장님. 우리 배가 선폭이 좁은 건 사실이니까요. 게다가 흘수선도 낮고 바닥은 구리로 보강돼 있습니다. 그 점이 우리에게는 큰 도움이 될 겁니다."

"우리는 해안선이 움푹 들어간 곳을 여러 번 거치지 않았습니까?" 내가 말했다. "피오르해안 지형이니 말입니다. 너무 많아서 이름을 붙일 수도 없었죠. 그런데 이곳이 왜 중요한 겁니까? 언젠가 분명히 항해하던 사람들이 발견했을 텐데요. 노르웨이인과 덴마크인이 수천 년 동안 이 지역을 항해했을 겁니다. 탐험할 곳이 그리 많이 남지 않았을 겁니다."

"그런 곳들과는 달라. 선장님께서 설명해 주시죠."

반 부흐트는 잠시 파이프 담배를 뻐끔거렸다. "내가 갖고 있는 지도가 제작된 당시에 저 균열은 없었어. 그냥 쭉 이어진 절벽이 있었을 뿐이야. 고작 100여 년 전만 해도 분명히 그랬지."

나는 고개를 끄덕였다. "그런데 지금은?"

"절벽이 점점 침식되기 시작해서 바다와 내륙 수역을 나누는 얇은 벽 정도만 남은 상태였을 거야. 바위 제방 같은 형태로 말이지. 그 상태가 오랜 시간 지속됐을 수도 있어. 심지어 이 지도가 제작된 당시에 이미 그런 상태였을지도 몰라. 반대편에 수역이 있다는 사실은 아무도 몰랐겠지."

"그러다 절벽이 무너져서 대장님께서 찾고 계신 균열이 만들어진 것이로군요."

"정확히 언제 그런 일이 일어났는지 아무도 모를 거야. 토폴스키 대장님조차 말이야. 확실한 건 대장님이 갖고 있는 그림과 지도가 제작되기 전에 일어난 일이라는 것뿐이야." 반 부흐트는 파이프 담배를 몇 번 더 빨왔다. 그는 언제나 침착한 태도를 유지했지만, 갑판 위로 나와 조타륜을 잡고 있을 때보다 더 침착할 수는 없었다. 날씨와 바다가 부리는 변덕은 그 내면의 수위에 아무런 영향도 끼치지 않는 것 같았다. 그 어떤 사람도 지극히 따듯하고 아늑한 응접실에서 가장 좋아하는 의자에 앉아있다 한들, 사랑하는 자신의 배 위에서 조타륜을 잡고 있는 이 사람보다 더 편안하고 평화로울 수는 없을 것 같았다. "그 그림과 지도는 꽤 최근에 제작되지 않았습니까, 토폴스키 대장님?"

"10년도 채 지나지 않았습니다." 토폴스키가 말했다. "그러니 저 바다 절벽이 붕괴된 시점은 100년 전에서 10년 전 사이일 겁니다. 그 이상은 추측만 할 수 있을 것 같군요. 수로를 지나가게 되면 좀 더 명확하게 알 수 있을지도 모릅니다."

"아무래도 안쪽은 위험할 것 같은데요?" 내가 말했다.

"물론 그렇겠지." 반 부흐트가 대답했다.

"그렇다면 저 균열 너머에 있는 게 그런 위험을 감수할 정도로 값어치가 있나 봅니다?"

"그냥 저 절벽을 보기만 하려고 여기까지 배를 몰고 온 게 아니야, 코드."

"그럼 무엇 때문입니까?"

"우리는 건축물을 하나 찾고 있지. 내륙 수역의 동쪽 끝자락에 석재로 만든 구조물이 있을 거야." 토폴스키는 내 표정을 면밀히 살펴봤다. "그렇게 울상 짓지 말게, 이 친구야! 틀림없이 자네도 나 못지않게 한몫 쥐게 될걸. 설마 사소한 모험이 두려운 건 아니겠지?"

"마치 그 건축물의 존재가 진작부터 알려져 있었던 것처럼 말씀하시는군요."

"상당한 재산과 그보다 더한 신중함을 보유한 사교계 신사 숙녀 중에서도 선택된 일부만 그 존재를 알고 있지. 다시 말하면 내 스폰서들 말이야. 하지만 그들이 아는 이유는 그저 내가 말을 전했기 때문이야."

"하지만 대장님은 이전에 여기 와보신 적이 없지 않습니까? 만약 오신 적이 있었다면 저 균열을 어디서 찾을 수 있는지 확실히 알고 계셨을 텐데요."

"정보를 손에 넣었지, 코드." 그의 눈에 계산하는 듯한 기색이 비쳤다. "이 해역에서 항해를 했던 선원들이 있었어. 그 친구들은 모험가 기질이 있어서 대담하게 저 균열로 들어갔던 거야. 그러기에 적당한 배가 아니어서 깊게 들어갈 수는 없었지만, 우리의 관심 대상을 얼핏 보고 지도를 그리기에는 충분했지."

"그럼 그 배의 이름이?"

"유로파호. 하지만 그 이름이 자네에게는 별 의미 없겠지. 사소한 뼈나 인대의 명칭이 내게 그렇듯이 말이야."

"하지만 유로파호의 선원들이 그… 대장님께서 말씀하신 구조물을 발견했다면… 어째서 대장님 대신 본인들이 한몫 잡지 않았을까요? 발견에 대한 문제라면 누가 선점했는지가 가장 중요하지 않습니까?"

"흘끗 본 것을 발견이라고 할 수는 없지. 그 친구들은 공적으로 금전적인 이득을 취할 수 있을 정도로 충분히 살펴보지 못했어. 그러니 정보를, 그 뭐지… 거래하는 편이 더 낫지. 그런 걸 최대한 활용할 수 있는 수단과 인맥을 가진 나 같은 사람과 말이야."

"확정된 사안입니까, 선장님?" 내가 물었다. "정말로 저 균열을 통과하는 겁니까?"

"해가 뜬 후에 결정할 문제야." 반 부흐트가 대답했다. "그리고 그 수로를 통해 항해가 가능하다면, 그러니까 내가 가능하다고 판단이 서면, 우리는 안으로 들어갈 거야."

저 수로를 빠져나간다고 생각하자 어째서 이해할 수 없는 공포가 밀려들기 시작했는지 설명할 수가 없었다. 하지만 그 공포가 나를 꽉 채우고 말았다.

3

내가 선실로 들어오자 모틀락은 책을 읽다 고개를 들었다. 눈을 빠르게 깜빡이는 모습으로 보아, 내가 돌아오기 직전까지 자고 있었거나 혹은 잠들기 직전이었던 게 분명했다. 그 문제의 책, 윌리엄 우드빌[*]의《약용식물학》은 모틀락의 손가락에 위태롭게 걸린 채 거의 거꾸로 뒤집혀 있어 광택을 낸 딱딱한 바닥에 떨어지기 직전이었다.

"그림이 굉장히 예쁘네요, 박사님. 이렇게 멋진 책은 처음 봅니다."

"게다가 굉장히 비싸게 주고 손에 넣은 책이야, 모틀락. 그러니 재앙이 닥치기 전에 부디 선반에 도로 꽂아두지 않겠나?" 나는 미소를 지으며 부드럽게 말을 건넸다. "언제든지 여기 와서 마음대로 책을 읽어도 좋지만, 그러는 동안에는 잠에서 깨어있는 게 좋을 것 같군. 게다가 대부분의 학자가 동의하는 바로 우드빌의 책은 똑바로 들고 읽어야 그 진가를 알아볼 수 있다고 하던데."

"아, 이런." 모틀락이 무릎 위에 놓인 책을 더듬다가 조심스럽게 덮었다. "한순간도 눈을 감지 않았습니다. 정말입니다. 대령님을 지켜보겠다고 했지 않습니까? 진심으로 한 말이었습니다."

"자네의 근면 성실한 태도는 의심할 여지가 없지. 대령님은 좀 어때?"

"대개는 쥐새끼처럼 조용하던데요. 가끔 무슨 말을 중얼거리기는

---

[*] 18세기 영국의 의사 겸 식물학자로, 약용식물 연구 및 천연두백신 접종 전파에 기여했다.

했지만 우리도 잘 때면 다 그렇지 않습니까?"

"무의식은 정도에 따라 다양하게 드러나지. 간간이 한마디 하는 건 걱정할 일이 아니야. 대령님은… 편안해 보이는데? 경련을 일으키지는 않았고?"

"손끝 하나 꿈틀거리지 않았습니다. 잠든 갓난아기처럼 말이죠. 박사님께서 개구리처럼 생긴 도구로 치료하셨으니까요."

"위험 부담이 없지는 않았지만, 감히 말하자면 그 방법이 그를 살릴 수 있는 유일한 수단이었어." 나는 문 쪽을 가리키며 부드럽게 손짓했다. "고맙네. 이제 가도 좋아. 반 부흐트 선장님께 자네가 특별히 도움 됐다고 말씀드리지. 자네는 비번이기는 해도 갑판 위로 나가보고 싶어 할 거야. 잘 보이지는 않지만 계속 이어진 절벽 사이에 난 공백 지점을 찾아냈거든. 토폴스키 대장님이 '균열'이라고 부르던 것 말이야."

"구멍이요? 무슨 구멍 말입니까?"

"구멍이 아니라 균열. 좁은 길이 나있는데, 그곳을 지나 내해나 석호 같은 곳으로 들어갈 수 있을지도 몰라. 바다도 얼어붙는 이 위도에서 그런 표현이 생경하게 들릴 것 같지만."

"여기까지 와서 또 바다입니까?"

"그 석호 안에 뭔가 흥미로운 게 있는 것 같아. 비록 토폴스키 대장님은 자세히 설명하기 꺼리는 것 같았지만 말이지. 운이 좋다면 아마 조만간 우리 눈으로 직접 보게 될 거야. 돈을 엄청나게 벌 수 있다는 소문이 있으니 분명히 평범한 건 아닌 것 같아."

"이런 말씀을 드려서 죄송합니다만, 박사님께서는 큰돈을 버실 분처럼 보이지는 않는데요."

"자네 말이 맞아, 모틀락. 나는 이 배와 선원들을 제대로 보살펴서 최소한의 사망자만 내고 귀환할 수만 있어도 충분한 보상을 받은 기분일 거야."

"솔직히 말씀드리면 저도 마찬가지입니다." 그가 잠시 말을 멈췄다. "뭐, 괜찮으시다면 저는 이만 그 분열이 어떻게 되는지 보러 나가보겠습니다."

"균열이라니까, 모틀락. 분열은… 전혀 다른 과정이야."

그 하급선원이 다시 돌아올 위험이 없다는 확신이 들었다. 아편을 조금 흡입해 정신을 맑게 한 다음 의자를 돌려 라모스 대령 옆에 편안하게 자리를 잡았다. 절개한 부위에 덮어둔 붕대를 들춰 올렸다. 출혈이 멈췄으며 고름이 생길 우려 또한 없다는 점을 확인했다.

라모스의 수면을 방해할 생각은 아니었지만, 그는 내 짐작보다 더 깨어나기 직전이었던 듯했다. 눈꺼풀이 떨리더니 그의 입에서 말이 흘러 나왔다. "박사."

나는 부드럽게 대답했다. "예, 대령님. 제발 움직이지 말아요. 여기는 내 선실입니다. 사고가 있었어요."

"사고?"

"예. 몇 시간 전에 일어난 일입니다. 당신은 갑판에 있었는데…."

그는 눈을 뜨지 않은 채 말을 이었다. "나는… 불구가 된 건가?"

"아닙니다. 몸과 사지는 꽤 온전합니다. 하지만 심각한 뇌진탕을 입었습니다. 그래서 대령님의 두개골에 구멍을 내서 압력을 낮춰야 했죠. 부디 놀라지 않으면 좋겠는데…."

"나는 사람들이 훨씬 끔찍한 일을 겪은 것도 봤어. 그런 일을 겪고도 살아남은 사람도 봤지." 그는 다음 주 날씨를 묻는 것 같은 정도의 가벼운 관심만 비치며 말을 이었다. "나는 살 수 있을까?"

"그럴 가능성이 상당히 높습니다. 하지만 지금은 휴식을 취해야 합니다."

대령은 당당한 체격과 민머리, 억세 보이는 턱 때문에 굉장히 위압적으로 보였지만, 눈매는 놀라울 정도로 온화했다. 그는 이제 그 눈을 뜨고 있었다. 천천히 조금씩.

"내 머리에 구멍을 뚫었다고?"

"그렇습니다."

그는 씩 웃어 보였다. "나는 칼에 베인 적도, 찔린 적도 있고 총에 맞은 적도 있어. 이달고 신부님의 적들에게 당한 적도 있고, 그분의 동료들에게 당한 적도 있지. 그리고 그 동료들의 남편들에게 당한 적도 두 번 있었는데, 머리에 구멍이 난 적은 처음이야. 지금까지는 말이지."

"선택의 여지가 없었습니다."

"해명할 필요는 없어. 당신이 내게 무슨 짓을 했다면 당연히 필요해서 한 일이었겠지." 그는 아직 구속돼 있는 몸을 억지로 움직여 내 손을 잡으려 애썼다. "고마워, 사일러스. 내 생명을 구해줬다는 걸 알지만 꼭 그것 때문만은 아니고, 내 무용담이 하나 더 늘었으니까."

"대령님 같은 인생이라면 무용담이 더 필요할 것 같지는 않습니다."

"떠벌릴 이야기야 많지. 그건 맞아. 하지만 나는 다른 남자 동료들과 이야기를 나누기가 쉽지 않아서 말이야. 오입질과 술 이야기만 하는 놈들에게 해줄 이야기는 하나도 없지. 그런데 남에게 말할 이야깃거리가 있다면 어색한 침묵을 깰 수 있는 법이니까. 그런 침묵의 순간이 굉장히 많으니 할 이야기가 많이 있어야 할 거야. 새로운 무용담은 언제나 환영이야."

"내가… 도움이 됐다면 기쁘군요. 하지만 대령님은 반드시 휴식을 취해야 합니다."

"이만 쉬도록 하지. 하지만 그 전에, 내게 무슨 일이 일어난 건가?"

"정확히 무슨 용도인지는 모르겠지만, 돛 조작에 쓰는 무슨 나무 장치가 머리 위로 떨어졌다고 합니다."

"증기선을 타고 있었다면 좋았을 텐데. 당신 책에 나오는 것처럼 말이야."

나는 그가 그 대목을 기억한다는 사실에 기뻤다. 단기 기억력에 거의, 혹은 아무런 손상이 없다는 뜻이었기 때문이다.

"지금은 현실에 집중해야 합니다. 대령님, 뭐 하나 물어봐도 되겠습니까?"

"사일러스, 내가 당신 말을 거부할 수 있을 리가."

"대령님은 수면 중에 계속해서 무슨 말을 했습니다. '트레세'는 13인 것 같고, '신코'는 5일 테죠. 13과 5, 이 말을 몇 번이나 반복했습니다. 이 두 숫자에 중요한 의미가 있습니까?"

그가 커다란 고개를 저었다. "그런 것 같지 않은데. 어쩌면 꿈속에서 도박을 하고 있었는지도 몰라. 아버지는 도박을 끊게 하려고 갖은 애를 썼지만, 나는 언제나 도박판 냄새를 잘 맡고는 했으니까. 꿈에서도 그랬나 보군. 자리에 누워있는 동안 수천 번은 따고 잃기를 반복했을 거야."

"다른 말도 했습니다."

"그게 뭐지?"

"'라 비힐리아 데 피에드라'. 감시하는 돌, 혹은 감시석이라고 할 수 있겠군요."

그는 고개를 들려고 애를 썼다. "내가 그런 말을 했다고?"

"묘한 말이기는 합니다. 그건 내 소설 제목, 그러니까 적어도 현재 적어둔 제목이니까요. 그 제목을 다른 사람에게 언급한 적은 없습니다. 모틀락이 조금 전 내 소지품을 뒤적거리다가 본 것 외에는 말이죠."

라모스는 마치 의무감이 드는 듯 몸을 일으키려 했다. "그 녀석이 당신의 신뢰를 저버린 건가?"

"아니, 아닙니다! 당치도 않아요." 그의 가슴에 한 손을 얹으며 그를 진정시켰다. "모틀락은 친절하고 기질이 선한 사람이라, 내가 갑판에 나가있는 동안 대령님을 지켜보겠다고 자원했습니다. 모틀락은 문제 없습니다! 문제는 내 책 제목과 대령님이 한 말이 서로 유사하다는 거죠."

"당신이 쓴 소설을 직접 본 적은 없는데."

"그래요. 대령님이 봤을 거라는 생각은 일순간도 해본 적 없습니다. 하지만 그 단어들이 대령님 모국어로 말했을 때 익숙하게 들린다면, 분명히 뭔가 암시하는 게 있을 겁니다. 내가 독창적으로 생각한 표현이었는데… 그럴 리가 없겠군요. 그 표현은 어디에서 왔습니까, 대령님?"

그는 나를 바라봤다. 그의 눈이 꾸밈없이 진실해 보였다. "모르겠어, 사일러스."

"아무것도 기억나지 않습니까?"

"아무것도 기억나지 않아. 숫자뿐만 아니라 그 단어 역시 마찬가지야. 무슨 소설이나 노래, 시 같은 건 아닌 것 같아. 그런 표현을 접한 기억은 없는데 어째서…." 그가 입을 다물었다가 다시 말을 이었다. "사일러스, 당신이 물어볼 사람이 있을 텐데. 이 배에는 단어나 표현에 대해 무엇이든 아는 사람이 있잖아."

"코실 부인 말입니까?" 나는 웃음을 터뜨릴 뻔했다. "대령님, 만약 그래야 한다면 차라리 내 머리에 구멍을 내겠습니다. 그리고 두개골을 다 뚫고 난 다음에도 기구를 계속해서 돌릴 겁니다."

✳

평소보다 훨씬 늦은 시간이었지만, 반 부흐트 선장은 현재 우리가 직면한 발견에 대해 논의하기 위해 선내 고위 인물들을 선장실로 소환했다. 예외적인 경우이기 때문에 식사는 마련되지 않았지만 자리마다 셰리 와인과 시가가 놓여있었다. 토폴스키 대장은 진작부터 앞에 놓인 와인과 시가에 보는 사람이 감탄할 정도로 덤벼든 나머지 눈이 빨개지고 뺨이 달아올랐으며 난폭해 보일 정도로 열광적이었다.

"신사 여러분, 오늘 저녁을 즐깁시다!" 선장실로 들어가 보니 그가 큰 소리로 열변을 토하고 있었다. "오늘을 마지막으로 여러분의 인생은 완전히 바뀔 겁니다! 내일 우리는 루비콘강을 건넙니다." 그가 잠시 말을 멈추고 희미하게 퍼진 시가 연기를 부채질했다. "우리는 영겁의 문턱을 밟고 서있습니다. 우리의 이름은 폴로, 마젤란, 콜럼버스와 나란히 불리게 될 겁니다! 쿡, 메이슨, 딕슨[*]처럼 고작 지도나 그리던 자들은 마땅히

• 제임스 쿡은 호주와 뉴질랜드의 지도 제작에 커다란 영향을 끼쳤으며, 찰스 메이슨과 제러마이아 딕슨은 천체관측으로 미국 식민지 경계 측량에 지대한 역할을 했다.

잊혀야 하는 자들의 명단으로 쫓겨날 겁니다!"

"자." 반 부흐트가 여전히 정중한 태도를 잃지 않은 채 온화한 말투로 자신의 고용주를 진정시키려 했다. "어쩌면 다소 주의를 기울여야 할지도 모릅니다, 토폴스키 대장님. 해가 뜬 다음 수로에 대한 조사를 완료할 때까지 말입니다."

"선장님." 토폴스키가 쾌활하게 대답했다. "나는 선장님을 너무나 잘 압니다. 열정 그 자체라 할 수 있죠. 대담함 그 자체이기도 합니다. 바위 사이가 다소 좁아진다 해도 조금도 기죽지 않을 겁니다. 그리고, 예, 아무렴 측량을 실시해야 할 테죠. 그런 일은 반드시 수행해야 한다고 봅니다. 하지만 내일 이맘때에 데메테르호가 균열 반대편이 아닌 다른 곳에 있을지도 모른다고 생각해서야 되겠습니까!"

"사일러스." 반 부흐트가 다정한 말투로 나를 부르며 일부러 비워둔 자신의 옆자리에 앉으라고 권했다. "아메리카 대륙에서 온 그 친구 말인데, 우리가 기대했던 소식을 들을 수 있을까?"

"괜찮은 거죠, 박사님?" 올빼미를 닮은 장비 담당 브루커가 재차 질문했다. 그는 정수리부터 뒤통수까지 검정색 머리카락을 가느다랗게 한 줄기 남겨놓은 것 외에는 두발을 죄다 밀었는데, 마치 붓을 딱 한 번 움직여 타르를 발라놓은 듯한 모습이었다. "좋은 소식일 테지요, 예?"

"라모스 대령님은 깨어나서 지금은 의식이 또렷합니다."

"좋았어!" 배에서 선장 다음으로 높은 지위에 있는 헨리 머거트로이드 중위가 외쳤다. 그는 테이블을 두드리면서 모두가 그렇게 테이블을 울리고 박수를 치며 건배를 하도록 부추겼다.

"휴식을 취하라고 강하게 밀어붙였습니다." 나는 사람들을 향해 미소를 지으며 말했다. "대령님이 완전히 회복하기를 열렬히 바라 마지않습니다만, 앞으로 며칠 동안은 여전히 위험한 상태입니다. 하지만 라모스 대령님은 제가 아는 그 누구보다도 강인한 사람이니 결국 회복하리라고 기대하고 있습니다."

"간절히 바란다는 뜻으로 말한 건가요?" 코실 부인이 물었다. "열렬함과 간절함, 배움 수준이 변변치 않은 사람들은 양쪽을 바꿔 쓸 수 있다고 흔히 생각하지만 두 단어가 완전한 동의어는 아니에요."

"그렇습니까?" 나는 진심으로 관심 있는 척 꾸며대며 대답했다.

"열렬함은 한낱 욕망의 강도를 넘어선 비이성적인 감정의 정도를 의미한다고 할 수 있을 거예요. 과학적인 성향을 가진 사람이라면 동료들이 자신을 비이성에 홀렸다고 생각하기를 바라지 않는 한 간절함이라는 표현을 고수할 테죠."

"그런 일은 바라지 않습니다." 나는 덫을 설치하고 제대로 작동하는 모습을 본 사람처럼 조용히 만족스러운 기분을 느끼며 말했다.

"부탁드립니다, 부인." 머거트로이드가 대화에 끼어들며 몸을 기울여 그녀의 잔에 셰리 와인을 조금 더 따랐다. "박사님은 힘든 저녁을 보냈습니다. 그를 교육시키는 일을 잠시 중단해도 괜찮지 않을까요?"

"중위님, 우리가 스스로를 교육하지 않는다면 다른 사람의 친절에 의지해야만 할 거예요." 그녀는 우아한 동작으로 셰리 와인을 한 모금 마셨다. "하지만 당신 말이 맞아요. 인도받기 꺼리는 사람을 도와 빛을 향해 나아가는 모습을 지켜보는 일은 굉장히 따분하죠."

"아마 그 사람은 그저 스스로 빛을 찾고 싶어 하는지도 모릅니다." 내가 대답했다. "하지만 당신의 친절한 노고는 잘 알고 있습니다, 부인."

그녀가 받아치기 전에 즉시 말을 이었다. "반 부흐트 선장님, 정말 우리가 그 입구를 찾아낸 겁니까?"

"달빛 아래에서 볼 수 있는 건 한정돼 있지만, 모든 그림이 일치해. 내가 보기에 항해가 가능할 것 같군. 내 눈으로 직접 유로파호를 본 적은 없지만 토폴스키 대장님 말씀으로는 그 배가 데메테르호보다 더 선폭이 넓고 흘수선도 깊다고 하던데. 오전이 되면 우리가 직접 조류를 관찰해서 바늘에 실을 꿰기 가장 좋을 때를 판단할 거야. 만약 등 뒤로 순풍이 분다면 우리는 조류를 타고 나아가게 될 테지. 하지만 그 전에 원정대가 석호 외에 무엇을 더 찾으려 하는지 좀 더 툭 터놓고 대화를 나눠보는 게 좋을 것 같아. 배가 항구를 드나들 때는 기밀을 유지할 필요가 있었지만 이제 그런 시기는 확실히 지났으니까."

뒤팽이 토폴스키를 흘끗 바라보며 동의한다는 뜻으로 고개를 끄덕였다. 이 젊은 지도제작자는 자신의 테이블에 공간을 만들어 이전까지 내가 한 번도 보지 못한 듯한 둘둘 말린 지도 한 장을 펼쳤다. 그런 다음 자꾸 말리는 가장자리에 포크와 나이프를 얹어 고정했다.

"우리를 여기까지 태워주신 분들을 위해 설명 부탁하네." 토폴스키는 한 손으로 시가를 뻐끔거리고 다른 손으로 수염을 긁적이며 말했다. 향유를 바른 그의 수염은 번들거리고 덥수룩했다.

"여기가 그 석호입니다." 뒤팽이 말했다. 단어가 입 밖으로 나올 때마다 목소리가 갈라졌다. 땀을 엄청나게 흘리고 있어서 안색이 축축해 보일 지경이었다. 얼굴의 날카로운 부분이 마치 깎아놓은 것처럼 두드러졌다.

"우리가 너그럽게도 직접 알아차렸을지도 모르는데." 머거트로이드가 말했다. 그는 좋은 집안에서 자란 아일랜드인으로, 미국인들에게 한쪽 눈을 잃었지만 잘생긴 얼굴이 크게 퇴색되지는 않았다. 이제는 한쪽에 안대를 쓰고 있었는데, 남은 쪽 눈에 과도할 정도로 감정을 담아서 없어진 눈을 벌충하려는 것 같았다. 그렇게 하나뿐인 제한된 매개체로 자신의 감정을 전달하는 데 있어 데메테르호에 그보다 더 나은 사람은 존재하지 않았다. 심지어 그는 눈을 가늘게 뜨거나 눈빛에 혐오감을 살짝 담는 행동만으로도 목적을 달성할 수 있었다. 그는 반 부흐트에게 충성했고 배에는 훨씬 더 충성을 바쳤는데, 이 배가 언젠가는 자기 차지가 되리라 여기는 듯했다.

 머거트로이드는 우리 원정대 손님들을 귀찮지만 수익성 있는 화물로 여겼다. 나중에 보상받기 위해서는 용인해 줘야 하고, 심지어 애지중지 보살피기까지 해야 하는 귀찮은 존재였던 것이다. 그는 현재 이 자리에 없는 라모스를 제외하고는 다른 손님들을 좋아하지 않았고, 지위상 그 감정을 숨기지 않아도 되는 특권을 누렸다. 그를 대신해서 변명하자면, 그가 우리에게 내리는 부정적인 평가는 국적이나 종교적 신념과는 전혀 무관했다. 현재 우리는 어떤 국가와도 전쟁 중이 아니었고, 그래서 머거트로이드는 러시아인, 영국인, 프랑스인, 스페인인(라모스를 여전히 스페인 국민으로 간주한다면)이 잡다하게 섞인 우리에게 철저히 무관심으로 일관했다.

 토폴스키는 반쯤 타버린 시가를 뒤팽의 지도가 있는 곳으로 불쑥 내밀었다. 그 바람에 지도의 그림 위로 뜨거운 불꽃이 쏟아졌.

 "그 지형의 일반적인 형태를 잘 살펴보시기 바랍니다. 낮이 되면 우리가 보게 되리라고 예상하는 것과 밀접한 관계가 있습니다. 석호 모양에 주목하시죠. 우선 동쪽 내륙 방향으로 10킬로미터 정도 뻗어있고, 그 폭은 1.5킬로미터 이하이며, 남쪽으로 갈수록 점차 구부러져 원호나 낫 모양으로 돼있습니다. 또 남쪽 해안에서 유독 솟아있는 지점에 주목하시기 바랍니다. 이 돌출부 탓에 석호의 동쪽 끝을 직접 볼 수는 없습니다."

"이곳에서 그 뭐지… 요새를 찾게 될 거라고 생각합니까?" 나는 석호의 오른쪽 끝 지점에 표시된 거미처럼 보이는 작고 검은 점을 확인하고 물었다.

"'**구조물**'이라고 합니다. 우리는 그걸 그렇게 불러요." 브루커가 대답했다. 유독 강조하는 말투로 대답했기 때문에 그 단어는 마치 독특한 의미와 위상을 지닌 듯 내 머릿속에 대문자 형태로 박혀버렸다. 한낱 구조물이 아닌 **구조물**이었던 것이다.

"**구조물**이라." 나는 재차 물었다. "그러면 이 이상한 선들은 뭐죠?" 옹이 주변에 자리 잡은 나뭇결처럼 석호를 둘러싼 구부러진 흔적들을 가리켰다.

"고도를 표시하는 등고선입니다." 뒤팽이 떨리는 손으로 시가에서 떨어져 나온 불꽃을 옆으로 털며 말했다. "시할리온 실험에서 얻은 제임스 허턴*의 혁신적인 결과물**이죠." 그가 이마를 꾹꾹 누르며 땀을 닦았다. "각 선이 이어진 곳은 해발고도가 동일한 지점입니다." 그가 기침하

• 18세기 스코틀랜드 출신 지질학자로, 현대 지질학의 아버지로 불린다.
•• 시할리온 실험은 1774년 스코틀랜드의 시할리온산에서 지구의 평균 밀도를 계산하기 위해 실시한 실험으로, 산의 정확한 질량을 계산하기 위해 체계적인 등고선 개념이 활용됐다. 이후 지도 제작에 등고선이 적용되기 시작했다.

자 폭풍우가 처음 내리기 시작할 때처럼 침이 테이블 위로 얼룩덜룩하게 흩어졌다. "그리고 선끼리 간격이 가까운 지점은…."

"괜찮습니까, 뒤팽 씨?" 내가 끼어들었다.

"이 친구는 그저 좀 과로했을 뿐이야." 토폴스키가 말했다. "선실에서 빈둥거리는 대신 갑판에 나가서 열두 시간 내내 망원경을 들여다보고 있었다니까."

"그렇다면 휴식을 취해야 합니다." 나는 엄한 눈으로 그 젊은이를 바라봤다. "레이몽, 좀 쉬지 않겠어요?"

그가 코를 훌쩍거렸다. 그러면서 회녹색 눈으로 나를 바라봤다. "등고선에 대해 설명하던 중이었습니다."

"그랬죠. 당신 설명에 감사합니다." 이 젊은 청년이 내가 진심으로 그의 상태를 걱정한다는 사실을 알아주기를 바라며 미소를 지었다. "이제 알겠군요. 석호 끝부분에서 줄 간격이 굉장히 좁아지는 것으로 보아, 분명 절벽이 거의 수직에 가까울 정도로 가파르겠군요. 반대편 해안에서는 경사가 비교적 완만하지만 이 표식 가까이 가면 다시 경사가 굉장히 심해져요. 이곳이 당신이 말한 요새, 아니, 미안합니다. 그 **구조물**입니까?"

"그렇습니다."

"뚱뚱하고 다리에 털이 난 거미, 혹은 조그맣고 검은 문어처럼 보이는군요. 이 솟아오른 부분은… 방어 시설입니까? 방벽이나 참호 같은?" 나는 눈살을 찌푸리며 손을 뻗어 손톱 끝으로 지도를 두드렸다. "이 석호는 정확한 비율로 그려놓은 겁니까?"

"당연히 그렇습니다." 뒤팽이 말했다.

"그렇다면 이 석호는 끝에서 끝까지 10킬로미터 가까이 되고, 또 균열에서부터 석호가 시작되는 동쪽 끝까지 10킬로미터 가까이 된다면, 이 검정색 표식은 직경이 500미터 가까이 되는데요!"

"더 놀라게 해드릴까? 유로파호의 선원들은 그 요새가 너비만큼이나 높다고 했어!" 토폴스키가 얼굴을 내게 가까이 들이밀었다. 그가 바른 상하고 자극적인 향유 냄새가 풍겨 왔다. "상상해 봐, 코드. 피라미드를 이집트라는 고름투성이 얼굴에 난 여드름 따위로 만들어버리기에 충분한 돌무더기라니 말이야. 그런 상상을 하면 자네 같은 사람의 영혼도 막 떨리지 않나?"

"그런 것 같습니다. 게다가 누가 이런 걸 만들었는지 궁금합니다. 그들이 과연 우리의 방문을 받아줄 의향이 있는지도 말이죠."

토폴스키는 자신의 손목을 털며 내 의구심을 일축해 버렸다. "이 벽 안쪽에서 생명의 흔적은 느껴지지 않아. 십중팔구 우리의 사냥감은 시간마저 잊은 채 수백 년 동안 텅 빈 곳에서 적막하게 놓여있었을 거야. 그 **구조물**을 만든 목적은 물론, 심지어 이를 지으라고 명령을 내린 자들조차 셀 수 없을 정도로 오래전에 이미 사라졌을걸. 먼지와 유령 외에 우리가 방해할 수 있는 건 거의 없어." 그는 셰리 와인처럼 충혈된 채 반짝거리는 눈으로 내 얼굴을 훑어보며, 반드시 존재하리라 확신하는 내 성격의 결함을 찾으려 했다. "맙소사, 이 친구야. 이런 가능성을 앞에 두고도 마음이 조금도 들썩거리지 않는다는 거야?"

"들썩거리기도, 그렇지 않기도 합니다." 나는 순순히 인정했다. "만약 대장님께서 얼굴 생김새가 어떻게 유전되는지에 대한 수수께끼를 풀어내셨거나, 살아있는 조직을 뚫고 뼈를 살펴볼 수 있는 렌즈를 고안하셨거나, 환자가 수술의 고통에 무감각해지게 만드는 방법을 알아내셨다면,

기대하신 것만큼 감동했을지도 모르겠군요."

"그렇게 무관심한 척 굴어봐야 그 솟아오른 요새를 처음 보는 순간 다 무너지고 말걸." 토폴스키가 장담했다. "하지만 그 전에 먼저 좀 더 저속한 본능을 자극해 볼까?"

나는 미소를 지었다. "얼마든지 그러시죠."

"우리가 이곳에서 찾아낸 건 우리 모두를 굉장히 유명하고 부유하게 만들어줄 거야."

"둘 다 관심 없습니다."

브루커가 의심스러운 눈초리로 바라봤다. 코실 부인은 입가를 살짝 움직여 의미심장한 미소를 지었다. 그녀는 나를 관찰하면서 쓰고 있던 모자에서 노란 깃털을 하나 뽑아 입가를 간지럽혔다.

"그렇다면 당신 소설을 익명으로 출간해서 모든 수익이 궁핍한 사람들에게 돌아가게 한다면 어때요?" 그녀가 물었다.

"그 소설을 출간할 생각은 없습니다, 부인. 누가 봐도 구제 불능인 수준이어서 말이죠."

"정말 실망스럽군요, 박사님."

"그런 생각을 떠올리다니 놀랍습니다, 부인. 매사 좋은 점보다 나쁜 점을 훨씬 더 찾아내는 것 같은데 말이죠."

코실 부인은 다른 손님들을 둘러봤다. 그 얼굴에는 깜짝 놀란 감정이 가득 담겨있었다. "하지만 내 비평은 지극히 소극적이었던 것 같은데요. 심지어 관대하기까지 했고요." 그녀는 장비 담당에게 의견을 구했다. "그 점에 동의하지 않나요, 브루커 씨?"

브루커는 눈을 껌뻑거리며 문제를 일으키고 싶지 않다는 태도를 노골적으로 드러냈다. "언제나 관대한 편이죠. 그렇고 말고요."

"부인은 자신의 견해가 관대하다고 생각했을 수도 있겠죠." 내가 말했다.

다른 사람들은 긴장감이 서린 미소를 띤 채 셰리 와인이 담긴 잔과 반쯤 타버린 시가에 흥미가 있는 척 어색하게 굴었다. 브루커가 별난 모양으로 딴 머리카락 줄기를 문질렀다. 머거트로이드는 안대 아래의 가려운 부분을 긁적거렸다. 배는 삐걱거렸고 파도가 선체 옆에 부딪쳤다.

코실 부인은 자신의 입장을 굽히려 들지 않았다. "어떤 면에서는 내 비평이 그 소설을 개선하는 데 도움을 주지 않았나요?"

분노를 억누르려 분투해야만 했다. 나는 코실 부인이 덤벼들리라는 사실을 알고 의도적으로 '열렬함'이라는 단어를 사용함으로써 그녀의 독을 빼내려 했다. 그 시도가 성공을 거둬 이제는 적어도 이날 저녁만큼은 그녀의 비평에서 벗어날 수 있기를 바랐지만, 그 소망이 무위에 그치고 말았다.

"'개선'이라고 했습니까? 당신의 비평 때문에 나는 처음으로 돌아가 죄다 고쳐 써야 했습니다. 그게 당신이 의도하는 바였다면 말이죠. 당신이 내 소설 속 모험가들이 택한 선박 유형에 동의하지 않았기 때문에 나는 어쩔 수 없이 그 점을 수정해야 했습니다. 선상 생활의 관습을 묘사하는 부분에 결함이 있다는 말도 했죠. 항해와 계급 체계에 대한 기본적인 오해 때문이었는데 그 부분을 개선하려고 애를 썼습니다. 당신은 내가 한 해 중 특정 시기의 날씨를 완전히 잘못 설정해서 소설에 묘사된 바람이 터무니없이 비현실적이라고 말하기도 했죠."

코실 부인이 격려하듯 고개를 끄덕였다. "하지만 그렇게 고친 건 모두 소설의 수준을 향상시켰잖아요, 코드 박사님!"

"그럼에도 불구하고, 사실 그런 변화들은 제각기 다른 결과를 불러일으키고 말았습니다. 이야기가 완전히 엉켜버려서… 세부적인 상황을 풀어내야 하는 부담이 너무 커졌고, 명확할 필요가 없는 것들을 어쩔 수 없이 설명해야 했죠. 당신의 간섭 덕택에, 나는 이야기를 진전시키는 데 쓰는 시간만큼 이미 쓴 것들을 고치는 데 시간을 쓰고 있습니다."

예쁜 얼굴을 찡그린 모습으로 보아 그녀는 내 대답이 굉장히 당황스러운 것 같았다. "하지만 이야기가 불확실한 기반 위에 세워졌다면… 불안정한 구조를 계속 이어나가기보다는 이제라도 기초를 탄탄히 다지는 게 낫지 않을까요?"

"부인은 그런 식으로 볼 수도 있을 겁니다. 내가 아는 건 이제 더 이상 진행할 수 없다는 것뿐입니다." 나는 테이블 주변을 둘러봤다. "친애하는 여러분, 제발 부탁이니 제 자만심에 대해 이제 이야기를 그만 나눌 수는 없을까요? 게다가 제가 더 이상 진행할 수 없는 이유가 또 하나 있습니다." 내 뺨이 따끔거렸다. "입 밖에 내기에는 좀 어색한 말이지만, 오늘 저녁에 찾아온 광명 탓에 내 소설 집필을 완전히 포기하는 것 외에는 다른 선택지가 없는 것 같군요."

"무슨 일이 있었나, 사일러스?" 반 부흐트가 물었다.

동료들의 심문에 마음이 불안해져 자리에 가만히 앉아있을 수 없었다. 옷이 몸에 달라붙는 것 같았고, 아편과 셰리 와인의 후유증 탓에 두 눈이 가려웠다. "저는 특정 방향을 염두에 두고 있었습니다." 내가 말했다. "하나의 목표를 향해 이야기가 달려가고 있었죠. 그 목표는 어마어마한 규모의 건축물이었습니다. 거의 **구조물**이라는 표현을 쓸 수도 있겠군요."

"재밌는 소설에 거대하고 낡은 성이 나오지 않는 경우도 있습니까?" 머거트로이드가 쾌활하게 물었다.

"그게 전부가 아닙니다, 헨리. 이야기는 내 등장인물들이 바다를 건너 처음으로 그 성… 아니 그 **구조물**을 보기 직전까지 진행됐습니다." 나는 브루커처럼 확실히 이 단어를 강조해서 말하고 있었다. "그들은 마음이 들뜨기도 하고 두려움을 느끼기도 하면서, 미지의 숭고한 존재에 대한 공포와 명성을 얻고자 하는 욕망 사이에서 갈팡질팡했습니다. 그러다 후자의 충동을 쫓아 **구조물** 안으로 들어갔고 그 결과…." 나는 완전히 낙담한 채 고개를 흔들었다. 생각을 계속 이어갈 마음조차 들지 않았다.

"그 결과 어떻게 됐지, 코드?" 토폴스키가 캐물었다.

"그들에게 충격적인 사건이 닥쳤습니다."

"소설을 포기하시면 안 됩니다, 박사님." 모틀락이 애원했다. "여기 있는 사람들 말고, 저 아래에 있는 녀석들을 위해서라도 말입니다! 이야기가 점점 재밌어지고 있다고요. 아니, 앞쪽 부분이 재밌지 않았다는 건 아니고, 그 부분도 좋았지만, 점점 더 정말 흥미로워지고 있다니까요. 국왕 전하와 조국을 위해서라도 제가 녀석들에게 스위프트와 디포 이야기를 다시 읽어주게 하지는 마세요!"

나는 와인 잔을 그에게 들어 보이고 잔을 살짝 기울여 경의를 표했다.

"참 친절하군, 모틀락." 갑자기 밀려든 불안감에 사로잡히는 바람에 나는 무슨 일이 있어도 이 방을 나가고 싶었다. "친애하는 여러분…. 저는 대령님을 돌봐야 합니다. 그분을 너무 오래 혼자 둔 것 같습니다." 나는 얼굴이 축축한 청년에게 고개를 돌렸다. "레이몽? 좀 쉴 거라고 믿어도 되겠죠? 무엇보다 당신은 휴식을 취해야 합니다."

"그 덩치한테 가보라고." 토폴스키가 말했다. 마치 쓸모 있는 개나 짐을 싣는 노새에 대해 이야기하는 듯한 말투였다. "뒤팽의 휴식에 대해서는 내가 신경 쓸 테니까. 하지만 코드, 가기 전에 우리의 호기심 한 가지 정도는 해결해 줬으면 좋겠군."

"말씀하시죠." 나는 의자에서 일어서며 조심스럽게 말했다.

"소설에서 그다음에 어떤 충격적인 사건이 일어나는 거지?"

나는 대답하지 않았다. 설사 대답하고 싶었을지라도 할 수 없었을 터였다. 내 등장인물들에게 닥칠 일들이 모든 면에서 끔찍하다는 사실을 알고 있었다. 어떤 면에서는 극적인 전조를 느끼며 머릿속에서 그런 공포스러운 사건을 이미 구상했다는 사실도 알고 있었다. 그럼에도 나는 그 끔찍한 결말의 한 조각조차 떠올릴 수 없었다.

마치 그 불쌍한 영혼들에게 진작에 일어났던 일이 무엇인지 기억하고 싶지 않은 것처럼.

4

아침까지 라모스가 스스로에게 해를 끼칠 것 같지 않다는 확신이 들자, 나는 그를 묶고 있던 구속장치를 풀었다. 그러자 그가 몸을 뒤척거렸다.

"어디 갔었지, 사일러스? 분명 어디서 자고 온 거지?"

"지금부터 잘 생각입니다, 대령님." 나는 따끔거리는 두 눈을 비볐다. "선장실에 올라가 있었습니다. 토폴스키 대장이 찾아 헤매던 그 작은 만에 대해 알고 있지 않습니까?"

"그 인간이 헛된 생각을 하고 있다는 건 알지."

"그의 말을 믿지 않나 봅니다?" 나는 물을 조금 따라 그의 입술로 흘려 넣었다. "토폴스키 대장의 원정대에 참가하기 위한 전제 조건이 그 말을 믿는 거라고 생각했는데요."

"그렇지는 않아. 토폴스키 대장은 내게 보안이나 계약 관련 사항, 그리고 혹시 필요한 경우 군사적인 대처 같은 임무만 확실히 수행해 달라고 요구했어. 당신도 잘 알 텐데. 당신네 선장은 훌륭한 분이고 다른 사람을 공정하게 대하지. 하지만 우리는 그와 계약관계이니 서로 의견이 엇갈리면 내가 그 계약조건을 그에게 상기시켜 줘야 해."

"필요한 경우에는 그 계약조건을 강제 집행하는 겁니까?"

"설득력 있는 말 한마디면 충분할 것 같은데. 이달고 신부님은 화약보다는 몇 마디 말로 훨씬 많은 성과를 거뒀지. 나는 그분의 그림자 아래로 걸어가려고 애쓰고 있어." 그는 유감스럽다는 듯 자신의 몸을 내려다봤다. 그 몸은 여전히 수술이 진행됐던 그 테이블 위에 누워있었다. "게다가 이 배에는 수백 명이 타고 있는데 나는 딱 한 명이란 말이지. 그리고 이제는 머리에 구멍까지 하나 나있고. 아래쪽에 있는 친구들이 군인은 아니지만 그 녀석들을 적으로 만들고 싶지 않아."

"그 사람들의 심정도 마찬가지일 겁니다, 대령님." 나는 그나마 남아있는 기력을 짜내 옷을 벗기 시작했다. "하지만 그건 그렇다 치고, 그 헛된 생각이라는 게 실제로 존재합니다. 뒤팽이 그 균열을 발견했습니다. 그들이 계속 '균열'이라고 부르던 그것 말입니다. 그리고 우리 선장님의 확신만 서면 내일 우리는 그 수로로 들어가 지금은 절벽에 가려져 있는 수역까지 항해할 겁니다. 토폴스키는 그 석호 동쪽 끝에서 무슨 요새를 발견할 거라고 기대하고 있지 않습니까? 브루커는 그 요새를 **구조물**이라고 부르더군요."

"내가 아는 건 딱 하나야. 아마 나는 그 안으로 들어갈 방법을 찾아내라는 명령을 받게 될 거야."

"그런 입구가 실제로 존재할 거라고 믿습니까?"

"이 만을 찾아내리라는 것도 믿지 않았어. 이제 이 장소를 찾았으니 나머지를 받아들일 준비는 돼있어." 그는 잠시 입을 다물었다. "하지만 내가 할 일은 여전히 실질적인 부분이야. 우리가 그 **구조물**에 가까워지면, 나는 안전한 접근경로에 대해 조언할 거야. 만약 그가 폭발물을 이용해서 안으로 들어갈 통로를 개척하기를 바란다면 화약 설치에 대해 조언할 테고. 그 안으로 들어가게 된다면 함정이 있는지 조사할 거야. 이 탐험의 본질적인 부분에 대해서는 다른 사람들이 감당할 문제지."

"그는 당신도 큰돈을 벌게 될 거라고 하던데요."

"그 말대로 된다면 그 돈은 스페인 식민지에 있는 내 친구들에게 도움이 되겠지. 그리고 언젠가, 어쩌면 그 친구들의 과업이 성공한다면, 나는 뒤돌아보지 않고 바야돌리드로 돌아갈 수 있을 거야. 돌아갈 때도 돈이 도움이 될 테지." 내가 보기에 그는 자신의 관심사를 털어놓기를 고통스러워하는 것 같았다. 그는 애써 화젯거리를 돌리려 했다. "자네는 어때, 사일러스?"

"나 말입니까?" 나는 미소를 지으며 잠시 생각에 잠겼다. 순간 눈앞에 어떤 그림이 펼쳐지기 시작했다. 그 그림은 어린아이의 종이 인형 극장처럼 교묘하게 접히고 연결된 구조로 이뤄져 알록달록하고 매혹적으로 펼쳐졌다. "플리머스로 돌아가 육지에서 의사 노릇을 하고 싶군요."

의심하는 듯 그의 바위 같은 이마 위로 주름이 크게 졌다. "런던이 아니라? 영국인들은 파리가 새똥에 몰리듯이 죄다 런던에 끌리는 줄 알았는데."

"아니, 플리머스가 내게 딱 맞을 겁니다." 나는 충분히 이해되는 그의 오해에 싱긋 웃으며 말했다. "우선 공기가 더 맑습니다. 바다가 보이면 좋겠지만, 그렇다고 너무 가까워서는 안 됩니다." 그림이 한층 더 펼쳐졌다. "흰색 페인트를 칠한 소박하고 작은 집, 조그만 과수원, 심지어 아내가 있을지도 몰라요. 그녀가 내 몽상을 관대하게 참아준다면 말이지만. 그 집의 이름은 힐톱 코티지라고 붙여야겠죠. 포도나무와 인동덩굴이 있고, 아마 멋진 참나무도 몇 그루 있을 겁니다. 생활을 적당히 꾸리고 나서도 마을 사람들에게 도움을 줄 수 있을 정도로 환자가 있었으면 좋겠지만, 그렇다고 글 쓰는 일에 방해가 될 정도로 많지 않으면 좋겠군요. 무리한 바람일까요?"

"당신은 스스로 생각하는 것보다 바다 생활에 더 잘 맞는 것 같은데."

"이게 내 첫 번째 항해이자 마지막 항해일 거라는 사실에 만족합니다. 우리가 항해를 나선 이래 어느 한 순간도 진정으로 행복했던 적이 없었어요. 뱃멀미하지 않을 때는 추위에 떨어야 했고, 추위에 떨지 않을 때는 지쳐빠져 있었죠. 그중 어떤 상태도 아닐 때는 겁에 질려있었습니다. 하지만 결코 후회하지 않는 게 하나 있다면, 바로 이곳에서 만난 사람들과 쌓은 인연이죠."

"친구라고 해서 전부 다른 친구의 머리에 구멍을 뚫지는 않을 텐데."

"그런 일이 관습적으로 행해진다면 인간사는 정말 흥미로웠을 겁니다." 다시 한번 그를 살펴봤다. 나는 여전히 그의 친구였지만, 그를 바라볼 때는 의사의 눈이라는 분별력 있는 필터가 사용됐다. "혹시 필요한 게 있습니까? 내가 잠자리에 들기 전에 말해보시죠."

"딱 하나, 그 제목에 대한 자네의 호기심을 충족해 줘야 할 것 같은데. '라 비힐리아 데 피에드라' 말이야."

"어디서 나온 제목인지 알아냈습니까?" 나는 흥미가 솟는 것을 느끼며 물었다.

"아니." 그가 애석해하면서도 애정 어린 눈빛으로 나를 바라봤다. 마치 아버지가 사랑하는 아들에게 강아지를 키울 수 없다고 말하는 듯한 시선이었다. "기억을 더듬어봤는데, 그 제목에는 아무 의미가 없어. *나다* (아무것도 아니야). 내 고향에서 들었던 시나 노래도 아니고, 그림 같은 것도 아니야. 내가 기억할 수 있는 그 어떤 것도 아니야. 그 말을 우연히 들었다가 스페인어로 꿈을 꾼 게 분명해."

"하지만 내게서 들었던 건 아니군요!"

"당신도 알아차렸을 테지만, 사람들은 자는 동안 잠꼬대를 해. 배 위에서는 그런 잠꼬대가 다른 사람들의 귀에 가닿기 쉽지. 심지어 사람들이 잠들어 있을 때조차 말이야. 배는 속삭임으로 가득한 꿈 같은 곳이야."

"좋은 뜻으로 한 말이겠지만…." 니는 정중하게 말했다. "내 궁금증을 전혀 충족하지 못했습니다."

"푹 자도록 해, 사일러스. 아침이 되면 다른 일로 고생깨나 하게 될 테니 말이야."

나는 그의 말에서 분명하게 드러나는 소박한 진실에 미소를 지었다. 인생이란 덜 괴로워하는 방법을 찾는 끊임없는 배움의 과정이었다. 새로운 걱정이 우편 마차처럼 신속하고 정기적으로 도착하기 마련이니, 그렇게 해야 새로운 걱정거리를 위한 자리를 마련할 수 있을 테니까.

라모스는 눈을 감은 채 꼼짝하지 않았다. 나는 20분 정도 그가 동요하는 징후를 보이는지 지켜보다가 그가 기분 좋게 잠들었다는 사실을 확인했다. 그렇게 바로 내 침대로 가야 했지만, 어떤 마조히즘적 강박이 나를 도로 책상으로 끌어당겼다. 나는 내 소설 원고의 마지막 페이지를 펼쳐 분노에 찬 시선으로 바라봤다. 소설을 파괴한 주모자인 그 빌어먹을 코실 부인에게 품었던 것과 똑같은 증오심이 일고 말았다. 마지막 페이지를 찢어 공 모양으로 구겨버렸다. 그리고 이전 페이지마저 찢어버리려는 순간, 좀 더 현명한 직감이 들어 손을 멈추고 말았다. 내가 이 작업을 증오하는 만큼, 이 과업에 뛰어들도록 내버려둔 오만함을 혐오하는 만큼, 모틀락을 비롯해 내 소설에 좋은 평을 내려준 다른 하급선원들을 저버릴 수가 없었다. 그들의 취향은 아마 코실 부인 같은 부류의 사람들만큼 제대로 자리 잡지는 않았겠지만, 그 글이 그들 삶의 지루함을 한순간이나마 유예해 준다면 내가 무슨 권리로 그들에게 또 다른 유예의 기회를 박탈할 수 있겠는가?

    나는 코담배 상자에서 아편을 조금 집어 들고, 곧이어 망각 속으로 사라졌다.

✷

더듬거리며 침대로 향했던 게 분명했다. 일어나고 보니 나는 침대 위에 있었다. 선실 창문을 통해 들어온 물기에 젖은 빛이 떨리고 있었다. 까먹고 커튼을 치지 못했던 것이다.

    연기로 만든 조각품이 산들바람에 흩날리듯이 지난밤의 꿈이 사라지고 있었다. 나는 또다시 빛이 없는 석재 통로를 헤매는 중이었다. 꿈의 내용은 항상 똑같았다. 나는 머리에 후드를 쓴 채 어둠 속에서 비틀거리며 나아가고 있었다. 그러다 마침내 빛이 깜빡이는 방으로 들어갔다. 위에서 쏟아지는 빛이 연마한 바위의 평면에 부딪쳐 조악하지만 거울 같은 효과가 났다. 후드를 쓴 내 모습이 거울에 어렴풋이 비치자 결과가 끔찍하리라는 사실을 알고도 어쩔 수 없이 후드를 뒤로 젖혔다. 빛 아래에서 두개골의 윤곽, 텅 빈 눈구멍, 씩 웃는 듯이 벌어진 턱이 드러나자 나는 어김없이 신음하거나 비명을 질렀고 자비롭게도 그렇게 의식을 되찾고는 했다.

    그 꿈을 떨치려는 듯이 몸서리치며 자리에서 일어났다. 그 꿈은 어째서 나를 이토록 괴롭히는 것일까? 배 위에는 악몽이 될 수 있는 연료가 충분한데, 어째서 익사나 전투의 공포 대신 빛이 없는 터널과 후드를 쓴 해골의 꿈을 꾸는 것일까?

나는 라모스 쪽으로 시선을 던졌다. 그가 숨을 들이마실 때마다 가슴이 끝도 없이 솟아오르는 모습을 보니, 마치 땅이 안간힘을 쓰며 그를 들어올리는 것처럼 보일 지경이었다. 그의 얼굴은 영면에 든 성자처럼 세속적인 걱정에 매이지 않고 평화로워 보였다. 그가 잠에서 깨어나지 않은 것으로 보아 나는 꿈속에서 소리 없이 비명을 질렀을 터였다.

나는 배의 흔들림으로부터 몸을 가누며 세수를 하고 옷을 입었다. 그러다 어제 구겨버린 종이가 아직 책상 위에 놓여있는 것이 눈에 띄었다. 그것은 구겨져 있었지만 공처럼 뭉쳐져 있지는 않았는데, 마치 내가 자는 사이에 천천히 풀어지다가 납작하게 펼쳐진 것 같았다. 나는 점점 커져가는 불안과 함께 의자에 앉았다. 구겨진 종이를 손가락 사이에 끼워 더욱 판판하게 폈다.

내가 쓴 글귀는 기억 그대로였다. 이야기의 흐름이 나를 저버리고 내 펜이 다음을 기대하며 점을 찍어 줄을 그리던 순간까지. 그 점들은 영감이 다시 한번 나를 사로잡았을 때 꽃을 피워낼 뿌리가 될 터였다. 하지만 그 글귀는 찢어진 종이에 적힌 유일한 내용이 아니었다. 좀 더 크고 굵은 획으로, 이전에 적은 글귀를 무자비하게 가로지르며 세 단어가 적혀있었다.

변환!
변환!
전환!

나는 그 조잡한 장식체를 물끄러미 바라봤다. 그러다가 잉크가 종이 위의 홈과 주름 때문에 튀고 걸린 모습을 알아채고는, 이 단어들이 내가 종이를 구기고 뭉쳐서 버린 다음에 적혔다는 사실을 깨달았다. 라모스 쪽을 다시 한번 바라봤다. 일순간 그가 몸을 회복하고 자리에서 일어나 내 글귀 위에 이 고대 문자를 휘갈겨 쓴 것이 아닐까 하는 생각에 사로잡혔다.

하지만 사실 이 범죄를 저지른 글쓴이를 이미 잘 알고 있었다. 내 손이, 오로지 내 손이 썼다. 내가 마지막으로 기억을 또렷하게 유지했을 때와 잠에서 깨어났을 때 사이의 어느 시점에, 스스로 뭉쳐놓은 종이를 펴고 다시 펜을 들어 이 단어들을 적어놨다. 마지막으로 들이마신 아편이 일으킨 몇 시간 동안의 섬망이 나를 이런 파괴 행위로 몰아간 것이었다. 하지만 새날이 밝아 그것을 문자 그대로 빛에 비춰보니, 내가 직접 남긴 단어에서 아무런 의미도 찾을 수 없었다.

"전환." 큰 소리로 그 단어를 발음해 봤다. 마치 주문을 욀 때처럼 발화를 통해야만 단어의 의미가 드러날지도 모른다는 듯이. 하지만 그 의미는 내 의식에서 완전히 사라져 버렸다. 내 잠재 의지가 무슨 짓을 벌였는지 알아야 할 것 같았지만, 내게 그런 것 따위는 없었다. '변환'이라는 단어를 먼저 휘갈겨 적고 그다음에 분노에 찬 수정(그 취소선의 필압 탓에 종이가 찢어질 정도로 자국이 깊은 것만 봐도 알 수 있었다)을 가한 것으로 보아, 두 단어가 내 머릿속에서 혼동될 정도로 비슷했으리라는 추정밖에 할 수 없었다.

한 이미지가 눈앞에 번뜩 떠올랐다. 마치 천공술을 실시할 때처럼 내 드릴이 라모스를 꿰뚫고 있었다. 하지만 나는 천공기구를 휘두르는 대신, 그의 두개골 내부에 들어가 그 안쪽을 지켜보는 감시자가 된 채 두개골의 천장 부분을 올려다보고 있었다. 그러자 뼈는 종이가 됐고 드릴은 날카로운 펜촉이 돼 밖에서부터 뚫고 들어왔다.

위쪽에서 뭐라고 외치는 소리와 이리저리 움직이는 발걸음 소리가 늘려왔다. 소음은 다소 긴급히게 들렸지만, 사실은 일상적인 일과가 시작됐다는 신호였다. 배가 들썩거리고 목재가 삐걱거리기 시작했다. 마치 쥐를 잡는 고양이가 게으름을 피우며 지극히 편안하게 드러누운 채 방해받고 싶어하지 않는 듯한 모습이었다. 더할 나위 없이 평범한 소란이었지만, 그 탓에 대령이 잠에서 깨어나고 말았다. 나는 반가운 심정이 들었다. 나 자신에 대한 것 외에 다른 생각거리가 생겼기 때문이다.

그는 하품을 하며 억지로 한쪽 눈을 떴다. "기운 좀 차렸나, 사일러스?"

나는 다시 한번 종이를 공 모양으로 구겨버리고 내 선실의 난방을 혼자서 책임지는 작고 초라한 스토브 안에 확실하게 던져 넣었다. 지금은 불이 붙어있지 않았지만 조만간 그렇게 될 터였다.

"기운이 넘칩니다, 대령님." 나는 거짓말을 했다. "오늘 무슨 일이 일어날지 기대가 되는데요."

✱

나는 갑판에 도착했다. 바람은 잦아들었고, 닻이 내려가 있었는데도 파도의 너울은 예상했던 만큼 메스껍지 않았다. 바다는 파란색이나 녹색보다는 회색에 더 가까웠고, 절벽의 꼭대기 위로 고작 살짝 고개를 내민 태양은 희미한 노란색을 띠고 있었다. 작은 빙산(이 정도 크기를 실제로 빙산이라고 부를 수 있다면 말이지만)이 신선한 목초지를 찾는 하얀 소 떼처럼 온화한 모습으로 행렬을 이루며 우리를 지나 남쪽으로 떠내려갔다. 절벽은 대부분 그늘에 가려진 채였고, 가장 높은 부분만이 태양의 직사광선을 받고 있었다. 하지만 좁은 만의 입구와 그 너머의 바닷물을 좀 더 수월하게 볼 수 있을 정도로 날이 밝았다.

좁은 만의 입구는 전날 밤에 내가 두려워했던 것보다는 더 넓었기 때문에 그곳을 통과한다는 발상이 더 이상 완전히 터무니없어 보이지는 않았다. 절벽은, 그러니까 적어도 이 지점에서 안으로 뚫려있는 절벽은 약 120미터 높이의 수직으로 뻗은 좁은 벽을 이루고 있었다. 그 틈의 너비는 대략 60미터 정도로 데메테르호의 폭보다 대여섯 배는 더 넓었다. 그 뒤로 뻗은 수로는 가장 좁은 부분이 80~120미터 정도였고, 점점 넓어지면서 석호로 이어졌다. 나는 이 좁은 만의 입구를 통과한다는 발상을 감히 시도하기 어려웠던 까닭은 딱 하나, 절벽의 험준한 모습 때문이었다는 사실을 깨달았다. 만약 절벽이 항구 방파제였다면 그 수로로 항해가 가능하다는 사실을 추호도 의심하지 않았을 터였다.

반 부흐트와 토폴스키, 그리고 뒤팽이 다시 조타륜 옆에 모여있었다. 선장과 토폴스키 대장은 편안하고 활기찬 모습으로 우리 앞에 닥친 작전의 일부에 대해 대화를 나누는 중이었다. 반 부흐트는 파이프 입부리로 돛과 돛줄임줄을 가리키며 돛을 조작하는 장치에 대해 뭐라고 손짓했고, 토폴스키는 열정적인 학생처럼 연신 고개를 끄덕거렸다. 뒤팽은 여원 고개를 앞으로 숙인 채 두 손에 든 어떤 물건을 살펴보고 있었다. 그것은 잉크로 얼룩진 작은 종이 조형물이었는데, 그 때문에 그의 손가락이 파란색으로 물들어 있었다.

"좋은 아침입니다, 여러분." 내가 큰 소리로 말했다.

"좋은 아침이야, 박사." 반 부흐트가 화답했다. "라모스 대령은 이제 괜찮다고 봐도 되겠지?"

"예, 휴식을 푹 취했으니까요. 그보다는 뒤팽 씨를 훨씬 걱정해야 할 것 같습니다. 갑판에 나와있을 줄은 몰랐는데요."

"저는 나름대로 괜찮습니다." 뒤팽은 종이 조형물에 여전히 주의를 기울인 채 대답했다. 그것은 종이를 접어 만든 공, 혹은 랜턴 같은 것이었다. 그가 손가락을 놀려 접힌 부분을 움직이자 그것은 마치 풀무처럼 팽창과 수축을 반복했다.

"라모스가 안전하게 있는지 제대로 확인해야 하네." 반 부흐트가 말했다. "저 균열을 통과하는 과정에서 데메테르호가 살짝 흔들릴지도 모르는데 그가 낙상하기를 바라지는 않으니까."

"그렇게 하겠습니다. 이미 결정을 내린 것 같습니다만?"

"사실 그렇지."

"선장님은 저 수로가 안전할 거라고 확신했어."

"정확히 그런 말은 하지 않았습니다." 선장이 바로잡았다. "상급선원들과 상의한 결과, 이렇게 떠내려가는 유빙 사이에 죽치고 있는 상황에 비하면 위험이 더 크지 않을 거라고 판단한 겁니다. 당신도 알다시피 어제보다 유빙이 훨씬 밀집해 있습니다. 석호 안으로 들어가면 빙산으로 어려움을 겪을 일은 없을 것 같군요. 아마 얼음이 얼어있을 것 같습니다만, 그건 다른 문제입니다. 게다가 늦겨울이 되기 전까지는 석호가 완전히 얼어붙을 것 같지는 않습니다."

"우리가 저 틈바구니로 항해를 할 수 있다고 확신하십니까?" 내가 물었다.

"항해는 극히 일부에 불과해, 사일러스. 방금 토폴스키 대장님께 설명을 드렸지. 바람보다는 조류에 더 의존하게 될 텐데, 저 수로처럼 좁은 수역에서는 조류를 예측하지 못할 가능성이 높아. 하지만 조류가 규칙에 따라 변하고, 또 수로의 수심이 충분히 깊기만 하면…."

나는 불안한 나머지 높아진 목소리를 애써 억눌렀다. "불확실한 점이 있습니까?"

"한때 절벽이었던 부분에서 바위가 떨어져 나왔을 텐데, 어디로 갔는지 보이지 않는군. 그 바위들이 수면 바로 아래에 쌓여있는 대신, 저 입구에서 쓸려 나가 넓게 퍼져있어야 할 텐데 말이야."

"우리가 단순한 믿음보다는 좀 더 실체가 있는 사실에 의지했으면 좋겠습니다."

뒤팽은 종이 장난감에서 눈을 떼고 고개를 들었다. 땀에 젖어 엉겨 붙은 노란색 머리카락 위로 모자를 푹 눌러쓴 채였다. "박사님이 없는 동안 이 문제에 대해 의논을 마쳤습니다."

"마쳤다고요?"

"우리 지도에 따르면 수심은 충분히 깊습니다. 지도를 믿지 않을 이유는 없죠. 그리고 예방조치로, 수로에 접근하면서 수심을 측정할 겁니다."

"그때쯤이면 우리는 이미 조류에 올라타 있을 텐데요!"

"부득이한 경우에는 닻을 내릴 겁니다." 뒤팽이 무심한 태도로 대답했다.

"머거트로이드 중위가 돛대 꼭대기에 감시꾼을 몇 명 보냈어." 반 부흐트가 말했다. "그 친구들이 조류가 밀려들었다 나가는 모습을 관찰했는데, 수면 아래에서 무언가 흐름을 방해하고 있다는 징후는 발견하지 못했지."

"그렇다면… 안심이 되는군요." 나는 머뭇거리며 말했다.

"이런 뱃사람들 문제에 신경 쓰지 마, 코드." 토폴스키가 말했다. 내가 다른 사람들의 개인적인 문제에 지나치게 코를 들이민다는 듯한 말투였다. "우리가 일단 석호 안으로 들어가 저 곳을 돌고 나면, 자네의 그런 말도 안 되는 두려움은 전부 사라져 버릴 거야."

나는 반 부흐트를 향해 말했다. "이런 질문을 드려도 좋을지 모르겠지만, 조류가 언제 우리에게 유리하게 바뀔까요?"

"한 시간 안에 돛을 올릴 예정이야. 그리고 절벽에 좀 더 가까이 접근하다가 조류를 타고 나면 재빨리 돛을 펼칠 거야. 물론 자네가 갑판에 나와있는 건 환영하지만, 만 입구에 접근하게 되면 엄청난 소란이 일어날 거라는 점은 분명히 경고해야겠군. 상당히 많은 선원이 이리저리 돌아다니고 갖가지 일을 하며 고함을 질러댈 테니까."

나는 그가 돌려 말하고 있다는 사실을 눈치채고 미소를 지었다. "제가 방해될까 걱정하시지만, 너무 친절한 나머지 대놓고 말씀하지는 못하시는군요."

"그런 건 아니야. 하지만 선원들이 세심한 부분에 이르기까지 한 몸처럼 움직여야 하는 작업이라서 말이지. 게다가 누군가 부상당할 여지도 충분히 있어."

"심각한 부상자가 나오지 않으면 좋겠군요."

"선원들은 훈련이 잘돼있으니 신중하게 움직일 거야. 만약 자네가 필요해진다면, 바로 부상자가 발생한 경우일 테지."

나는 반쯤 두려워하면서도 또 반쯤은 본업을 착실히 수행할 것이라는 예상으로 설레며 고개를 끄덕였다. "탈구나 골절 이상의 부상은 발생하지 않기를 기도하는 게 좋겠습니다. 그 정도만 아니라면 쉽게 대처가 가능하니까요. 어떤 사태가 발생하더라도 대비할 수 있도록 수술대를 준비하겠습니다. 라모스 대령님에게 의자에 앉아있으라고 설득할 수 있을지도 모릅니다. 갑판으로 올라가겠다는 걸 저지할 수 있다면 말이지만요."

"다 잘될 거야, 사일러스." 반 부흐트가 내게 말했다. "데메테르호는 항상 운이 좋은 배였으니까."

"운이 계속되기를 바랍니다." 내가 대답했다.

5

 안심시키기 위해 좋은 뜻으로 한 말이었겠지만, 그의 말은 내게 정반대의 효과를 낳았을 뿐이었다. 나는 고개를 끄덕여 작별 인사를 하고 내 선실로 돌아와 라모스에게 의자로 자리를 옮기면 도움이 될 것이라고 설명했다. 라모스가 다리를 휙 움직여 테이블에서 내려오는 일에 내 격려나 도움은 필요하지 않았다. 그가 현기증을 일으키는지 살펴봤지만 그는 두 발을 똑바로 딛고 서있는 듯 보였다.

"앉으시죠. 붕대를 갈아야겠습니다. 상처에 고름이 약간 생기기는 했지만 크게 우려할 점은 없군요."

"더 이상 쉬지 않아도 될 것 같은데, 사일러스."

"이런 문제에서 환자의 말을 신뢰하는 건 언제나 금물입니다. 당신은 뒤팽만큼이나 말을 안 듣는다니까요!"

그가 고개를 들어 나를 바라봤다. "우리 지도제작자 말이야?"

"좀 쉬라고 그렇게 말했는데도 도통 말을 듣지 않습니다. 토폴스키가 그 친구를 닦달하는 걸까요?"

"이 경우라면 아니야. 뒤팽에게 대장은 한 명뿐이니까."

"자기 자신 말입니까?"

"수학이야. 수학이야말로 그 친구의 지배자이자 독재자야. 어떤 남자들은 노름이나 오입질, 폭력 같은 걸로 죽어나가지만, 내가 확신하건대 그 친구에게 그런 존재는 바로 숫자야. 숫자와 기호는 그 어떤 중독이나 복수보다도 그의 영혼에 치명적으로 작용하지. 하지만 그렇다 해도 내가 다른 사람의 소명을 판단할 위치는 아니니까."

"그가 자신의 효용을 다하기 전에 우리 앞에서 죽지만 않으면 족하니까요." 나는 내가 뱉은 말에 담긴 예상치 못한 냉혹함에 눈을 깜빡거렸다. "그가 쉬도록 설득하는 방법을 찾을 수 있으면 좋을 텐데 말입니다. 혹시 대령님 말이라면 따를지 모르겠군요."

"나는 그저 말 안 듣는 환자 나부랭이인 것 같은데."

"하지만 어느 정도 귀를 기울이는 동료이기도 하죠. 부디 내 조언에 귀 기울여 주면 좋겠습니다. 하는 일 없이 이곳에 갇혀있는 게 짜증 난다면, 기꺼이 대령님을 보조의사로 임명하도록 하겠습니다."

"나는 의술에 대해 아무것도 몰라."

"하지만 사람들의 의지에 반하고 그들을 억누르는 방법에 대해 한두 가지 정도는 확실히 아는 것 같은데요."

"그야 그렇지." 그는 유감스럽다는 듯 말했다.

"그런 일은 일어나지 않을 겁니다. 하지만 최선을 바랄지라도 최악에 대비하기는 해야 하니까요."

그가 수락한다는 뜻으로 고개를 끄덕였다. "전쟁 중이 아닌 평화 속에서도 좋은 격언이로군."

라모스가 자리에 앉자 나는 다시 그의 두피에 붕대를 감고 내 작업에 만족하며 고개를 끄덕였다. 이런 행동이 어떤 허영심에서 비롯되지는 않았다. 그저 내 직업적 요구에 부응했다는 사실을 확인하며 안도감을 느꼈을 뿐이었다.

늘 그렇듯이 직업에서 느끼는 상반된 감정들이 내 머릿속에 크게 자리 잡았다. 데메테르호의 선원 중 누구 하나 다치게 하거나 팔다리를 못쓰게 만들 생각은 없었지만, 그들의 부상이 내 개입을 필요로 한다면 나는 긴급히 행동에 나설 것이었다. 이런 태도가 열정과 완전히 분리돼 있지는 않을 터였다. 내가 의존하고 있는 전문 기술은 이 배에서 나만이 보유했을 뿐만 아니라(내가 아는 한은 그랬다) 성실함과 노력으로 익혀온 것이었다. 비록 런던이나 에든버러에 있는 유구한 기관이 아니라 플리머스의 지방 의대에서 수련하기는 했지만, 절개와 봉합에 관한 한 그 누구와 비교해도 동등한 수준이라고 자부했다.

"즐거워 보이는데, 사일러스." 라모스는 테이블 위로 새 시트를 펼치는 내 모습을 보며 말했다.

"이게 내 본령이니까요. 나는 이런 일을 하기 위해 창조된 겁니다. 그 외에는 모두 부수적일 뿐이죠."

"당신의 존재 이유는 단 하나, 사람들을 구하는 것이로군." 그는 천천히 고개를 끄덕이며 동의를 표했다. "내 소명보다 훨씬 고귀하군."

갑판 위의 소란과 이리저리 부르고 대답하는 고함 소리는 데메테르호가 닻을 끌어올리고 있다는 신호였다. 펼친 돛에 바람이 모이면서 배의 움직임이 점차 달라지기 시작했다. 우리는 얼음이 듬성듬성 들어찬 너울을 오르내리기보다는 그 사이를 가르는 듯한 움직임으로 나아갔다. 해는 아직 낮게 떠있었고 햇빛 또한 옅었다. 그러다 햇빛이 각도를 천천히 바꾸며 내 선실에 다다르자 배가 선수를 만의 입구 쪽으로 돌렸다. 내 선실은 좌현의 선미 근처에 있었기 때문에 여기서는 우리가 향하는 목적지가 전혀 보이지 않았다. 그저 더 멀리 북쪽에 있는 절벽의 꼭대기 정도만 시야에 들어올 뿐이었다. 나는 책상 앞에 앉아 우리의 항해 목적과 내 준비 상태에 대한 보고가 담긴 의료기록의 초안을 작성하고 있었는데, 그러는 몇 분 동안 절벽의 모습에 거의 변화가 없는 것 같았다. 그러다 갑자기 체감될 정도로 절벽이 좀 더 가까워지고 배의 움직임이 더욱 순조로워지자, 유입되는 조류에 우리가 진작 올라타 빠져나올 수 없는 길에 접어들었다는 사실을 깨달았다.

나는 펜을 내려놓고 주의 깊게 귀를 기울였다. 배가 끊임없이 삐걱거리며 신음했지만, 그런 무의미한 불평에는 익숙해진 상태였다. 나는 이미 그 너머의 발걸음 소리, 각기 다른 억양과 목소리로 서로를 부르는 소리, 돛과 돛줄임줄 배치의 특별한 변화에 따른 탁탁 부딪치거나 빠르게 움직이거나 바스락거리는 듯한 소리가 뒤섞인 복잡한 교향곡을 들을 수 있도록 귀를 훈련시켰다.

그 과정의 어느 부분에 대해서도 유용한 설명을 할 수 없었지만, 그런 소음들은 내가 최근 들어 알아차리기 시작한 친숙한 양식에 들어맞았기 때문에 진행 중인 작업이 비록 고되기는 해도 질서 정연한 방식으로 이뤄지고 있다고 안심할 수 있었다. 머거트로이드와 다른 상급선원들의 말은 꽤 또렷하게 들렸다. 그들이 하는 명령과 질문에는 심각한 분위기가 깃들어 있었지만 당황하거나 걱정하는 듯한 기색은 전혀 느껴지지 않았다. 이따금 반 부흐트가 끼어들어 한마디 더하기도 했다. 선장의 말투에는 부하들을 전적으로 신뢰하기 때문에 직접 지시를 내리기보다는 지켜보는 것에 만족한다는 태도가 자리 잡고 있었다. 한 선원이 주기적으로 배 아래쪽의 수심을 측정하면서 그 수치를 알리는 목소리 역시 들려왔다.

절벽은 더욱 가까워졌다. 절벽이 얼마나 높이 솟았는지, 데메테르호의 가장 높은 돛대보다도 얼마나 더 높이 뻗어있는지 보다 손쉽게 알 수 있을 정도였다. 절벽의 높이와 질량이 주는 인상에 압도된 나머지, 나는 그 순간 목재와 돛으로 이뤄진 우리의 작은 감옥이 얼마나 하찮은지 실감하고 말았다. 소름 끼칠 정도로 관점이 역전되면서, 우리의 배는 우주의 중심부에 고정된 존재고, 절벽은 무자비하게 움직이는 지구 표면, 또는 영원할 것 같은 바위로 이뤄진 진격하는 방패처럼 보였다. 우리는 그 절벽에 부딪쳐 산산이 부서진 채 축축하고 너덜너덜해진 피투성이 인간 파편으로 전락해 버리고 말 것 같았다.

"여기서 기다려봐야 할 일이 없을 거야, 사일러스." 라모스가 말했다. "얼굴이 점점 파랗게 질리고 있는데. 위로 올라가 봐. 돌아올 때까지 내가 확실히 자리를 지키고 있을 테니 말이야."

"부상자가 발생할지도 모르니까요." 나는 고마워하며 스스로를 합리화했다. "그렇다면 부상이 발생할 수 있는 근원지에 가까이 가있는 게 좋을지도 모릅니다. 그럼 가장 신속하게 도와줄 수 있을 겁니다."

"정말 똑똑한 생각 같은데." 라모스가 대답했다.

✳

내가 선미 갑판에 도착했을 때, 배는 조류를 타고 좁은 만의 입구로부터 약 60미터 정도 떨어진 지점까지 근접해 있었다. 서둘러 돛을 내리는 작업이 진행 중이었다. 이 작업에는 갑판 위와 바람이 휘몰아치는 돛대 위에서 많은 일손이 필요했다. 조금 전까지 데메테르호는 조류에 올라타기 위해 돛을 일부 펼쳐둘 필요가 있었지만, 이제는 배의 돛대와 가로대에서 뼈대만 남기기 위한 경주가 시작됐다. 머거트로이드와 그의 부하들은 이제 더욱 긴박한 목소리로 외쳤고, 심지어 선장의 참견마저 점점 빈번해졌다. 하지만 어떤 위기가 다가오고 있다는 느낌은 여전히 들지 않았다. 선원들은 날씨가 급변하는 상황에서 돛을 재빨리 내리는 훈련을 받은 사람들이었고, 그에 비하면 지금 명령받은 일은 상대적으로 수월했다.

반 부흐트는 조타륜을 잡고 있었다. 그는 점점 더 날카롭고 빠른 동작으로 배의 움직임에 개입했다. 이제는 서로 마주 보고 있는 양쪽 절벽 사이로 펼쳐진 수로의 가장 깊은 곳을 향해 데메테르호를 진입시키려 애를 썼다. 수심은 계속해서 측정되고 있었다. 이들의 말을 비록 전부 알아듣지는 못했지만, 전반적인 인상으로는 수심이 얕아지고 있기는 해도 경계할 정도로 급격한 변화는 아니라는 것 같았다.

이제 우리 배와 좁은 만의 입구는 30미터 거리도 채 되지 않았다. 태양은 여전히 떠있었지만 햇빛이 우리에게 직접 닿지는 않았다. 좁은 만의 입구는 햇빛이 전혀 비치지 않는 각도에 있었다. 배가 절벽의 그늘 속으로 들어갔다. 그늘은 뼛속까지 저릴 정도로 불길한 냉기를 몰고 왔다. 절벽의 측면부와 가까워지면서 공기가 점점 더 무겁고 축축해지는 것 같았다. 마치 갑판 위로 장례식 수의를 뒤집어쓴 기분이었다. 갑자기 사람들의 목소리가 잦아들었다. 서로를 부르는 고함 소리도 점점 줄어들었다.

이제 절벽과의 거리는 배의 길이보다 훨씬 짧아졌다. 수심 측정이 중단됐다. 우리의 통행속도를 감안하면 이제 그럴 이유가 전혀 없었기 때문이다. 양쪽 벽은 북쪽과 남쪽을 향해 치솟아 있었다. 아래쪽은 검게 반짝거렸고, 색이 옅은 꼭대기 부분에는 이끼가 껴있었다. 바위에 수평으로 난 줄무늬는 책 위에 책을 마구 올려놓은 모습, 더 나아가 옆으로 쓰러뜨린 도서관을 연상케 했다. 맨 밑바닥에 깔린 두꺼운 책들은 위에 쌓인 책들에 짓눌려 썩어 부스러지기 시작했다. 나는 압박감을 느끼지 않았다. 도리어 이 횡단이 처음 시작했을 때만큼 빨리 끝나리라는 사실을 깨닫고 아찔해졌다. 주눅 들 정도로 배의 속도가 굉장했지만 물살은 금세 멎어버릴 터였다. 반 부흐트를 흘끗 바라봤다. 그의 얼굴에 집중하는 기색이 엿보였지만 공포심은 찾아볼 수 없었다.

"난파선 발견!" 머거트로이드가 좌현 쪽을 가리키며 외쳤다.

키클롭스 같은 그의 외눈을 뒤쫓았지만 바닷물과 절벽, 그늘 외에는 아무것도 보이지 않았다. 하지만 내 두 눈은 단 하나 남은 중위의 눈만큼 잘 훈련되지도, 날카롭지도 않았다. 그가 그 자리에 있어서는 안 될 것을 발견하고 좀 더 시간이 흐르고 나서야 나는 그것의 모습을 알아차렸다. 그것은 으깨진 곤충처럼 절벽의 어둠에 짓눌려 있어서 바위의 색깔, 그곳의 어둠과 거의 구분할 수 없었다. 하지만 확실히 선박이었다. 남아 있는 것은 거의 없었다. 선체의 잔해만이 절벽에 단단히 박힌 채 바람이나 파도의 움직임에도 무감각하게 고정돼 있었다. 꺾인 돛대의 그루터기가 선체 위로 돌출돼 있었고, 선체는 본래 크기보다 4분의 1에서 5분의 1 정도로 줄어든 채였다. 이 나무 뼈대 위로 무너져 내린 돛과 조종장치가 이끼가 낀 채 수의처럼 덮여있었다. 나는 그 배가 도로 그림자 속으로 녹아들어 한낱 감각의 허상이 되기를 바라며 바라보고 또 바라봤다. 하지만 그 소망은 실현되지 않을 터였다.

머거트로이드는 망원경을 눈에 대고 그 선체를 조준했다. 말없이 그것을 살펴본 다음 망원경을 아래로 내렸다. 기울어진 갑판의 각도에도 불구하고 그는 두 발을 단단히 디딘 채 반 부흐트 선장에게 돌아갔다.

"저 배의 이름을 보십시오, 선장님."

"데메테르호처럼 튼튼해 보이지는 않는데."

"저도 그렇게 생각합니다. 그래도 이름을 확인하셔야 합니다." 머거트로이드는 계급의 한계를 시험하며, 거의 억지 부리는 듯한 태도로 선장의 눈에 망원경을 갖다 대려고 했다.

반 부흐트는 부하와 마찬가지로 말없이 그 환영을 살펴봤다. 나는 그들이 관심을 두는 대상에 대해 추측밖에 할 수 없었다. 내 눈에 난파선은 오래된 부츠 같은 색깔이었고 한결같이 칙칙했다. 하지만 그 배의 선수 주변에서 무언가 선장의 흥미를 끌었다. 날씨에 시달려 썩어버린 목재 선수에 좀 더 어두운 자국이 나있었다.

선장은 망원경을 아래로 내렸다. 그리고 우리 항해에 자금을 댄 사람을 향해 몸을 돌렸다.

"토폴스키 대장님, 하실 말씀 있습니까?"

"그들이 성공했다는 말은 하지 않았습니다!"

"그리고 유로파호가 조난당했다는 말도 하지 않았습니다." 언뜻 듣기에 선장의 낮은 목소리에는 적의가 실려있지 않았지만, 오히려 그 점에서 최악이었다. "당신은 저들이 사고를 당하지 않았다고 믿도록 우리를 유도했습니다."

"내가 유로파호의 운명을 안다고 주장한 적은 한 번도 없었습니다!"

"유로파호가 조난당했다는 사실을 몰랐다고 말하는 겁니까? 그 배가 우리가 진입하고 있는 바로 그 입구에서 최후를 맞이했다는 사실을 몰랐다고요?"

"어떻게 몰랐을 수가 있을까요, 대장님?" 머거트로이드가 과장된 말투로 물었다. 그의 안에서 어떤 것이, 몇 주 동안 긴장 상태에 놓여있던 억제력이 깨지고 만 것이었다. 안대를 끼지 않은 눈에 거친 분노가 드러났고, 비대칭적인 모습 때문에 그의 분노가 훨씬 더 생생하게 보였다. "선장님, 그는 이 사실을 밝히지 않음으로써 우리가 맺은 계약의 내용과 취지를 모두 위반했습니다. 이제 전부 무효입니다! 라모스의 몸 상태가 정상적이지 않은 지금, 토폴스키 대장을 그의 선실에 구금하고 죄수로 취급할 것을 강력히 권고합니다! 또한 그의 부하들 모두에게도 과실이 있습니다! 모두 이 거짓말을 감추고 있었습니다! 그들을 모두 억류한 다음, 법원에서 계약위반에 대해 다퉈야 합니다!"

"생존자는 어떻게 됐습니까?" 선장이 물었다.

"나는… 잘 모릅니다." 토폴스키가 발끈했다. "당신들이 이 난파선을 발견할 거라고 생각하지 못했습니다. 벽에 낙서라도 한 것처럼 절벽에 처박혀 있는 대신, 오래전에 파도 아래로 가라앉았을 거라고 생각했습니다! 눈에 띄지 않는다면 굳이 언급할 필요는 없지 않습니까!"

"생존자는 몇 명입니까?" 반 부흐트는 집요하게 캐묻다가 내게 고개를 돌렸다. "이제 유로파호의 선원들이 이 발견으로 진작에 한몫 잡지 못한 이유를 알겠어, 사일러스. 익사하느라 너무 바빴던 거야."

"생존자가 있는지는 모르겠습니다." 토폴스키는 고개를 떨구며 사실을 인정했다. "하지만 어쩌면 있었을지도 모릅니다!"

"그 정보는 어떻게 얻게 된 겁니까?" 내가 물었다.

"내가 말했던 그대로니까! 그 지도와 문서를 손에 넣게 돼서…."

머거트로이드는 마치 도둑을 대하듯이 거칠게 토폴스키의 코트 옷깃을 틀어쥐었다. "네놈이 얼버무리는 짓에는 신물이 나! 도대체 어떻게 된 거야? 이 난파선을 약탈했나? 우리가 네놈 계략에 넘어가도록 난파선의 위치를 모르는 척 굴었던 거야?"

토폴스키는 머거트로이드에게 먹살이 잡힌 채 버둥거렸다. 뒤팽은 남의 일인 듯 지켜볼 따름이었다. 마치 개인적으로 이해관계가 없는 길거리 싸움을 관전하는 듯한 모습이었다. 그는 여전히 지저분한 종이 공을 손가락에 끼운 채 마치 부적을 다루듯 움켜쥐고 쓰다듬었다.

"머거트로이드 중위." 반 부흐트가 말했다. "자네의 열의는 알겠지만 우리 손님을 잠깐만 놔주는 게 어때."

"잠깐만입니다!" 머거트로이드가 으르렁대며 토폴스키 대장을 놔줬다. 그 동작이 굉장히 갑작스럽고 거칠어 토폴스키는 뒤로 넘어갈 듯 휘청거렸고 중심을 잡으려고 두 팔을 마구 휘둘러야 했다.

"고맙네." 선장이 나직하게 말했다.

"그 정보 말입니다." 내가 다시 물었다.

"분명히 난파선에서 트렁크가 하나 떨어져 나왔을 거야." 토폴스키의 두 뺨이 평소보다 훨씬 달아올랐다. 그는 숨이 막힐 정도로 헐떡거렸다. "자세한 이야기는 몰라. 그 트렁크는 밖으로 흐르는 조류를 타고 탁 트인 바다까지 떠내려간 거야. 그다음에 다른 배가 그걸 발견해서… 내가 그 트렁크와 내용물의 판매를 중개했지." 지쳐빠진 경주마처럼 그의 호흡이 거칠고 빨라졌다. "그 트렁크를 건진 녀석들은 단순해서 그걸 내게 넘기고 동전 한두 푼 정도 벌 생각밖에 못했어."

"왜 당신에게 넘겼습니까?" 나는 계속 캐물었다.

그가 한 손을 흔들며 내 질문을 일축했다. "내가 항해 중에 발견한 진기한 물건들을 돈 주고 산다는 사실은 그런 선원들에게 널리 알려져 있으니까. 지도, 그림, 출처가 불분명한 공예품 같은 것들을 나나 내 부하에게 가져오면 좋은 값을 쳐준다고 말이야. 나는 중요한 항구마다 사람을 두고 있다고. 거미줄처럼 넓게 영향력이 펼쳐져 있는 셈이지. 그 한가운데에 내가 있는 거야."

그때 무겁고 불안정한 발걸음 소리가 갑판을 울렸다. 나는 절망적인 예감이 들어 고개를 돌렸다. 발소리의 주인이 누구인지 확신했던 것이다. "라모스 대령님, 여기 나오면 안 됩니다!"

그는 테이블 위에 누워있을 때는 강인해 보였고, 의자에 앉아있을 때는 평소보다 그리 약해 보이지 않았다. 하지만 억지로 걸음을 옮겨 배 안을 이동하자 쇠약함이 드러났다. 그의 얼굴이 창백했다. 그는 두 눈을 찡그린 채 가늘게 뜨고 있었다. 이 위도에 내리쬐는 빈약한 햇빛조차 그에게 타격을 주는 것 같았다. 어마어마한 어깨 위로 붕대를 감은 머리가 비스듬하게 기울어져 있었다. 마치 어깨 위로 머리를 부주의하게 떨어뜨려 놓은 듯한 모습이었다.

"고함 소리가 들렸습니다. 계속 아래층에 있을 수가 없더군요." 그는 다가오면서 번뜩이는 눈으로 우리를 한 사람씩 응시했다. 우리의 관계가 어떻게 변했는지 뜯어보려는 행위였다.

"이렇게 감사할 수가, 라모스! 어쨌든 자네 의무를 잊지 않았군."

"대령님." 머거트로이드가 상대에게 정중하게 목례하며 말했다. "당신과 내가 싸울 필요는 없습니다."

라모스는 부드럽게 대답했다. "맞는 말입니다. 지금은 말이죠."

"라모스, 저놈은 내게 버릇없이 굴었어! 고작해야 흔해빠진 깡패밖에 안 되는 놈이. 저 아일랜드 촌뜨기 놈을 손 좀 봐주라고! 조금이나마 예의를 가르쳐주도록 해."

나는 라모스의 팔을 붙들었다. 그러자 이 거인이 언제라도 속을 게워내거나 쓰러질 것 같다는 느낌이 들었다. "오해가 좀… 있었습니다." 내가 입을 열었다. 그러면서 우리 뒤로 미끄러지듯 멀어지는 난파선을 가리켰다. "유로파호의 잔해입니다! 대장님이 거짓말을 한 겁니다, 대령님. 그 점은 확실합니다. 그리고 당신이 그 속임수에 관여하지 않았다는 것도 마찬가지로 확신하고요."

"나는 관여하지 않았어." 그는 이렇게 대답한 다음 토폴스키에게 말했다. "내게 거짓말을 했습니까, 토폴스키 대장님?"

"무기와 화약에나 신경 쓰도록 해, 라모스. 위대한 일을 할 때 필요한 권모술수 같은 건 네가 상관할 바가 아니야! 거짓말은 과정을 매끄럽게 하는 윤활유나 마찬가지라고. 정직하기만 한 멍청이들에게 세상을 맡겼다면 인류는 아직까지 짐승 가죽이나 입고 다녔을 거야!"

"저자는 당신을 그렇게 생각하는 겁니다." 머거트로이드는 대령에게 허심탄회하게 말했다. "정직하기만 한 멍청이라고 말입니다. 이제 우리와 함께합시다. 적어도 다른 원정대 동료들은 대령님을 존중해 줄 겁니다. 그렇지 않습니까, 선장님?"

"잠깐만, 헨리."

나는 지금까지 반 부흐트가 머거트로이드를 이름으로 부르는 것을 들어본 적이 없었다. 심지어 테이블 앞에 둘러앉아 그 누구보다도 삼촌과 조카 같은 분위기를 풍길 때도 마찬가지였다. 그런 실수는 선장이 잠시 정신이 다른 곳에 팔렸다는 증거였다. 어떤 것이, 심지어 유로파호의 잔해조차 잊게 만드는 것이 그의 집중력을 거의 모두 앗아 가버렸던 것이다.

우리의 몸이 크게 흔들렸다.

나는 거의 넘어질 뻔했다. 라모스는 넘어지고 말았다. 균형감각이 불안정했기 때문이다. 머거트로이드는 자신보다 덩치가 큰 남자가 갑판 위로 거세게 쓰러지는 순간의 충격을 완화하기 위해 쓰러진 거인 옆에 무릎을 꿇었다. 라모스가 갑판 위로 거품이 낀 분홍색 가래를 토했다. 이윽고 그의 눈동자가 이리저리로 흔들리더니 온몸이 마비된 듯 그의 사지가 떨리기 시작했다.

선장은 조타륜에 달라붙어 씨름했다. 우리가 뭔가에 부딪친 것이 분명했다. 아마 유로파호를 좌초시킨 것과 같은 암초일 터였다. 나는 우리 배의 하부 목재가 산산조각으로 부서지면서 배가 끔찍하게 으스러지리라 생각했다. 하지만 그런 일은 일어나지 않았다. 배는 여전히 물 위에 둥둥 떠 이동하고 있었다. 바위의 표면이 움직이는 모습으로 그 사실을 확인할 수 있었다.

"무슨 일입니까?" 나는 몸을 떨고 있는 라모스의 상태를 살펴보는 일과 난파당해 익사하고 말 것이라는 좀 더 가까운 공포 사이에서 갈팡질팡하며 물었다.

"키가 반응하지 않아." 반 부흐트가 내게 말했다. 그는 시계 방향으로 살짝, 반시계 방향으로 살짝 조타륜을 조종하며 조금씩 방향을 수정하는 대신, 계속해서 시계 방향으로 조타륜을 돌리고 있었다. 동작을 보니 좌현으로 급격하게 선회하고 싶은 것 같았다. 하지만 선수가 반대 방향으로 돌아가고 있었다. 배는 불길한 나침반의 바늘이 돼 남극을 가리키려 했다. 어떤 해류나 회오리바람이, 혹은 그런 것들의 조합이 우리를 틀어쥐는 바람에 우리는 더 이상 균열을 통과하기 위한 직선 항로를 유지할 수 없었다. 배가 움직이면서 양쪽 벽의 간격이 점차 줄어들었다. 선수를 처음 들이밀었을 때는 쉽게 통과할 수 있었던 수로가 이제는 통행이 허락되지 않을 정도로 넓지 않았다.

양쪽 진영 간에 발생한 사소한 언쟁은 이제 데메테르호에 닥친 더 큰 사건 앞에서 순식간에 하찮아졌다. 라모스의 운명은 이제 한낱 사소한 문제에 불과했다. 선원들은 목청껏 울려 퍼지는 갖가지 지시와 힘겹게 얻은 생존 본능에 따라 미친 듯이 뛰어다녔다. 몇몇 선원은 다시 서둘러 돛대 위로 올라가기 시작했다. 돛을 일부분이라도 펼치려는 것 같았다. 나는 키가 작동하지 않기 때문에 바람이 적보다는 잠재적인 동맹 관계가 돼 주지 않을까 추측했다. 다른 선원들은 신고 온 장대를 풀어 각자 여러 개씩 들고 암벽을 밀어내기 위해 배의 측면으로 이동했다. 하지만 대처는 너무 느리게 이뤄졌고, 조류는 전혀 자비를 베풀지 않았다.

순간 나는 선장의 시선을 끌었다. 그는 명령을 내리는 사이사이, 내게 질문을 해보라는 태도를 취했다.

"위험에 처한 겁니까?"

그가 고개를 끄덕였다. "정말로 위험한 상황이야, 사일러스. 그렇기는 하지만 라모스 대령을 도와줄 수 있겠나?"

지금까지 망연자실하며 멍하게 있던 나는 떨고 있는 내 친구 곁으로 몸을 던지듯 주저앉았다. 라모스가 몸부림치는 와중에 머거트로이드는 그가 갑판에 머리를 부딪치지 않도록 머리를 두 손으로 받쳐 들고 있었다. 머거트로이드의 손가락 사이로 피가 넘쳐흘렀다. 감고 있던 붕대는 이미 깃발처럼 빨갛게 물들어 있었다. 라모스는 다시 한번 구토했다. 그러자 그의 움직임이 한층 더 격렬해졌다. 마치 기계가 통제력을 잃고 무시무시하게 요동치다가 조각조각 해체되는 듯한 모습이었다.

"질식하고 있습니다, 머거트로이드."

머거트로이드가 한쪽 눈을 크게 뜬 채 내 눈을 바라봤다. 그의 눈에서 엿보인 것이 완전한 공포심은 아닌 듯했다. 헨리 머거트로이드 같은 사람이 자신에게 그런 종류의 감정을 허용할 것 같지 않았다. 하지만 그 눈에 떠오른 것은 공포에 지극히 가까운, 반신반의하는 듯한 거칠고 혼란스러운 태도였다.

"당신이 그를 치료하지 않았습니까!"

"최선을 다했습니다. 하지만 여전히 쇠약한 상태라서 아래쪽에 남아있어야 했는데." 나는 라모스의 입안에 손가락을 집어넣어 기도를 막고 있는 이물질을 제거하려 애를 썼다. 광견병에 걸려 으르렁대는 개의 입에서 작은 음식물 조각을 빼내려는 모습과 흡사했다.

"살려야 해." 토폴스키 대장이 나를 내려다보며 딱 잘라 말했다. "이 짐승 같은 놈을 살려내야 해, 코드. 그러지 못하면 맹세코 너도 성치 못할 줄 알아!"

머거트로이드는 느긋한 동작으로 자리에서 일어났다. 그러더니 토폴스키에게 주먹을 한 방 날려 순식간에 그를 의식불명으로 만들었다. 그토록 신속한 상태 전환은 교과서에 실려야 할 정도로 훌륭한 의학적 사례라 할 수 있었다. 대장은 부려놓은 곡식 자루처럼 거세지만 조용히 쓰러졌다.

"이제 부서진 턱도 하나 치료해야겠군요." 내가 이렇게 말하는 사이, 라모스가 내 손을 물어뜯는 바람에 우리가 흘린 피가 그의 입안에서 뒤섞여 버렸다.

"그런 문제까지 걱정할 여유는 없을지도 모릅니다." 머거트로이드는 이렇게 말하며 주먹을 문질렀다.

그의 시선을 따라 사람들이 바삐 움직이는 갑판을 훑어봤다. 거대한 장막 같은 바위가 선수를 스치듯 지나갔다. 두 번째 바위는 더욱 가까이 다가왔다. 장대를 든 선원들이 급히 앞으로 달려갔다. 나는 마치 꿈을 꾸는 듯이 그 모습을 바라보며 그들이 어째서 그렇게 애를 쓰고 있는지 의아해했다. 그들의 노력이 성공을 거둘 수 있다는 일말의 가능성도 존재하지 않았기 때문이다. 배는 너무 무거운 데다 느릿하게 움직였고, 절벽은 너무 빠르게 다가왔다. 선원 두 명이 장대 하나를 함께 들고 이물대보다 더 길게 뻗어봤지만, 장대는 움직이는 바위 표면에 접촉하자마자 한쪽으로 맹렬하게 뒤틀렸다. 그 격렬한 움직임 탓에 두 선원 모두 부상을 입고 말았다. 한 명은 즉시 갑판 위에 축 늘어져 움직이지 않았고, 다른 한 명은 허둥지둥 일어나 보려고 했지만 다리를 다친 듯해 그럴 수가 없었다. 그러자 장대를 든 다른 선원들마저 부쩍 의욕을 상실하고 말았다. 그들이 맡은 임무가 얼마나 말도 안 되는 일인지 깨달았기 때문이다.

라모스는 마지막으로 격렬하게 몸을 떨더니 이내 미동도 하지 않았다. 나는 이물질과 피가 뒤덮인 손가락을 빼 맥박을 짚었다.

"사망했습니다, 머거트로이드. 이 불쌍한 사람을 구하지 못했어요."

"그렇다면 다른 사람들을 구해요."

나는 다친 손가락을 수습하며(부러지거나 탈구되지 않았다면 기적이었

다) 대령을 내버려둔 채 구역질이 날 정도로 심하게 기울고 흔들리는 배에 몸을 기대며 갑판을 지나 앞으로 향했다. 배 전체가 위험에 처했을까? 나로서는 알 수 없었다. 우리에게 닥친 문제에는 경우의 수가 다양했다. 파멸을 목전에 뒀을 가능성부터 회계 장부에 상당한 부담이 될 정도로 일정을 지체하고 수리를 해야 하는 불편함에 그치는 징도의 기능성까지. 하지만 설사 우리 모두가 익사할 처지에 몰렸다 하더라도, 이 선원들에 대한 내 직업적 의무를 방기할 수 없었다.

선원들이 있는 곳까지 절반도 가지 못했을 때, 이물대가 바위에 부딪쳐 마치 갈비뼈 사이로 칼을 꽂은 것처럼 바위의 울퉁불퉁한 표면에 처박혔다. 그 부분이 깨끗하게 부러지지 않을까 예상했지만, 이물대가 배의 중추적인 기본 구조와 연결된 채 뻗어 나온 구조물이라는 사실을 간과한 것이었다. 이물대의 중심부가 부러지지 않고 버텨내자 선체는 한계까지 격렬하게 뒤틀렸고 그에 따라 목재가 끔찍한 비명을 지르며 항의했다. 배의 몸통에서 고통의 신음 소리가 흘러나왔다. 갑판은 데번에서 가장 가파른 경사로에 비견될 정도로 기울었다. 데메테르호는 절벽과 소용돌이치는 조류 사이에서 무참히 희롱당하는 노리개가 되고 말았다. 배가 뒤틀리면서 돛대가 수직을 유지하지 못하고 상당한 각도로 기울어지는 바람에 위로 올라갔던 선원들이 튕겨져 나왔다. 그들은 비명을 지르고 팔다리를 버둥대며 아래로 추락했다. 떨어진 높이에 따라, 선원들은 갑판이나 뱃전에 부딪치거나 그리 깊지 않은 곳에 바위가 도사리고 있는 거센 물살 속으로 떨어졌다. 물에 빠진 사람들은 구원받을 길이 전혀 없었지만, 나는 갑판 위에서 다친 사람들이라도 살펴보고 싶다는 저항할 수 없는 강박관념에 여전히 사로잡혀 있었다. 하지만 부상을 입은 채 고통에 시달리는 사람들이 마치 끔찍한 카니발처럼 데메테르호에 널려있었다. 그 광경을 눈으로 직접 보고 나니 온몸이 마비돼 꼼짝할 수가 없었다. 나는 내가 여기에 있어도 아무 소용이 없다는 사실을 알고 있었다. 어쩌면 선원 한두 명 정도를 보살필 수 있을지 모르지만, 그런 행동은 그들의 고통을 연장시키는 것 이상은 되지 못할 터였다. 게다가 모든 것이 거의 끝장난 상황에 추락한 선원 중 누구를 택해 의사로서 치료를 해야 한다는 말인가? 우리는 분명히 돌이킬 수 없는 상황에 처했다.

배가 바위와 조류 사이에서 몸부림치는 와중에, 마침내 이물대에서 무언가가 떨어져 나갔다. 목재가 뜯겨 나가면서 이물대가 산산조각 난 것이었다. 이물대 한쪽 끝은 여전히 절벽 사이에 꽂혀있었다. 머릿속에 희망이 솟아오르기 시작했다. 우리가 입은 손상에도 불구하고, 적어도 배는 자유로워졌다. 이제 조류가 배를 석호 안으로 데려가 줄 수도 있었다. 비록 키가 망가지고 이물대가 손상을 입었어도 그렇게만 된다면, 일단 바람과 얼음을 피할 수만 있다면, 손상된 것들을 수리할 수 있을 가능성이 충분했다.

하지만 이물대가 부러지면서 돛 조종장치의 장력이 돌이킬 수 없을 정도로 균형이 어긋났다. 고장은 맨 앞의 돛대를 시작으로 줄지어 발생하기 시작했다. 돛대 위쪽의 3분의 2 지점, 두 부분을 이어 붙여 연장해 놓은 돛대의 연결 지점이 부러졌다. 돛대의 윗부분이 추락하면서 굉음을 냈다.

그것은 바로 내 위로 떨어졌다.

돛대가 갑판 위로 나를 짓이긴 것이다. 그 즉시 깨닫고 말았다. 그것은 내 허리를 가로지른 채 떨어져 뼈를 산산조각 내고 주요 장기를 으스러뜨렸다. 그 점에 대해서는 추호의 의심도 없었다. 마치 내게 닥친 참사의 해부도를 응시하듯 손상의 정도를 분명하고 냉정하게 시각화할 수 있었다.

고통보다는 하반신이 마비된 느낌이 들었다. 문을 쾅 닫으며 평생 동안 격식을 차리지 않고 이어져 온 조용한 대화를 가로막는 듯이 갑작스러우면서도 충격적이었다. 나는 둘로 나뉜 집이 되고 말았다.

숨을 쉬려고 애썼지만 곧 그럴 수가 없다는 사실을 깨달았다.

붉게 물든 안개 같은 시야 속에서 반 부흐트와 토폴스키가 내 위로 몸을 굽혀 깜짝 놀라 대화를 주고받는 모습이 보였다. 내 머릿속에서 울부짖는 소리가 점점 커졌지만, 나는 그들이 무슨 말을 하는지 귀를 기울이려 안간힘을 썼다.

그들 곁에 노란 형체가 모습을 드러냈다. 그녀도 내 위로 몸을 기울였다. 내 세상의 나머지가 점점 사라지는 와중에도 그녀의 얼굴과 목소리는 마지막까지 선명했다.

"오, 코드 박사님." 코실 부인은 모자에서 깃털을 하나 뽑아 그 끝을 씹으며 말했다. "이렇게 죽는다고 해서 우리에게 도움이 되지는 않아요."

6

 배는 속삭임으로 가득한 꿈 같은 곳이라고, 죽은 자가 말했다.
 속삭임과 꿈.
 그래서 나는 꿈을 꿨다.
 또다시 돌벽으로 둘러싸인 터널 안에 있었다. 그 어떤 전조도, 설명도 없이 일어난 일이었다. 나는 저 멀리 희미하게 보이는 회색 빛의 흔적을 따라 여기저기 더듬고 비틀거리며 앞으로 나아갔다. 이번에는 망토를 두르고 있지 않았지만, 대신 기사가 걸치는 관절 연결식 갑옷 같은 거추장스러운 금속제 장비를 착용하고 있었다. 나는 관절이 죄다 녹슬어 삐걱거리는 탓에 발생하는 엄청난 저항을 이겨내며 천천히 발을 끌고 이동했다. 그 마비되는 듯한 무기력감을 다른 꿈에서도 느껴본 적이 있었다. 그 사실을 깨닫는 순간 짧게나마 꿈이라는 자각이 찾아왔다. 이 역시 꿈이었고, 꿈속에 있었기 때문에 나는 그 이야기의 설계자이기도 했다. 나는 이 꿈에 복종하거나 꿈을 빚어낼 수 있었다. 아니면 꿈에서 깨어나거나.
 내게는 그럴 의지가 없었다.
 그 자각의 순간은 어두운 천체에 가려진 별처럼, 어쩌면 목성이나 토성, 차가운 천왕성의 둘레를 도는 위성에 가려진 저 멀리의 태양처럼 깜박거리다 사라졌다. 나는 발을 끌며 빛을 향해 나아갔다. 어쨌든 그 빛은 환영이 아니라 터널의 출구였다. 밖에 펼쳐진 좀 더 넓은 공간으로 나가자 통로가 가지를 뻗으며 더욱 깊은 어둠 속으로 갈라졌고, 천장 조명에서 나온 빛이 수많은 틈과 수직 통로를 헤치고 간신히 아래로 퍼져 나갔다. 아직 이 출구에서 탈출 지점을 찾을 가능성이 있을지도 몰랐다.

벽의 광택이 거울처럼 내 얼굴을 비췄다. 어슴푸레 비친 내 모습을 바라봤다. 흐릿하게 빛나는 낡은 금속, 새 부리 모양의 헬멧 바이저, 헬멧 꼭대기에 꽂힌 깃털 장식이 보였다. 나는 삐걱거리는 소리를 내며 팔을 들어 올렸고, 장갑을 낀 뻣뻣한 손가락으로 바이저를 움켜쥔 다음 위로 젖혔다. 그러자 바이저가 낡은 도개교처럼 삐걱거리는 소리를 내며 마지못해 열렸다.

헬멧 안쪽의 빈 공간을 응시했다. 빈 공간도 나를 마주봤다. 그 안쪽은 어둠으로 가득했고, 마치 텅 비어있는 듯이 형태라고 할 만한 것이 잠시 동안 전혀 감지되지 않았다. 하지만 빛이 안쪽으로 기어 들어오기를 기다리기만 하면 족했다. 서서히 얼굴이 하나 떠올랐다.

사실은 얼굴이라고 할 만한 것이 전혀 아니었다.

두개골이었다. 말라붙은 피부 거죽이 그 위를 지극히 얇게 한 꺼풀 둘러싸고 있을 뿐이었다.

속삭임으로 가득한 꿈속에 비명을 하나 더하고 말았다.

✳

모틀락은 고맙게도 들어오기 전에 문을 두드렸다. 나는 책상 앞에 앉은 채 정신을 추슬렀다. 눈가에서 졸음을 쫓아내고 안경을 밀어 올리며, 어디를 보더라도 조금 전까지 단 한 순간도 잠을 잔 적이 없었던 것처럼 보이려 애를 썼다. 만년필을 집어 들고 가장 마지막으로 적어놓은 구절을 다듬었다. 잉크가 채 마르지 않아 여전히 번들거렸다.

"모틀락, 들어오게." 반가워하는 것처럼 들리도록 목소리를 높였다. 그가 선실 안으로 고개를 쑥 내밀었다. "근처를 지나가는데 비명 소리가 들렸습니다, 박사님. 괜찮으십니까?"

"기쁨의 외침이었어, 모틀락. 다른 이유는 없어. 현재 내 소설이 겪는 교착상태를 타개할 방법이 지금 막 떠올랐지 뭐야. 그러다 보니 흥분을 못 이겼던 것 같아." 내 설명이 얼마나 설득력 있게 들릴지 궁금해하며 의자에 앉은 채 몸을 돌렸다. "자네 발소리를 듣고 곧 문을 두드릴 거라고 예상했어. 지금은 어디가 안 좋지? 아직도 농양 때문에 고생 중인가?"

"아닙니다, 박사님." 모틀락은 두르고 있던 스카프를 내린 다음 자신의 턱을 토닥거렸다. 피부는 비록 바람과 스카프에 쓸려 거칠었지만, 이전에 부어올랐던 흔적은 찾아볼 수 없었다. "박사님께서 치료를 정말 잘해주셨으니까요. 저 때문에 박사님께서 할 일이 더 없기를 바라지만, 박사님께서 저를 어떻게 기절시키셨는지, 그런데도 어떻게 저는 간지럼조차 느끼지 못했는지 다른 녀석들에게 내내 말하고 다녔다니까요."

"그 말을 들으니 기쁘군. 다른 선원들이 에테르의 효능을 알게 되면 혼자서 끙끙 앓는 대신 내게 와서 어디가 아픈지 털어놓을 테니 말이지. 정말 반가운 일이야."

"그러면 박사님께서 글을 쓰시는 데 방해가 되지 않을까요?" 모틀락이 고갯짓으로 내 원고를 가리키며 간절히 물었다.

"솔직히 말하면, 내가 할 일이 있다면 기쁠 거야. 선장님은 데메테르호가 운이 좋은 배라고 하시던데, 선장님 말씀이 맞을지도 몰라. 자네의 농양이나, 다행히 치료할 수 있었던 라모스 대령님의 작은 사고, 또 별 볼 일 없는 작은 부상 몇 건 정도를 제외하면 부상자 수는 그리 많지 않아. 당연히 이런 상태가 오래 지속될지도 모르지만, 선원들이나 우리 손님들이 지금까지 그랬던 것처럼 사고나 질병을 비껴간다면 내 일의 기초적인 방식조차 잊어버릴까 걱정이 될 지경이야." 나는 그가 곧바로 관심을 보이는 모습을 보고 반달 모양의 안경 너머로 미소를 지었다. "진지하게 하는 말은 아니야, 모틀락. 하지만 할 일을 하는 건 좋은 것 아닌가? 어떤 항해에서 선의는 박물학자 역할을 하기도 했어. 바다에서 보내는 몇 달을 최대한으로 활용하는 유용한 방식이었지. 하지만 이런 우울하고 축축한 위도에서 지식을 추구하는 일은 사실상 선택 사항이 될 수 없어. 우리 모험이 점점 더 길어질수록 내 활력도 점점 더 사그라지는 것 같아. 주변을 둘러보더라도, 바다는 점점 더 잿빛이 되고, 하늘은 점점 더 창백해지고, 지형의 흐름은 점점 더 단조로워져. 우리가 혼곶을 돌아 나온 이후 다른 생명체를 본 적 있어?"

그는 천장을 바라보며 기억을 더듬었다. "새 한두 마리 정도는 봤습니다, 박사님. 멀리 떨어져 있기는 했지만 물개도 한 마리 본 것 같은데요."

"논문 한 편을 쓰기에는 자료가 너무 빈약하지 않아? 우리 둘 다 동의할 수 있을 것 같은데." 나는 만년필을 한쪽으로 치워버렸다. 잉크병 뚜껑을 닫은 다음 압지로 여분의 잉크를 빨아들이고 조심스럽게 페이지를 덮었다. "무슨 일이지, 모틀락? 지금 보니 저 절벽에 지나치게 가까이 다가간 것 같은데. 무슨 일이 일어난 걸까?"

"조금 위험한 상황이 있었던 것 같습니다, 박사님. 그래도 결국 멋들어지게 빠져나갔습니다."

나는 얼굴을 찌푸렸다. "빠져나갔다고?"

"토폴스키 대장이 말한 균열 있지 않습니까, 박사님? 그 러시아인이 찾던 절벽 사이로 난 틈 말입니다. 지난밤에 그 틈을 발견했는데, 선장님께서 조류와 바람을 살펴보셨고 피츠패트릭 기관장님이 보일러에 석탄을 더 집어넣었습니다. 그 틈으로 빠져나가는 일은 기름 바른 쥐새끼처럼 쉬웠죠." 그는 마치 우리 중 한 명이, 혹은 둘 다 일시적인 정신착란을 겪고 있는 것처럼 눈을 가늘게 뜬 채 나를 바라봤다. "무슨 일이 진행 중인지 전혀 듣지 못하셨습니까?"

"들었던 것도 같아." 나는 솔직히 털어놨다. 지난번 선장실에서 열린 회의에서 항해에 대한 문제로 화제가 옮겨 가자마자 내가 정신을 다른 데 팔기 시작했다는 기억이 떠올랐기 때문이다. "토폴스키 대장님의 탐험 목적에 따라 외부로부터 보호된 바다로 들어간다는 것 같았는데?"

"제대로 들으셨네요, 박사님. 틀린 부분은 없습니다. 하지만 나머지는 선장님께 직접 듣는 게 좋을 것 같습니다. 그래서 선장님께서 저를 이 아래로 보내신 겁니다. 박사님을 데려오라고요."

"의학적인 문제인가?" 나는 희미하게 흥미가 동하는 것을 느끼며 물었다.

"아니, 그런 건 아닙니다, 박사님. 하지만 박사님은 많이 배우신 분이시니, 그러니까 계속해서 사람들 입에 오르내리는 이 특이한 구정물에 대해…."

"**구조물** 이야기를 하는 것 같군, 모틀락." 그의 말을 조심스럽게 정정하자 어젯밤에 나눴던 대화의 특정 부분이 마침내 기억을 꿰뚫고 나와 최전선에 모습을 드러냈다. "뒤팽의 지도에 나와있는 거미 모양의 얼룩 말이야."

"뒤팽의 지도라고요? 저는 그 덥수룩한 노랑머리가 가져온 지도를 한 번도 본 적이 없는 것 같습니다. 그것들을 아주 품에 싸고 다녀서 말이죠. 다른 사람이 근처에 있다면 트렁크에서 그 지도를 꺼내지도 않을 텐데요."

"뭐, 그가 지도를 우리에게 보여주며 실명했을 때 자네는 그 자리에 없었을 거야. **구조물**의 형태와 실제 크기가 똑바로 기억나는데. 만약 그게 실재한다면, 설사 단순한 돌무더기일지라도 정말로 시대를 대표하는 경이로운 존재가 될 거야."

"그런데도 박사님은 의욕이 별로 없는 것 같네요."

"아, 그게 실제로 존재한다면 나는 지극히 만족할 거야. 반 부흐트 선장님은 계약대로 추가 상여금을 받게 될 테니 데메테르호와 선원들에게도 이득이니까. 나도 내 몫의 상여금은 거부하지 않을 거야. 하지만 내 관심은 거기서 끝이야. 모든 사람이 동료들과 같은 강박관념에 휩쓸려야 한다는 법은 없으니까." 나는 날카롭게 그를 바라봤다. "자네 동기는 뭐지, 모틀락?"

"파이나 잔뜩 먹고 싶은데요." 그는 한 손을 푹 꺼진 배에 가져다 대며 대답했다. 배를 채우고 싶은 것이 분명했다. "그리고 물을 탄 럼도 좀 있으면 좋겠네요. 재밌는 이야기라면 소설도 읽고 싶고요. 박사님 소설 같은 것 말입니다."

"자네는 지나치게 친절하다니까."

"선장님께 박사님이 곧 오신다고 말씀드려도 되겠습니까?"

"그럴 필요 없어. 자네가 말씀드리기 전에 내가 먼저 도착할 테니까."

모틀락의 시선이 나를 지나쳐 원고 쪽으로 향했다. "그건 그렇고 제 말은 진심입니다. 박사님 소설은 정말 재밌으니 계속 쓰셔야 합니다. 제가 문을 두드려서 글 쓰시는 데 방해가 됐다면 죄송합니다."

"아니야, 모틀락." 나는 이제는 꽉 묶어둔 원고를 두드렸다. "그 점은 걱정하지 마. 내 돛이 다시 순풍을 탔으니까. 심지어 제목도 정해진 것 같아. 〈감시석〉이나 〈얼음 속의 **구조물**〉 같은 제목은 어때? 〈사일러스 코드 박사의 모험〉은?"

"어떤 제목을 정하시든 날개 돋친 듯 팔릴 것 같은데요."

✶

모틀락이 떠난 후, 나는 책상 서랍을 열고 끈으로 팔뚝을 묶은 다음 수술용 모르핀을 주사했다. 가상의 **구조물**은 둘째 치고, 우리 시대의 경이로운 발명품인 피하주사기는 사람들에게 치료제를 투여하는 데 뛰어난 만큼 내 중독을 가속화하는 데도 탁월했다.

나는 비록 일시적이기는 해도 한층 기운을 차린 모습으로 낮게 뜬 태양이 비추는 차가운 햇빛으로 나왔다. 태양은 파타고니아 지역의 절벽, 작은 만, 빙하 위로 간신히 떠올라 있었다. 우리는 우루과이 몬테비데오를 출발해서 남쪽으로 항해한 다음, 혼곶을 돌아 남아메리카에 인접한 태평양 연안을 따라 서서히 올라갔다. 몬테비데오에 겨울 동안 머물렀는데, 그 도시는 계절에 맞지 않게 흐리고 눅눅했다. 하지만 몇 주 동안 끊임없이 폭풍우가 치는 바다, 살을 엘 것 같은 바람, 서서히 퍼져 나가는 냉기 같은 것들을 겪다 보니 내 기억 속에서 몬테비데오는 다른 존재가 되고 말았다. 그윽한 환상 같은 존재이자, 그곳의 기이하고 다채로운 모습의 거리에서 기꺼이 무릎을 꿇고 키스하고 싶을 정도로 풍요롭고 생명력이 가득 찬 안락한 오아시스 같은 존재 말이다.

나는 소매를 내린 팔뚝으로 여전히 저릿저릿한 감각을 느끼며 우리가 처한 상황을 살펴봤다. 얼음이 얼룩덜룩 뒤덮인 절벽이 데메테르호의 양 옆으로 서서히 벗겨지듯 열려있었다. 바닷물이 요동치는 선미 방향에서 절벽은 거의 한 점으로 수렴될 정도로 좁아졌다. 음울한 남쪽 하늘이 비집고 들어온 곳에 절벽이 일부 무너져 지금 우리가 나아가고 있는 바닷물이 찬 석호와 바다를 잇는 입구를 이루고 있었다.

우리 전방의 석호는 점점 더 넓어졌다. 절벽은 여전히 위협적인 느낌을 주기는 했지만 바위와 얼음, 눈으로 이뤄진 좀 더 완만한 경사로 무너져 있었다. 우리가 지나가고 있는 작은 만의 너비는 약 60미터 정도였지만, 석호는 북쪽 해안에서 남쪽 해안까지 대략 1,500미터에 이를 정도로 넓어졌다. 석호가 내륙으로 얼마나 뻗어있는지 가늠할 수는 없었다. 하지만 그런 모습을 관찰하고 나니 어젯밤의 기억이 뒤늦게 떠올랐다. 석호는 호를 그리고 있어서, 우리는 튀어나온 곳이 동쪽 끝으로 이어지는 내륙을 우리의 시선으로부터 차단하고 있을 것이라고 예상했다.

예상 그대로였다. 나는 우현 전방으로 약 3킬로미터 떨어진 지점에서 그 곳을 분명히 바라볼 수 있었다. 절벽의 경사가 완만해지면서 튀어나온 두개골 모양의 바위 덩어리였다. 그 두개골은 불안정한 모습으로 균형을 잡고 있어서, 돌풍이 불어오면 쓰러져 석호 안으로 빠져버릴 것만 같았다.

반 부흐트와 토폴스키는 조타륜 옆에 서있었다. 지도 제작 담당인 뒤팽이 그들 옆에 있었고, 뒤팽의 옆에는 머리에 붕대를 감은 라모스 대령(그는 민머리 위로 아무것도 쓰고 있지 않았다)이 보였다. 그는 사고를 당한 이후 놀라울 정도의 회복력을 보여주고 있었다.

"사일러스." 라모스는 고개를 한 번 까딱이며 인사했다.

"좋은 아침이야, 박사!" 반 부흐트가 큰 소리로 인사를 했다. "자네를 부르지 않아서 미안하군. 의사가 필요한 일이라고 할 수는 없겠지만, 자네가 이 광경을 놓친다면 고마워할 리가 없다는 사실을 간과했지 뭐야. 그렇지 않습니까, 대장님?"

"코드는 아무래도 좋습니다." 토폴스키가 무관심하게 대답하자, 나는 배려심을 발휘해서 나를 부른 사람은 선장(어쩌면 라모스일 수도 있다)이지, 토폴스키가 아니라는 사실을 깨달았다. 토폴스키에게 나는 반 부흐트와의 계약을 복잡하게 만드는 골치 아픈 존재일 뿐이었다.

나는 조심스럽게 갑판 위로 발을 디디며 사람들에게 다가갔다. "매력적인 석호로군요, 여러분."

"단순한 석호가 아니야." 토폴스키가 말했다. 머리에 쓴 모직 모자와 코를 뒤덮은 스카프의 좁은 틈바구니 사이로 그의 눈이 즐거운 듯 반짝거렸다. "이 수역은 제해권이 있는 그 어떤 국가의 지도에도 실려있지 않아. 과거에도 현재에도 말이야! 우리가 가진 지도를 제외하면 전혀 알려지지 않은 곳이라고. 그렇지만 우리는 여기 와있어. 우리 눈으로 직접 보고 있다고! 얼마나 운이 좋은지 잘 생각해 봐."

"물이 있기는 하군요." 나는 인정하고 말았다. "바위도 있고, 얼음도 좀 있군요. 머리 위로 하늘이 꽤 넓게 펼쳐져 있네요. 그리고 저 곳 말인데, 제가 보기에 좀 독특합니다."

토폴스키는 혐오스럽다는 듯 고개를 저었다. "탐험은 자네에게 아무런 의미도 없나 보군, 코드. 자네는 상상력을 반복적으로 오용하면서 스스로 고립돼 버린 거야. 우리 앞에 펼쳐진 이 대담한 신세계에 한낱 소설 따위는 설 자리가 없어."

"명심하겠습니다."

토폴스키는 젊은 지도제작자에게 고개를 돌렸다. "뒤팽, 우리 사냥감에 대한 단서는 아직 없나?"

날카로운 얼굴의 청년은 끈으로 목에 걸고 있던 신기한 광학장비에서 눈을 돌렸다. 그 장비는 압축해 놓은 망원경 두 개를 나란히 붙여놓은 것으로, 살짝 떨어져 있는 두 망원경 사이의 거리는 그의 회녹색 눈의 간격과 일치했다.

"없습니다." 그는 이렇게 대답하더니 다시 망원경으로 관찰을 시작했다.

"지금 들여다보고 있는 건 무슨 장비입니까?"

"쌍안경이라고 합니다." 청년은 나를 쳐다보지도 않고 대답했다. "이냐치오 포로*의 최근 특허품인데, 브루커 씨가 광학 정렬 방식을 개선해 줬죠."

"우리 탐험에 필요한 과학의 최신 결실일 뿐이야." 토폴스키는 아직도 후원자를 설득하려는 것 같은 말투로 딱 잘라 말했다.

"다른 것들은 죄다 쥐어짜면서." 라모스가 중얼거렸다.

• 19세기 이탈리아의 광학자로, 망원경의 프리즘 구조를 확립해 현대 쌍안경의 등장에 결정적인 역할을 했다.

"만 입구를 통과하는 데 크게 불안한 점은 없지 않았나?" 반 부흐트는 콧수염의 뻣뻣한 끝 부분을 손가락으로 어루만지며 물었다. "우리 배의 증기기관에 의존하지 않았더라면 이 수로를 지날 엄두가 나지 않았을 거야. 하지만 결국 우리는 별다른 어려움 없이 통과했지."

"그 말을 들으니 굉장히 기쁘군요. 절벽이 점점 가까워진다는 건 알아차렸지만, 만약 걱정할 만할 일이었다면 진작에 주의를 줬겠죠."

"실제로 사고가 발생할 가능성은 없었어." 반 부흐트가 말했다. "그렇다고 우리의 예방조치가 부족했다는 뜻은 아니고, 석호 안으로 이동하면서 경계를 늦춰도 된다는 뜻 역시 아니야."

"곧바로 저 **구조물**로 향하는 겁니까? 뒤팽 씨의 지도가 굉장히 자세한 것 같지만, 동쪽으로 쭉 항해할 수 있을지 아니면 일부 구간은 해안을 따라가야 하는지 여부는 선장님만이 아실 테죠."

토폴스키는 뒤팽에게 불평했다. "우리가 석호 안에 안전하게 도착하기 전에는 비밀 지도를 공개하지 않겠다고 합의하지 않았나?"

뒤팽은 쌍안경에서 눈을 뗐다. 푹 꺼진 그의 두 뺨은 상한 우유 같은 색이었다. 광대뼈는 위험해 보이는 산등성이처럼 툭 튀어나와 있었다. "지형도는 여전히 제가 관리하고 있습니다. 그가 그 지형도를 보려면 밀봉해 둔 제 소지품을 뒤져봐야 했을 겁니다."

만약 다른 사람이 한 말이었다면 그 즉시 무조건적인 사과를 요구해야 할 정도의 표현이었다. 사과조차 하지 않으려 한다면 그에 대한 배상을 요구해야 할 정도였다. 나는 뒤팽에게 그런 기준을 요구할 수 없다는 사실을 잘 알고 있었다. 그는 스스로를 억제할 수 없었다. 다른 사람이 심장박동을 억제할 수 없는 것과 마찬가지로, 그는 자신의 혀를 억제할 수 없었던 것이다. 의도적으로 도발하려고 한 것이 아니라 그저 자신이 관찰한 사실을 단언했을 뿐이었다.

"나는 그러지 않았습니다, 뒤팽 씨." 나는 차분하게 말했다. "선장실 테이블에 둘러앉아 셰리 와인과 시가를 나누면서 그 지도를 봤던 기억이 선명한데요. 내가 당신에게 건강을 위해 제발 좀 휴식을 더 취하라고 소언했던 것도 같은 날 밤이었을 겁니다."

"비슷한 지도를 봤겠지. 어쩌면 우리 쪽 지도였을 수도 있고." 반 부흐트가 외교적으로 끼어들어 내 체면을 살리는 동시에 배의 손님들과 데메테르호가 새로 고용한 의사 사이의 평화를 유지하려 했다. "머거트로이드와 나는 우리의 목표 지점을 추측하면서 지도 몇 군데에 표기를 했어. 자네가 봤던 건 분명히 그중 하나였을 테지."

나는 열심히 고개를 끄덕였다. "당연히 그랬을 겁니다."

뒤팽은 다시 정찰을 시작했다. 토폴스키는 경계하는 듯한 표정으로 나를 바라봤다. 라모스는 한쪽 편을 들기 꺼려진다는 기색을 보이는 것 말고는 아무런 판단을 내리지 않은 채 그저 얼굴을 찌푸릴 뿐이었다.

"자네의 지극히 합리적인 질문에 대답을 하자면…." 반 부흐트가 말을 이었다. "우리는 데메테르호를 위험에 빠뜨리면서까지 해안에 접근하지 않을 거야. 하지만 석호는 물결이 잔잔하고, 만 입구에서 소용돌이치는 조류의 영향에서도 벗어나 있어. 그러니 보트 상륙이 충분히 가능할 거야. 만약 해안 지형이 받쳐준다면 머거트로이드가 캠프를 설치할 준비를 할 테니 보트가 불필요하게 왕복할 필요는 없어."

"사일러스도 우리와 함께 상륙합니까?" 라모스가 물었다.

그에 대한 대답이 즉시 나온 것으로 보아 반 부흐트는 그것을 이미 고려해 본 것이 틀림없었다.

"만약 데메테르호에서 박사의 일이 너무 과중하지 않다면, 상륙하는 인원 중 병자나 부상자가 발생할 경우를 대비해서 함께 가는 게 무엇보다 합리적일 것 같군요."

"만약이라는 말이 왜 나옵니까?" 토폴스키가 말했다. "계약서에 적혀있는 내용입니다. 업무가 상충할 경우, 코드는 원정대를 우선적으로 치료해야 합니다."

"제 도움을 가장 필요로 하는 사람이 우선적으로 치료를 받아야 합니다." 내가 대꾸했다.

"자네가 그렇게 행동하면, 선장님은 자신의 의무를 저버리게 되는 꼴이야."

반 부흐트가 부드럽게 끼어들었다. "의견이 상충할 필요도, 우리의 계약 문제를 코드 박사의 훌륭한 양심보다 우선시할 필요도 없을 거라고 확신합니다." 그는 비밀 이야기를 하듯 몸을 앞으로 기울였다. "게다가 그 편이 자네에게도 좋을지 몰라, 사일러스. 데메테르호에 갇혀서 멀미에 시달리는 대신 마른 땅에서 며칠 정도 지내다 보면 몸에 놀라울 정도로 변화가 생길걸."

나는 미소를 지었다. "제 멀미가 그렇게 티가 났습니까?"

토폴스키가 비웃었다. "우리 선의가 공상 나부랭이만큼 뱃멀미에 취약하다는 사실을 알았다면, 플리머스의 상스러운 돼지우리 말고 보다 넓은 곳에 그물을 던졌을지도 몰라. 나는 그만 자네가 엑서터의 코드 가문 사람이라고 생각해 버렸지 뭐야! 그 유명하고 점잖은 가문에 흘러 들어가는 돈이 있으니, 그것으로 자네 교육 수준을 확신할 수 있다고 생각했지. 다 헛소리였지만!"

"제 이름을 보고 어떤 추정을 하든 제 책임은 아닙니다. 게다가 저는 코드 부인과 실제로 친척 관계입니다. 아마 5대 조상님이 같은 분일 겁니다."

"5대 자손께서 5등급 슬루프를 타셨구만. 정말 잘 어울리는데!"

"만약 사일러스의 수술 실력이 뛰어나지 않았더라면, 나는 여기 서 있지 못했을 겁니다." 라모스가 말했다.

"라모스, 자네가?" 토폴스키는 가소롭다는 듯 물었다. "나는 자네 일을 코드의 의술 역량을 평가하는 기준으로 삼을 정도로 성급하지 않아! 저 친구가 자네 머리에 구멍을 뚫고 나서 아주 멍청해졌군 그래. 우리 계약이 법적인 조롱거리로 전락했는데 어째서 나를 지지하지 않는 거지?"

"보입니다." 뒤팽이 말했다.

"무엇이 말입니까?" 내가 물었다.

"그 **구조물** 말입니다."

"보인다고?" 토폴스키가 믿을 수 없다는 듯 물었다. "말도 안 되는 소리 하지 마, 뒤팽! 아직 저 곶을 돌지도 않았어!"

"그렇기는 하지만, 제 눈에는 보입니다." 마치 작년 신문 기사를 읽는 것처럼 뒤팽의 목소리에서는 흥분하는 기색을 전혀 찾아볼 수 없었다. "곶 위로 돌출부가 나 있습니다."

토폴스키는 뒤팽의 손가락에서 쌍안경을 낚아채 모자와 스카프 사이로 가져다 댔다. 그리고 곶의 거대한 장애물 주변을 훑다가 마침내 무엇인가 발견했다.

"맙소사, 뒤팽!"

"이제 보이시는군요." 뒤팽이 말했다.

"자네가 본 것 같은 게 내게도 보여. 탑 꼭대기처럼 생긴, 손가락 모양의 회색 돌출부 말이지? 하지만 저런 식으로 보일 리가 없어! 저 석호 위로 솟은 두개골 모양의 바위 덩어리의 높이는 250미터는 족히 될 거야. 뭔가 그 너머로 보일 정도로 솟아있다면 저 두개골보다는 훨씬 더 높아야 한다고! 그 점은 지극히 확실해!"

"내가 봐도 될까요?" 내가 물었다.

뒤팽은 여전히 쌍안경을 목에 건 상태로 내 부탁을 들어주기 위해 희미하게 떨리는 손으로 쌍안경을 들어 올렸다. 그러더니 내가 접안렌즈를 들여다보는 동안 드러날 정도로 우려하며 나를 지켜봤다. 두 개의 망원경 사이에는 초점을 조절하는 바퀴가 달려있었다. 그 배열 방식은 현미경과 비슷했다. 탁월한 광학기구를 통해 곳이 선명하게 드러났다. 나는 척박하고 이끼 하나 없는 절벽 자락, 밝은 회색으로 빛나는 이른바 두개골의 정수리 부분을 따라 시선을 옮기다가 마침내 다른 사람들이 이미 살펴봤던 돌출부를 발견했다. 그 돌출부는 굉장히 작았다. 언덕 꼭대기에서 보초를 서는 외로운 울타리 기둥처럼 수직으로 뻗은 회색 조각 그 이상으로 보이지 않았다.

"여러분, 저는 저 대상의 본질을 쉽게 알아차리지 못하겠군요. 만약 제가 어쩌다 저걸 발견했다고 한들, 곶 꼭대기에 수직으로 서있는 바위라고 생각해서 간단히 무시해 버렸을지도 모릅니다."

뒤팽은 이마에 흐르는 한 줄기 땀이 거슬린 듯 이마를 두드리며 그 자리에 붙어있던 노란 머리카락을 떼어냈다.

"움직이니까요."

"무슨 뜻입니까?" 내가 물었다.

"상대운동에 대해 말하고 있는 거야." 토폴스키가 말했다. "우리는 지금 증기선를 타고 움직이고 있지. 선장님이 현명하게도 신중한 이동을 우선시하느라 굉장히 느린 속도로 진진히고 있지만 이 정도 움직임으로도 곶과 저 돌출부를 구분하기에 충분해. 시차 효과와 약간 비슷하다고 할 수 있어. 그 때문에 천문학자들이 사실 별들은 우리와 떨어진 거리가 제각기 다르다고 판단하지 않나! 별들은 움직이지 않지만 지구는 태양을 공전하면서 움직이지. 우리가 바로 지구인 셈이야!"

나는 천천히 고개를 끄덕였다. "이제 알겠습니다." 작은 손가락 같은 것이 두개골을 따라 오른쪽에서 왼쪽으로 조금씩 움직이고 있었지만, 그 움직임을 확신하기 위해서는 몇 초 동안 지켜볼 필요가 있었다. "예, 그리고 저 돌출부가 곶보다 더 높게 자리 잡고 있어야 한다는 것 역시 대충 알겠습니다. 더 높이 솟아있고 더 멀리 있다는 것 아닙니까? 하지만 그래도 일종의 자연스럽게 형성된 뾰족한 산봉우리일 수도 있을 텐데 말입니다." 나는 쌍안경을 반 부흐트에게 건넸다. "선장님께서는 어떻게 생각하십니까?"

그에게는 이전까지 그 망원경을 만지거나 살펴보는 일이 허락되지 않았던 것 같았다. 쌍안경을 눈가로 들어 올리기 전에 손이 잠시 머뭇거렸기 때문이다. 순간 궁금증이 들었다. 그는 그 쌍안경을 화려하기만 할 뿐 쓸모없는 장난감으로 생각했지만 너무 점잖은 나머지 그런 말을 입 밖으로 낼 수 없었을까, 아니면 자신의 낡았지만 튼튼한 망원경보다 더 탐냈을까?

그는 쌍안경을 잠시 들여다본 다음 뒤팽에게 돌려줬다. 라모스는 아무 말도 하지 않았다. 그는 원거리 관측에 관심을 보이거나 신경 쓸 필요가 없다고 토폴스키 일행과 의견을 일치한 것이 분명했다.

"솔직히 말해서 저게 뭔지 잘 모르겠군요." 반 부흐트가 말했다. "저걸 탑이라고 한다면 석호로부터 350미터 이상 높이 솟아있어야 합니다. 대장님이 찾는 **구조물**의 크기가 그 정도라고 한다면…." 하지만 그는 이런 거친 추측을 더 이어나가려 하지 않았다. "이제 곧 충분히 알게 될 겁니다. 저 곳이 더 이상 우리 앞을 가로막지 않으면 말이죠. 두 시간 정도면 충분할 것 같습니다."

"우리는 그 순간을 기념해야 합니다." 토폴스키가 말했다. "햇빛도 충분하고, 갑판에 돌아다니는 사람도 그리 많지 않군요."

"사진을 찍겠다는 말씀이군요." 반 부흐트 선장은 가장 두려워했던 일이 현실이 됐다는 듯한 표정으로 말했다.

토폴스키의 눈이 갑작스러운 열의를 띠며 반짝거렸다. 그러자 눈가 주름이 마치 골짜기처럼 더욱 깊게 팼다. "여러분, 우리는 시대에 발맞춰 움직여야 하지 않겠습니까! 아니, 꽤 긴 노출시간이 필요할 테니 오히려 기를 쓰고 움직이지 말아야 합니다!"

7

지금까지 항해 도중에 토폴스키의 사진 장비가 햇빛을 볼 기회는 전혀 없었다. 이제 그 장비는 짚으로 채운 상자에 담긴 채 갑판 위에 나와있었고, 토폴스키는 그 상자를 열어 안을 뒤지기 시작했다. 접힌 곳을 펼쳐야 하는 부분도 있었고, 나사를 조여 조립해야 하는 부품도 있었으며, 일단 꺼내 분해한 다음 수납했을 때와는 다른 방식으로 재조립해야 하는 장치도 있었다. 토폴스키는 자신 있게 작업에 임했지만, 오래 지나지 않아 얼굴을 찌푸리고 눈을 가늘게 뜬 채 마치 작은 폭발이라도 일어난 것처럼 부품들이 흩어져 있는 자리 한가운데 서있었다. 각각의 부품들은 서로 아무런 관련이 없어 보였다. 이윽고 토폴스키가 양손을 허리에 얹고 엉거주춤하게 앉아 낙담하는 말을 중얼거리자, 뒤팽이 끼어들어 한마디도 하지 않은 채 이 혼돈에 효율적으로 질서를 부여했다. "그래, 뒤팽, 사실 저 조각은 그곳에 들어가는 게 맞지." 토폴스키는 때때로 이렇게 딱 잘라 말하고는 했다. 하지만 이 광경을 지켜보는 구경꾼 모두가 뒤팽에게 이 문제에 대한 지도나 격려 따위는 필요하지 않다는 사실을 명백히 알고 있었다. 그는 이미 어떻게 해야 하는지 정확히 알았기 때문이다.

    장비가 차례로 제 형태를 갖춰가자, 토폴스키는 주변을 둘러싼 바위의 경사면과 데메테르호의 갑판을 향해 감광판을 몇 장 노출시켜 보며 혼자 즐거워했다. 배는 조심스럽게 계속 전진해 곶 근처까지 다가갔다. 좀 더 시야가 확장돼 길게 뻗은 석호를 조망할 수 있었다. 나는 한편으로 여전히 그 돌로 된 돌출부의 존재에 지극히 회의적이었다. 하지만 주변 지형이 점점 더 시야에 들어오자, 우리가 당시 관찰했던 지점에서 곧 너머로 솟아오른 모습이 보일 만큼 거대한 암석 덩어리의 존재가 더욱 불가능해 보이기 시작했다. 주변 지형의 평균 고도는 상승하기보다는 하강하고 있었고, 석호의 동쪽 끝은 서쪽 만을 이루고 있는 암석 벽에 비해 훨씬 낮고 완만한 경사면으로 둘러싸여 있었다.

토폴스키는 라모스를 보내 **구조물**을 처음으로 직접 목격하게 될 순간을 대비해 관계자들이 갑판 위에 확실히 나와있도록 했다.

"코드 박사님." 코실 백작부인이 노란색 코트와 노란색 장갑, 그리고 노란색 깃털로 호화스럽게 장식한 보닛 차림으로 도착하며 내게 인사를 건넸다. "다 마쳤나 보죠?"

"마치다니요?"

그녀의 시선이 내 팔뚝으로 옮겨 가는 듯했다. "아침 식사 말이에요. 메인테이블에서 우리와 함께 식사하지 않았잖아요. 아니면 내가 무슨 다른 이야기를 하고 있다고 생각한 건가요?" 모자챙 아래로 보이는 그녀의 얼굴이 나무라는 표정을 짓고 있었다. "그런 습관에 빠지면 좋지 않아요."

"무슨 습관 말입니까?"

"혼자서 아침 식사하는 것 말이에요. 내가 무슨 뜻으로 한 말이라고 생각했는데요?" 그녀는 팔에서 눈을 떼고, 광선처럼 강렬한 시선을 내 얼굴로 돌렸다. "아니면 당신 소설을 진척할 수 있게 된 건가요? 극복할 수 없는 역경에도 절대 굴하지 않는 모습은 존경받아 마땅하죠."

"내 소설이 실패작이 될 거라고 확신하나 봅니다?"

"아니, 이미 실패작이 되고 말았다고 확신하는 거예요."

나는 악의 없이 어깨를 으쓱했다. "선원들은 좋아하는 것 같던데요."

그녀는 갑판 쪽을, 그리고 그 아래 펼쳐진 여러 층을 바라봤다. "아, 그래요. 글도 모르고 학교에 다닌 적도 없는 사람들 말이죠. 어쩌면 정말 딱 맞는 독자를 찾았을지도 모르겠네요."

"내 소설이 부인의 취향에 전혀 맞지 않는다면, 부디 다른 곳에 에너지를 돌리는 편이 좋지 않을까요?"

"그럴 수 있다면 기쁠 거예요, 박사님. 하지만 고대 문헌이나 반쯤 실전된 문자, 수수께끼 같은 암호와 상징 같은 것들이 없으니, 나 같은 사람의 마음을 사로잡을 수 있는 게 명백히 부족해요. 바다 위에서 긴 하루를 계속 보내는 건 끔찍할 정도로 힘들어요. 갖고 온 책들은 모조리 읽었고, 배에서 찾을 수 있는 책 역시 마찬가지죠. 그러다가 당신이 소설을 쓰려고 애쓴다는 이야기를 듣게 된 거예요."

"정말 친절하시군요. 당신의 지적 재능이 그토록 희귀한 수준이라면, 애초에 원정대에 참여한 게 실수 아니었을까요?"

"시간이 말해줄 거예요." 그녀는 마치 내가 진심 어린 태도로 질문했다고 여기듯 대답했다. "어쩌면 그 **구조물** 안에서 토폴스키 대장님이 내가 풀어야 할 어휘 퍼즐을 발견할지도 몰라요. 내가 승선한 이유는 그 때문인걸요. 그때까지 나는 꽤 넉넉한 보수를 받고 고용됐다는 사실을 고백해야겠네요. 그러니 우리 노력의 결과가 어떻게 나오든, 내가 빈털터리로 돌아가는 일은 없을 거예요. 당신도 비슷한 정도의 호의적인 조건으로 고용됐을 테죠?"

"모르겠습니다. 나는 보조외과의의 표준 급여를 받고 고용됐습니다. 경험을 통해 배울 것이 있으리라 기대했기 때문에 봉급에 의문을 제기할 이유는 없었습니다."

"보조외과의라고요? 그렇다면 당신에게 지시를 내릴 상급자가 또 있다는 뜻인가요?"

"아뇨, 이 등급의 배에는 보통 보조외과의만 배치됩니다. 보통은 도축업자나 목수보다 딱히 나을 게 없고, 위생에 대한 경각심도 특별할 것 없는 사람 말이죠."

"그렇다면 우리는 당신을 고용한 걸 정말 기뻐해야겠네요. 당신은 확실히 그런 의사들보다 한 차원 더 위에 있으니까요. 당신이 라모스에게 한 신경외과적 수술은 찬사를 받아 마땅했어요."

"감사합니다." 나는 익숙하지 않은 용어를 듣고 얼굴을 찌푸렸다. "신경외과적 수술이라, 런던 의사들은 그런 식의 치료적 개입을 그렇게 부르나 봅니다?"

"그렇게 부르는 날이 올지도 모르겠네요."

"부인, 당신은 굉장히 이상한 여행 동반자로군요." 나는 뻣뻣하게 미소를 지었다. "내가 만난 사람 중 가장 이상한 사람 같습니다. 하지만 흥미로운 영혼을 가진 사람들과 함께 있는 게 더 나을 테죠."

"내가 흥미로워 보이나요?"

"굉장히 매혹적이라고 생각합니다." 그 단어는 내 혀끝에 걸려버릴 것 같다가, 내가 생각을 재고하기 전에 이미 빠져나가고 말았다. "그러니까 내 말은, 당신은 수수께끼처럼 짜증 나는 존재라는 겁니다. 나라는 존재 전부를 그토록 무의식적으로 싫어하는 것 같은 사람은 이제껏 만나본 적이 없습니다."

"나는 당신 소설이 칠칠치 못하다고 생각하지만, 당신에 대해서는 확고한 신념을 품고 있지 않아요."

"하지만 내 모든 행동과 발언에 한없이 실망하는 것 같은데요."

"나는 당신이 될 수 있지만 아직 되지 않은 존재를 봐요. 올바른 지시만 있다면 당신이 될 수 있는 존재 말이죠. 그러니까 올바른 설명, 올바른 훈련이 있다면." 그녀는 이 말을 하는 사이 고개를 단호하게 끄덕였다. "당신은 나를 적으로 보는 대신, 당신을 발전시키고 격려해 주려는 소망을 품은 사람으로 인식해야 해요."

"그런 도움은 부탁한 적 없습니다."

"그렇지만 당신에게는 필요해요." 그녀는 모자에서 깃털을 하나 뽑아 그 끝으로 자신의 뺨을 간지럽혔다. 우스꽝스러운 환상이 내 머릿속에 반짝 떠올랐다. 나는 부러져 버린 거대한 돛대에 깔려 내장이 파열된 채 데메테르호의 갑판 위에 누워있었고, 코실 백작부인은 깃털 끝을 씹으며 내 위로 몸을 기울인 채였다.

그녀는 갑자기 걱정스러운 표정으로 나를 자세히 바라봤다. "괜찮아요, 박사님? 안색이 너무 안 좋아 보이네요." 그녀의 표정에 동정하는 기색이 살짝 떠올랐다. "이 일은 우리 둘 모두에게 힘든 일이에요. 하지만 당신이 데메테르호가 바다 위를 항해하는 배라는 생각을 고집한다면, 뱃멀미는 피할 수 없을 거예요. 이제는 그 인식을 바꿀 수 없을까요? 그렇게 할 수 있다면 훨씬 편해질 텐데요."

"무슨 인식을 바꾸라는 거죠?"

"당신이 바꾸려 하지 않는 것 말이에요. 그렇게 할 수만 있다면 당신은 우리가 처한 곤경을 완전히 이해할 수 있을 거라고요."

"내가 아직 이해하지 못한 게 무엇인지 모르겠습니다. 우리가 처한 곤경은 충분히 명백해 보이는데요. 우리는 개인 원정대에 고용돼 파타고니아의 섬과 만을 탐색하는 배에 승선하고 있는 게 아닙니까?"

"훨씬 큰 진실이 있어요, 박사님. 하지만 어려운 점도 있죠. 당신은 더 큰 진실을 일부 엿보는 순간, 그 진실을 밀어내는 경향이 있어요. 지금처럼 말이죠. 분명 당신은 이제 곧 어떤 구실을 만들어서 나를 밀어낼 텐데…."

"코드!" 토폴스키가 소리쳤다. "이제 곧 보일 거야. 더 이상 꾸물거리지 말라고! 우리 원정대 전원을 내… 아니, 우리 영광의 순간에 담고 싶으니까! 당신도 마찬가지야, 에이다."

"미안합니다, 백작부인." 서둘러 말하며 나는 따끔거리는 질투심을 느꼈다. 그녀의 이름을 처음 들었다는 사실을 깨달았기 때문이다. 토폴스키가 그토록 무심하게 그 이름을 부르는 것이 고통스러웠다. 그녀의 입에서 흘러나오는 그 이름을 들을 수만 있다면 무슨 대가라도 치렀을 테니. "다음에 계속하도록 하죠. 굉장히 흥미로운 토론이었는데…. 다른 기회에 어떻습니까?"

그녀는 고개를 저었다. 실망과 격노, 아직 섣불리 분류할 수 없는 보다 깊은 절망이 섞인 모습이었다.

우리는 갑판 위의 정식 모임 자리에 합류했다. 반 부흐트 선장과 토폴스키 대장이 맨 앞자리를 차지했고(토폴스키는 그보다 못한 대우를 용납하지 않을 사람이었다), 다음으로 원정대원들, 즉 뒤팽, 브루커, 코실 백작부인, 라모스 대령이 두 번째 줄에 섰다. 나는 다른 원정대원들과 함께 고용됐지만 그 일행의 일원으로 간주되지 않았기 때문에 머거트로이드와 다른 상급선원들이 서있는 세 번째 줄에 합류했다. 그다음에는 모틀락을 비롯해서 후한 평가를 받은 일군의 하급선원들이 네 번째 줄에 섰는데, 이는 그저 숫자를 맞추기 위해서였다.

나는 토폴스키가 누구에게 카메라 작동을 위임할지 궁금했지만, 그 문제는 이미 처리된 상태였다. 브루커가 셔터를 자동으로 열고 닫는 기발한 시계장치를 카메라에 장착했던 것이다.

"슈투트가르트 사람들은 똑똑하지 않습니까, 예?" 브루커가 몸을 기울이자 내 목덜미로 그의 숨결이 느껴졌다. "당신네 영국인들은 쥐새끼처럼 허둥지둥 뛰어다니겠지만, 우리에게는 명령을 따를 시계장치가 있습니다!"

나는 올빼미를 닮은 특이한 남자에게 말을 건네려 몸을 틀었다. 그는 모자를 손에 들고 있었기 때문에 그의 별난 검정색 머리카락 다발이 완전히 드러났다.

"확실히 슈투트가르트 사람들은 부지런하다는 점에서 찬사를 받아야 할 겁니다." 내가 대답했다. "하지만 우리가 시계장치로 움직이는 세상을 정말로 원할까요?"

외국에서 온 혁신적인 기술 탓에 산만해지는 것은 둘째 치고, 사진 찍는 일은 예상만큼 굉장히 지루한 과정이었다. 나는 예전에 사진을 찍어본 적이 있었다. 그런 발전된 기술은 웨스트컨트리까지 도달했다. 사진 찍는 일은 그저 땅 위에 발을 디딘 채 표정 없이 움직이지 않고 버티는 행위였다.

부드럽게 움직이는 배 위라 할지라도 갑판 위에 서있으니 몸을 가만히 둘 수가 없었다. 움직이지 않으면서 균형을 잡는 일은 어려웠고, 해안이 움직이는 탓에 결코 내게서 떨어지려 하지 않는 뱃멀미까지 더해져 욕지기가 톡톡히 느껴졌다. 토폴스키는 감광판을 여섯 장이나 쓰겠다고 고집하며 시련을 가중시켰다. 미동도 하지 않고 버텨야 하는 중압감은 뒤팽에게 너무 가혹했다. 그는 갑자기 정신을 잃고 반 부흐트 선장의 어깨 위로 쓰러지고 말았다. 선장은 그 청년이 더 큰 화를 입기 전에 그를 붙잡았다. 뒤팽은 비몽사몽간에 비틀거리며 카메라를 넣어둔 상자 쪽으로 걸어가, 희미한 현기증에 겁을 먹고 그 위에 앉았다.

"좀 더 몸을 챙겨야 합니다." 나는 그가 앉아있는 사이 그의 눈꺼풀을 꼬집어 들어 올리며 말했다. "쓰러지기 직전까지 과로했으니 말입니다. 게다가 열도 있군요."

"그 지도는 언제나 내 방에 있었습니다."

"그 점은 믿어 의심치 않습니다. 선장님께서 친절하게 설명해 주셨듯, 나는 다른 지도를 본 겁니다. 이제 만족하겠어요?"

"거의 다 온 것 같아요." 그는 몽유병에 걸린 듯한 낮은 목소리로 말했다.

"어디에 말입니까?"

뒤팽은 코트 주머니를 뒤져 파란색 잉크로 물든 축 처지고 구겨진 종이 뭉치를 꺼냈다. "거의 다 왔어요. 이제 곧 알게 될 것 같아요." 그는 손가락 끝으로 종이 뭉치를 눌러, 어떤 접힌 부분은 활짝 펼쳐지고 다른 부분은 좀 더 깊숙이 접히도록 했다. "그냥 접힌 종이일 뿐이에요. 나는 잘라내지도, 아무것도 하지 않았어요."

"당신은 쉬어야 합니다."

"당신은 모를 테지만, 가능한 일이에요. 구체라고요. 알겠어요?" 그는 종이 뭉치의 양쪽 끝을 붙들고 종이 랜턴을 만들려는 듯 축 처진 종이를 부풀려 보였다. "이건 구체입니다. 언제나 구체였던 것 같은데, 그러다 뭔가 잘못된 거죠. 바로 위상의 문제라고요."

나는 데메테르호의 양쪽에서 우리를 지나쳐 가는 땅을 바라봤다. "이상하다고요?"

"아니, 위상 말입니다. 표면과 체적이요. 그리고 변형 역시 그렇습니다. 연속 변형 말입니다. 이해할 수 있겠어요?"

"무엇을 말입니까?" 나는 부드럽게 물었다.

"구체를 뒤집는 방법 말입니다. 방법이 있어요. 이제 곧 알 수 있을 겁니다."

나는 그가 사색의 열정에 사로잡힌 나머지 극심한 불안에 빠져있다는 사실을 알 수 있었다. 그 열정은 그의 이마를 달아오르게 하는 뜨거운 피처럼 실제로 존재하는 것 같았다. "그런 일에 시간을 낭비할 필요는 없을 것 같군요. 구체를 뒤집을 수는 없어요."

그는 갑자기 충격을 받은 듯 나를 바라봤다. 마치 가장 아끼는 강아지가 총에 맞았다는 말을 들은 것처럼 금방이라도 깨질 듯 위태로워 보였다. "아닙니다!"

토폴스키가 한 손에 유리병을 들고 천천히 다가왔다. 그리고 내가 채 반응도 하기 전에 그것을 뒤팽의 코 아래로 들이밀었다. 뒤팽은 격렬하게 재채기를 하다가 상자에서 떨어져 뒤로 나동그라질 뻔했다. 나는 한 손으로 그 청년의 목덜미를 움켜쥐고, 다른 한 손으로 토폴스키의 조그만 유리병을 낚아챘다. 분노로 그 병을 거의 박살 낼 뻔했다. 코에서 30센티미터 떨어진 곳에서도 톡 쏘는 끔찍한 냄새를 알아차릴 수 있었다. 토폴스키가 수염과 머리카락에 바른 향유 냄새마저 묻힐 정도였다.

"이 사람은 내 환자야, 이 코사크 개새끼 같으니." 내가 말했다.

"그리고 내가 고용한 사람이지." 토폴스키가 대꾸했다. "자네도 마찬가지야, 코드." 그는 나를 노려보며 다시 병을 되찾은 다음, 갑판 위에 놓인 어떤 것을 내려다봤다. 뒤팽이 만든 종이 구조물이었다. 그것은 그가 재채기를 하면서 발작하는 중에 그의 손에서 벗어났다. 충격을 받은 탓에 접혀있던 부분이 굉장히 독특한 방식으로 반응해서 종이 뭉치는 기존의 축 처진 상태에서 또 다른 축 처진 상태로 갑작스럽게 변하고 말았다. 이제 종이 뭉치는 굉장히 이상한 형태를 취하고 있었다. 구체나 랜턴 같은 모양이 아니라, 선박용 스크루(데메테르호에 추진력을 전달하는 것과 비슷한 것)와 몸을 비틀고 있는 다리 짧은 문어를 혼합해 놓은 것 같은 모습이었다.

혹은 다리가 통통한 거미 같기도 했다.

토폴스키가 발로 그 종이 뭉치를 짓이기자, 그것은 파란색 얼룩이 진 종이 찰흙 같은 모습으로 쪼그라들고 말았다.

"내가 코사크 개새끼인지는 모르겠지만." 그는 조용히 말했다. "나는 아직 이 원정대의 대장이야."

뒤팽은 여전히 자신의 코를 붙들고 재채기를 하고 있었다. 충혈된 두 눈에서 눈물이 줄줄 흘러내렸다.

✹

데메테르호는 계속해서 곶을 돌아 나갔다.

갑판 아래쪽에 있는 선박용 증기기관에서 나오는 억제된 소음만 들릴 뿐, 이를 방해할 정도의 사람 목소리는 거의 들리지 않았다. 그렇게 몇 분이 흘렀다. 모두의 시선은 계속 뻗어나가는 해안선을 향해있었다. 해변이라고 할 만한 것은 보이지 않았고, 비탈이 시작되는 곳과 물 사이에는 그저 얼음이 군데군데 붙어있는 부서진 돌이 칙칙한 경계를 만들고 있을 뿐이었다. 우리는 분명 진작에 무엇이라도 발견할 정도로 이 곳을 돌아 나오지 않았나?

그러다가 불현듯 그것이 그곳에 있었다. 아무런 경고도 없었다. 외측 보루나 지면이 변형됐다는 징후도 찾아볼 수 없었다. 곶의 가장 낮은 지점에서 시야에 들어온 것은 불쑥 솟아오른 회색 벽이었다. 그 벽은 지극히 매끄럽고 규칙적인 형태여서, 나는 자연적인 지형을 보고 있을지도 모른다는 생각을 즉시 지워버리고 말았다.

또 다른 벽이 끼어들었다. 그 벽은 첫 번째 벽과 평행하지 않은 각을 이루며 서있었고, 이윽고 세 번째 벽이 모습을 드러냈다. 나는 서서히 우리가 다양한 높이와 두께로 돌출된 일군의 성벽을 보고 있다는 사실을 깨달았다. 마치 근육질의 문어가 두꺼운 팔을 둥글게 말고 있는 것처럼, 그 성벽들은 휘어진 길 위에 자리 잡고 있었다. 우리의 낮은 시점에서 각각의 부분이 어떻게 배열되고 연결돼 있는지 일관된 인상을 구축하는 일은 거의 불가능했다. 벽은 그 수가 굉장히 많았다. 일부는 작은 탑으로 끝났으며, 일부는 가장 큰 바위 덩어리로 도로 휘어져 들어갔다. 하지만 나는 특이한 인상을 받았다. 질서 있고 직선적이며 기하학적으로 합리적인 요새를 진하고 거품 많은 커피 같은 매질에 새겨 넣은 다음, 그 액체를 저어 회전축을 기준으로 늘리고 왜곡시키면, 그 결과는 지금 우리 앞에 보이는 광경과 비슷해질지도 모른다는 인상이었다.

우리가 나아가면서 수직, 수평, 양쪽으로 모두 확장되는 모습이 시야에 좀 더 많이 들어왔다. 벽은 뒤쪽으로 갈수록 점점 더 높이 치솟았는데, 그 모습은 가파른 언덕을 깎아 만든 테라스와 비슷했다. 나는 거리감을 제대로 느낄 수 없었고, 벽의 높이를 가늠할 수단 역시 전혀 찾아볼 수 없었다. 인간이나 나무, 집 같은 것들은 척도로 삼기에 불완전하지만, 그런 것들조차 보이지 않았다. 하지만 피부가 따끔거릴 정도의 직감으로 한 가지를 확신하기에 충분했다.

가장 안쪽에 있는 벽들은 지나치게 컸다.

"어서 추산 높이를 말해줘, 뒤팽." 토폴스키가 말했다.

뒤팽은 여전히 눈물을 줄줄 흘렸고 (내가 보기에는) 다시 한번 기절하기 직전이었지만, 지도 제작 담당이자 측량 담당으로서 자신의 역할을 다시 수행했다. 그는 이제 쌍안경 대신 눈금이 각인된 사분의, 정밀한 저울, 보석처럼 연마한 렌즈 등을 조합한 훨씬 복잡한 기구를 사용했다.

"230미터입니다." 그가 보고했다.

하지만 이는 가장 안쪽 벽들의 높이에 대한 최종 판단이 아니라 단지 중간보고일 뿐이었다.

"245미터입니다." 그가 다시 외쳤다.

"260미터입니다." 이내 정정했다.

"우리는 최대치를 확인했어!" 토폴스키가 흥분하며 말했다.

연속된 성벽들은 마침내 상승을 멈췄다. 이제 우리는 벽 꼭대기를 따라 수평으로 이어진 흉벽을 바라보고 있었다. 그 흉벽은 울퉁불퉁한 땅 위에 몸을 쭉 펼친 톱니 모양의 파충류처럼 보기 싫은 구불구불한 파도를 그리며 오르락내리락했다.

"270미터입니다." 뒤팽이 보고했다.

나는 저 거대한 벽들을 허공에 쌓아 올리려 애썼을 석공들을 생각하니 마음이 어지러웠다. 그러다가 시야가 한계에 도달하자, 수백 개를 훨씬 상회하는 규칙적인 블록들이 이루는 떨리는 선들을 식별할 수 있었다. 그 블록들을 보며 벽돌을 떠올려야 이치에 맞았지만, 나는 대신 비늘을 떠올리고 말았다. 아마 석호의 차가운 물 위로 스며드는 공기가 움직이고 있기 때문이었겠지만, 내 눈으로 벽들을 훑어보니 벽은 숨을 들이마시고 내쉬는 것 같았다.

하지만 그 벽들이 끝은 아니었다.

구불구불한 흉벽 위로 튀어나온 것은 돌로 지어진 성채였다. 이 괴물 같은 방어선이 둘러싸며 지키려 했던 존재임이 분명했다. 성벽과 마찬가지로 이 성채에서도 역시 연속적인 층이 안쪽으로 이어졌으며, 각 층은 이전 층보다 더욱 높았다. 그리고 방어용 관문, 아성, 연결된 방어벽 같은 벽들은 계단 형태로 아찔할 만큼 솟아있었다. 섣불리 숫자를 가늠할 수 없는 탑들이 더 많이 있었는데, 마치 상상 속 거대한 산업 도시의 하늘을 검게 물들이는 굴뚝처럼 서로 다투듯이 솟아올랐다. 거대한 탑들이 계속 치솟았다. 고도가 높아질수록 그 숫자가 점점 줄어들어 열두 개 혹은 그 이하의 가장 강대한 봉우리들이 파수꾼처럼 서있었다. 탑 중 한 곳, 석재 장식을 얹은 맨 꼭대기 부분이 우리가 곶 너머로 알아차린 대상이었다.

우리가 느릿느릿 전진하자 전체적인 구조가 드러났다. 그것은 시작했던 모습대로 끝나버렸다. 그 어떤 대형이나 진영을 이루고 있다는 징후도 보이지 않았다. 400미터 정도 이어진 벽들이 갑자기 끝났고, 해안의 바위 경계와 그 너머의 진흙빛 경사지만 있을 뿐이었다. **구조물**은 아무런 맥락도 설명도 없이 홀로 서있었다.

토폴스키는 일종의 인사불성 상태에 빠졌다. 그보다 침착함을 유지하던 뒤팽은 재빠르면서도 꼼꼼하게 스케치를 했다. 그의 손가락은 종이 구조물에서 묻은 파란색 잉크로 얼룩져 있었다. 물론 우리에게는 사진 장비가 있었지만, 움직이는 갑판 위에서 이미지를 온전히 선명하게 담아내기는 어려웠고, 뒤팽은 그럴 기회가 있을 때 종이 위에 무엇인가 적어두고 싶은 것 같았다.

"자." 반 부흐트가 입을 열었다. "바라는 게 전부 이뤄진 겁니까, 대장님?"

토폴스키가 말을 하려고 입을 열자, 흥분한 탓에 쉰 목소리가 나오고 말았다. 그는 말을 잇기 전에 자신의 기관지를 두드려야 했다. "'내가 바라는 것'이라고 했습니까, 선장님? 나는 경이와 놀라움에 말을 잃고 여러분 앞에 서있습니다. 어느 정도는 의심하기도 했습니다. 심지어 저 광경을 처음 보게 됐을 때마저, 과연 진짜일까 의구심이 들었습니다. 하지만 나는 여기 서있습니다. 다리엔의 봉우리*에서 말을 잃은 채 말입니다."

"말을 전부 잃은 것 같지는 않군요." 반 부흐트가 대꾸했다.

"뭔가 잘못됐습니다." 내가 말했다.

- 19세기 영국의 낭만주의 시인 존 키츠의 시에서 따온 대목으로, 파나마 지협에서 태평양을 발견한 유럽 탐험가들의 경이를 의미한다.

"당연히 잘못됐을 테지, 이 멍청아." 토폴스키는 내 터무니없는 무지를 비웃듯이 말했다. "바로 그 존재 자체가 잘못된 거야! 저 **구조물**은 여기 있어서는 안 돼! 그 자체로 질서와 상식에 대한 모욕이니까!"

"제 말은, 옳지 않아 보인다는 뜻입니다. 뭔가 있는데…." 나는 말을 더듬으며, 자신에게 바보라는 선고를 내리지 않을 표현을 찾아 헤맸다. "뒤틀려 있습니다. 저게 보이지 않습니까? 마치 신기루처럼 허공에서 휘어지며 파문을 일으키지만, 그런 변화의 어느 한 순간에 굳어진 것처럼 보입니다. 저 휘어지고 뒤틀린 흉벽을 보니, 뱃멀미가 나는 것 같습니다."

"뱃멀미가 나지 않았던 적이 없었잖아, 코드."

"단순한 뱃멀미 이상입니다. 저 탑들은 불안할 정도로 서로를 향해 조금씩 이리저리 기울어져 있는데, 꼭 쓰러지기 직전의 볼링핀 같은 모습입니다."

"자네 눈은 플리머스의 초라한 진찰실에서는 도움이 될지도 모르지만, 이렇게 먼 거리에서는 자신을 속이는 것 같은데." 그는 속삭이는 듯하지만 충분히 잘 들리는 목소리로 덧붙였다. "나 같은 개새끼의 눈은 쉽게 당하지 않아."

"내게도 그 잘못된 점이 확실히 보입니다." 반 부흐트가 말했다.

"그렇다면 데메테르호의 움직임 탓에 눈이 착각한 겁니다." 토폴스키가 말했다.

"육지에 있는 것을 본 건 이번이 처음이 아닙니다." 반 부흐트가 대답했다. "하고 싶은 말이 있습니까, 뒤팽 씨?"

뒤팽은 멈추지 않고 스케치를 계속했다. 나는 언제나 다른 사람이 종이에 끄적거린 것을 보기 좋아했지만, 뒤팽이 긋는 획은 조각 기계가

낸 자국과 더 비슷했다. 흠잡을 곳 없이 정확했지만, 바로 그 정밀함 때문에 눈이 멀 지경이었다. 나는 그가 우리 주변의 풍경과 그 목표물 자체를 그린 그림들 사이에서, 지금은 망가져 버린 종이 구조물의 변형 단계를 보여주는 것 같은 몇 장의 스케치를 알아차렸다. 그는 자신 앞에 있는 존재에도 불구하고, 이전에 그의 마음을 사로잡았던 것으로 돌아가는 일을 거부할 수 없는 것 같았다.

"다수의 축을 따라 형성된 예상 가능한 규칙성에서 비롯된 편차가 하나 존재합니다." 그가 말했다. "우리가 마무리할 때가 되면, 이 편차의 정도와 그 가능한 원인들을 정량화할 수 있을 겁니다."

나는 천천히 고개를 끄덕였다. 내가 관찰했던 점이 확인돼 기뻤던 것이다.

"벽, 혹은 탑들이 솟아난 토대에 침하가 있었을 수도 있습니다. 하지만 크게 심각했을 것 같지는 않습니다. 그렇지 않았다면 다른 탑들이 이미 무너져 내려, 그 주변에 잔해가 온통 널려있는 광경이 보였을 겁니다."

"진실만이 우리를 인도할 테니, 추정 따위에 판돈을 걸지 말라고." 토폴스키가 딱 잘라 말했다. "새로운 사진 과학이 모호한 점을 모두 해결해 줄 거야. 한물간 스케치 따위는 집어치워, 뒤팽! 그런 낯 뜨거운 작품은 동굴벽화에나 어울리지, 우리 학술 기관에는 가당키나 할까! 루이 다게르*의 훌륭한 업적 덕택에 그런 조잡한 그림은 더 이상 필요 없어!"

• 19세기 프랑스의 화가로, 현대 사진술의 기초를 닦았다.

사진 장비가 다시 준비되자 시계장치 타이머가 돌아갔고, 우리는 부추김을 받아 선장과 대장 뒤에서 격식을 차리며 자세를 갖췄다. 그러는 와중에 그 거대한 바윗덩어리는 마치 건축가의 열병처럼 우리 뒤에서 솟아올랐다.

뒤팽의 손가락이 계속 꿈틀거렸다. 그 손가락 사이에는 아무것도, 심지어 연필조차 들려있지 않았지만, 종이를 접어 만든 공을 쥐고 있다고 상상하는 것처럼 보였다. 그는 마음의 눈으로 무엇을 봤을까? 무엇이 그를 그토록 괴롭혔을까? 무엇이 그를 여전히 괴롭히고 있을까?

8

저녁이 되자 배 안에 깔린 분위기는 작은 만의 입구를 무사히 통과했다는 기쁨과 신기루에 휘감긴 경이로운 벽으로 더욱 가까이 항해할지도 모른다는 희미한 예감 사이에서 불안하게 갈팡질팡했다. 선장은 평소 함께 하던 사람들을 불러 모아 저녁 식사와 셰리 와인을 나누는 자리에 초대했다.

사실 처음에는 화젯거리로 오를 수 있는 것이 단 하나뿐이었다. 나는 의자에 등을 기댄 채 누가 의견을 내라고 재촉할 때를 제외하면 대부분 말 없는 목격자 역할을 하며 그들의 모습을 관찰하는 데 완전히 만족했다. 현상한 감광판들이 되돌아와 뒤팽이 그린 그림(건축 설계도만큼 꼼꼼하고 깔끔했다)들 사이에 펼쳐졌다. 나는 머거트로이드, 토폴스키, 뒤팽, 브루커가 자와 각도기를 들고 치수와 각도를 비교하고, 그 **구조물**에 속한 각 부분의 상대적 크기에 대해 추측과 추론을 주고받는 모습을 지켜봤다.

라모스는 누구보다도 말을 아낀 채 불을 붙이지 않은 시가를 입에 물고 이 담화를 지켜봤다.

"논리적으로 생각해 보면, 출입할 수 있는 지점이 있을 거야. 아마 저 복잡하게 얽힌 벽에 가려져 있겠지." 흥분한 토폴스키가 종이와 감광판을 마구 넘기며 말했다. "그 벽들은 분명히 방어 기능을 담당하고 있을 테니, 출입구는 그 안에 둘러싸여 우리의 현 관측 지점에서 보이지 않는 게 당연하지. 만약 관문 같은 게 없다면, 은폐된 문이나 터널이 있을 거야. 어쩌면 벽 안쪽으로 계단이 나있을지도 모르고, 심지어 저 너머의 고지에서 들어갈 수 있는 다리가 있을 수도 있어."

"안으로 들어갈 방법이 있다고 믿습니까?" 반 부흐트가 물었다.

"반드시 하나는 있습니다."

"만약 저게 무덤이라면 없을 거예요. 건설 후 봉인됐을 테니." 코실 백작부인이 지적했다. "어쩌면 수감자를 벽 안쪽으로 넘겨버리고 썩도록 내버려두는 방식의 감옥일 수도 있죠." 그녀는 요염한 시선으로 나를 바라봤다. 마치 우리가 사적인 농담을 공유하는 것처럼, 혹은 우리가 똑같은 악몽을 공유하는 것처럼. "저 벽에 구멍을 뚫게 되면, 해일처럼 밀려 나오는 해골 무리에 휩쓸릴지도 몰라요."

"벽에는 창문 같은 틈이 나있고 맨 꼭대기를 따라 흉벽이 이어져 있습니다." 머거트로이드는 한 감광판에 찍힌 흐릿한 세부 형태를 손가락으로 두드리며 말했다. "내 눈에는 이런 모습이 방어 시설처럼 보입니다. 어떤 북유럽 군벌이 이걸 만들었든, 이를 지키려고 했을 테니까요." 그는 토폴스키를 향해 고개를 끄덕였다. "들어갈 방법을 찾을 수 있을 겁니다. 아무리 잘 지은 요새라 하더라도, 심지어 자체 수원 시설을 갖췄거나 벽 내부에 양을 키울 목초지와 과수원을 만들 공간이 충분하더라도, 여전히 보급품이 필요했을 겁니다."

"만약 문이 없다면…." 라모스가 말했다. "하나 만들 수 있습니다. 발파용 화약의 폭발력이 충분하다면 말이죠."

코실은 손을 뻗어 라모스의 손목을 두드렸다. 그 동작에는 다소 차가운 애정이 섞여있었다. "대령님, 당신은 뭐라도 날려버릴 때까지 정말로 쉬지 않을 생각인가요?"

"어떤 식이든 들어갈 방법이 있을 거야." 토폴스키가 말했다. "에이다, 우리가 라모스의 군수품에 의지해야 한다면 기꺼이 그렇게 할 거야. 그리고 얼마 지나지 않아 저 멀리 안개가 걷히고 나면, 우리는 날카로운 시선과 예리한 재치로 적들을 바라보게 될 거야."

나는 끼어들지 않을 도리가 없었다. "적이라고요? 약간 불길하게 서 있는 것 말고 특별히 해가 될 일은 없지 않겠습니까?"

"비유적으로 하는 말이야, 코드. 무지한 상태에서 미지의 존재를 상대하고 있다는 의미에서 그렇게 표현한 거야. 우리 과학적인 남자들이, 뭐, 여자도 한 명 있지만, 우리의 이해 부족을 바로잡으려면 적지 않은 고통과 좌절을 겪어야 한다는 데 다들 동의하지 않을까? 저게 자연의 산물이든 인간의 결과물이든, 비밀과 수수께끼는 결코 호락호락하게 드러나지 않을 거야!" 그는 물고 있던 시가가 다 타버리자 한 대 더 불을 붙였다. "만약 손쉽게 드러나 버린다면, 과학적 정복의 영광과 고귀함은 과연 어디서 찾을 수 있을까?" 그는 비밀을 털어놓으려는 듯 몸을 앞으로 굽힌 채 테이블을 위아래로 둘러봤다. "친구들이여, 저 **구조물**은 우리에게 통행료를 요구할 겁니다. 그렇게 될 거라고 확신합니다. 하지만 우리는 극복할 겁니다. 그것은 우리의 몸과 마음 양쪽에 흉터를 남길 테지만, 우리는 그런 흉터들을 자랑스럽게 받아들이게 될 테죠. 왜냐하면 오직 우리만이 그 값어치를 알 것이기 때문입니다! 지금 침대에 누워있을 잉글랜드의 신사분들은 이곳에 있지 못하는 저주를 받았다고 생각할 겁니다."

"아니면 늦잠을 잘 수 있어서 정말 기뻐할지도." 코실이 중얼거렸다.

나는 미소를 지었다. 그녀는 내 시선을 눈치채고 마주 웃어줬다.

머거트로이드는 감광판 한 장을 집어 들고 하나 남은 눈에 더욱 가까이 가져다 대며 **구조물** 아랫부분에 보이는 것을 살펴봤다. 해안선과 첫 번째 벽의 측면 사이에 끼어있는 작고 검은 얼룩이었다. "여러분, 저건 뭘까요? 우리가 갑판에 있었을 때는 이걸 본 기억이 없습니다."

"감광판에 티끌이 끼었을 테지." 토폴스키는 그의 말을 일축했다.

"티끌 같은 게 아닙니다." 브루커가 말했다. "실제로 찍힌 겁니다. 이쪽 사진에도 똑같은 게 있는데요."

"그 **구조물**에 속한 건 확실히 아닙니다." 뒤팽이 말했다. "크기를 추정해 보면, 길이는 25미터, 높이는 아마 15~18미터 정도 될 겁니다."

"내가 좀 봐도 될까요?" 선장이 점잖게 물었다.

그는 머거트로이드에게 첫 번째 감광판을 받아 주의 깊게 살펴봤다. 그런 다음 천천히 내려놨다. "여러분, 내가 보기에는 난파선 같습니다. 돛대가 식별 가능하고, 아마 굴뚝도 하나 보이는 것 같군요. 대부분은 선체일 겁니다. 데메테르호 같은 증기선이군요. 다른 종류의 선박은 그 균열을 통과할 수 없었을 테니까요."

"난파된 지 얼마나 됐을까요?" 나는 해상 추진 방식에 대한 무지를 기꺼이 드러내며 물었다.

"조금 더 접근하면 알게 될 거야. 30년이 넘지 않은 건 확실한데. 스크루로 추진하기보다는 외륜으로 이동하는 증기선 같아." 그는 토폴스키를 향해 고개를 돌렸다. "유로파호의 선원들이 이 난파선에 대해 알고 있었습니까? 만약 그렇다면 대장님이 지금까지 그에 대해 전혀 언급하지 않은 게 좀 이상하군요."

"그들의 정보에 난파선에 대한 언급은 없었습니다." 토폴스키는 말할 가치가 없다는 듯 대답했다. "게다가 우리가 그 점을 걱정할 필요는 없습니다. 장비가 부실한 선박은 언제나 사고를 당하기 마련입니다. 우리는 빈말이라도 장비가 부실하다고 할 수는 없습니다."

"그렇기는 하지만, 해안에 조심스럽게 접근해야 합니다." 반 부흐트는 셰리 와인을 홀짝거리며 심사숙고했다. "우리는 곶 바로 옆에 닻을 내린 다음, 보트를 몇 척 보내 나머지 경로를 이동할 겁니다. 좀 더 오래 노를 저어야 하겠지만, 선원들은 일이 다 끝나고 마른 땅에 올라 물을 탄 럼을 좀 더 마실 수 있다는 보장만 있다면 그 정도 일은 개의치 않을 겁니다." 그는 머거트로이드에게 고갯짓을 했다. "어쩌면 크리켓을 할 수 있을 정도로 평평한 땅을 찾을 수 있을 거야, 중위. 자네가 그 이상한 영국식 놀이를 그리워한다는 건 알고 있어. 그러는 사이 그 난파선에 유용한 비축물이 남아있다면, 우리가 가져다 쓸 수도 있겠지."

"시체가 있을까요?" 내가 머뭇거리며 물었다.

반 부흐트는 침울하게 고개를 끄덕였다. "없기를 바라, 사일러스. 하지만 만약 있다면, 우리는 모두 바다의 형제들이니 정중하게 대우해 줘야지."

나는 원정대의 정규 인원들을 찍은 감광판을 집어 들었다. 우리 뒤쪽으로 **구조물**이 보였다. 이 감광판은 화학적으로 안정화돼 더 이상 빛에 반응하지 않도록 처리됐지만, 아직 명암을 반전시킨 인화본을 떠놓지는 않았다. 그 결과 밝은 부분은 모조리 어둡게 나왔고, 어두운 부분은 모두 밝게 나왔다. 데메테르호는 그 자체로 유령 같은 모습으로, 뱃전이 뼈다귀처럼 핼쑥하게 변한 채 잿빛 하늘 아래, 우유빛 바다 위에 떠있었다. 사진을 거꾸로 뒤집어 보자, 데메테르호는 마치 얼음 천장에 매달려 있는 것처럼 보였다. 그리고 그 아래쪽에는 모든 것을 흡입하려는 듯한 방대한 어둠이 배를 잡아채려는 것 같았다.

"박사님, 선원들이 사진에 전혀 찍히지 않았다는 사실을 알아차렸나요?" 코실 백작부인이 물었다. "그들이 생쥐처럼 급히 움직였기 때문이에요. 반면에 우리는 사진에 찍힐 정도로 가만히 서있었고요. 가끔씩 어떤 선원이 가만히 멈춰 서있는 바람에 유령 같은 흔적을 남긴 걸 제외하면, 우리는 마치 유령선에 타고 있는 것 같아요. 우리가 이미 죽어버린 존재인 것처럼 말이죠."

"부인께는 병적인 기질이 있군요." 머거트로이드가 어색하게 웃으며 말했다.

"계속 악화되는 것 같아요." 그녀는 그의 말에 동의했다.

"사진이 뒤집혀 있습니다." 나는 사진을 똑바로 돌려놓으며 말했다. "전환…. 아니, 변환이라는 표현이 더 낫겠군요. 부인, 혹시 '전환'이라는 단어가 무슨 뜻인지 물어봐도 될까요?"

그녀는 얼굴을 찡그리며 나를 바라봤다. "그런 표현이 있나요, 박사님?"

"있습니다." 뒤팽이 흥분하며 끼어드는 바람에, 그의 치아 사이에서 침이 빗발치며 튀어나왔다. "하지만 그 용법은 다소 전문화돼 있습니다. 수학자들 사이에서 그 단어는 외부와 내부를 뒤집는 행위를 뜻하는데…."

브루커는 한 손을 들어 그의 두개골을 반으로 나누고 있는 검정색 머리카락 줄기를 따라 긁적거렸다. "불가사리가 위장을 뒤집어 까는 것처럼 말인가?"

"수학적인 틀 내에서 그 정의는 훨씬 엄밀합니다." 뒤팽이 대답했다. "하지만 대충은 이해하셨군요. 사실 그 문제는 제게 흥미로운 주제입니다. 3차원 공간에서의 구면 전환 문제를 생각해 보면…."

"이제 그만하게, 친구." 토폴스키가 말했다. "우리 중 몇몇은 자네가 구체와 공간에 대해 횡설수설하는 걸 들을 바에는 차라리 자기 위장을 뒤집어 까고 말 거야." 그의 말투가 귀족적으로 바뀌었다. "자네는 봉급을 받는 처지이니, 이런 허황된 헛소리보다는 현 시점에 집중하는 게 어때?"

"뒤팽에게 그 주제가 헛소리는 아닐 겁니다." 그 청년 특유의 외골수적인 면에도 불구하고, 나는 그를 보호하고 싶은 갑작스러운 충동에 휩싸였다. "사실 나는 그의 말을 좀 더 듣고 싶군요. 수학에 대한 내 교육 수준은 존 네이피어*가 세운 기본 뼈대에서 조금도 더 나아가지 못한 것 같지만요."

"그 사람은 뼈가 몇 개나 되는데요?" 모틀락이 물었다.

"다른 사람들과 마찬가지로 206개랍니다." 코실 백작부인이 이렇게 대답하더니 내게 말했다. "박사님은 정말로 수학에 대한 무지함을 바로잡을 생각인가요? 그렇다면 당신의 문학적 상상력과 피타고라스의 그림자가 조우하는 건 시간문제일 것 같네요!" 그녀는 기뻐하며 손뼉을 쳤다. "우리를 고통에서 구해줘요, 박사님. 우리를 기쁘게 해줄 다음 이야기는 뭔가요?"

"나는 지쳤습니다." 나는 이렇게 말하며 의자에 등을 기댔다. "여러분은 모두 친절했지만, 소설에 매진할 시간은 이제 다 끝난 것 같군요."

---

* 16세기 스코틀랜드의 수학자로, 지수 개념을 발명했다.

나는 감광판을 한 장을 들어 올렸다. "이 존재는 내가 상상할 수 있는 그 어떤 것과도 비교하기 어려울지 모릅니다. 게다가 나는 이미 친구들의 인내심을 다 써버린 것 같군요."

"아, 박사님." 백작부인은 입을 삐죽 내밀며 말했다. "내가 살짝 논평한 게 그렇게 상처가 됐나요?"

"당신이 한 논평과는 아무런 상관이 없습니다. 상처를 입었든 안 입었든 말이죠."

"그렇다면 어째서 계속해 달라고 애원까지 해야 하죠?" 그녀는 지지를 얻기 위해 테이블을 둘러봤다. "박사님은 자신의 노력이 빚은 결실에 대해 지나치게 겸손하다니까요. 그 소설이 생각할 거리를 많이 던져준다고 생각한 사람은 나 혼자만이 아닐 거라고 확신해요."

"허점이 많다는 뜻이로군요." 모틀락이 활발하게 끼어들었다.

"자네는…." 반 부흐트는 중얼거리는 말투로 이렇게 지체 높은 사람들이 모인 자리에 초대받았으니 분수에 넘는 짓은 하지 말라고 경고했다.

"나는 아직도 잠수함이 무슨 뜻인지 이해하지 못하겠던데요." 브루커가 한탄했다.

"파도 아래로 항해하는 선박을 말합니다." 내가 말했다.

"틀림없이 금속선일 테죠." 코실 백작부인이 말했다.

석호 너머 서쪽으로 좁은 만의 입구와 수로가 만나는 좁은 통로 어디선가, 저 멀리 폭풍이 분노를 표출하고 있었다. 천둥소리는 들리지 않았지만, 선실 창문 위로 번개가 딱 한 번 비치며 창문 유리 위에 파란색 빛으로 장식무늬를 새겨놨다.

항상 번개가 친다니까. 나는 속으로 중얼거렸다.

✱

라모스는 내 선실에 조용히 앉아있었다. 선장실에서 열린 저녁 식사 자리가 파하고 나면, 대령과 나는 종종 작은 시가 한 대나 브랜디 한 모금을 나누고는 했다. 우리 두 사람 모두 대화가 끊기지 않기 위해 아무 말이나 하는 대신, 대화를 주고받는 것만큼 속 깊은 침묵을 즐기는 데 만족했다. 때때로 라모스는 작은 기타를 가져왔다. 그런 게 있을까 싶을 정도로 연약하고 반투명한 목재로 만든 것으로, 거의 반대편이 비쳐 보일 정도였다. 그는 어린 시절 배웠던 스페인과 멕시코의 민요를 연주하고는 했다. 치음에 그는 손가락으로 지판과 현을 서투르게 오갔지만, 몇 번의 시도 끝에 차분히 몰두하게 되면서 점점 더 자신감이 붙고 연주가 능숙해졌다. 우리는 종종 시와 음악에 대해 이야기했고, 때로는 어린 시절에 대해 (내가 그보다 좀 더 선뜻 이야기를 꺼내는 편이었지만) 이야기를 주고받다가, 가끔은 데메테르호에서 내린 후의 장래 목표에 대해 대화를 나눴다.

"토폴스키와 한판 했습니다." 나는 상대방의 술잔에 브랜디를 조금 더 따르며 말했다.

"매번 있는 일 아닌가?"

"하지만 직접 눈으로 봤을 테지만, 오늘만큼 불이 붙었던 적은 없었던 것 같군요. 처음에는 '코사크 개새끼'라고 욕을 했죠."

그는 가볍게 어깨를 으쓱했다. "둘 다 맞는 말이야."

"하지만 그런 발언을 하다니, 신사답지 못한 짓입니다."

"무엇 때문에 화가 난 거지?"

"뒤팽이 기절해서 그를 돌보고 있었습니다. 그 청년이 걱정돼서 말입니다. 그는 휴식을 취해야 해요. 그런데 토폴스키가 슬렁슬렁 다가오더니…." 나는 손을 저어 기억을 한쪽으로 몰아냈다. "그런 문제가 아닙니다. 화가 나는 일이 있어서 그런 말을 한 건 아니었습니다. 뒤팽은 내 환자였지만…."

"방금 '처음에는'이라고 했는데, 그다음에는?"

"아마 좀 더 심각하게 모욕했던 것 같습니다. 그 대상이 시야에 들어왔을 때, 그의 승리의 순간을 망쳐버렸으니까요. 어떤 기준에서 보더라도 그는 그 순간을 누릴 자격이 있었지만, 나는 무모할 정도로 만용을 부려서 그 **구조물**에 결함이 있다고 지적해 버리고 말았습니다."

그는 손가락에 쥔 술잔을 돌리다가 테두리에 코를 가져다 댔다.

"다시 한번 오직 사실만 말했군. 그는 개새끼고, 그건 뒤틀려 있었으니까."

"하지만 입을 다물고 있었다 해도 그렇게 어리석은 행동은 아니었을지도 모릅니다. 이는 내 결점이고, 뒤팽의 결점이기도 하며, 사실 백작 부인의 결점이기도 합니다." 나는 한숨을 쉬었다. "비록 이유는 제각기 다르지만요. 나는 의사로서의 내 의무에 누가 끼어들면 미친 듯이 화를 내게 됩니다. 뒤팽은 머릿속에 있는 말을 하지 않는다는 선택지가 없는 순수한 사람이죠. 그에게 악의는 없어요. 그저 다루기 어려운 충동이 있을 뿐입니다."

"음." 라모스는 살짝 고개를 끄덕이며 말했다. "나도 그렇게 생각해. 그러면 코실 부인은?"

"우리 셋 중에서 그녀는 유일하게 상처 주는 걸 즐기는 것 같습니다. 정말 짜증 나는 사람입니다. 하지만….."

"하지만?" 그는 내 솔직함에 미소를 지으며 어서 말하라고 손짓했다.

"그녀는 매혹적이에요." 나는 그토록 거리낌 없이 털어놨다는 점에서 스스로에게 화가 나 툴툴거렸다. "그녀 역시 문제는 아닙니다! 내 존재 자체가 그녀를 불쾌하게 하는 겁니다. 토폴스키 대장의 경우, 비록 그는 나를 나쁘게 평가하지만 적어도 그 평가를 개선할 수 있을지도 모른다는 희망은 품을 수 있습니다."

"어쩌면 그의 평가는 중요하지 않을지도 몰라."

나는 조심스럽게 그를 바라봤다. "그렇게 생각합니까?"

"산타 안나* 밑에서 복무할 때 그런 사람들을 알고 지냈어. 처음에는 시끄럽게 허세를 부리기 때문에 사람들의 주목을 받지. 그들은 어느 방에 가든 언제나 가장 시끄러우니, 우리가 그런 사람들의 호의를 바라는 건 이해할 수 있을 거야. 꽃이 태양의 호의를 구하는 것처럼 말이지." 그는 앉은 자세를 바꿨다. 이렇게 거리낌 없이 자신의 이야기를 털어놨으니, 이전과 마찬가지로 불편함을 느꼈던 것이다. "하지만 알라모를 공격하는 동안**, 나는 사람의 가치는 목소리가 주는 힘이나 심지어 신념에서도 찾을 수 없다는 사실을 깨달았어. 신념은… 당신네 나라 사람들이 하

- 19세기 멕시코의 군사지도자이자 독재자.
- ** 1863년, 산타 안나가 이끄는 멕시코군은 텍사스의 알라모 요새를 공격해 그곳을 지키던 텍사스 의용군 183명을 전멸시켰다.

는 말이 있었는데… 한 푼이면 두 개는 산다고 하던가?" 그는 무시하듯 쫓아내는 것 같은 손짓을 했다. "신념은 파리 목숨처럼 사라지는 법이야. 나는 그 전투에서 최고의 인간과 최악의 인간을 모두 경험했어. 그런 사람들은 우리가 벌인 사소한 분쟁의 양쪽 진영에 모두 있었지. 그리고 그들 중 가장 변변치 못한 사람이 사자로 변하고, 가장 자부심이 넘치는 사람이 시끄럽게 우는 양으로 전락하는 모습을 봤어."

"그의 밑에서 일하려면 그를 존경해야 할까요?"

"아니." 그는 신중하게 대답했다. "하지만 보수를 받는 편이 도움 되니, 그의 풍족한 주머니는 존경해야 할 거야. 그런 면에서 우리의 거들먹거리는 대장은 믿을 만한 사람인 것 같아. 나는 이미 멕시코로 자금을 보냈고, 우리 원정이 끝나면 좀 더 보낼 생각이야."

"이제 당신 가족은 안전합니까?"

"그 어느 때보다 안전해." 그는 여전히 호의적이었지만, 내 질문을 듣고 살짝 당혹스러워하는 것 같았다. "안부를 물어주니 고맙군. 그런데 내가 가족이 걱정된다는 말을 한 적이 있었나?"

"곤란한 문제가 좀 있다고 생각했는데요. 종교적인 문제든 정치적인 문제든 말이죠."

"멕시코에서는 양쪽을 그리 구분하지 않는 경향이 있지." 이 거대한 남자는 어깨를 으쓱했다. 그의 두개골에서 움푹 들어간 부분이 랜턴 불빛을 받아 반짝거렸다. "내 선조들은 스페인 국왕 대신 미겔 이달고 신부의 편에 서는 올바른 선택을 했어. 그분들이 상대한 적들은 이제 땅속에 안전하게 잠들어 있고, 그 적들의 유령은 해가 지날수록 점점 약해지고 있지. 이제 우리나라는 해방된 상태야."

"그 말을 들으니 기쁘군요. 그런데 당신 사생활을 캐내는 것처럼 보였다면 미안합니다."

"사일러스, 당신은 내 머릿속까지 들여다봤는데 우리 사이에 비밀이 있을 필요가 있나?" 그가 브랜디를 한 모금 더 마셨다. 술은 그의 마음속 어딘가를 느슨하게 풀어주는 것 같았다. "토폴스키 대장에 대한 이야기를 좀 더 해줄 생각인데, 이건 우리만 알고 있어야 해. 이 이야기가 당신이 그를 좀 더 잘 이해하는 데, 그리고 아마도 그의 결점 일부를 용서하는 데 도움이 될 것 같으니 말이야." 그는 정신을 가다듬었다. "내가 처음 그를 위해 일을 시작했을 때, 그러니까 당신을 만나기 전 일이었어. 그가 어린 시절에 앓았던 병 이야기를 내게 해준 적이 있었지."

나는 씁쓸한 미소를 지었다. "토폴스키 대장은 이제껏 알려진 그 어떤 질병에도 굴하지 않을 사람으로 보이는데요."

"그는 거드름을 피우고 많은 사람과 어울리며 인상적인 소음을 내는 사람이지만, 그 점은 당신네 영국인들이 스포츠 삼아 사냥하는 통통하고 멍청한 새 역시 마찬가지 아닌가? 그 깃털 아래를 더듬어보면 종종 눈으로 본 것보다 빈약할 때가 있지." 라모스는 자신의 의견을 밝히는 것이 불편한 듯 고개를 저었다. 한편으로는 거부감이, 다른 한편으로는 수치심이 드는 것 같았다. "그래도 나는 존경할 만할 부분이 전혀 없는 사람 밑에서 일할 생각은 없어. 그는 개새끼가 맞지만, 나도 마찬가지야. 그는 용감한 사람이고, 한 번도 내게 거짓말을 한 적이 없어. 그리고 그가 우리를 잘못된 길로 인도할 거라는 생각은 하지 않아. 우리는 각자 나름의 방어 수단을 갖고 있어."

"그렇다면 그 질병은 무엇이었습니까?"

"열병이었어. 침대에 갇혀서 침실 커튼이 펄럭이는 모습을 바라보는 일 외에는, 그의 감각을 사로잡을 만한 게 아무것도 없었지. 그래서 시간과 공간에 대한 감각마저 사라져 버리고 말았어. 게다가 그의 고향에 있는 기나긴 여름 백야 때였으니, 누구라도 진작에 정신 건강에 부담을 느꼈을 거야. 어느 날, 끝이 없을 것 같은 따뜻한 저녁이었어. 그는 침실 커튼이 불가능한 높이까지 날아오르는 모습을 보고, 그 커튼 사이로 보이는 광경이 마치 우주 전체가 된 것 같다고 상상했어." 라모스는 경외심을 담아 이야기를 이어나갔다. "그리고 그는 그것을 봤어. 커튼이 열리자 현실이라는 얇은 막도 사라지고 만 거야. 그 너머에는 우리 친구 브루커가 울고 갈 정도로 복잡하고 완벽하며 반짝이는 시계장치가 서있었지. 그 광경은 오래가지 못했지만, 그가 이 일화를 말하는 태도로 미루어봤을 때, 그의 인생 전체에 절박한 갈망의 그림자가 드리웠던 것 같아."

나는 플리머스에서 병으로 누워있다가 휘청거리는 상상에 마지못해 포로가 됐던 때를 떠올렸다.

"그래도 그런 모습이 열병 때문이라는 사실을 알 정도의 분별력은 있었을 테죠?"

"그래. 하지만 그런 분별력은 우리를 지배하는 주인이 아니야."

"그렇다면 좋았을 텐데 말입니다." 나는 깊은 생각에 잠겼다. "하지만 물론 당신 말이 맞습니다. 이제야 알겠습니다. 그는 그 **구조물**에서 완벽함의 일면을 보기를 바랐던 거군요. 아마 잠깐은 봤을 겁니다. 하지만 내가 잘못됐다는 사실을 지적하면서 그 주문을 풀어버리고 말았습니다."

"당신이 주문을 깨뜨린 건 맞지만, 만약 당신이 그렇게 하지 않았더라면 레이몽 뒤팽이 무슨 말을 했을 거야. 뒤팽이 그렇게 하지 않았더라면, 헨리 머거트로이드나 심지어 선장이 나섰을 데고."

"일단 칼에 찔리고 나면, 다른 단검이 줄지어 대기하고 있을지도 모른다는 사실은 별로 중요하지 않은 것 같습니다." 나는 후회하며 고개를 숙였다. "그래도 구제받을 지점이 하나 있다면, 처음부터 나에 대한 평가가 지극히 좋지 못했다는 겁니다. 더 낮아질 여지가 거의 없군요."

"이미 말했듯이, 당신이 비난받을 일은 아니야. 어떤 의사가 그의 어머니와 함께 달아나고 말았거든. 그 이후로 그는 당신네 직업군 전체를 비난하고 경멸해 왔지."

"그런 의견과는 관계없이 대부분의 사람은 결국 우리를 이용하게 됩니다."

"맞아. 그리고 그는 우리가 의사 없이 이 바다를 헤쳐 나갈 수 있을 거라고 생각할 정도로 바보는 아니야. 게다가 그 일은 이것보다 먼저 일어난 일이야." 그는 손가락 관절을 굽혀 내가 그에게 구멍을 뚫어놓은 곳을 두드렸다. "그가 내게 자신이 앓았던 병 이야기를 털어놨던 건 술에 취해 감정이 격해졌을 때 딱 한 번이었어. 내가 당신에게 그 이야기를 꺼내는 까닭은, 당신이 우리가 따르는 사람을 좀 더 잘 이해하기를 바라기 때문이야. 그는 명성과 부에 대해 말하지만, 그가 정말로 추구하는 건 따로 있어. 열병을 앓던 침대 속으로 일순간 돌아가 커튼을 활짝 펼친 채 모든 천국이 연회처럼 그의 앞에 펼쳐지는 바로 그 순간을 맞이하는 것 말이야."

"그런 일은 절대 일어나지 않을 겁니다."

"그래." 라모스는 내 말에 동의했다. "하지만 이 점은 명심했으면 좋겠어, 사일러스. 그는 절대 자신의 탐색을 멈추지 않을 거야. 그런 사람은 존경을 받는 만큼 두려움의 대상이며, 그 개새끼는 우리를 둘 중 하나로 이끌 거야. 영광 혹은 멸망으로."

나는 그의 잔에 술을 따른 다음 내 잔도 채웠다. "대령님, 당신의 불행이 우리 우정의 원인이 된 건 이상한 일이죠. 누가 부상을 입는다면, 특히 당신처럼 심각한 부상을 당했다면 유감스럽게 생각해야 할 겁니다. 하지만 아무래도 그래야 하는 만큼 유감스러운 감정은 들지 않는 것 같습니다."

라모스는 자신의 잔을 내 잔에 부딪쳤다. "나도 그런 일이 일어났다는 것에 대해 큰 유감은 없어, 사일러스."

9

데메테르호는 석호 한가운데, 곶에서 동쪽으로 1.5킬로미터 이상 떨어진 지점에 닻을 내리고 정박한 후, 물 위로 두 척의 보트를 내렸다. 아침이 돼도 선원 중 내 도움이 필요한 사람은 아무도 없었기 때문에, 나는 선장의 격려를 받으며 어정쩡하게 밧줄을 타고 내려와(내 짐은 이미 실어둔 터였다) 원정대가 실어 온 부속 보트 중 좀 더 큰 중형보트에 올라탔다. 중형보트와 그보다 좀 더 작은 소형보트 모두 흰색 칠을 한 튼튼한 배였다. 중형보트에는 열 명, 소형보트에는 여섯 명이 승선했고, 양쪽을 합치면 며칠 동안 캠프를 꾸리기에 충분할 정도의 보급품도 실려있었다. 중형보트에만 돛대가 하나 달려있었지만 오늘은 돛을 펴지 않았다. 각 배에는 하급선원으로 구성된 노잡이들이 타고 있었다. 이들은 좀 더 무거운 중형보트에는 여섯 명, 소형보트에는 두 명이 배치됐다. 그들 중 내가 이름을 아는 사람은 모틀락뿐이었는데, 그는 이미 중형보트에 올라탄 채 붕대를 묶은 손바닥이 불편한 듯 그것을 고쳐 매고 있었다. 라모스 역시 승선했다. 그가 책임을 맡은 상당한 양의 화약통과 도화선이 이 배에 실려있었기 때문이다. 중형보트에 탄 우리 일행 중 (적어도 처음부터) 노를 젓지 않는 나머지 인원은 머거트로이드와 뒤팽이었다. 그런데 데메테르호의 상급선원들 사이에서 다양한 개인 소지품의 상대적인 무게에 대해 일부 논의가 이뤄진 끝에, 뒤팽의 측량 기구는 무게 배분을 맞추기 위해 다른 배에 실어야 한다는 결정이 내려졌다. 뒤팽은 그 기구 없이는, 설사 석호를 건너는 내내 기구의 모습이 시야에 훤히 들어온다 하더라도(그리고 감히 그것들을 함부로 건드릴 정도로 멍청한 사람은 없을 터였다) 배를 타려 들지 않을 것이었다. 따라서 뒤팽은 다른 배로 건너가고, 대신 코실 백작부인이 중형보트에 자리를 잡았다.

"흠, 박사님." 백작부인은 가로로 걸쳐둔 널빤지 위에 자리를 잡자 나를 바라보며 입을 열었다. "뒤팽 씨는 우리와 떨어신다는 생각에 견딜 수가 없는 것 같네요."

"자기 장비를 지키려고 애쓰는 것 외에는 다른 생각을 할 여유가 없는 것 같은데요. 마치 다른 급우들에게서 숙제를 지키려는 학생처럼 보이는군요."

"그는 자신의 천직을 찾았으니, 자기 전문 분야에 다른 사람이 개입하는 건 용납하지 않을 거예요."

"그런 일에 조금이나마 관심을 보일 사람이 있을지 의심스럽군요."

"아, 그런데 우리 중에 그 단어에 대해 물어본 사람은 당신뿐이었잖아요. 확실히 그의 관심사를 정통으로 꿰뚫는 단어였죠. 지도제작자는 결국 특정 분야에 특화된 수학자 아닐까요?"

"'변환'이라는 말을 하려고 했는데, 그만 '전환'이라는 말이 입 밖으로 나갔을 뿐입니다." 나는 짜증을 내며 말했다. "더 이상 문제 삼을 필요가 없는 일입니다."

"오, 세상에."

"뭐가 말입니까?"

"박사님의 심기가 굉장히 불편하다는 사실을 뒤팽 씨에게 알려줘야겠네요."

나는 아무 말도 하지 않았다. 신중함이 허용하는 시간보다 조금 더 오래 내 눈길이 그녀의 턱선에 머물렀는지도 몰랐다. 만약 그랬다면 그 실수가 그녀가 알아차리지 못하는 선에서 그쳤기를 바랐다.

그럼에도 불구하고 그녀는 매혹적이었다.

머거트로이드가 고갯짓으로 선원들에게 노를 저으라고 지시하자, 중형보트와 소형보트는 강하고 규칙적인 동작에 의해 미끄러지듯 데메테르호에서 멀어지기 시작했다. 차가운 물 저편에서 선원들이 신음하며 중얼거리는 소리가 우리에게 와닿았다. 마치 우리 자신이 이쪽 배에서 저쪽 배로 이동하는 듯한 느낌이었다. 나는 토폴스키가 조용하다는 사실을 깨달았다. 평소처럼 제멋대로 떠들고 다니던 그가 아니었다. 그는 왜소해 보일 정도로 어깨를 축 늘어뜨린 채 진행 방향을 등지고 앉아있었다. 그 모습은 마치 축 처진 새까만 석탄 자루처럼 보였다. 그 **구조물**의 불완전함이 주는 무언가가 그의 내면에 불안한 생각을 불러일으킨 것이었다. 그는 자랑하기보다는 속으로 곱씹는 듯한 모습이었고, 뒤팽이나 브루커 또는 물 저편의 다른 배에 탄 사람들에게 말을 건넬 때도 우리를 끌어당기는 바로 그 존재로부터 시선을 돌리려고 눈에 띌 정도로 애를 썼다.

"부상은 좀 어때요, 라모스 대령님?" 백작부인이 내 어깨 너머로 그를 바라보며 밝게 물었다.

"이번에는 그 때문에 죽을 것 같지 않습니다."

"'이번'에는?"

"예?"

"이번에는 그 때문에 죽을 것 같지 않다고요? 참 기묘한 표현이네요. 멕시코에서는 군인들끼리 서로 그런 식으로 말하나 보죠? 어쩌면 오래된 종교들이 여전히 상상력에 영향을 끼치고 있어서, 죽음과 환생의 순환에 대해 말하는 게 그렇게 드문 일은 아닌가 봐요?"

"분명히 말씀드리지만, 아무 뜻도 아니었습니다."

그녀는 다시 내게 시선을 돌렸다. "코드 박사님, 그런 식으로 말하는 건 이상하다고 생각하지 않나요?"

"우리가 모두 언어학자는 아닙니다, 부인. 대령님은 그저 자신의 모국어가 아닌 언어로 친근하게 대화를 나누고 있었을 뿐이고요. 가끔 나오는 실수를 지적하지 않고 넘어가는 게 친절한 행동 아닐까요? 혹시 그런 배려는 당신의 능력을 완전히 벗어난 행위입니까?"

"정말 아침부터 머릿속이 엉망인 것 같네요." 내 의료 도구는 밧줄과 닻으로 이뤄진 거대한 짐 뭉치로부터 손상을 입지 않도록 몇 개의 상자로 나눠 보트 가장 아래쪽에 실어둔 채였다. 그녀는 그 상자들 위로 고개를 숙였다. "전부 다 갖고 왔기를 바라요. 그렇지 않다면 저녁에 당신 기분은 훨씬 더 엉망이 되고 말 테니까요."

우리는 계속 전진했다. 석호와 이어진 경사지는 멀리 떨어져 있었기 때문에 배가 움직인다는 인상은 전혀 받을 수 없었지만, 몇 분이 지나 뒤를 흘끗 돌아보자 배에서 얼마나 떨어져 있는지 실감할 수 있었다. 솟아오른 바위와 얼음을 배경으로 한 데메테르호는 앙증맞고 곧 부서질 것 같은 장난감처럼 보였다. 어떻게 이렇게 조그만 존재가 100명이나 되는 사람을 고래처럼 집어삼킨 채, 이른 아침의 고요한 시간에도 여전히 텅 비고 귀신 들린 것처럼 보일 수 있을까?

우리가 탄 배가 천천히 방향을 틀어 경로를 바꾸자, 데메테르호는 마치 도예가의 물레 위에서 천천히 회전하는 것처럼 보였다.

"저 돛대를 굉장히 잘 수리한 것 같군요." 머거트로이드에게 이야기를 건넸다. 백작부인과 관련이 없는 대화 주제를 끌어내고 싶어서 안달이 났기 때문이다.

"'돛대'라뇨, 박사님?" 머거트로이드는 상냥한 말투로 물었다.

나는 그를 향해 눈살을 찌푸렸다. "헨리, 우리가 저 좁은 수로를 지나는 동안 돛대가 하나 부러지지 않았습니까? 돛대가 부러져 갑판에 떨어졌던 기억이 생생한데요."

머거트로이드는 상대를 모욕하지 않고 틀린 말을 바로잡아야 하는 사람 특유의 신중하면서도 재치 있는 표정을 지어 보였다.

"아, 당신 말대로 여기저기 손상이 있기는 했습니다. 하지만 부러질 정도로 심각한 경우는 없었어요. 돛대가 부러지는 건 굉장히 심각한 문제입니다. 확실히 갑판 위의 소음과 고함 소리가 꽤 크기는 했습니다. 당신은 갑판 아래에 있었으니, 갑판 위에서 들을 때보다 훨씬 크게 들렸을 겁니다."

나는 그 사고가 일어났을 때 갑판 위에 나와있었기 때문에 생생하게 기억한다고 대꾸하려고 했다. 하지만 평소와는 달리 조심스러운 생각이 들어 혀가 굳어버리고 말았다.

"고마워요, 헨리. 배의 구조에 관련해서 그 어떤 의견도 내서는 안 된다는 사실을 거듭 깨닫고 마는군요. 그런 말을 할 때마다 바보가 되는 것 같습니다."

"박사님은 뼈 같은 것에나 신경을 쓰면 되지요. 돛과 석탄에 대해서는 우리가 신경 쓸 테니까요." 머거트로이드는 쾌활하게 대답했다. "바보라니, 말도 안 되는 소리 말아요. 그렇지 않나, 모틀락?"

"바로 그렇습니다." 모틀락은 상관의 말에 재빨리 동의했다. "배는 완전히 새로운 세상과 다를 바 없다니까요. 박사님께서 배 위에서 태어나셨다 해도, 무덤에 들어갈 때까지 계속해서 새로운 것들을 배우시게 될 겁니다. 어젯밤에 제가 뭘 새로 배웠는지 아세요? 사람 몸에는 뼈가 206개가 있습니다! 죽고 나서 그 뼈들이 모두 몸 안에서 이리저리 굴러다닌다는 상상을 해보세요! 아무래도 죽고 싶지 않은데요!"

터널, 석재 통로, 갑옷. 벽에 비친 해골 모양의 내 모습이 떠올랐다. 나는 죽음이야말로 더할 나위 없는 비극이라고 생각했다. 하지만 그보다 더 심한 것이 있었다.

바로 다른 자의 해골을 품은 채 걸어 다니는 것이었다.

"우리는 필멸의 세계로 다시 돌아온 건가요, 여러분?" 백작부인은 내 생각을 전부 공유하고 있다는 듯 말했다. 그녀가 무심코 모자에서 깃털을 하나 뽑아 배 밖으로 던지자, 그 깃털은 석호의 약한 조류를 타고 이내 떠내려가 작은 노란색 전달자가 돼 외로운 길을 떠났다.

✹

두 척의 보트는 물이 얕은 지점의 자갈 비탈에 부딪쳐 삐걱거렸다. 우리는 배에서 내려 50센티미터 정도 깊이의 몸이 떨릴 만큼 차가운 물속을 헤치고, 미끄럽고 발목이 뒤틀리는 마른 땅 위로 올라섰다. 우리 앞에는 가장 가까운 벽이 보였는데, 이는 그 너머 솟아올라 물결치고 있는 방어벽의 서곡에 불과했다. 우리와 그 벽 사이에는 데메테르호에서 발견한 난파선이 있었다. 실제로 또 한 척의 증기선으로, 선장이 짐작한 것처럼 외륜선이었다. 우리가 보는 쪽은 우현이었고, 좌현은 벽에 가까이 밀착

돼 있었다. 난파선은 해안선에서 상당히 위쪽으로 올라가 있었다. 현재 물이 들어찬 지점으로부터 15~18미터 안쪽, 그리고 수면보다 3미터 정도 높은 곳에 위치했다. 배는 커다랗고 둥근 자갈과 훨씬 크고 불규칙한 형태의 바위로 이뤄진 경사지 위에 올라타 있었다. 바위 일부가 선체를 뚫고 들어가 판자가 쪼개지거나 틈새가 억지로 벌어졌고, 일부는 아예 깨끗하게 절단돼 떨어져 나가기도 했다. 판자가 쪼개지거나 사라진 틈 사이로, 우리는 난파선의 화물칸에서 풍기는 어둡고 퀴퀴한 기운을 감지했다. 그 안에 아직 잠자고 있을지도 모를 유용한 물건이 보이는 것만 같았다.

선체 중간 지점에서 우현에 달려있던 외륜이 보였다. 아니, 그보다는 극심하게 훼손된 잔해라고 하는 편이 더 나을 터였다. 바퀴의 반원형 보호덮개는 손상이 거의 없었지만, 바퀴는 부러진 살대와 산산조각 난 널만 남은 폐허 상태였다. 아마 기후 탓에 서서히 썩어 무너져 버렸을 것이다. 하지만 나는 다른 생각을 떠올렸다. 바퀴는 증기기관의 온전한 힘을 받아 계속 움직이고 있었는데, 배가 바위 위로 던져지는 바람에 바퀴가 미친 듯이 회전하면서 제힘을 못 이기고 박살 난 것이 아니었을까?

데메테르호처럼 이 배 역시 돛대와 돛이 있었지만, 지금은 돛대 세 개가 모두 부러져 소름 끼치는 모습의 그루터기만 남았을 뿐이었다. 그 위로 축 늘어진 채 부서진 가로대를 피부처럼 덮고 있는 돛의 잔해가 보였다. 끔찍한 골고다 언덕에 세워진 세 개의 조잡한 십자가가 떠올랐다. 그 너머에 펼쳐진 회색 성벽은 마치 폭풍우에 휩싸인 하늘 같았다. 배 이름이 선체에 새겨져 있었는지 몰라도, 지금은 그 흔적을 찾아볼 수 없었다.

우리는 처음부터 난파선에 다가가지 않았다. 라모스와 머거트로이드, 모틀락이 발로 밟고 지나갈 수 있을 정도로 바위의 규모가 작은, 비교적 평지에 가까운 자리를 고르자 우리는 그곳에 야영지를 설치했다. 돌 위에 돛에 쓰는 질긴 천을 깐 다음 천막을 치고 차양을 세웠다. 화장실로 쓸 구덩이도 팠으며, 일순간이라도 편안하게 지내기 위해 테이블과 의자를 배치했다. 편안함에 대한 육지에서의 기준으로 봤을 때는 간소한 편이었지만, 데메테르호에서의 생활에 비하면 헤아릴 수 없을 정도로 개선된 모습이었다. 선원들은 서로 몸을 딱 붙인 채 잠을 청할 필요가 없었고, 조금이나마 사생활을 보장받은 채 목욕할 수 있었다. 자유롭게 돌아다닐 수 있는 공간이 있었고, 산들바람도 불었으며, 크리켓이나 축구 시합을 벌일 수도 있었다. 숨을 쉴 때마다 땅이 오르락내리락하거나 한쪽으로 기우는 일이 없었으며, 커피잔을 테이블 위에 내려놓고도 쏟아지지 않는다고 믿을 수 있었다. 그 무엇보다 선원들의 쾌활한 목소리와 석호의 물결이 파도라고 부르기에는 너무 미약한 움직임으로 해안에 부드럽게 부딪치는 소리를 제외하면, 주변이 굉장히 고요했다. 난파선의 존재로 약간 의기소침해지리라 예상했고 실제로도 그렇게 됐지만, 선원들은 여전히 화기애애했고 장난스럽다고 느껴질 정도로 기분이 고양돼 있었다. 마치 방학 첫날을 맞아 수업에서 해방된 학생들 같았다. 그들은 이 구식 선박에 무슨 불행이 닥쳤든, 그런 일은 현대적으로 설계된 선체와 우월한 추진 수단을 갖춘 보다 튼튼한 데메테르호에 일어날 리 없다는 사실을 내심 알고 있었다.

나는 천막 한 채를 혼자 쓰게 됐다. 이는 환영할 일이었지만, 선원들에게 무슨 일이 생길 경우를 대비해서 이 천막은 내 사무실이나 진찰실, 심지어 수술실로도 제공할 의무가 있었다. 지금까지 그들은 모두 아무 탈 없이 해변에 도착했고, 내가 이미 알고 있는 몇몇 사소한 고질병을 제외하면 다들 건강했다. 라모스는 하루하루 점점 기력을 회복하고 있었다. 하지만 나는 주의 깊게 그를 관찰했다. 비록 수술 이후 빠르게 차도가 보였지만, 그가 위험에서 벗어났다고 확신하려면 여러 달이 걸릴 터였다. 뒤팽은 여전히 탈진하기 직전이었지만, 내가 해줄 수 있는 일은 거의 없었다. 목표에 가까이 다가갔다는 사실만으로 일에 대한 그의 열정이 타올랐다. 그리하여 우리가 마른 땅에 발을 막 디딘 순간부터, 그는 포충망을 든 미치광이 박물학자처럼 갖고 온 측량 장비를 들고 주변을 뛰어다녔다.

난파선 위로 우뚝 솟은 벽은 수많은 벽 중 하나에 불과했고, 그 너머로 줄지어 치솟은 성벽에 비하면 낮은 편이었다. 하지만 이 벽 역시 숭고함을 불러일으킬 정도의 높이였다. 사람 키 높이 정도의 녹색 여백이 단을 두르듯 벽 아래쪽을 감싸고 있었다. 처음에는 그 모습이 의아했지만, 이내 천막 주변의 바위나 자갈에 남은 자국처럼 조수간만차가 남긴 흔적이라는 사실을 깨달았다. 나는 우리 야영지 전체를 가라앉힐 정도로 조수간만차가 클 가능성을 고민하며, 불안한 마음으로 석호를 흘끗 돌아봤다. 하지만 항해 연감과 조석 기록표에 대해 지식이 있는 머거트로이드 같은 선원들이 임시 기지의 위치를 정하기 전에 위험 여부에 대한 필수적인 판단을 이미 끝냈을 터였다.

순간 충동이 밀려들었다. 나는 내 중독의 징후가 지나치게 눈에 띄기 전에 내 천막으로 돌아갔다. 그리고 입구를 가리는 천을 내린 다음, 밖에서 울리는 발걸음 소리와 목소리를 들으며 1, 2분간 바쁘게 내 보급품을 정리했다. 일단 주변에 아무도 없으며 누가 가까이 올 위험도 없다는 확신이 들자, 재빨리 모르핀을 주사한 다음 침대에 드러누워 심장이 빠르게 움직이는 소리에 귀를 기울였다. 공포와 매혹을 동시에 느끼면서 거의 파괴될 때까지 회전하는 외륜선의 증기기관 같은 형태로 내 심장의 모습을 그려봤다. 그러면서 언젠가 미래의 의사들이 심장이 아픈 사람들을 위해 그런 기계를 완전무결하게 만들어낼 수 있을지 궁금해했다.

아무런 경고도 없이 커다랗고 수염을 길렀으며 머리가 벗겨진 사람의 얼굴이 느슨하게 고정해 둔 천막 입구의 천을 뚫고 들어왔다.

"사일러스." 그는 내 모습을 보고도 전혀 놀라지 않은 말투로 말했다. "내가 불렀는데 대답하지 않더군. 당신이 쉬고 있다는 사실을 알았더라면, 이렇게 예의 없이 방해하지 않았을 거야."

나는 팔꿈치로 침대를 짚으며 몸을 일으켰다. 굳이 수고를 들여 주사기와 모르핀 병을 치워놔 다행이었다. "그냥 약간 어지러워서 말입니다. 이상한 일 아닙니까? 우리가 항해하는 내내 뱃멀미에 시달렸고, 특히 몬테비데오를 출발한 후에는 육지 위에 딱 붙어있기를 꿈꿨습니다. 하지만 마른 땅을 마침내 밟고 나니, 뱃멀미와 아주 가까운 친척 같은 현기증이 엄습하는 것 같습니다!"

"마침내 데메테르호에 적응했다는 뜻 아닐까?"

"그렇다면 다행입니다." 나는 현기증 이야기가 모르핀 중독의 영향과 그 치료 방식을 만족스럽게 위장할 수 있는 방법이 되기를 바라며 애매하게 대답했다. "배 위에서 보다 더 쓰라린 고통에 빠져있었을 때는 적응했다는 생각을 전혀 하지 못했지만 말입니다."

그의 희미한 미소에는 동정심, 혹은 내가 거짓말을 했다는 사실을 알지만 그것을 언급할 정도로 박정하게 굴지 않겠다는 현명한 태도가 깃들어 있었다.

"산책을 좀 하면 도움이 될지도 몰라."

"그럴 것 같지 않지만, 그래도 어디로 갈 생각입니까?"

"아직 해가 떠있는 동안 머거트로이드와 함께 저 난파선을 조사해 보려고. 랜턴 몇 개를 들고 갈 작정이지만, 그래도 안쪽은 여전히 어두울 테지. 당신도 우리와 함께 간다면 당연히 환영할 거야."

나는 내가 최근에 모욕했던 남자, 면전에 대고 '개새끼'라고 말했던 사람을 떠올렸다. "토폴스키 대장도 함께 갑니까?"

"아니, 그는 우리 의사를 완전히 무시해 버리더군. 기력 낭비라고 하면서 말이야. 그는 지금 뒤팽과 함께 있어. 두 사람은 어두워지기 전에 그 **구조물** 주변을 빙 둘러보며 입구를 찾아볼 계획이라고 하던데."

"그렇다면 나도 함께 가겠습니다, 라모스." 나는 멍하니 내 소지품을 가리켰다. "하지만 괜찮다면 잠시만 시간을 주시죠."

"물론이야." 구름 장막 사이로 달이 사라지듯 곧 그의 머리가 내 천막 밖으로 빠져나갔다.

나는 난파선 우현이 찢어진 지점에서 그들과 만났다. 널빤지가 뜯겨 나간 채 구멍이 나있어서, 성인 남성이 약간의 부끄러움만 감수하며 몸을 굽히면 지나갈 수 있는 곳이었다. 머거트로이드는 광산용 안전등을 두 개 들고 와 내게 하나 들고 있으라고 제안했다. 나는 내가 어느 정도 쓸모가 있다는 환상에 젖고 싶었기 때문에 이를 기꺼이 받아들였다. 라모스는 허리띠에 시미터(도검에 대해 아무런 조예가 없지만 나는 이것을 이렇게 부르려 한다)를 한 자루 차고 양손에는 머스킷 총을 들었다. 그가 가장 먼저 구멍을 통과하자, 그의 강인한 어깨와 등이 목재를 짓누르면서 썩은 나무 조각들이 바스러졌다. 그는 무언가를 짓밟으며 안쪽으로 들어가 어둠 속에서 소리쳤다. "들어와요, 헨리. 그 다음에는 사일러스가. 지금은 안전합니다."

나는 머거트로이드를 따라 안으로 기어 올라갔다. 너머의 공산은 곰팡이가 피었을 뿐 예상만큼 어둡지는 않았다. 널빤지가 느슨해지거나 썩어버린 틈 사이로 대낮의 햇빛이 비집고 들어와 동료들의 얼굴 위에 사다리 같은 무늬를 드리웠다. 줄무늬 탓에 무시무시해 보이는 우리는 마치 전투를 위해 칠을 한 전사들 같았다. 우리가 발을 딛는 자리에는 튼튼한 대들보와 썩은 나무, 발목이 뒤틀리는 텅 빈 공간이 뒤섞여 있었고, 그런 길은 배의 가장 아랫부분까지 이어졌다. 어떤 곳은 바위가 완전히 관통해 있었다. 처음 들어갔을 때 판자 밑에서 무언가 잽싸게 움직이는 소리가 희미하게 들렸다. 쥐가 그렇게 척박한 곳에서 살아남았다는 사실이 이상했지만, 곧이어 라모스가 석탄을 비롯한 다른 보급품과 함께 뒤섞인 채 화물칸 한쪽 벽에 처박혀 있는 곡식 자루들을 보여줬다. 난파의 충격 때문에 식수를 담고 있었을 법한 나무통들의 내용물은 죄다 흘러나오고 말았다. 안타까운 일이었지만 재앙까지는 아니었다. 비축된 보급품을 찾아내면 한결 마음이 놓일지도 몰랐지만, 데메테르호의 필수 보급품은 아직 충분히 여유 있는 편이었다.

라모스가 화물칸을 돌아다니는 사이, 머거트로이드는 천장의 뚜껑문으로 이어지는 사다리를 찾아냈다. 그가 라모스를 부르고 내게 램프를 건넸다(이로써 그는 두 손을 자유롭게 사용할 수 있었다). 그런 다음 그와 라모스가 뚜껑 문에 달라붙어 안간힘을 썼다. 나는 홀로 남아 발밑을 잽싸게 뛰어다니는 쥐와 함께 그들을 하릴없이 지켜볼 수밖에 없었다. 문은 쉽게 열리지 않았다. 아마 썩어가면서 그 상태로 굳어버렸을 터였다. 1분가량 힘겨운 노력을 기울인 끝에, 라모스는 산타 안나 휘하에서 적들의 두개골을 박살 내느라 이미 상당 부분 찌그러졌던 머스킷 총의 개머리판을 휘둘러 뚜껑 문을 느슨하게 만들었다. 머그트로이드에게 램프를 돌려준 다음, 우리는 가장 아래쪽의 화물칸에서 빠져나와 중간 갑판의 어느 지점으로 올라갔다. 둥글게 난 창문이나 천장의 격자 통풍구에서는 빛이 들어오지 않았다. 하지만 판자가 충분히 벌어져 있어 그 사이로 진입한 회색 빛이 무늬를 새기며 아래층에 있는 것보다 더 작은 화물칸, 혹은 창고의 모습을 또다시 드러냈다. 아마 더 가벼운 물건을 보관하는 곳일 터였다. 상자들이 서로 부딪쳐, 어떤 것들은 뚜껑이 열린 채 박살이 나 짚을 덧댄 내장재가 바닥에 쏟아져 있었다. 상자 속 내용물이 램프의 불빛을 받아 여기저기서 반짝거렸다. 그 장비들은 한편으로 도저히 이해할 수 없는 것이었지만, 동시에 어딘가 친숙한 느낌을 주기도 했다. 나는 그 장비들을 어떤 용도로 사용하는지, 무슨 이름으로 부르는지 알지 못했다. 하지만 그런 것들을 모르는 상태에서도, 그 장비가 뒤팽과 브루커가 데메테르호에 가져온 도구 혹은 장치와 비슷하다는 사실을 알 수 있었다.

"여러분, 이들은 우리와 비슷한 목적으로 온 겁니다. 조사를 하러 말이죠."

머그트로이드가 휴대용 나침반과 비슷한 물건을 눈가까지 가져가 살펴봤다. "이건 우리가 갖고 있는 것만큼 고급품처럼 보이지는 않는군요."

"맞습니다, 헨리. 하지만 그 이유는 딱 하나, 이 원정대는 우리보다 꽤 오래전에 출발했기 때문이라고 봅니다."

"토폴스키 대장은 다른 원정대에 대해 언급하지 않았는데요?"

나는 라모스를 흘끗 바라본 다음 입을 열었다. "뭐, 하긴 했습니다, 헨리. 그 배가 사고를 당했다는 말만 빼면 말이죠."

"이 배가 유로파호일 리는 없어." 라모스가 말했다. 마지 난호히 주장함으로써 자신의 말이 현실이 될지도 모른다는 말투였다. "그럴 리가 없어."

"그가 유로파호에 대해 당신에게 뭐라고 설명했습니까?" 나는 조심스럽게 접근했다. 그가 은폐나 기만을 했다는 암시를 내비치고 싶지 않았기 때문이다.

"당신에게 말한 대로야, 사일러스. 그리고 헨리, 당신과 당신 선장에게도 같은 말을 했습니다. 유로파호의 선원들은 **구조물**을 발견했지만 더 가까이 다가갈 수 없었다. 그래서 귀환해 정보를 팔아넘겼다."

"이 배가 유로파호라고 섣불리 단정할 수 없습니다." 내가 말했다. "이 배의 조타실이나 함교로 통하는 길을 찾을 수 있다면 그 해답을 얻을 수 있을 것 같군요."

"만약 배가 좌초됐을 때 선원들이 안에 타고 있었다면…." 머거트로이드가 입을 열었다. "시체가 있을 겁니다."

"시체라면 내게 맡겨주시죠, 헨리." 나는 그를 안심시켰다.

우리는 격실 한쪽 끝의 선수 쪽으로 난 문을 향해 이동 중이었다. 이곳은 광택을 낸 나무판을 덧대고 위쪽에 원형 창문을 낸 견고한 구조로 이뤄져 있었다. 우리 손에서 흔들리는 램프의 불빛과 목재 사이로 희미하게 스며드는 회색 빛 덕택에, 나는 문 위에 적힌 일련의 글자들을 알아차렸다. 나는 이 글자들이 우리의 의혹을 확인하거나 부정해 주기를 바라며, 흥분한 채 라모스와 머거트로이드보다 앞서 다가갔다.

앞에 떠오른 글자는 광택이 바래 희미했다.

글귀는 이러했다.

추진 코어
관계자 외 출입 금지

10

그 글귀에 손가락을 대고 소박하지만 단호한 활자체를 쭉 따라가면서, 생경한 표현에 눈살을 찌푸렸다. 머거트로이드가 내가 있는 곳까지 따라 나오자 램프의 불빛이 출렁거렸다.

"열릴 것 같습니까, 박사님?"

"열어보려는 시도조차 하지 않았습니다. 헨리, 이 글귀를 이해할 수 있습니까? 대령님은요? 영어이기는 하지만…."

회색빛 줄무늬가 진 그들의 얼굴이 근엄해 보였다. "글귀라고?" 라모스가 물었다.

"이 글귀 말입니다!" 나는 나무 문을 두드리며 외쳤다. 하지만 내 손가락이 짚고 있는 것은 광택이 다 바랜 얼룩덜룩한 반점일 뿐이었다. 나는 그렇게 말하는 와중에도 이미 그 사실을 알아차리고 있었다.

"뭐라도 찾으려고 너무 열중하다 보면 실수하기 쉬운 법이지." 라모스가 말했다.

목이 바짝 말랐다. "죄송합니다, 여러분. 내가… 열의가 넘쳐 헛것을 봤나 봅니다. 용서해 주시겠습니까?"

"용서하고 말고 할 게 뭐가 있다고?" 라모스는 이렇게 말하며 한 손에 머스킷 총을 들고 다른 한 손으로 문손잡이를 돌렸다.

배의 배치로 진작에 알아차렸어야 했는데, 그 문 너머는 기관실이었다. 안에 있는 거대한 바퀴와 축이 선체 양옆에 달린 외륜을 구동하는 것이었다. 안쪽은 보일러의 강철 몸통 속으로 쏟아부어지기를 기다리는 석탄 통이 몇 개 보일 뿐 움직이는 것 하나 없이 차갑게 식어있었다. 외륜이 손상된 탓에 엔진의 일부가 심하게 찌그러졌고, 일부는 고정된 자리에서 튕겨 나간 채였다. 나 같은 비전문가조차 이 증기선이 수리가 가능한 한도를 넘어섰다는 사실을 알 수 있었다.

우리는 철과 구리를 이어 붙인 괴물 같은 보일러 사이로 난 좁은 공간을 수색했지만 그 어떤 시체도, 혹은 시체의 일부도 찾을 수 없었다. 이제 불안감은 마치 끈처럼 내 가슴을 꽉 조이고 있었다. 아까 나는 문 위에 적힌 어떤 글귀를 봤는데, 완곡한 의미에서 보면 그 내용은 이 기관실의 기능과 완전히 상충하지는 않았다. 이 기관실의 엔진 역시 이 배가 추진력을 얻는 수단 아니었나?

나는 모르핀 주사를 맞았던 기억을 떠올렸다. 내가 투여량을 정확하게 측정하지 않았나? 그게 아니면 서두르다가 지나치게 많은 양을 투여하는 바람에 이제 내 뇌가 현실의 족쇄를 벗어나고 있는 것일까?

아니면 정반대일까?

우리는 기관실을 떠났다. 그 너머 펼쳐진 복도에는 격실로 이어지는 나무 문이 양쪽 벽을 따라 나란히 나있었다. 격실 몇 곳을 수색하며 창고와 작은 선실을 몇 군데 찾아냈지만 생명의 흔적은 발견하지 못했다. 이 복도 끝의 또 다른 나무 문과 다음 층으로 이어지는 계단, 두 방향으로 나뉘어있어 한쪽을 선택해야 했다. 우리는 계단을 택했다. 부츠 아래로 나무가 삐걱거리며 신음하는 소리를 들으며 위로 올라갔다. 배가 우현 쪽으로 기울어져 있었기 때문에, 지반이 침하하기 시작한 버려진 저택을 탐험하는 기분이었다. 마치 모든 각도에서 불안과 두려움을 심어주도록 계산된 것만 같았다.

위층에 도착해 우리는 쉽게 파악할 수 있는 장소는 재빨리 지나쳤다. 이 층에는 둥근 창들이 나있어 대낮의 햇빛이 두꺼운 줄기를 이루며 안쪽으로 뚫고 들어왔다. 조리실, 따로 분리된 식당, 선실이 줄지어 늘어서 있었다. 우리는 그 방들을 모두 수색했다. 떨어진 물건들이 주변에 흩어져 있어서, 발을 내딛는 자리마다 깨진 유리나 산산조각 난 도자기, 쪼개진 나무 같은 것들이 밟히고는 했다. 하지만 여전히 현재 누군가가 거주하고 있다는 흔적을 찾을 수는 없었다. 도서관은 그 무엇보다 충격적이었다. 훼손된 곳 하나 없이 온전한 상태를 유지하고 있었기 때문이다. 책들은 학술적인 분류 순서에 따라 책장에 깔끔하게 정리돼 있었다.

나는 책장에서 책 한 권을 꺼내 들고 아무 곳이나 펼쳤다. "《갈릴레이 위성군의 내부 속성에 대한 추측》." 입 모양으로 내용을 읽어본 다음 페이지를 덮었다.

"이 배가 좌초됐을 때 선원들은 여기 타고 있지 않았다는 생각이 슬슬 드는군요." 머거트로이드가 말했다. "만약 선원들이 배가 난파될 거라는 사실을 알고 있었다면, 보트를 몇 척 내려 떠났을 수도 있습니다."

"그럴 수도 있습니다, 헨리." 나는 그의 의견을 받아들였다. "배가 바위에 부딪쳤을 때는 대부분의 선원이 배에 타고 있었을 수도 있지만, 그 사고는 우리가 생각한 것만큼 그렇게 심각하지 않았을지도 모릅니다. 지금 우리 눈에는 이 배의 상태가 끔찍해 보이지만, 시간과 날씨가 얼마나 영향을 끼쳤는지는 알 수 없는 노릇이니까요."

"그렇다면 그들은 현재 어디 있을까요?"

"만약 그들이 배가 더 이상 가망이 없다고 확신했다면, 북쪽, 그러니까 산티아고 방향으로 이동할 목적으로 상륙했을 수도 있습니다. 내 생각에 그들은 보트와 보급품은 물론, 죽은 사람들을 정중하게 매장해 주기 위해 가능한 한 모두를 수습해서 떠났을 것 같습니다. 그리고 그들이 정말 그렇게 할 계획이었다면, 분명히 자신들의 계획에 대한 기록을 남겼을 겁니다."

"사일러스 말이 맞아요." 라모스가 말했다. "무언가 남겨뒀을 겁니다. 대장의 혐의를 벗겨줄 수도, 혹은 규탄할 수도 있는 근거 말입니다."

우리는 다시 전진했다. 도서관을 지나니 일종의 복도 같은, 좀 더 넓은 공간이 등장했다. 이곳은 창문이 훨씬 크게 나있어 램프는 필요하지 않았다. 복도의 좌측, 그러니까 그 **구조물**을 마주보는 방향 쪽 벽에 갑판으로 나갈 수 있는 문이 있었다. 그 문은 약간 열린 채였다. 맞은편인 우현쪽에 석호 방향으로 나있는 문이 또 하나 있었다. 문에 난 유리창은 깨져있었지만, 문 자체는 안쪽에 빗장이 걸려 움직이지 않았다. 우리 앞쪽으로 문 두 짝이 양쪽으로 활짝 열려있었다. 복도에서부터 장식이 호화롭고 방 한가운데에 커다란 테이블이 놓여있는 모습으로 보아, 나는 그 방이 어느 정도 중요한 장소일 것이라고 판단했다.

"여러분, 저곳에서 우리의 해답을 찾게 될 것 같습니다." 내가 말했다.

하지만 라모스는 머스킷 총에 몸을 지탱한 채 허리를 굽히고 있었다. 바닥 널빤지 위에서 무언가 찾아낸 것이었다. 나무 위에 흰색 홈이 깊게 패있었다.

"이게 뭘까요?"

"모르겠어, 사일러스." 그는 낮은 목소리로 말했다. "하지만 자세히 살펴보니 이 흔적이 저 문을 지나 좌현 갑판까지 쭉 이어져 있군."

머거트로이드가 몸을 굽혔다. "긁힌 자국처럼 보입니다." 그가 마침내 입을 열었다. "손톱으로 긁은 자국 같군요." 자신의 손을 펴 그 홈에 손가락 끝을 댔다. 손가락이 홈에 딱 들어맞았다.

"이곳에 홈이 더 깊게 패있는 걸 봐요." 라모스가 말했다. "저 방에 가까워질수록 그렇습니다. 그다음에는 홈이 점점 얕아지는군요. 그러다가 또다시 깊어집니다." 그가 무언가를 잡아 뽑았다. 아마 나무에 박힌 손톱 조각 같은 것일 터였다. "마치 누군가가 배 밖으로 끌려나가는 와중에 멈추려고 계속해서 애를 쓴 흔적 같군요. 맨손톱으로 말입니다."

"어쩌면 동물이 남긴 흔적일 수도 있습니다." 머거트로이드가 말했다. "곰이나 그 비슷한 동물 말이죠."

"헨리, 당신은 곰이기를 바랄 테죠. 나도 마찬가지입니다. 하지만 저 흔적들은 의심할 여지없이 사람이 남긴 것입니다."

"마음에 들지 않는군요."

나는 고개를 끄덕였다. "그렇게 생각하는 건 당신만이 아닙니다."

우리는 그 흔적을 따라 복도 끝에 있는 방으로 들어갔다. 진작부터 시험대에 올라있던 우리의 신경줄은 이제 한계에 다다르기 직전이었다. 라모스는 두 손으로 머스킷 총을 거의 수평에 가깝게 들고, 마치 언제라도 발포할 것처럼 어두운 한쪽 구석에서 다른 쪽 구석으로 번갈아 총을 겨눴다. 하지만 이 방에서는 배의 다른 곳과 마찬가지로 생명의 흔적이 보이지 않았다. 여러 장의 지도와 도해가 기울어진 테이블 위에 놓여있었다. 갖가지 항해 연감이 펼쳐져 있었고 일부는 테이블 위에, 일부는 바닥에 떨어져 있었다. 한 무리의 죽은 새가 뻣뻣한 검정색 날개를 펼치고 있는 듯한 모습이었다. 방을 둘러싼 캐비닛 안에는 훨씬 더 많은 책과 여러 개의 나침반, 시계, 사분의 같은 것이 놓여있었다. 그런 도구들 몇 개는 테이블 위에 놓여있었고, 몇 개는 망가진 채 바닥에 떨어져 있었다.

"내가 판단하기는 어렵지만, 이 사람들은 우리보다 먼저 여기에 왔을지라도 장비가 부족했다고는 말할 수 없을 것 같습니다." 내가 말했다.

머거트로이드는 지도를 훑어봤다. "이것들은 데메테르호에 있는 것만큼 훌륭합니다. 이 장비도 남부끄럽지 않을 정도는 되는군요. 브루커 씨가 승선하면서 갖고 온 것만큼 비싼 물건은 아니지만 일반적인 선박이 갖고 다니는 것보다는 나은 수준입니다."

"그렇다면 이 사람들이 준비를 게을리했으리라는 생각은 집어치워야겠군요." 내가 말했다. "그들은 비록 쾌속선도 없었고 토폴스키 대장의 인맥으로 혜택도 받지 못했지만, 바보는 아니었습니다."

"하지만…." 라모스는 이렇게 말하며 몸을 돌려 선실 전체를 둘러봤다. 그의 시선은 암암리에 선실을 넘어 파괴된 배 전체에 이르렀다. "그런데도 결국 이렇게 되고 말았군."

머거트로이드가 조사하던 와중에 동작을 멈췄다. 마치 조각상처럼 굳어버린 채, 그는 펼쳐진 일지 위에 한쪽 손가락을 올려놓고 움직이지 않았다.

"헨리?" 내가 의문을 표했다.

그는 조용히 중얼거렸다. "오, 맙소사."

"무슨 일입니까?"

라모스와 내가 다가가 그의 양쪽에 섰다. 머거트로이드는 손가락으로 책을 짓누른 채였다. 마치 어떤 악의적인 최면의 영향으로 손가락을 떼는 것을 허락받지 못한 것 같았다.

"이것은 유로파호의 항해일지입니다." 머거트로이드가 말했다.

나는 놀라움보다는 안타까움을 느끼며 무겁게 고개를 끄덕였다. 라모스가 안타까울 따름이었다. 그는 지금까지 자신의 주인이 코사크 개새끼일지는 몰라도 거짓말쟁이는 아니기를 바랐을 테니까.

하지만 가장 문제가 되는 것은 그 배의 정체가 아니었다. 바로 항해일지 가장 마지막 부분에 적힌 내용이었다. 그 글은 공포에 질리고 긴급한 상태에서 손으로 휘갈겼다 말하는 편이 정확할 것 같았다.

나는 탈출했다.
그것이 돌아오고 있다.
도로 나를 끌고 들어가려고 오고 있다.
도로 다른 이들이 있는 곳으로.
떠나라, 아직 그럴 수 있을

그 페이지는 대각선으로 길게 찢어져 있었다. 뒤쪽 여러 장까지 손톱으로 낸 홈이 깊게 패였던 것이다.

그 자국을 물끄러미 바라봤다. 얼마나 강한 힘을 가했기에 그런 자국을 낼 수 있었는지, 그리고 그조차 무력하게 만들어버린 것이 무엇이었는지 가늠할 수가 없었다. 그 점이 가장 끔찍했다. 발작을 일으킬 정도의 공포에 사로잡혔는데도 고작 일지 같은 것에 매달릴 가치가 있다고 생각했다니, 그런 심리 상태를 도저히 이해할 수 없었다. 차라리 허공을 움켜쥐는 편이 더 나았을 터였다. 하지만 희망이 전혀 보이지 않는 좌절 속에서 이뤄진 행위 뒤에는 여전히 종이를 갈가리 찢어버릴 만큼 강렬한 의지가 남아있었다.

나는 조심스럽게 머거트로이드를 항해일지에서 떼어냈다. 그리고 마치 관 뚜껑을 닫는 듯 신중하고 조용하게 항해일지를 덮었다.

"이 항해일지를 갖고 야영지로 돌아가도록 합시다." 내가 말했다. "이 항해일지는 여러 질문에 대한 답이 될 수 있을 것 같군요."

라모스는 낮은 목소리로 중얼거렸다. "답은 그놈이 해야 할 거야."

"먼저 토폴스키의 입장에서 설명을 들어봐야 합니다, 대령님. 어쩌면 그가… 해명할 수 있을지도 모르니까요."

"그래. 이 멍청한 짓에 대해 우리 모두에게 뼛속까지 거짓말을 한 이유 말이지."

"우리가 아는 건 단지 몇몇 사람이 유로파호를 떠났다는 사실뿐입니다." 나는 라모스의 분노가 서서히 끓어오르는 것을 느끼며 주의를 줬다. 마치 휴화산의 산기슭에 거주하는 사람이 돼, 불의 신이 천천히 깨어나 재앙을 초래하려는 모습을 지켜보는 듯한 기분이었다. "그럴 만한 이유가 있었을지도 모릅니다. 한 명 정도는 미쳐버린 것 같은 모습으로 돌아왔을 수도…. 그 역시 이유가 있을 겁니다. 질병 때문이었을 테죠. 아마 전염병이 발생해서 이 원정을 포기하게 된 것일 수도 있습니다."

"당신은…." 머거트로이드가 입을 열었다. "당신 생각에는…." 그는 마치 헛된 동작을 반복하는 부서진 자동인형 같았다. "그 사람이 일지에 적어놓은 게 뭔지는 몰라도… 그것이 그를 여기서 끌어냈다고 생각하는 겁니까?"

"섣불리 추측해서는 안 될 것 같습니다, 헨리." 나는 폭풍이나 추위 등 바다 생활에서 일반적으로 겪는 온갖 일에 대해서는 별로 개의치 않는 사람을 진정시키려 애를 썼다. 그는 용감하고 믿을 수 있는 사람이었다. 이런 상황만 제외하면. "다시 야영지로 돌아가 토폴스키 대장과 대화해보면…."

"대화 따위는 필요없어." 라모스는 이렇게 말하며 우리가 온 방향, 외륜증기선의 내부를 향해 걸음을 옮기기 시작했다. 머스킷 총을 앞세운 채였다.

11

여러 일이 순식간에 잇달아 일어났다.

작은 탑이 들어선 어떤 벽의 북쪽 끝 지점에서 토폴스키와 뒤팽의 모습이 시야에 잡혔다. 두 사람은 활기차게 이야기를 나누고 있었다. 뒤팽은 마치 짐을 나르는 노새처럼 엄청난 양의 측량 기구를 짊어진 채 고생하고 있었고, 토폴스키는 팔자 좋게 짐 하나 없이 어슬렁거리며 모자쓴 머리를 크게 기울인 채 손을 마구 휘저었다.

라모스는 그들을 붙잡아 세우려 큰 걸음으로 앞서 나갔다. 머스킷 총을 장전한 채 겨누고 있었지만, 그 모습만 봐서는 그들이 그가 어떤 기분인지 알아차릴 것 같지는 않았다. 머거트로이드와 나는 가능한 한 빨리 그 멕시코인의 뒤를 따랐다. 돌이 제멋대로 굴러다니는 지형에서 우리가 비틀거리고 미끄러지는 와중에도, 라모스는 군대에서의 경험 덕택에 모든 지형에 대비돼 있는 듯 발걸음에 흔들림이 없었다.

"대령님!" 나는 격렬한 움직임 탓에 진작에 숨이 턱에 닿아 쌕쌕거리는 목소리로 그를 불렀다. "그의 입장에서 이야기를 들어봐야 합니다!"

라모스는 내 말을 듣지 않았다. 혹은 들었어도 신경 쓰지 않았다.

"그는 저 러시아인에게 끝까지 화를 내지 않을 것 같았는데 말입니다." 머거트로이드는 힘겹게 내 옆으로 따라붙으며 말했다.

"충성심도 한계가 있는 법입니다, 헨리. 이제 막 토폴스키 대장이 우리 라모스의 한계가 어디인지 찾아낸 것 같아 걱정입니다."

"저 멕시코인은 그의 사지를 찢어발길 기세인데요."

"그렇다면 의사가 곁에 있어야 하겠군요. 하지만 그 전에 사지가 찢기는 일은 일어나지 않기를 바랍니다." 나는 마치 그가 나를 붙잡고 있다는 듯 그를 재촉했다. "어서요, 헨리! 이 사태의 책임이 토폴스키에게 있다는 점은 분명하지만, 영국에서는 피의자의 진술을 듣기 전까지는 무죄로 간주합니다."

"하지만 여기는 영국이 아니지 않습니까?" 머거트로이드가 지적했다. "우리는 어디인지도 모를 얼음 구덩이에 처박혀 있잖습니까!"

이제 다른 사람들이 우리의 고함 소리를 듣고 천막 밖으로 나왔다. 모틀락은 우리를 따라잡으려 허둥지둥 달려왔고, 브루커와 코실 백작부인 역시 마찬가지였다. 코실 백작부인은 치맛자락을 들어 올리고 사방치기 놀이를 하듯 평평한 바닥에서 다른 평평한 바닥으로 깡충깡충 뛰었다. 그러면서 이 모든 일이 아찔한 유희거리라도 되는 것처럼 혼자 깔깔댔다.

"뒤팽!" 라모스가 소리쳤다. "토폴스키 대장 옆에서 떨어져!"

그들은 이제 고작 100걸음 정도 떨어져 있었다. 그 정도면 확실히 머스킷 총의 사정거리 안이었다.

"비상사태라도 발생했나, 대령?" 토폴스키가 외쳤다. "우리는 지금 돌아가는 길인데, 그래도 부족한가?"

라모스가 총을 한 발 발사하자 두 사람의 머리 위로 총알이 지나갔다. 뒤팽이 움찔하며 몇 가지 장비를 떨어뜨리는 바람에 그 장비들이 덜커덩거리며 바위에 부딪쳤다. 라모스는 걸음을 늦춘 다음, 이동 중에 재장전을 했다. 그의 손가락이 두뇌라는 지휘부로부터 지시받을 필요가 없는 노련한 보병이라도 된 것처럼, 그의 동작은 무심한 효율성의 극치로 구성돼 있었다.

라모스가 외쳤다. "전부 다 거짓말이야, 뒤팽! 저 난파선은 유로파호야. 그곳 선원들에게 무슨 끔찍한 일이 일어났어! 저놈은 우리를 똑같은 무덤으로 끌고 온 거라고!"

"대령!" 토폴스키가 마주 외쳤다. "코드의 말을 들어! 자네는 아직도 그가 머리를 난도질한 후유증을 겪고 있는 게 지극히 분명해!"

"그는 지극히 정상입니다!" 내가 외쳤다. "헨리와 내가 증거를 확인했습니다!" 나는 항해일지를 들어 올렸다. "그들은 이 만에서 결코 빠져나가지 못했습니다, 대장! 당신은 그들이 원정에서 살아남았다는 거짓말로 우리를 이곳으로 끌고 왔습니다!"

"네 공상과는 달라! 내가 다 설명할 수 있어!"

"그러는 게 좋을 겁니다." 머거트로이드가 투덜거렸다.

나는 다시 소리쳤다. "그렇다면 직접 설명해 봐요!"

"그 외륜증기선은 석호가 발견된 직후에 실종됐어. 그들이 석호에 들어가려고 했는지, 아니면 나가려고 했는지 확실하지 않아. 하지만 그들은 우리 반 부흐트 선장이 용감하게 극복했던 저 악랄한 조류와 바람에 휩쓸리는 바람에 이 바위에서 최후를 맞이했어." 토폴스키는 잠시 말을 멈췄다. 그 옆에 있던 뒤팽은 무릎을 꿇은 채 부서진 장비의 잔해들을 뒤적거렸다. "유로파호에 타고 있던 용감한 몇몇 사람이 발견한 것들을 지키려고 했어. 그들은 몇몇 정보를 몇 개의 병에 쑤셔 넣고 봉인한 다음 바다에 던졌지. 그 병들은 외해로 흘러 나가 신의 은총인지 페루 상인의 손에 넘어가서…." 그는 이야기 속도를 늦췄다. "계속해야 할까?"

"어째서 이전 원정대가 실종됐다는 사실을 밝히지 않은 겁니까?"

나는 진술을 듣는 과정에 차분하고 법적인 분위기를 더하려 애를 쓰며 물었다.

"코드, 제발 좀 이성적으로 생각해."

"그렇게 하려는 중입니다."

"자네는 스스로 과학자라고 생각하지. 뱃사람들은 뼛속까지 미신적인 족속이야. 세세한 문제는 따지지 말고 넘어가지. 그들은 자네나 나처럼 교육을 받아 현대적인 사고방식을 갖춘 사람들이 아니야. 그들 중 최고라 할 수 있는 반 부흐트 같은 사람조차 그의 본성 중 가장 저열한 부분을 끝내 극복하지 못한 채 여전히 무지에 속박돼 있어. 만약 그가 훨씬 무능한 선장이 지휘하는 훨씬 뒤떨어진 성능의 배가 파멸을 맞이했다는 걸 알게 됐다면, 내리는 결정마다 그 사실에 물들어 버렸을 거야. 우리 탐험과 전혀 무관한 일인데도 말이지." 그는 애원하듯 나를 바라봤다. "자, 우리와 전혀 상관없는 일이라면, 어째서 그 불쌍한 사람에게 그런 쓸모없는 짐을 지워야 하지?"

"어느 정도는 상관있을지도 몰라." 라모스가 말했다.

"이봐, 대령, 부디 그 총구 좀 다른 곳으로 돌려주지 않겠나?"

"나와 같이 가자고, 대장. 우리가 보트를 타고 배로 돌아가면, 당신에게 족쇄를 채우라고 반 부흐트 선장에게 요청하겠어."

"말도 안 되는 소리."

"부탁하는 게 아니야." 라모스가 다시 한번 발포했다. 이번에는 상당히 낮은 각도로 발사했기 때문에 총탄은 토폴스키에게서 고작 몇 센티미터 벗어난 곳을 날카로운 소리를 내며 지나갔다. 라모스는 이전처럼 체계적인 동작으로 재장전했다. "나는 원정대를 보호하고 반 부흐트 선장과 그의 부하들이 흔들릴 경우 계약을 준수하도록 만들기 위해 고용된 사람이야. 하지만 거짓말로 기만한 사람은 그들이 아니야. 내 고용계약 조건은 파기됐어."

토폴스키는 총알이 또 날아오리라고 생각한 듯 쭈그리고 앉았다.

"네가 대장 역할을 하고 싶은가 보지?"

"아니. 나는 교육을 거의 받지 못한 병사일 뿐이야. 브루커 씨나 코실 백작부인이 당신 역할을 맡을 수도 있겠지." 그는 거대한 어깨를 으쓱했다. "나는 누가 맡든 관심이 없어."

"나는 맡기 싫습니다!" 뒤팽은 마치 자신의 이름이 언급된 것처럼 말했다. "그저 종이 몇 장을 갖고 주저앉아 생각을 좀 하고 싶을 뿐입니다." 그는 차가운 눈으로 나를 바라봤다. "우리는 모두 둘러봤어요, 코드 박사님! 들어가는 길이 있을 것 같습니다. 나가는 길도 말이죠. 하지만 생각하기 굉장히 어려워요. 이런 식으로 시작했을 것 같나요?" 그는 마치 머릿속에서 대화를 나누는 듯 스스로에게 고개를 끄덕였다. "그랬을 것 같지 않습니다. 무엇이 잘못됐을 때 이렇게 끝났을 겁니다. 나는 그 돌을 만졌어요! 그 돌이 내게 속삭이는 걸 느낄 수 있었습니다. 그 안쪽 어딘가 엔진이 하나 있어요!"

나는 그 청년에게 천막으로 돌아가라고 권했다. "레이몽, 그 무시무시한 두뇌를 쉬게 할 수 있다면, 가서 쉬도록 해요." 그런 다음 토폴스키를 향해 말을 이었다. "저 증기선에 타고 있던 사람들에게 무슨 끔찍한 일이 일어났습니다." 나는 항해일지를 토닥거렸다. "이 내용이 사실이라면, 그들은 모두 저 **구조물** 안에 있습니다. 그들 중 한 명이 돌아왔지만, 고작 메시지 하나 남기는 동안밖에 있지 못하고 다시 들어갔습니다. 그 불쌍한 영혼은 저 벽 안에 도사린 어떤 혐오스러운 것에 끌려간 겁니다."

"메시지라고?"

"떠날 수 있을 때 떠나라는 말이었습니다."

그는 비웃으며 고개를 저었다. "당연히 우리를 겁줘서 쫓아내려는 계략이지. 비밀을 보호하는 데 더 나은 방법이 있을까?"

"시체가 하나도 없는 건 어떻게 설명할 겁니까?"

"그럴 필요 없어. 그들은 그저 다른 곳으로 가버린 거야." 그의 눈은 다시 머스킷 총으로 향했다. "대령, 그렇게 야만적으로 굴지 않아도 좋다고 생각…." 그때 토폴스키의 손이 갑자기 움직여, 그가 옷 사이에 찔러 넣고 있던 무언가를 움켜쥐었다. 낮게 뜬 태양 아래 검게 그을린 금속 물체가 희미하게 빛났다. 그가 손가락으로 쥐고 있는 것은 굉장히 정교하고 작은 권총이었다.

라모스가 발포했다. 나는 그를 비난하지 않는다. 그 순간 토폴스키가 가장 먼저 그를 쏠 가능성이 매우 높았기 때문이다. 대령은 천성이 살인자는 아니었기 때문에, 그저 토폴스키의 무장을 해제하기 위해 총을 겨냥해 그 목적을 달성했다. 그의 총알이 토폴스키의 팔뚝에 맞았다. 총소리가 엄청나게 울려, 자갈에서부터 석호를 둘러싼 희미한 바윗덩어리에 이르기까지 우리 주변의 모든 표면에 부딪치며 퍼지는 것 같았다. 토폴스키는 결국 비명을 지르며 권총을 떨어뜨리는 듯했다. 하지만 그 과정이 충분히 빠르게 진행되지 않았다. 악의가 주는 힘 때문이었는지, 아니면 다친 팔 때문에 발생한 통제할 수 없는 충동 때문이었는지, 그가 방아쇠를 당기고 말았다. 조그만 권총이 섬광을 내뿜었고, 다행히도 총알은 라모스를 꿰뚫지 못했다.

대신 나를 꿰뚫었다.

총알이 복부를 관통했다. 그 즉시, 고통의 첫 홍조가 나를 어루만지기도 전에, 내게 가망이 없다는 사실을 알아차렸다. 의사는 근육에 박힌 총알을 파낼 수도, 대포알에 너덜너덜해진 팔을 잘라낼 수도 있지만, 총알이 내장에 박혔을 때는 아무것도 할 수 없다. 내가 데메테르호의 유일한 의사라는 사실은 중요하지 않았다. 만약 나 같은 사람이 100명도 더 이 자리에 나타나 현대 의학의 모든 지식과 도구를 마음껏 사용한다 할지라도, 내 운명에는 조금도 차이가 없을 터였다.

바닥에 쓰러졌다. 고통이 찾아왔다. 나는 귀찮은 손님의 방문을 준비하듯 그 상황에 대비했지만, 그렇다고 해서 고통이 좀 더 견딜 만하게 변하지는 않았다. 나는 훌쩍거리며 엄청나게 치솟는 고통의 압력을 억눌렀다.

라모스는 머스킷 총을 바닥에 던지고 내 곁으로 뛰어들었다. 머거트로이드와 모틀락이 토폴스키를 제압하기 위해 허둥지둥 달려왔다. 하지만 그의 조그만 권총은 이미 독침을 발사한 후였다.

"미안해, 사일러스." 라모스가 말했다. 허탈한 슬픔이 그의 눈에 떠올랐다. "이러려던 건 아니었는데!"

내 입에 피거품이 맺혔다. 하지만 나는 그에게 말을 해야 했다. "당신이 한 일이 아닙니다, 대령님."

"어쩌면 상처가 그렇게 심하지 않을지도 몰라."

나는 고개를 저었다. 대령은 내가 아는 사실을 알고 있었다. 이런 식으로 죽는 사람을 수없이 봤을 테니까.

"오, 사일러스." 코실 백작부인이 반대쪽에서 내게 몸을 굽혔다. "또 이렇게 가버리고 끝나는 건가요?"

"가버리고 끝나다니, 무슨 말입니까?" 나는 힘없이 물었다.

"당신은 우리 눈앞에서 죽었어요. 혹은 곧 죽을 테죠." 그녀는 피로 진창이 된 내 배로 시선을 돌렸다. "솔직히 말해서 당신은 굳이 일을 어렵게 만들기를 고집하는군요. 그런 의학 지식을 갖췄는데도, 최소한 고통 없이 죽을 방법은 찾을 수 없었나요?"

"그가 나를 쐈습니다."

"사일러스, 당신도 알다시피 그런 게 아니잖아요. 저 불쌍한 사람은 자유의지가 거의 없어요."

내가 겪고 있는 고통에도 불구하고, 나는 코실 부인의 얼굴보다 더 아름다운 광경은 보지 못한 것 같았다. 혹은 어쩌면 그 고통 때문이었을 수도 있었다. 그녀는 황금빛 광채 속에서 빛나는 천사였다. 내 눈을 바라보는 그녀의 눈은 무한한 책임과 무한한 연민을 담고 있었다. 마치 내가 신에게 죄를 지었으면서도, 동시에 그 행위로 영원한 구원을 얻은 것처럼.

"나는 전에도 죽은 적이 있어요." 내 나머지 부분이 스스로 문을 닫는 순간, 마치 계절이 바뀌는 마을처럼 내 기억의 문이 다시 열렸다. "내 말이 맞죠?"

백작부인은 슬프게 고개를 끄덕였다.

"여러 번 그랬죠. 굉장히 여러 번."

"어째서…." 나는 피의 재갈 사이로 말을 하려 악전고투했다. "왜 이런 일이 내게 일어나는 겁니까?"

"왜냐하면 당신은 데메테르호의 현실을, 그리고 해야 할 일을 직시하려 들지 않으니까요." 그녀는 손을 뻗어 내 머리카락을 쓰다듬었다. "하지만 지금 그 생각으로 스스로를 괴롭히는 건 의미가 없어요. 지나간 일은 지나갔으니까. 다음 시간대에서 만나요, 사일러스 코드 박사님. 그렇게 될 때까지 망자의 잠을 즐기도록 해요."

라모스가 두 손을 그녀의 어깨 위에 얹었다. "부인, 높은 곳으로 올라가야 합니다."

"대체 무슨 일이죠, 대령님?"

그는 고갯짓으로 석호를 가리켰다. "저것 때문입니다."

나는 고개를 살짝 돌렸다. 바위에 피를 흘리며 죽어가는 와중에도 내 친구들이 무엇 때문에 놀랐는지 알고 싶었던 것이다. 흐려져 가는 눈으로 석호 저편을 바라봤다.

처음에는 내가 무엇을 보고 있는지 이해할 수가 없었다.

곶이 움직이고 있었다. 두개골과 닮은 곶의 툭 튀어나온 이마 부분이 살아 움직였다. 그것은 형태를 바꾸며 낮은 곳으로 미끄러지고 흐르다가 축 늘어지고 있었다. 마치 모든 골격구조가 평생을 거치며 겪게 되는 느린 변형을 조용히 시연해 보이는 것 같았다. 해부학을 배우는 학생이라면 잘 아는 모습이었다.

"산사태입니다." 머거트로이드가 마른 입으로 말했다.

산사태는 우리가 지켜보고 있는 광경에 정확히 들어맞는 표현은 아니었다. 산 절반이 중력의 영향을 받아 분리되고 있었다. 그런 과정이 느릿느릿하게 보이는 이유는 단 하나, 그 곳이 5킬로미터 가까이 떨어져 있었기 때문이다.

"이런 일이 그냥 일어날 리가 없어!" 토폴스키 대장이 항변했다.

"총성이 촉발한 게 분명합니다." 라모스가 말했다. "산에서는 그런 일들이 일어난다고 들었습니다. 총성 한 발로 생겨난 얼음과 눈의 장벽이 마을 하나를 납작하게 만들 수 있다고 말입니다."

바윗덩어리의 가장 낮은 부분이 이제 석호에 충격을 가하기 시작했다. 새하얀 거품이 가루가 흩날리듯 거대한 장벽을 만들어 나머지 과성을 재빨리 가려버렸다. 마치 땅과 물이라는 자연적 요소들의 이런 만남이 외설적이어서, 관찰하는 우리의 시선으로부터 차단돼야 한다는 듯했다.

"저 튀어 오른 물방울이 우리가 있는 곳까지 닿지는 않을 겁니다." 모틀락이 말했다.

"우리가 걱정해야 하는 건 물방울이 아니야." 라모스가 차갑게 말했다. "물이 밀려나는 게 두려운 거지. 파도가 일어날 거야. 굉장히 큰 파도가. 어서 움직여야 합니다!"

"너무 늦었어요." 코실 백작부인이 한탄했다. "누구도 빠져나갈 수 없을 거예요. 지형이 허락하지 않아요. 이 석호의 형태상 수위가 더 낮아질 거예요. 밀려난 파도는 어디로든 가야 할 테니 파고가 더욱 높아질 테죠. 이제 유로파호가 그 바위 위에 좌초된 이유를 알겠어요. 비슷한 대격변이 일어나 이곳으로 휩쓸려 온 거죠. 우리 데메테르호도 틀림없이 휩쓸리고 말 거예요."

이제 파도가 더 가까이 다가와 차갑고 축축한 바람을 앞으로 퍼붓고 있었다.

"어떻게 하죠?" 머거트로이드가 물었다.

"아무것도." 라모스가 단호하게 말했다. 그는 희미한 미소를 지으며 나를 내려다봤다. "사람들은 모두 자신이 결국 어떻게 죽게 될지 심사숙고를 해보지 않나, 사일러스? 나 같은 경우에는 항상 화약과 얽히게 될 거라고 믿었어. 그 점에 있어서는 내 생각이 옳았다는 사실이 드러났군. 하지만 이런 상황을 예상하지는 못했는데."

 나는 또다시 죽기 전에 마지막 숨을 내쉬며 억지웃음을 지어 보였다.

12

내 오른쪽 뺨에 물방울이 튀자 정신이 번쩍 들었다. 나는 책상 위에 왼쪽 뺨을 괴고 있었다. 인사불성이 돼 그 자리에 푹 주저앉았던 기억이 떠올랐다.

"죄송합니다." 모틀락이 말했다. 그렇게 말하는 목소리에서 동정심의 흔적은 크게 엿보이지 않았다. "박사님께 물을 쏟을 생각은 없었습니다. 그저 슬쩍 찔러서 깨우려고 하다가…."

나는 마구 울리는 머리를 책상에서 억지로 들어 올렸다. 눈을 깜빡여 봤지만, 초점은 끈질길 정도로 돌아오지 않았다. 내가 쓴 글씨는 보라색으로 번져있었다. 머리가 지끈거렸다. 이 두통의 일부는 데메테르호의 엔진에서 나는 끊임없는 진동 때문이었지만, 온전히 그것 때문만은 아니었다. 더듬거리며 안경을 찾아 썼다. 세상의 일부에 마지못해 초점이 맞춰졌지만, 전부 그러지는 않았다.

"파도야, 모틀락." 나는 여전히 꿈과 현실에 절반씩 걸쳐져 있는 상태였다.

"파도라고요, 박사님?"

"석호와 외륜증기선 말이야. 그곳도…." 하지만 나는 말꼬리를 흐리고 말았다. 순간적으로 그가 전혀 이해하지 못하는 말을 하고 있다는 사실을, 그리고 내 중얼거림이 그저 너무나 생생한 꿈을 꾼 후유증이라는 사실을 뼈저리게 깨달았기 때문이다. "미안하군."

"괜찮습니다. 저도 갑자기 침대에 쓰러지게 되면 똑같을 겁니다."

그는 유리잔을 쏟는 바람에 흠뻑 젖어버린 내 원고 뭉치를 내려다봤다. 내 작품이 눈앞에서 녹아내리고 있었다. 글자들은 탁한 물속의 해초 이파리처럼 변해버렸다. "다시 한번 쓰실 수 있지 않습니까?" 그는 내 사라진 노고를 진심으로 걱정하며 물었다.

"자네 말을 들으니 울타리에 페인트칠을 하는 정도의 쉬운 일인 것 같군." 하지만 허영심에 저항하려는 충동 탓에 나는 그가 한 말의 요점을 인정했다. "그래, 다시 써야겠어. 그러면서 이전에 썼던 내용을 좀 더 낫게 고치는 게 이상적일 테지. 글을 쓰면서 스스로를 궁지로 몬 건 사실이야. 소설에 극적인 사건을 집어넣어야 할 필요를 느껴서 극적인 내용을 생각해 냈어. 하지만 곤란한 점이 딱 하나 생겼는데, 극적인 사건을 집어넣다가 내 등장인물을 모조리 죽여버리고 말았지 뭐야. 내가 지나친 짓을 한 것 같아."

"좀 경솔하셨던 것 같기는 합니다." 모틀락이 말했다.

"뭐, 자네는 이유가 있어서 나를 깨웠겠지. 선장님께서 결국 현명한 결정을 내려서 회항하기로 하셨나? 저 좁은 통로를 지나가느라 엔진을 하나 잃을 뻔했고, 우리 주변에 우뚝 솟은 얼음벽은 우리가 입김만 불어도 무너질 것처럼 위태로워 보여."

"아뇨, 회항하지는 않을 겁니다. 사실은 그 안으로 더욱 깊이 내려갈 겁니다. 오소리를 쫓는 흰담비족제비처럼 말이죠." 그는 한 손으로 입가를 가리며 반쯤 속삭이는 듯한 수준까지 목소리를 낮췄다. "그분들은 그 사실을 공식적으로 발표하기 전에는 제가 박사님께 말씀드리기를 원치 않을 겁니다. 하지만 그분들은 그걸 찾는 데 근접했다고 생각하는 것 같습니다. 다들 굉장히 흥분한 상태지만, 많이 배운 분들이니 드러내놓고 그렇지는 않더군요."

"토폴스키가 찾는 신성한 균열 말이로군." 나는 그 존재가 실재하리라고 믿기 어려웠다. "뭐, 그가 기대했던 모든 게 그곳에 있을 거라는 희망을 품어보자고. 그리고 데메테르호가 안으로 들어가는 만큼 수월하게 밖으로 나올 수 있기를 바라도록 해야겠지."

※

모틀락은 밖으로 나갔다. 나는 라듐 물약을 한 잔 더 따라 마시며, 내 두개골 속을 빙빙 돌고 있는 나쁜 생각들을 날려버리려 했다. 파도에 대한 꿈에서 깨어나는 사이, 나는 석재 터널을 따라 비틀거리며 내려가는 환영을 겪었다는 사실을 이제서야 깨달았다. 내가 이미 죽었다는 끔찍한 확신으로 가득 찬, 이리저리 널뛰는 악몽을 꿨던 것이다. 이 막간의 악몽에 집착할수록, 그 꿈은 파도와 바위 위에서의 죽음이 일으킨 공포를 점점 더 몰아냈다. 아무래도 처음 꾸는 꿈이 아닌 것이 분명했다. 전에도 그 꿈을 꾼 적이 있었고, 언제나 거울에 비친 내 두개골의 환영을 응시하는 순간까지 이어졌다. 오직 라듐 물약에만 이 꿈의 마지막 조각을 깡그리 지울 수 있는 효능이 있었다. 하지만 효과가 나타나기까지는 갈수록 시간이 오래 걸렸고, 사실상 점점 더 많은 양을 마셔야 했다. 이제 나는 사람을 달래주는 듯한 사랑스러운 선실 조명의 불빛을 느낄 수 있었다.

"우리 시대의 현대적인 기적을 위하여." 나는 빈 유리잔을 들어 올려 경의를 표하며 말했다. "그리고 악몽의 영원한 추방을 위하여."

물약이 효과를 발휘하자 적어도 머릿속이 조금은 맑아졌고, 악몽의 족쇄에서 어느 정도 해방된 기분이었다. 나는 선실을 나와 격자문을 닫고 중앙 통로를 따라 이동해서 데메테르호의 조종실에 도착했다.

반 부흐트 선장은 비행선 조종을 담당한 상급비행사 머거트로이드 뒤에 서있었다. 머거트로이드는 질긴 천으로 제작된 조종석에 앉아 황동 손잡이가 달린 채 복잡하게 늘어선 여러 개의 레버를 두 손으로 움직이며 비행 전반을 담당했다. 조종사의 좌석 위에는 머거트로이드와 반 부흐트 모두 쉽게 볼 수 있는 수많은 계기판이 달려있었는데, 각각의 모습이 라듐 코팅이 된 조그만 보석처럼 보였다.

"프로펠러 평행으로, 머거트로이드 중위."

"프로펠러 평행으로 조정합니다, 선장님."

"각도를 3도 아래로."

"각도를 3도 아래로 조정합니다, 선장님."

"좌측으로 8도."

"좌측으로 8도 조정합니다, 선장님."

조종은 이런 식으로 진행됐다. 반 부흐트는 침착한 명령을 끊임없이 내렸고, 머거트로이드는 선장의 명령을 복창하며 수행했다. 두 사람은 마치 좀 더 큰 유기체의 구성 요소인 것 같았다. 데메테르호라는 이름은 그 유기체의 가장 완벽한 표현일 뿐이었다.

아래쪽으로 기울어진 커다란 창이 조종실의 삼면을 둘러싸고 있었다. 창틈으로 외풍이 들어왔다. 양쪽으로 얼음벽이 미끄러지듯 지나가고 있었는데, 그 벽은 마치 협곡처럼 가파르게 솟아있었다. 얼음은 계속 이어지며 어둠 속으로 사라졌다. 지금은 해가 낮게 뜰 시간이어서, 우리가 통과하는 이 협곡 통로의 깊은 지점에는 이미 그림자가 짙게 깔렸다. 수

소가 가득 찬 비행선의 기낭은 곤돌라 위쪽에서 커다란 유령 같은 모습으로 부풀어있었고, 그 양쪽에 햇빛의 미약한 마지막 흔적이 간신히 걸쳐졌다. 좌현과 우현 밖으로 지주와 와이어, 조종 케이블 같은 것들이 기낭과 곤돌라 양쪽에 연결돼 있었다. 엔진은 총 네 개였고, 전방과 후방에 두 개씩 배치돼 있었다. 그중 세 개의 엔진이 칙칙 소리를 내며 돌아갔고, 네 번째 엔진(좌현 전방에 배치된 엔진)은 프로펠러가 산산조각 난 채 작동하지 않았다. 그 엔진은 2주 전에 얼음벽에 부딪쳐 망가졌지만, 데메테르호가 착륙하기 전에는 수리할 수가 없었다.

토폴스키 대장과 뒤팽은 전방 창문 앞에서 안전난간에 손을 짚은 채 서있었다. 오스트리아, 독일 출신의 유명한 기업가 브루커는 가져온 시계 중 하나를 살펴보고 있었다. 조종실 여기저기 부착된 크로노미터와 시간을 비교해 보는 것이 분명했다. 크로노미터 중 일부는 우리가 있는 지역의 시간을 표시했고, 나머지는 북반구에 위치한 대도시들의 시간을 가리켰다.

라모스는 머거트로이드 옆에서 내게 등을 돌린 채 두 다리를 떡 벌리고 팔짱을 낀 채 서있었다. 갑판이 기울어지고 바람 때문에 진행 경로가 흔들려도, 그는 전혀 동요하지 않고 단호한 모습을 유지했다.

"찾았습니까?"

"뭔가 찾아냈어." 라모스는 목소리를 낮추며 비밀스러운 어조로 대답했다. "이 협곡은 거의 8킬로미터 가까이 이어지는 와중에 꾸준히 깊어지고 있어. 보다시피 우리는 그 안에 거의 완전히 들어가 있는데, 협곡은 우리 전방으로 계속 깊어지고 있어. 하지만 너무 성급하게 희망을 부풀리지 말라고 경고하고 싶군. 전에도 가짜 신호로 판명됐으니까."

"하지만 나를 부를 가치가 있는 일 같지는 않군요."

"곧 알게 될 거야." 그가 살짝 고개를 돌리자, 그의 거대한 얼굴 옆면이 시야에 들어왔다. 마치 암석을 깎아내 만든 얼굴 같았다. 턱은 거대한 바위 같았고 옆모습은 화강암 같았으며 이마는 돌출된 절벽 같은 모습이었다. 그는 머리가 상당히 벗겨졌고, 아무리 간단히 요약해도 지나치게 흥미롭고 폭력적이라고 할 수밖에 없는 인생 탓에 두피에는 흉터와 푹 팬 흔적이 나있었다. 내가 확실하게 원인을 특정할 수 있는 손상 부위는 딱 하나, 뒤통수 피부의 붉게 변한 부분이었다. 이는 원정 초기에 그가 받은 라듐 치료의 부작용으로 인한, 현재 회복 중인 화상 자국이었다. 그에게 발생한 뇌동맥류는 라듐 광선으로 철저하게 제거됐다. 상피조직에 발생한 경미한 염증은 그의 생명에 비하면 분명 사소한 대가였을 터였다.

"어쨌든 이렇게 깊게 들어간 적은 없었으니까. 당신이 놓치고 싶어 할 것 같지 않았어."

"맞습니다." 나는 흔들리는 조종실 안에서 내가 두려워하면서도 갈망하는, 맹독인 동시에 해독제이기도 한 존재를 찾아봤다. "혹시 어디에…."

"코실 씨 말인가?" 그의 희미한 미소를 보아하니 그는 내가 그 짜증나지만 매혹적인 대상에 관심을 품고 있다는 사실을 알고 있는 것 같았다. "밖에 있어. 목숨을 잃을 위험을 무릅쓰면서 말이야."

번개처럼 보이는 섬광이 조종실을 밝게 비췄다. 항상 번개가 친다. 나는 속으로 이렇게 생각했다. 마치 그 표현이 시의 한 구절인 것처럼, 잊어버린 시구가 내게 주입된 것처럼. 그 의미는 통 잡히지 않았지만, 무엇보다 중요하다는 확신은 여전했다.

항상 번개가 친다.

하지만 사실 그것은 폭풍이 아니었다. 먼 곳에서 발생한 것도 아니었다. 우리 위쪽에는 구름 한 점 없었고, 우리가 지표면 아래로 가라앉을 때에도 지평선에 구름은 걸려있지 않았다. 이 방전의 근원은 훨씬 가까운 곳에 있었고, 첫 번째 이후로 곧바로 두 번째 섬광이 발생하자 그 근원이 명확하게 드러났다. 모두 곤돌라 바로 바깥쪽, 지주 같은 곳에 제한적으로 접근할 수 있도록 이 구조물을 빙 둘러 만들어놓은 좁은 점검용 통로에서 비롯된 것이었다.

"자살행위 아닙니까!" 나는 소리쳤다.

나는 두툼한 외투를 단단히 여미고(나는 적어도 내 선실 밖으로 나갈 때 옷을 따뜻하게 갖춰 입을 정도의 선견지명은 있었다) 좌현에 난 문을 통해 밖으로 빠져나간 다음 문을 꼭 닫았다. 이런 행동이 꽤 일상적으로 보일지도 모르지만, 내가 감히 곤돌라 밖으로 나간 적은 한 손에 꼽을 정도였고, 이런 상황에서는 한 번도 없었다. 구름 속에 높이 떠있었을 때나, 저 멀리 변함없는 모습으로 반짝이는 거울 같은 바다보다 한참 위에 있을 때와는 달랐다. 그런 상황에서는 속도와 고도의 개념이 추상적으로 변해, 내 현기증(고소공포증이라고 하는 편이 더 적절할 것이다)은 쉽게 가라앉고는 했다. 하지만 지금은 우리의 고도나 움직임에 의심의 여지가 없었다. 얼음벽은 아찔한 속도로(진로를 잡는 데 조금만 실수해도 벽을 들이받는 사태를 피할 수 없을 터였다) 지나갔고, 이 얼음 협곡의 밑바닥은 여전히 우리의 아래로 굉장히 멀리 떨어져 있어 우리가 높은 곳에 있다는 메스꺼운 감각을 불러일으켰다. 현재 비행선이 남극 대륙을 덮은 얼음층을 기준으로 거의 지면 높이에서 비행하고 있다는 사실은 중요하지 않았다. 아래쪽의 밑바닥은 너무 급작스럽게 꺼져있어서, 우리는 단단한 바위 위로 수십, 수백 미터 상공을 날고 있는 것과 마찬가지였다. 나는 고층 빌딩 사이로 난 길 위를 걷는 외줄타기 곡예사였다.

엔진이 으르렁거리는 소리를 냈다. 공기는 얼어붙을 것만 같았다. 하지만 다행히도 바람은 내 피부를 할퀴거나 나를 허공으로 던져버릴 정도는 아니었다.

나는 통로를 따라 움직여 코실의 옆에 다다랐다. 그녀는 통로 가장자리에 유일하게 갖춰진 보호장치인 얄팍한 철조망 울타리 너머로 몸을 기울이고 있었다. 극지방 원주민처럼 노란색 모피를 입은 채 부츠를 신은 한쪽 다리는 갑판을 딛고 다른 쪽 다리는 뒤로 쭉 뻗어 곤돌라 옆면에 간신히 가져다 댄 채였다. 몸을 너무 기울인 나머지 그녀가 언제라도 밖으로 넘어가 버릴 것이라는 생각을 떨쳐내기 어려웠다. 그런 생각을 떠올리는 일은 그녀가 앞으로 내밀고 있는 부피 큰 카메라와 플래시전구 장치는 고려하지 않아도 충분했다.

"코실 씨, 그 상태로는 버틸 수 없습니다!" 나는 엔진이 울부짖는 소리를 뚫고 외쳤다. "의사로서 즉시 안으로 들어오라고 요청, 아니 강력히 요구하겠습니다!" 나는 다시 한번 숨이 턱 막혔다. "세상에, 당신은 장갑도 끼지 않았잖아요!"

"손가락 없는 장갑을 끼면 이 장비를 다룰 수 없어요, 사일러스." 그녀는 내가 있는 쪽을 향해 한쪽 입꼬리를 올리며 웃어 보인 다음, 그 즉시 카메라로 시선을 돌렸다. "하지만 괜찮아요. 감각이 느껴지지 않으면, 안으로 들어가서 필름 릴을 교체하고 따뜻한 버번에 손가락을 담가야 할 때라는 걸 아니까요." 플래시가 다시 터졌다. 빛이 데메테르호의 옆면을 비추자 엔진과 지주, 곤돌라, 기낭 등의 흔적이 보였고, 우리가 지나치고 있는 광대하고 으스스한 양쪽 얼음벽은 극히 일부만 드러날 뿐이었다. "아, 이 사진은 잘 나왔네요. 남겨둘 가치가 있겠어요!"

"살아서 현상할 사진을 볼 수 없다면 무슨 소용입니까?"

"참 걱정도 팔자예요, 사일러스. 여자라면 할 일은 해야 한다고요. 특히 나 같은 처지라면 말이죠!"

"〈데일리 주피터〉에서 얼마를 지불하는지는 모르겠지만, 충분한 보상이 되기를 바랍니다."

그녀는 후드를 쓴 채 고개를 저었다. 내 걱정에 마지못해 항복하며 울타리에서 천천히 물러나 두 발로 통로를 디뎠다. "어쨌든 지금은 다 끝났어요. 이 플래시전구를 너무 빨리 태워먹으면, 지하 세계에 도착해서 한 장도 찍을 수 없을 거예요. 게다가 작성해야 할 기사도 있어요." 그녀는 카메라를 내 손에 쥐여줬다. "자, 여기요. 숙녀를 좀 도와주지 않겠어요?"

"나는 이 엔진 소리에 감사합니다." 내가 말했다. "내가 잠을 자도록 도와주는 유일한 소음이니까요. 브루커 씨의 축음기 소리와 지긋지긋하게 딸깍거리는 당신의 타자기 소리 틈바구니에서 말이죠."

"포킵시 사람들은 우리에게 무슨 일이 일어나고 있는지 알아야 해요, 사일러스. 하지만 불평해서는 안 돼요. 프리치는 지금까지 생산된 것 중에서 가장 가볍고 조용한 타자기를 가져다 줬으니까요."

"그렇다면 브루커 씨에게 아직 좀 더 개선될 필요가 있다고 전해주시죠."

내가 곤돌라 안으로 돌아가려 했을 때 그녀가 갑자기 내 팔을 잡았다. "봐요. 전방에 경사가 점점 심해지고 있어요. 세상에, 이제 우리는 정말로 내려가고 있다고요!"

나는 공포를 억누르려 힘겹게 침을 삼켰다. "토폴스키가 지구를 파고들고 싶었다면 굴착기를 가져왔어야죠. 체펠린 비행선이 아니라!"

"비행선이라면 비행과 굴착, 양쪽 다 가능할지도 모르잖아요." 그녀가 쓰고 있는 후드가 내 얼굴을 스치자 모피 끄트머리가 내 뺨을 간지럽혔다. "당신은 참 냉소적이라는 거 알아요?"

"내가 냉소적이라고요?"

"당신은 다른 사람들과 마찬가지로 계약을 하고 이 일에 들어왔어요. 그 터무니없는 코사크인이 어떤 걸 찾으려고 하는지 쭉 알고 있었다고요. 그런데 어째서 우리가 지구의 공동 속으로 들어갈 길을 찾고 있다는 사실을 전혀 듣지 못한 사람처럼 구는 거죠?"

"코실 씨, 그의 목적은 완벽하게 알고 있습니다." 나는 차분하게 대답했다. "그저 그중 일부라도 진실일 가능성은 없다고 믿었을 뿐입니다. 어찌 됐든 나는 고용된 사람입니다. 내 의무는 승무원과 원정대의 건강을 살피는 것이지, 세상 밑바닥에 구멍이 뚫려있다는 헛소리를 믿는 건 아닙니다."

"안타까운 일이네요. 우리는 그 구멍을 발견한 것 같은데요?"

우리 전방에 펼쳐진 바닥은 그저 가파르기만 한 것이 아니었다. 거의 수직에 가까운 통로가 나있었고, 그 아랫부분은 잉크보다 더 새까맸다.

"맙소사, 아무것도 보이지 않는데…."

"기운 내요, 코디." 코실이 말했다.

13

데메테르호가 하강했다. 토폴스키가 '균열'이라고 부르는 이 수직 통로는 비행선의 너비를 수용할 수 있을 정도로 넓었지만, 우리 수변의 여유 공간은 고작 15미터 남짓했다. 이제 비행선의 엔진은 앞으로 나가기보다는 가능한 한 이 통로의 중앙 자리를 유지하는 데 사용됐다. 이런 작업을 수행하기 위해서는 머거트로이드의 뛰어난 기술이 필요했다. 기낭에서 수소를 천천히 배출해서 부력을 낮추자, 우리는 균열 안쪽의 점점 무거워지는 공기 속으로 계속해서 가라앉았다. 일방통행이라 할 수는 없었다. 무게추를 풀면 다시 상승할 수 있었기 때문이다(물론 이는 사전에 계획된 것이었다). 다만 이는 딱 한 번만 시도할 수 있는 방법이었다.

데메테르호는 순식간에 대낮의 흔적으로부터 자취를 감췄다. 남극의 태양은 통로 속으로 고작 몇 십 미터 정도만 파고들 뿐이었고, 그 아래는 온통 암흑이었다. 다시 한번 말하지만, 이 역시 미리 계산된 것이었다. 곤돌라에서 튀어나온 탐조등이 둘씩 짝을 지어 비스듬하게 배치됐고, 교차되는 불빛이 비행선으로부터 일정 거리를 비췄다. 반 부흐트와 머거트로이드가 엔진을 수평으로 유지한 채 용케 하강하는 동안, 모틀락을 비롯한 다른 승무원들은 지속적으로 추정 거리와 방향을 외쳤다.

"30도 방향으로 25미터!"

"0도 방향으로 18미터, 점점 접근 중!"

우리는 계속해서 가라앉았다. 균열은 계속 아래로 이어졌다. 때로는 구부러진 배수관처럼 이리저리 휘어있기도 했지만 결코 폭이 좁아지거나 넓어지지 않았고, 바닥이 있다는 기미도 보이지 않았다. 토폴스키는 그 절대적인 깊이가 어느 정도인지에 대해 어떤 단서라도 갖고 있었는지 몰라도, 아무 의견도 내지 않은 채 그저 반 부흐트가 계속 진행하도록 격려할 뿐이었다. 선장은 그렇게 계속 진행했다. 그는 계약을 맺은 상태였고, 비행선의 성능에 자신도 있었다.

우리는 남극 대륙의 얼음 속으로 800미터 이상 하강했다. 그런 다음 적어도 그 정도의 거리만큼 더 내려갔다.

귀가 터질 것만 같았다. 우리는 마치 정상의 희박한 공기로부터 서둘러 하산하는 등산객 같았다. 어느 순간 나는 곤돌라 안을 둘러보다가 코실이 없어졌다는 사실을 깨달았다. 그녀가 우리 시대의 가장 원대하고 대담한 원정이 될 이 위업의 증인이 되지 못하는 것을 어떻게 견뎌낼 수 있을지 궁금했다. 그때 요동치는 엔진 소리 사이로 타자기를 부지런히 두드리는 소리가 들렸다. 나는 그 어떤 장관이나 신기원이 될 모습이라 할지라도 기사 작성을 훼방 놓을 수는 없다는 사실을 알아차렸다. 타자기의 탁탁거리는 소리는 이내 전신기의 삑삑거리는 소리로 대체됐다. 그녀가 쓴 글은 무선으로 이온층까지 전송된 다음, 남극 주변에 흩어져 간절히 전파를 기다리는 몇몇 수신소에 도달할 것이었다.

우리는 계속해서 내려갔다. 5킬로미터 정도 하강한 지점에서 기압이 더 높아졌지만, 공기는 여전히 차갑고 건조했다. 탐조등은 얼음의 색조가 놀라울 정도로 단계적으로 변하는 모습을 보여줬다. 반짝이는 초록색, 파란색, 청록색 줄무늬가 은은하고 아름답게 빛나는 오팔 색조 사이에서 다툼을 벌였다. 여기저기 분홍색과 연보라색 줄무늬가 보였는데, 각각의 무늬는 지구의 역사에서 잊힌 방대한 시대가 존재했다는 증거였다.

어느 순간 모틀락은 거대한 해저 괴물의 뼈만 남은 시체가 오랜 세월 보존된 모습을 포착하고, 점점 차오르는 흥분을 감추지 못했다. 그 시체는 마치 평평한 유리 사이에 끼워 현미경용 표본으로 만든 것 같았다.

갑자기 얼음의 형태가 빙하 아래쪽의 불규칙한 지형처럼, 돌무더기와 진창이 뒤섞인 모습으로 바뀌었다. 우리는 그 후에도 단단한 바위와 대륙 지각을 지나 몇 킬로미터 더 이동했다. 이제 우리가 진입했던 지점은 엄청나게 위쪽에 있었다. 만약 균열이 똑바로 뻗어있고 또 우리 위쪽에 기낭이 자리잡고 있지 않았다면, 하늘이 조그맣고 희미한 점으로 보일지도 몰랐다. 하지만 그렇게 하늘이 보인다 한들, 그런 모습이 우리의 용기를 고취시켰을지 아니면 약화시켰을지 나로서는 감히 말할 수 없었다.

코실은 방금 전 〈데일리 주피터〉에 송고한 기사가 작성된 먹지를 휘두르며 조종실에 돌아왔다.

"심스*의 정당성이 입증됐어요!" 그녀는 두 팔을 활짝 펼친 채 탭댄서처럼 발을 굴렀다. "'위대한 토폴스키가 극점의 출입구와 지구 공동의 존재를 증명하다!' 신문 표제로 어때요, 잘난 양반?"

"이름은 굵은 활자로 나와야 해." 토폴스키가 항의했다.

"알겠어요! '위풍당당 토폴스키! 심스의 누명을 벗기고 지구 공동의 존재를 증명한 단 한 명의 탐험가! 충격적이고 자세한 내용은 후속 기사에서!'는 어때요?"

"한결 낫군."

- 존 클리브스 심스. 19세기 초 미국의 군인으로, 지구 공동설을 주장했다. 그의 주장은 과학계에 받아들여지지 않았지만, 쥘 베른을 비롯한 여러 SF 작가에게 많은 영감을 줬다.

"모스부호로 변환해서 곧바로 전송할게요."

"이 통로 바닥에 정말 뭐가 있는지 확인할 때까지 기다리는 편이 바람직하지 않을까요?" 내가 말했다.

토폴스키는 기를 죽이는 듯한 시선으로 나를 바라봤다. "코드, 만약에 자네가 이 일을 맡았다면 아무도 탐험에 나서지 않았겠지. 사람들의 시야에서 항구가 사라지기도 전에 그들의 기운을 꺾고 말았을 거야."

"넓어지고 있습니다!" 모틀락이 외쳤다. "벽이 뒤로 물러나고 있습니다. 60미터, 90미터…. 우리 탐조등이 닿는 범위를 넘었습니다. 우리는 바닥 쪽으로 빠져나가서…."

"그런데 빠져나가서 어디로 들어간다는 거지?" 내가 물었다.

이곳은 무한한 암흑으로 이뤄진 공동처럼 보였다. 우리 아래쪽은 한밤중보다 더 어두운, 절대적으로 텅 빈 공간이었다. 위쪽으로 각도를 맞춘 탐조등에 비친 것은 얼음으로 뒤덮인 바위 천장이었다. 두개골 같은 색깔에 상처가 나있고 우둘투둘한 표면과 큰 구멍도 있는 모습을 보면, 마치 달의 표면을 내면으로 전환시켜 놓은 것 같았다. 이 공동의 존재는 전혀 놀라운 일이 아니었다. 그 존재를 증명하는 일이야말로 우리 탐사 목적의 핵심이었기 때문이다. 하지만 우리 눈으로 실제로 그 존재를 보게 되자, 우리 아래쪽에서 입을 벌리고 있는 텅 빈 공간과 위쪽에 매달려 있는 어마어마한 크기의 바윗덩어리를 파악하는 일은, 아무리 충분히 예상했다 한들 그것만으로는 절대 이해할 수 없는 경험이었다. 우리는 모두 발아래로는 단단하고 의지할 수 있는 땅이, 머리 위로는 바람이 통하고 빛이 비치는 하늘이 존재하는 세상에서 자라난 사람들이었다. 이런 평범한 사실 관계가 소름 끼칠 정도로 역전되고 나니, 나는 메스꺼운 정신적 뱃멀미에 사로잡혀 휘청거리고 말았다. 주변을 둘러보며 동료 여행자들의 얼굴에 새겨진 듯 떠오른 표정을 자세히 살펴봤다. 그들은 각자 묵묵히 인내심을 발휘해 우리가 처한 현실을 받아들이며 턱을 긴장시키고 입을 굳게 다물었지만, 나는 그들이 쓴 가면이 얼마나 부서지기 쉬운지 알아차렸다.

"점점 더 크게 원호를 그리며 구멍에서 벗어나도록 하게." 반 부흐트 선장의 목소리는 흔들림이 없었지만, 어쩐지 지나칠 정도로 침착하고 위엄 있게 들렸기 때문에 그의 타고난 본능을 완전히 숨기지 못했다. "엔진을 최저속도로 낮추고, 천장에 부딪쳐 기낭에 구멍이 나지 않도록 주의하게. 모틀락, 승무원들에게 장대와 갈고리를 들려서 한 팀을 만들고 기낭 위로 올려 보내도록 해."

그 숨이 막힐 것 같은 천장은 사방으로 뻗어 우리 탐조등의 빛이 닿지 않는 먼 곳까지 이어졌다. 아래쪽 공동은 우리의 감각과 장비로는 파악이 불가능했다. 탐조등이 빛을 쏴댔지만 아무런 소득이 없었다. 줄을 달아 곤돌라 아래로 늘어뜨린 무게추는 한계 길이인 300미터까지 내려갔지만 그 어디에도 닿지 않았다. 사실 그럴 필요는 없었다. 몸이 오싹해질 정도의 직감에 따라, 그 어떤 합리적인 측정 방법으로도 우리 아래쪽에 펼쳐진 암흑을 가늠할 수 없다는 확신이 들었기 때문이다. 그런 감정은 확실히 우리 모두 공유하고 있었다. 어쩌면 이 구멍은 지구 정중앙까지 쭉 이어지고 있을지도 몰랐다.

어쩌면 그보다 더 이어질 수도 있었다.

선장은 계속해서 지시를 내렸고, 승무원들은 팀 단위로 그 지시를 전달했다. 내 생각에는 승무원에게 할 일을, 그들의 상상력이 지나치게 폭주하기 전에 마음을 사로잡을 문제를 안겨주면서 그들이 맡은 임무로 바쁘게 움직이도록 하는 것이 도움이 되는 듯했다. 데메테르호는 진입 지점에서 빙 둘러 나오며 나선형 경로를 그렸다. 그러는 내내 측정과 사진 촬영이 이뤄졌다. 도구들이 윙 하는 소리를 내며 움직이고 조리개가 딸깍거렸다. 측량에 대한 열기로 이런 장소의 지옥같이 섬뜩한 분위기마저 누그러뜨릴 수 있을 것처럼 보였다. 모틀락이 지휘하는 팀은 곤돌라 위로 올라가 기낭 내부로 진입했다. 그러고는 비행선을 따라 배치된 여러 개의 가스 주머니 사이를 관통하는 사다리와 통로를 지나, 마침내 튼튼한 직물로 구성된 비행선의 지지 구조물에 나있는 출입구 위로 머리를 내밀 수 있었다. 그 지점에서 그들은 천장의 평균적인 높이로부터 천장에서 약 30미터 떨어져 있었는데, 그 정도가 반 부흐트 선장이 암흑 속으로 더 깊이 내려가려 하지 않는 한계 지점이었다. 천장은 거칠었고 뾰족한 바위와 교회 첨탑만큼 커다란 종유석들이 튀어나와 있었기 때문에, 그들은 삿대처럼 생긴 장대를 천장 표면에 대고 밀어내며, 비행선이 필요한 간격만큼 살짝 하강하거나 방향을 바꿀 때까지 버텨야 했다. 그들은 소총도 갖고 있어서, 가끔 근처 장애물을 쏘기도 했다. 암석이든 얼음이든 가릴 것 없이 똑같이 태연자약한 모습으로 부서졌다. 그 섬뜩한 파편들이 우리 아래쪽 암흑 속으로 조용히 사라지는 광경을 보자, 지금까지 겪은 모든 것 중에서도 가장 깊고 압도적인 불안감이 일었다. 바닥이 없는 우물도 충분히 끔찍하지만, 그 안에 돌을 떨어뜨리는 일은 훨씬 더 끔찍했다. 그런 행위는 그 즉시 중력의 존재를 실체화하기 때문이었다.

뒤팽은 분석 작업에 미친 듯이 열중하고 있었다. 그는 탐조등 불빛에 포착되는 것에 대한 승무원들의 보고 내용에는 전혀 신경 쓰지 않은 채, 창에서 창으로 뛰어다녔다. 나는 그가 광적일 정도로 지나치게 일에 열중하는 징후에 익숙했기 때문에, 조심스럽게 그를 살펴봤다. 만약 그런 모습이 이런 상황에 대처하는 뒤팽의 방식이었다면, 그는 충분히 잘해내고 있었다. 하지만 나는 이미 그의 육체가 지성을 발휘하기 위해 혹사당하는 기계가 아니며, 자신을 좀 더 잘 돌볼 필요가 있다고 경고한 바 있었다. 뒤팽은 기꺼이 내 말에 귀를 기울였지만, 그 이상 신경 쓰지 않았다. 자신의 정신이 육체의 욕구에 얽매이지 않은 채 의지만으로 움직일 수 있다고 생각하는 것 같았다.

그가 한 손에 공책과 펜을 들고 곤돌라 안을 가로지르는 사이, 나는 그를 불러 세웠다.

"천천히 하도록 해요. 당신은 양초처럼 스스로를 불태우고 있어요."

그는 놀란 표정으로 나를 바라봤다. "스스로 나 자신을 태우고 있는 게 아닙니다. 누가 그렇게 하도록 만든 거죠."

나는 목소리를 낮췄다. "토폴스키 대장님에게 당신을 그렇게 혹독하게 몰아가지 말라고 말했는데요."

"아, 그분이 아닙니다." 그는 간격이 좁은 회녹색 눈으로 곤돌라의 알루미늄 천장에 시선을 던졌다. "그 사람들이에요. 밖에 있는 사람들 말이죠. 계속해서 내게 속삭이고 있어요. 그들에게 해답이 필요하니, 내가 그 답을 제공해야 해요. 설사 내가 다 소진돼 버린다 할지라도 말입니다."

"해답이라고요?" 나는 그의 환상에 비위를 맞춰주게 될 수도 있는 위험을 감수하며 조심스럽게 물었다.

"기하학 문제입니다, 박사님." 그는 자신의 공책을 내 앞으로 내밀었다. "위상학! 구의 내전 문제 말입니다! 내가 거의 풀었다는 걸 모르겠어요? 나는 그저 버나드 모린*의 발자취를 따라가고 있다는 사실은 알아요. 하지만 데메테르호에 실려있는 책은 한정적이고, 아무도 내가 전신기를 사용해서 다른 사람에게 방정식을 보내 달라고 요청하도록 허락하지 않습니다. 그래서 내가 모든 조각을 직접 모아야 합니다." 그는 주먹을 쥐고 이마에 맺힌 땀을 가볍게 두드렸다. "그 역시 거의 알아냈어요. 여기 있는 것만으로 도움이 되는 걸요. 조금은 말이죠."

"여기라면 어디를 말하는 거죠?"

"구체 안 말입니다. 우리가 한 일이잖아요? 구체에 터널을 뚫었어요. 그 표면 아래에 무엇이 있든 상관없이 말이죠. 박사님이 라모스 대령님에게 구멍을 뚫은 것처럼 말입니다."

"나는 그에게 구멍을 뚫지 않았어요." 나는 떨리는 몸을 억누르며 말했다. "지금은 라듐 시대라고요! 이제 그런 미개한 짓은 할 필요가 없습니다. 언젠가는, 지금으로부터 오래 지나지 않아, 사람을 절개해 본 의사는 역사 속으로 사라질 겁니다." 나는 손에 닿지 않는 곳 바로 지척에 있는 어떤 것 때문에 괴로워하며 눈을 가늘게 떴다. "그런데 내가 천공술을 실시했다는 생각은 어떻게 하게 된 겁니까?"

"모르겠습니다." 뒤팽은 정신이 산만한 모습으로 말했다. "전혀 중요한 문제가 아닙니다. 중요한 건 이거죠. 내 머리가 아픈 이유는 이것 때문입니다." 그는 주먹을 쥔 손으로 공책을 문질렀다. 그 바람에 원래대로

• 20세기 프랑스의 수학자. 구면 전환에 대한 연구로 잘 알려져 있다. 구면 전환 과정의 대칭적인 중간 단계인 모린 표면을 제시하면서, 해당 주제에 대한 시각적인 직관을 높이는 데 기여했다. 앞선 대목에서 뒤팽이 만든 종이 구체 역시 모린 표면 중 한 형태다.

라면 완벽할 정도로 깔끔했던, 그가 그려놓은 기하학적인 도형들이 번져버리고 말았다. 원, 구체, 뒤틀린 꽃이나 매듭처럼 엉켜있는 문어 같은 형태였다. "이른바 '참된 역설'이라고 하는 겁니다, 박사님. 모든 사람이 상식적으로 불가능하다고 말하지만, 사실은 전혀 불가능하지 않은 것 말입니다."

"뭐가 불가능하지 않다는 겁니까?"

"구체의 안쪽을 바깥으로 뒤집는 것 말입니다. 박사님은 그런 일이 불가능하다고 말하죠. 다들 그렇게 말합니다. 하지만 가능합니다."

"그게 가능한지 불가능한지조차 모르겠습니다. 하지만 딱 하나 확신할 수 있는 게 있습니다. 당신은 좀 쉬는 게 좋을 겁니다."

"그럴 겁니다. 그들이 허락해 준다면 말이죠." 뒤팽이 대답했다.

"그들이라고요?"

"나를 다른 이들처럼 잠들게 하지 못하는 자들 말입니다!"

"이제 정말로 당신이 걱정되는데요."

"그 친구가 일을 하도록 내버려 둬요." 프리치 브루커가 질책했다. 그는 두피 위로 이상하게 묶은 검정색 머리카락을 한 줄기 늘어뜨린 기업가로, 우리는 남극대륙을 지나는 긴 몇 주 동안 그의 축음기에서 흘러나오는 불협화음에 대한 독특한 취향에 익숙해졌다.

"그가 자신의 일에 몰두하는 건 굉장히 반갑습니다." 내가 대꾸했다. "하지만 그의 건강을 희생하면서까지 할 일은 아닙니다. 그가 언제 머리를 쉬게 해야 하는지 모른다는 이유만으로 신호탄처럼 불타버리게 할 생각은 없습니다. 여러분 중 누가 그를 그토록 몰아세우는 건지…."

"발견!" 정찰수 한 명이 외쳤다. "지근거리, 그러니까 전방 50미터 정도입니다, 선장님!"

반 부흐트는 침울한 목소리로 외쳤다. "모든 엔진 정지!"

사람들이 곤돌라의 전방 창문에 얼굴을 짓누르며 바깥을 내다봤다. 우리는 끔찍한 공동 속을 바라보다가 가슴 속의 심장이 멎어버릴 것 같았다. 빛이 닿는 곳이 있었다! 탐조등 불빛이 천장에서 불거져 나온 어떤 것의 가장자리를 스치고 지나갔다. 이번에는 바위나 얼음이 튀어나온 것이 아니었다. 그보다 훨씬 더 큰 존재였고, 인공적인 것에서 비롯된 묘한 특징을 모조리 갖추고 있었다.

"**구조물**이야!" 토폴스키가 흥분해서 턱수염을 잡아당기며 외쳤다. "마침내 내가 찾던 **구조물**을 발견했어! 에이다! 즉시 기사를 수정해! 이전에 쓴 내용은 지워버리고 새로운 내용을 넣도록 해! 새 표제는 이렇게 하지. '토폴스키가 지구의 공동에서 거꾸로 된 요새를 발견하다! 이제 모든 역사책은 쓸모없어졌다!'"

"이제 심스는 거론하지 않는 건가요?" 코실은 노란색 연필 끝을 씹으며 물었다.

"그는 각주에 실리는 걸로 만족해야 할 거야. 잔혹한 일이 딱 한 번 일어나는 바람에, 그는 이제 발견이라는 대륙의 먼지투성이 변방으로 추방당하게 됐군! 지구 속이 비어있다는 추측은 누구라도 할 수 있었겠지. 그러다가 토폴스키가 저 **구조물**을 발견했어!"

"이전에 잠깐이라도 봤던 사람들이 분명 있었을 겁니다. 그렇지 않았다면 대장님이 저걸 찾아내는 데 그토록 노력을 기울였을 리가 없으니까요." 내가 말했다.

"카메라를 구멍 아래로 내려서 거친 감광판 몇 장에 빛의 얼룩 몇 개를 건진 건 일반적인 상식에서 발견이라는 범주에 들어가지 않아, 코드. 안개 낀 해안선을 처음 본 게 갈매기라고 해서, 갈매기가 아메리카 대륙을 발견했다고 할 수 있을까?" 그는 브루커를 향해 중얼거렸다. "저 빌어먹을 자식은 매번 나를 깎아내리지 못해 안달이라니까. 애초에 왜 의사가 필요했던 거지?"

이 대화를 우연히 듣게 된 라모스가 입을 열었다. "그가 없었다면 나는 이 자리에 서있지 못했을 겁니다. 그러니 그의 일을 과소평가하지 않는 게 좋을 것 같군요. 특히 그가 여전히 필요할지도 모르는 상황에서는 말입니다."

"선장님." 토폴스키는 무리하게 인내심을 발휘하며 말했다. "제발 좀 더 가까이 접근합시다! 세상이 이 소중한 지식을 얻기를 간절히 기다리고 있는데, 우리가 미적거리는 만큼 그 순간이 더 지체되고 말 겁니다!"

선장은 잠시 아무 말도 하지 않았다. 그러다가 이윽고 조심스럽게 고개를 끄덕이며 입을 열었다. "미속 전진."

14

비행선에서 극도로 조심하지 않으며 실행하는 일은 하나도 없었다. 이 격언은 지구의 원래 표면 밑으로 수 킬로미터 내려가, 위로는 바위로 뒤덮인 하늘과 아래로는 바닥이 없는 암흑의 바다 사이에서, 특히나 도움 받을 수 있을 가능성이 극히 희박한 상태로 수소를 가득 채운 채 나는 비행선에서는 유념해야 할 말이었다. 우리는 극도의 두려움에 사로잡힌 채 전진했기 때문에 걸어갈 때보다 특별히 더 빠르지 않은 속도로 그 **구조물**을 향해 이동했다. 비행선의 엔진에서 비롯된 진동이 천장에 부딪쳐 되돌아오며 끔찍한 메아리와 공명을 만들어냈다. 만약 이곳에 유령이 존재했다면, 지금쯤 반드시 그들을 깨웠을 터였다. 하지만 우리는 탐험을 하러 왔기 때문에 망자의 집에 접근하는 침입자처럼 불안해하면서도 과학적 사명에 고무된 채 슬금슬금 다가갔다. 그 목표물에 한 걸음씩 가까워지는 일은 저속한 미신에 대한 지성의 승리였다. 그리고 우리의 탐조등이 심연을 더듬으며 목표물에 좀 더 많은 빛을 비추기 시작하면서, 우리의 집단적 의지는 보상을 받았다.

그 모습은 설명하기 어려웠다. 익숙한 경험으로 알고 있는 것과는 아무런 상관이 없는 형태였기 때문이다. 그것은 그 어떤 요새와도, 심지어 뒤집어 놓은 요새와도 전혀 닮은 구석이 없었다. 어쩌면 히에로니무스 보스*

• 15세기 네덜란드 출신 화가로, 후대의 초현실주의에 상당한 영향을 끼쳤다.

같은 초현실적인 화풍의 화가들이 그린 정신 나간 바벨탑 같은 것을 떠올릴 수 있을지도 몰랐다. 따개비나 종유석의 형태도 아니었다. 샹들리에, 또는 성체가 반쯤 모습을 드러낸 구더기와도 닮은 구석이 별로 없었다.

그것은 모습을 드러냈다고도, 드러내는 중이라고도, 반은 천장에 박히고 반은 밖으로 드러나서 일부만 공동 쪽으로 뻗어있는 상태라고도 할 수 있었다. 저 위쪽에서 얼마나 바위에 묻혀있는지는 추측밖에 할 수 없었지만, 눈에 보이는 부분은 데메테르호보다 훨씬 컸다. 천장에서 500미터 가까이 아래로 뻗어있었으며, 가장 넓은 지점의 너비도 그와 거의 같았다. 탐조등 불빛 아래로 보니 두 종류의 표면이 서로 구분되는 영역에 배치돼 있었다. 하나는 매끄러웠고, 주석처럼 회색 광택이 났으며, 비늘무늬가 희미하게 보였다. 다른 하나는 방어용 가시, 혹은 첨탑이 빽빽하게 돌출된 밀도 높은 도시 풍경 같았다. 이러한 영역은 목표물 전체에 걸쳐 서로를 공유하듯 연결돼 있어서, 우리가 아직 이해할 수 없는 어떤 합리성이나 조직적인 원리를 암시하고 있었다.

그 형태는 지극히 뭉뚱그려서 비유하지 않고는 도저히 설명할 수 없었다. 날개가 넓은 프로펠러와 약간 비슷했고, 똬리를 튼 비단뱀과도 약간 비슷했으며, 이전의 형태를 찾아볼 수 없을 정도로 뒤틀고 또 뒤틀어 버린 엿 조각과도 약간 비슷했다. 돌출된 부분, 둥글게 부푼 부분, 오목한 부분들은 저마다 매끄럽기도 하고 가시가 돋치기도 했지만, 두 가지가 혼합된 곳은 전혀 보이지 않았다.

우리는 목표물을 천천히 일주하기 시작했다. 코실은 필름 릴을 노출하면서 자기 자신까지 위험에 노출했다. 뒤팽은 스케치를 하다가 중얼거렸고, 또 스케치를 하다가 종이를 찢어버리고는 다시 중얼거렸다. 이전처럼 격렬하면서도 정확하게 그림을 그렸지만, 그 형태의 어떤 특징이 그의 노력을 무산시키고 말았다. 그 목표물은 특정 부분이 변화하는 모습을 보여줄 뿐만 아니라, 그 자체가 하나의 가짜 형태에서 다른 형태로 천천히 흘러가는 것 같았다. 결국 이런 노력은 뒤팽조차 감당하기 어려울 정도로 힘들어, 그는 기운을 잃은 나머지 횡설수설하는 일종의 발작 상태에 빠져버렸다. 그리하여 나는 그에게 무기한 침대에서 나오지 말라고 명령했다. 그가 자신을 이런 광기로 몰아가는 사람이 누구라고 생각하는지 알 수 없었지만, 나는 사람들의 건강을 돌볼 의무가 있었다.

"그 표면에 뭔가 있습니다." 내가 거의 억지로 그를 침상에 눕히려 하자, 그는 이렇게 말했다. 그의 피부는 번들거렸고, 잠옷은 이미 땀에 흠뻑 젖어있었다. "그것들은 이전 형태의 그림자이자 초기 배열의 유물인 것 같아요. 만약 하나가 들어가면 하나는 나와야… 아, 내 책이 있으면 얼마나 좋을까!"

나는 그의 이마를 짚었다. 마치 용광로 같았다. "제발 좀 쉬도록 해요." 내가 조언했다.

"쉬고 싶지만 그럴 수 없어요! 너무 중요한 일이라고요!"

"쉬는 것보다 더 중요한 건 없습니다." 나는 강하게 대꾸했다.

"그들이 내 머리를 필요로 합니다."

"레이몽, 그들이 누구인지는 몰라도 그들에게 더 이상 신경을 쓰지 말아요." 나는 감당할 수 있는 한도 내에서 최대한 목소리를 높였다. "나는 당신의 의사고, 이걸로 다 끝입니다."

데메테르호에 열병이 창궐하는 일은 절대로 일어나서는 안 되지만, 지금까지 그로 인해 고통받는 사람은, 그것도 지속적으로 고통받는 사람은 뒤팽이 유일한 듯 보였다. 그 고통의 원인이 과로 외에 또 무엇이든, 나는 그 요인이 그의 내부에서 비롯됐다고 확신했다.

"당신은 이것이 내게 어떤 의미인지 이해하지 못해요." 뒤팽은 처량하게 말했다. "당신은 이해할 수 없어요. 내가 아닌 이상 아무도 그럴 수 없습니다."

"당신의 문제를 그렇게 간절하게 해결하고 싶어 한다는 건 알겠어요. 하지만 삶과 죽음 중 하나를 선택해야 하는 상황이라면, 그 문제를 푸는 게 정말 중요할까요? 당신이 이 수수께끼의 해답을 찾기 위해 치명적일 정도로 기력을 소진한다면, 그 뒤에 찾아올 영광을 누리지 못할 겁니다."

"하지만 그들은 그래도 내가 한 일을 알아줄 겁니다." 뒤팽이 대답했다. "나는 그걸로 충분해요. 어떤 수학자라도 그렇게 생각할 겁니다." 그는 점점 더 이해할 수 없다는 표정으로 나를 응시했다. 마치 망상에 사로잡힌 쪽은 나라는 듯한 표정이었다. "전혀 모르겠어요?"

"그럴 수 있으면 좋겠군요, 레이몽." 나는 가능한 한 친절하게 대답했다. "적어도 기력을 회복하려고 노력은 해주겠어요?"

"알겠습니다." 그의 말은 지극히 공허한 약속처럼 들릴 뿐이었다.

공허한 약속이라 할지라도 아무 약속도 하지 않는 것보다는 나았고, 또 더 이상 설득해 봐야 아무런 소용이 없을 것 같았다. 나는 그를 혼자 있게 두는 편이 최선이라는 결론을 내렸다. 어쩌면 피로의 자연스러운 과정이 이뤄져, 그의 정신노동이 일시적으로 중단될지도 몰랐다. 그는 결국 잠을 자야 했다. 그의 꿈이 숫자와 곡선으로 가득 차있다 할지라도, 적어도 그의 머릿속 일부는 휴식을 취하게 될 터였다.

나는 내 노력의 결과에 만족할 수 없었다. 하지만 더 이상 할 수 있는 일이 없다고 생각하며 그의 선실에서 나왔다. 그렇게 조종실로 돌아가던 중에 다른 비행선이 시야에 들어왔다.

다른 비행선의 등장은 전혀 예상하지 못한 전개였다. 우리는 여전히 첫 번째 일주를 마무리하는 중이었고, 그 순간까지도 다른 비행선은 우리 시야에서 완전히 감춰져 있었다. 곧이어 공황 상태에 가까운 일이 뒤따랐다. 승무원들은 이미 긴장한 상태였기 때문에, 그 비행선이 처음 시야에 들어오자 감각이 고조된 나머지 순식간에 움직였다. 곤돌라를 흔들며 자신의 위치로 달려간 그들은 이후 행동에 대비했다.

하지만 경쟁 원정대가 우리에게 위험을 초래하지 않으리라는 사실은 순식간에 명백히 드러났다. 방해꾼의 모습이 좀 더 시야에 들어오자, 우리는 그것이 일종의 난파선이며 움직일 수 없는 상태라서 데메테르호에 위협을 가할 그 어떤 가능성도 없다는 사실을 깨달았다.

그 비행선은 데메테르호보다 좀 더 작고 오래된 기종이었다. 기낭은 눈에 띄게 뾰족했고 선정적인 색이었으며, 물고기를 닮은 거대한 꼬리가 달려있었다. 비행선은 구조물의 매끄러운 표면 한 곳에 단단히 짓눌린 채, 그 단단한 덩어리와 천장 사이에 끼어있었다. 케이블이나 밧줄처럼 비행선을 그 자리에 고정시킬 만한 것은 보이지 않았기 때문에 기낭에는 비행선을 그 자리에 밀어붙이기에 충분한 가스가 남아있는 것이 분명했다. 하지만 이는 기적이었다. 왜냐하면 선체가 전부 끔찍할 정도로 찌그러졌고, 엔진, 지주, 곤돌라 할 것 없이 모두 작동 가능성이 없을 정도로 망가졌기 때문이다. 그 천장이 아니었더라면, 비행선은 분명히 좀 더 높은 공중에서 좌초해 기낭이 파열된 채 조각 나 추락했을 터였다.

"함명이 적혀있군요." 머거트로이드는 해군용 회색 쌍안경을 들어 하나 남은 눈에 가져다 대며 말했다. "유… 유로파. 함명은 유로파호입니다."

반 부흐트가 토폴스키에게 말했다. "내 기억을 되살려 주시죠, 대장님. 그 사진용 감광판을 당신에게 제공한 원정대의 이름이 무엇이었습니까?"

"그 이름이 무슨 의미가 있습니까?" 토폴스키가 말했다.

"당신은 먼저 떠났던 비행선이 사고를 당했다는 말은 하지 않았습니다."

토폴스키는 두 팔을 활짝 펼쳤다. "물어보지 않았으니까요, 선장님!"

"당신은 우리가 다른 사람들이 안전하게 돌아왔다고 추정하도록 유도했습니다. 우리가 그렇게 생각하기를 바랐고, 단 한 번도 오해를 바로잡으려 하지 않았습니다." 선장은 라모스 대령에게 고개를 돌렸다. "이 문제에 대해 할 말이 있습니까? 당신은 명예를 아는 사람처럼 보입니다만."

"명예에 대해서라면 다른 사람들이 판단할 문제입니다." 라모스가 대답했다. "하지만 이 정도는 말할 수 있을 것 같군요. 나는 다른 비행선에 대해서는 전혀 몰랐습니다."

"그렇다면 당신도 우리처럼 철두철미하게 속아 넘어갔군요."

"속아 넘어갔다는 말은 좀 심하지 않습니까!" 토폴스키는 흥분해서 더듬거리며 말했다.

"내 머릿속에 실제로 떠오른 생각을 말로 표현하지 않아서 다행이군요. 이제 우리의 계약은 무효입니다, 대장님. 라모스 대령은 이 점에 대해 아무런 이의를 제기하지 않으리라 믿습니다."

"선장님은 그럴 권리가 있습니다." 멕시코인이 말했다.

"좋습니다. 머거트로이드, 토폴스키 대장님을 그의 선실로 안내해 주겠나? 우리 계약조항에 따라, 남은 시간 동안 그를 선실에 억류하게. 고의로 원정대를 위험에 빠뜨리거나 데메테르호와 승무원들의 안전에 관련된 정보를 숨긴 자는 구금돼야 하니까."

"그건 폭거입니다!" 토폴스키가 말했다.

"우리가 동의한 사항입니다." 라모스가 대꾸했다. "내가 데리고 가겠습니다, 헨리. 나는 그와 할 이야기가 많습니다."

"그는 총을 갖고 있습니다." 내가 말했다. 내가 갑자기 끼어들자 모두들 깜짝 놀라 나를 바라봤다. 그들이 깜짝 놀랐다면, 나 역시 마찬가지였다.

"대체 무슨 말을 지껄이는 거야, 코드?" 토폴스키가 으르렁댔다.

"그는 굉장히 작은 권총을 몸에 지니고 다닙니다." 나는 당황하고 혼란스러운 채로 말을 이었다. "내… 내 눈으로 봤습니다. 그는 그 총을 꺼내서…." 하지만 말꼬리를 흐리고 말았다. 내가 하려던 주장은 터무니없었기 때문이다. 그는 총을 *꺼내 나를 살해했습니다.* "조심하세요, 대령님."

"만약 총을 소지한 채 수소가 가득 찬 비행선에 승선했다면 또 다른 혐의가 추가됩니다." 반 부흐트가 말했다. "그리고 나는 그 점을 용납하기가 훨씬 어렵군요."

라모스는 토폴스키를 데리고 그의 선실로 돌아갔다. 머거트로이드가 그와 동행한 까닭은, 이 멕시코인의 명예를 존중하지 않기 때문이 아니라 그가 제압당할 경우를 대비해서였다. 나는 유로파호에 대한 토폴스키의 거짓말이 도로 통로를 타고 올라가 바깥세상의 멀쩡한 햇빛 속으로 돌아가게 해줄 구실이 될 수 있을지 궁금해하며 곤돌라 안에서 기다렸다. 하지만 반 부흐트는 조용히 부하들을 불러 그 구조물과 난파선, 양쪽에 더 가까이 접근하기 위한 다양한 전략을 논의했다.

"그의 대의명분을 포기하지 않는 겁니까?" 나는 조심스럽게 물었다.

"그는 자신의 대의명분을 스스로 저버렸어, 사일러스. 하지만 우리는 비행선을 타는 항공비행사야." 그는 고갯짓으로 다른 비행선의 잔해를 가리켰다. "그들 역시 비행사지. 우리 사이에는 형제애가 자리 잡고 있어. 그들의 시체를 이 황량한 지옥에 두고 가지 않을 거야."

✷

데메테르호는 천장에 달라붙은 채 정박했다. 여러 문제가 산적한 복잡한 작업이었지만, 승무원들이 미처 대비하지 못한 일은 아니었다. 모틀락과 그의 부하들은 사다리와 갈고리, 드릴 등을 들고 기낭 위로 올라가 우리 위에 자리 잡은 바위에 암석용 못을 박았다. 그 작업을 완료하는 데 열두 시간이 걸렸다. 그러는 동안 바위나 얼음 덩어리가 떨어져 우리를 찌를지도 모르는 위험은 항상 존재했다. 하지만 흩어진 잔해들이 몇 번인가 후드득 떨어진 경우를 제외하면 천장은 온전하게 유지됐다. 나는 우리 머리 위로 상상도 할 수 없는 크기의 바위가 매달려 있다는 점을 고려하면 충분히 그럴 수 있다고 생각했다. 그러면서 차라리 그 점을 고려하지 않았으면 좋았으리라 생각했다.

데메테르호를 고정하는 필수적인 작업이 완료되자, 두 번째 작업이자 문제가 발생할 소지가 더욱 다분한 일이 시작됐다. 우리는 유로파호에서 약 120미터 떨어진 곳에 정박했는데, **구조물**의 불분명한 특성을 고려했을 때 반 부흐트가 최대한 접근 가능하다고 결정한 거리였다. 이는 어떤 식으로든 그 사이의 거리를 이어야 한다는 뜻이었다. 그 작업 역시 사전에 대비해 뒀다. 승무원들은 기낭에서부터 시작해서 각고의 노력으로 빈틈없이 천천히 작업을 진행했다. 그들은 좀 더 작은 암석용 못을 한 쌍 이뤄 약 3미터 간격으로 천장에 고정했다. 일종의 밧줄 다리를 매달기 위해서였다. 다리는 한 번에 한 칸씩 확장하는 것이 고작이었고, 못을 박는 사람들은 한쪽 끝만 고정해 둔 발판 위 최후의 안전장치 밖으로 몸을 내밀며 작업을 해야 했다. 하지만 그들은 비행사였다. 오랜 시간 이 일에 종사하면서 현재의 실제 고도를 쾌활하게 무시해 버리는 기질을 키워온 사람들이었다. 그들은 일하는 와중에도 휘파람을 불었고, 마치 그 조잡한 나무 지지대가 역사상 가장 튼튼하고 넓은 고속도로라도 된 것처럼 그 위에서 한가로이 앞뒤로 걸음을 옮겼다.

나는 불가피한 사고가 발생할 경우를 대비해서 그들을 지켜봤지만, 그것만으로도 견디기 어려웠다. 그래서 라모스가 나와 이야기를 나눌 수 있는지 물어보자 다소 마음이 진정됐다. 나는 그에게 몇 분 후에 내 선실에서 만나자고 대답하고는, 그가 도착하기도 전에 이미 그곳에 가서 그를 기다렸다.

"분명히 당신에게는 힘든 일일 테죠." 나는 그에게 자리에 앉으라고 권하며 스카치 위스키 한 잔을 따라줬다. "당신은 그를 믿었을 테지만, 우리 모두가 그랬습니다. 내 생각에 누구라도 당신만큼 그 문제에 잘 대처하기는 어려웠을 겁니다."

"골치 아픈 손님을 모시는 건 처음이 아니니까." 라모스는 술잔을 받아 들며 말했다. "우연히도 그 손님 역시 러시아인이었지만, 우리 물주와는 배경이 전혀 달랐지."

그가 그 사건을 한두 번 넌지시 언급했던 적이 있었기 때문에, 나는 그에게 자세한 내용을 캐묻지 않는 것이 더 나으리라는 사실을 알았다. 내가 아는 것은 그 문제의 남자는 정치적 망명자였고, 최근 모국에서 대격변이 일어난 이후 멕시코로 도피해야 했으며, 이른바 라모스의 보호 아래 있다가 암살당했다는 것뿐이었다.

"골치 아픈 손님에 대해 알고 싶으면 의사에게 물어봐야 할 겁니다." 나는 속마음을 털어놨다.

그는 회복되고 있는 라듐 화상 자국을 문질렀다. "그 청년은 어때?"

"정신이 불안합니다. 집념에 사로잡혀 있기도 하고요. 어쩌면 엄청난 나르시시즘으로 과대망상에 빠졌을 수도 있습니다."

"토폴스키는 이제 그에게 너무 많은 걸 요구할 입장이 못 될 거야."

"맞습니다." 나는 고개를 끄덕였다. "하지만 그렇다 한들 뒤팽이 크게 달라질지 잘 모르겠습니다. 그에게 무슨 일이 생겼는데, 그 열병이 좀 이상하거든요. 감염 때문이라고 해도, 그 근원을 추적할 수 없습니다. 전염성이 없어 보이니까요."

"그거 하나는 다행이군."

"그가 좀 쉬었으면 좋겠는데, 그러려면 그 **구조물**에서 멀리 떨어질 필요가 있을 겁니다. **구조물**은 그에게 강력한 영향을 끼치고 있어요. 우리는 신기한 물체를 보고 있습니다. 어쩌면 다른 세계에서 온 여행자일 수도, 아래쪽에서 솟아오른 것일 수도, 외부 우주에서 추락한 것일 수도 있죠. 하지만 뒤팽은 전혀 다른 걸 보고 있습니다. 풀어야 할 수수께끼 같은 것 말입니다."

그는 내 말을 듣고 눈살을 찌푸렸다. "우리도 수수께끼에 끌리는 게 아닌가?"

"하지만 다른 것 같습니다. 이 원정은 당신의 탐험이지, 내 탐험은 아닙니다. 내가 영국을 떠난 유일한 이유는 일자리 때문이었습니다, 라모스. 벌이만 충분했다면 지방 의사로 지내는 생활에 지극히 만족했을 겁니다. 내게는 집과 아내, 너무 가까이 보이지 않는 바다 전망 정도면 충분했을 테니까요." 나는 자조적인 미소를 지었다. "호기심은 다른 사람들 몫이죠. 내가 데메테르호에 탄 이유는, 이곳에 시급히 채워야 할 결원이 발생했고, 고용조건이 거절하기에는 너무 좋았기 때문이었습니다. 하지만 이곳에 굉장히 흥미로운 수수께끼가 있다는 사실은 부인하지 않습니다. 어쩌면 굉장히 중요할지도 모르죠. 이제 내 눈으로 보고 나니, 저 **구조물**은 무엇을 위한 것인지, 어디에서 왔는지, 누가 보낸 것인지 알고 싶습니다. 인간이라면 당연히 가질 기본적인 궁금증이죠."

"나도 마찬가지야."

"하지만 뒤팽이 같은 생각을 하는지는 잘 모르겠습니다. 그의 관심사는 특정 수수께끼를 푸는 일에서 시작하고 끝나는 것 같습니다. 기하학에 관련된 것 말이죠. 그는 **구조물**에서 수수께끼나 지그소 퍼즐처럼 풀어야 할 어떤 것을 보고, 그의 관심사는 그 해답을 찾아내는 것 이상을 넘어서지 않습니다."

"우리는 다르다는 말이야?"

"다릅니다." 나는 딱 잘라 말했다. "만약 당신이 사막에서 두 사람이 체스를 두는 광경을 본다면 그 게임의 최종 결과에 궁금증이 들까요? 아니면 저 사람들은 누구일까, 어째서 사막에서 체스를 두고 있을까, 누가 그들을 보냈을까, 그들은 여기 오고 싶었을까 같은 걸 궁금해할까요?"

"뒤팽이라면 그런 걸 궁금해하지 않았을 거야." 라모스는 살짝 고개를 끄덕이며 동의했다. "하지만 첫 번째 궁금증은, 만약 그가 해답을 찾아낼 수 없다면 그를 미치기 직전까지 몰아붙일 테지."

"나는 그 청년이 좋습니다. 그는 정직한 사람이니, 나는 그에게 친절하려고 애를 썼습니다."

"당신은 언제나 친절하지, 사일러스. 하지만 이제 이상한 질문으로 당신을 괴롭혀야 해."

나는 이 대화를 요청한 사람이 그였다는 사실을 떠올리며 고개를 끄덕였다. "무슨 일입니까?"

라모스는 호주머니를 뒤져 어떤 물건을 꺼냈다. 그의 손바닥 위에 올려놓으니, 내 손바닥 위에 올려놓는 것보다 훨씬 우스꽝스럽고 장난감처럼 보였다.

"조그만 권총이군요." 내가 말했다.

"데린저 95번 모델이야. 크기만 보고 속지 말도록 해. 이래 봬도 문제없이 사람을 죽일 수 있으니까." 그는 확실히 거리를 두는 듯한 시선으로 그 총을 바라봤다. "사실은 두 명까지 죽일 수 있지."

"그에게서 이 총을 찾아냈습니까?"

"그래. 머거트로이드가 그를 가두기 위해 선실 열쇠를 찾느라 잠시 주의를 빼앗긴 사이에, 재빨리 움직여서 그를 수색할 수 있었어."

"헨리에게는 말하지 않았군요."

"반 부흐트에게도 말하지 않았어. 내 계약서에 따르면 그렇게 할 의무가 없었고, 토폴스키는 그 상태로도 충분히 곤경에 처해있다고 생각하니까." 그는 손가락으로 뭉툭한 작은 총을 감쌌다. "위험은 무력화됐어. 그가 총알을 더 갖고 있을지도 모르지만, 이게 그가 지니고 있던 유일한 권총이라는 건 확실해." 그는 내 선실 창문 너머의 어둠을 향해 고갯짓을 했다. "확실한 방법으로 처리할 거야. 만약 아래쪽에 혈거인 같은 이들이 산다면, 그들은 이 총을 신이 내려준 괜찮은 장신구로 여길지도 모르겠군."

"여기 오기 전에 처분할 수도 있었을 텐데요."

"당신이 이 총을 보기를 바랐어. 그러면 우리 둘 다 그 사건에 대해 확신할 수 있을 테니까."

"사건이라고요?"

"당신은 이 무기에 대해 알고 있었어. 그가 이 총을 수중에 갖고 다닌다고 내게 정확히 경고했지."

내게는 인정 외에 다른 선택지가 없었다. "맞습니다."

"어떻게 알 수 있었을까? 이 총은 잘 숨겨져 있었어. 나는 다른 사람들의 무장 여부를 관찰하면서 평생을 보냈고, 그 결과 사람들이 무기를 숨겨놓고 다니는 징후를 파악하는 데 굉장히 능숙해졌지. 하지만 그가 이 권총을 지니고 있다는 사실은 지금까지 전혀 몰랐어. 사실 데린저 95번 모델은 들키기 어렵게끔 만든 총이기는 하지만…. 그래도 당신은 알고 있었어." 그는 탐색하는 듯한 시선으로 나를 바라봤다. "어떻게 알

앉지?"

"모르겠습니다. 그리고 만약 내가 어떻게 알 수 있었는지 설명하려고 시도하면 당신이 선장님께 나를 임무에서 물러나게 해달라고 요청할까 봐 두렵군요."

"말해줘, 사일러스."

"그가 권총을 갖고 있다는 사실을 알고 있었던 까닭은, 그가 그 권총을 사용했던 걸 기억하기 때문입니다." 나는 그의 얼굴을 바라보며, 그가 자신도 모르는 사이에 감정을 드러낼 순간을 예의주시했다. 반드시 그렇게 될 터였기 때문이다. "해변에서 있었던 일입니다. 해안선은 바위투성이였죠. 추운 곳이었는데… 파타고니아였던 것 같습니다. 당신은 그가 거짓말했다는 사실을 알고 화가 난 상태였습니다. 지금 우리가 알게 된 거짓말 말입니다."

"유로파호에 대한 거짓말 말이야?"

"그렇습니다." 나는 흉중에 품은 모든 것을 털어놓기로 마음먹으며 이렇게 단언했다. "하지만 유로파호는 비행선이 아니었습니다. 증기선이었죠. 그전에도 훨씬 이전 시대의 유로파호가 있었는데, 그때는 그저 범선일 뿐이었습니다. 그때 우리는 베르겐 북쪽에 있었습니다. 그리고 우리도 똑같은 사람들이 아니었죠. 당신도 거기 있었고, 나도 거기 있었고, 다른 사람들도 거기 있었지만, 우리는 다른 사람들이었습니다." 나는 내가 받은 인상을 전달하는 동시에 완전히 미쳐버린 사람이 하는 말로 들리지 않게끔 악전고투하면서 얼굴을 찡그렸다. "우리의 이름은 똑같았고, 성격 같은 점들도 마찬가지였습니다. 당신은 항상 멕시코 출신이었지만, 세부적인 인생사는 이야기에 맞게 바뀌었죠."

"이야기라….." 그는 내 말을 반복했다.

"당신은 내가 허황된 상상과 현실을 혼동하고 있다고 생각할 겁니다."

"그렇게 생각할 수도 있겠지." 그는 잠시 침묵한 후 말을 이었다. "하지만 나 역시 다양한 장소와 선박에 대한 기억 때문에 혼란스러운 상태야."

나는 익사하는 사람이 유목을 붙잡듯 그의 소매를 붙들었다. "말해봐요, 대령님!"

"나는 당신만큼 그런 기억에 심하게 시달리지는 않은 것 같군." 그는 자신의 가슴에 손가락을 가져다 댔다. "나는 내가 누구인지, 무엇 때문에 여기 왔는지 알아. 하지만 잠깐씩 보이는 것들이 있어." 그는 내 광기에 자신의 몸을 맡기기 전에 잠시 말을 멈추고 숨을 크게 쉬었다. "그 해안선은 기억이 나. 섬광처럼 언뜻언뜻 보여. 어떻게 그런 일이 가능한지 모르겠지만 기억이 나기는 해. 당신은 다쳤고, 우리는 다 함께 몰살당하기 직전이었지."

나는 엄청난 안도의 한숨을 쉬었다. "우리 둘 다 정신이 나간 거라면, 적어도 하나의 망상을 공유하고 있기는 하군요."

"우리 둘밖에 없어?"

"모르겠습니다. 에이다 코실에게 뭔가 특별한 게 있습니다. 뒤팽 역시 마찬가지고요."

"그런 열병을 앓고 있다면, 소설과 현실을 구분하기 어려워하는 것도 당연하지."

"그럴 겁니다." 나는 그의 말에 동의했다. "하지만 그는 이런 말도 했습니다. 내가 천공기구를 이용해서 당신을 수술했다고요! 나는 그 말을 무시해 버렸습니다. 무시하고 싶었죠. 하지만 그 내용 중에서 끔찍한 부분이 내 기억과 일치했습니다. 천공기구가 기억나요. 아름다운 프랑스제 상자 속에 들어있었죠. 내 손가락 사이로 그 감촉이 기억납니다."

"나는 기억나지 않아. 하지만 당신에게 한 번 이상 목숨을 빚졌다는 느낌이 들어. 이건…." 그는 다시 한번 라듐 화상 부위를 문질렀다. "빚진 것들 중 가장 최근에 일어난 일인 것 같아. 이상한 일이 우리에게 일어나고 있어, 사일러스."

"정말 그렇습니다."

그는 단서를 찾아 주변을 둘러봤다. "우리 급수시설에 문제가 있을 가능성은? 환각을 일으키는 세균이라도? 승무원 전원에게 실시하는 일종의 심리학 실험일까? 그들은 우리가 잠든 사이에 우리 귀에 이런 것들을 속삭여 믿게 하면서 우리가 얼마나 쉽게 무너지는지 알아보려는 걸까?"

"모르겠습니다. 그런데 '그들'이 누구일까요?"

"이런 문제를 어떻게 풀어나갈 수 있을지 모르겠군."

"나도 마찬가지입니다. 하지만 당신은 모든 사람과 대화를 나눠보지 않았습니까? 그리고 아마 토폴스키에 대해서는 우리 중 그 누구보다 잘 알고 있을 겁니다. 내가 그 권총을 언급하자, 그는 다른 사람들만큼 깜짝 놀란 것처럼 보였습니다."

라모스는 고개를 푹 숙였다.

"그래."

"마치 자신의 비밀은 안전하다고 생각했던 것처럼 말이죠. 다른 사람이 그 데린저 권총을 어떻게 알았는지 도무지 상상할 수 없는 것처럼 말입니다."

"그가 과거 이야기 속에 등장하는데도 불구하고, 그는 그 이야기에 대한 기억이 전혀 없는 것 같아?"

"그런 것 같습니다. 그 점은 모틀락도 마찬가지고, 내가 아는 한 반부흐트나 머거트로이드, 브루커, 그 외 다른 승무원들도 다를 바 없습니다. 이 이상한 상황에서 특별히 이상한 부분을 하나 꼽자면, 바로 그 지점입니다. 당신과 나는 그 몇몇 이야기 속에 등장하고, 비록 불완전할지라도 그에 대한 지식을 일부 유지하기 시작했습니다." 나는 내 입에서 터져 나오는 미친 소리에 놀라며 고개를 저었다. "대령님, 만약 당신이 지금처럼 내 친구가 되지 않았더라면, 나는 속마음을 털어놓을 용기를 내지 못했을 겁니다. 우리가 상대를 불쾌하게 만드는 일을 피하기 위해 서로 비위를 맞춰주고 있는 게 아니기를 바랍니다."

"그런 건 아니야." 그는 침울하게 말했다. "실제 상황이야. 하지만 이런 현상은 토폴스키는 물론이고 다른 사람들보다 우리에게 더 큰 영향을 미치는 것 같아." 그가 시선을 들어 나를 바라봤다. "당신은 코실 씨를 콕 집어 언급했어. 무엇 때문에 그녀에 대한 의혹이 생겨난 거지?"

나는 스스로에게 미소 지으며, 내가 즐거워하고 있다는 낌새를 그가 눈치챘는지 궁금해했다. 그녀는 내게 의혹 이상의 것을 불러일으키는데….

"그녀는 뭔가 알고 있습니다. 정확히 설명할 수는 없지만 그녀는 당신과 나와도, 심지어 뒤팽과도 다릅니다. 우리가 배우라면 그녀는… 배우 겸 감독, 제작자 같은 존재인 것 같아요. 내가 죽을 때마다 항상 그 자리에 있습니다. 그리고 그때마다 그녀는… 내가 무모하게 죽어버리는 것에 실망하는 듯 보입니다."

"우리 모두 그 해변에서 죽었어."

"알아요. 그리고 그 후 모두 다시 살아났습니다. 그녀를 포함해서요."

그는 손가락으로 데린저 권총을 쓰다듬었다. "이제 우리의 모든 계약은 유예됐어. 만약 그녀가 열쇠를 쥐고 있는 것 같다면, 아무도 내가 그녀에게 질문하는 걸 막을 수 없어."

나는 그의 단도직입적인 태도에 깜짝 놀라고 말았다. 보호자에서 심문관으로 이렇게 쉽게 변할 수 있다니.

"코실 씨를 심문하겠다고요?"

"적당한 때가 되면 그렇게 할 거야."

한밤의 바깥에서 비명 소리가 들리다가 이내 사라져 버렸다.

✳

한 승무원이 통로를 매다는 작업을 하던 중에 미끄러지고 말았다. 그는 자만하는 듯 보일 정도로 자신감을 내비치던 비행사로, 굳이 안전을 위해 못에 자신을 매달아 두지 않았다. 동료들은 그가 팔을 마구 휘저으며 폐에 공기가 남아있지 않을 때까지 비명을 지르며 추락하는 모습을 무기력하게 지켜봤다. 그가 떨어지는 모습이 시야에서 사라진 이후에도, 그의 비명 소리는 오랫동안 이어졌다. 사람들은 그 소리를 들으며 탐조등을 아래로 비췄지만, 그가 어딘가에 부딪치는 소리는 들리지 않았고, 그의 몸 일부조차 보이지 않았다. 그가 여전히 추락하고 있는 것 같기도 했다.

그 후로 더 이상의 사고는 없었다.

15

엔진이 다시 가동되자, 배터리를 충전해서 전기회로를 작동시키고 탐조등에 전력을 공급했다. 주방에 들어가 있으니 우리는 아직 별 하나 뜨지 않는 하늘 아래를 비행 중이라고 생각하기가 한결 수월했다.

"토폴스키 대장과 이야기를 나눴습니다." 반 부흐트 선장은 그 자리에 있는 우리 모두를 바라보며 말했다. "그는 구금 처분에 동의하지 않았고, 이는 그의 당연한 권리입니다. 하지만 우리가 먼저 온 사람들을 위해 여정을 계속할 거라는 사실을 알려주자, 다소 안도하는 모습이었습니다."

"그를 기한 없이 계속 가둬두실 겁니까?" 브루커가 물었다.

"우리가 저 비행선에서 무엇을 발견하는지에 달린, 그러니까 그가 한 거짓말의 규모가 확대되느냐, 축소되느냐에 달린 문제입니다." 그런 다음 그는 내게 말을 걸었다. "선택은 자네 몫이야, 사일러스. 하지만 그 난파선 안에 시체가 있을 수도 있고, 우리가 회수하기에는 그 숫자가 너무 많을 수도 있어. 그렇지만 그들의 친척들은 그들이 사후 검시를 받았다는 사실을 알면 다소 위안받을지도 몰라."

추락한 승무원의 비명 소리가 내 귀에 울려 퍼졌다. 나는 데메테르호에서 저쪽으로 이어진 엉성한 구조물을 이미 목격했기 때문에, 그 위를 건너가지 않을 수 있는 변명거리를 짜내기 시작했다. "기꺼이 수행하겠습니다." 나는 이렇게 대답했다. "하지만 시체들의 검시 결과가 그리 달갑지 않은 내용일 수도 있습니다."

"최선을 다하리라고 확신해, 박사." 반 부흐트는 테이블 너머로 시선을 돌렸다. "브루커 씨, 당신도 동의합니까? 원정대가 정당한 이유로 존속하는 한, 대장이 부재한 상황에서 당신이 대변인 역할을 하는 게 자연스러워 보입니다만?"

"동의합니다." 이 기업가는 독일어로 대답했다. "나도 코드 박사님이 당연히 우리와 동행하기를 바랐을 겁니다. 우리도 그 임무에서 안전하기 어려울 테니 말입니다."

"신경 써서 가능한 한 모든 예방조치를 취할 겁니다." 반 부흐트가 말했다. "사일러스, 자네는 최소한의 의료품만 갖고 가야 할 것 같군. 그 통로는 사람이 올라갈 수 있을 만큼 튼튼하지만, 지나치게 무거운 짐 없이 충분한 간격을 두고 건너야 하니까. 코실 씨, 당신의 타자기는 데메테르호에 놔두고 가야 합니다."

"괜찮아요, 선장님." 그녀는 잽싸게 수첩을 하나 꺼내 글을 적는 시늉을 했다. "이 몸은 훌륭한 정찰병만큼 준비를 마치고 왔으니까요." 그녀는 나를 쿡 찔렀다. "박사님은 어때요? 여기 남아서 진짜 중요한 일에 집중해야 하지 않을까요?"

"여기서 나를 찾을 일은 그리 많지 않을 겁니다. 뒤팽이 휴식을 취해야 하는 것만 빼면 말입니다. 나는 그에게 권고 이상은 할 수 없고, 나머지 승무원들은 지극히 건강합니다."

"뭐, 널빤지 밖으로 떨어진 그 얼간이를 빼면 말이죠."

나는 억지로 부자연스러운 미소를 지어 보였다. "유감스러운 사망 사고였고, 다시는 일어나지 않기를 바랍니다."

"사실 내가 생각하고 있는 건 환자에 대한 게 아니에요." 코실은 집요하게 말을 이었다. "그 싸구려 불쏘시개 이야기였어요, 박사님. 그러니까 당연히 당신이 쓰고 있는 소설 말이에요."

"어련하시겠습니까."

"우리는 당신의 집필 활동을 방해하면서 문학계에 심각한 불의를 저지르고 있는 게 아닐까요?"

"내가 소설을 쓰든 말든 문학계는 전혀 무관심할 거라고 확신합니다. 하지만 당신 표현에 따르면, 그 싸구려 불쏘시개에 그토록 진지한 관심을 보여줘 감사하군요."

"작업은 잘되고 있나?" 반 부흐트는 내 비직업적 활동에 평소처럼 정중하지만 옅은 관심을 보이며 물었다. 그는 내 집필 활동을 무해하지만 이해할 수 없는 것으로 여겼다.

"잘되고 있습니다. 하지만 내가 쓰는 소설은 우리가 처한 현실과 비교할 수 없을 것 같군요."

"당연히 그 행성 순찰대원들이 우리의 사소한 모험에 지지 않게 할 작정이죠?" 머거트로이드가 물었다. "그들은 지구 주변을 떠다니는 게 아니라 로켓을 타고 우주를 날아다니지 않습니까! 우리를 애타게 하지 말았으면 좋겠습니다, 박사님."

"우리가 딱 애타는 상황에 처한 것 같군요."

"어쩌면 그저 내가 멍청하기 때문일 테지만, 이야기가 어디까지 진행됐는지 기억이 안 나네요." 코실이 말했다. "우주 전함이 개구리 종족에게 습격당하기 직전이었나요, 아니면 개구리 종족이 우주 전함에게 전멸당하기 직전이었나요?"

"박사님께 계속 내용을 바꾸라고 했던 것 기억하시죠?" 모틀락은 나를 변호하느라 얼굴이 빨갛게 달아올랐다. "비난하려는 건 아니지만, 매번 그렇게 흠집을 내는 대신 박사님께서 이야기를 계속 이어나가도록 내버려두시지 그랬습니까? 그랬다면 지금쯤 끝까지 다 쓰셨을 겁니다."

나는 천으로 등받이를 댄 가벼운 의자에 앉아 몸을 긴장시켰다. "괜찮아, 모틀락. 나는 코실 씨의 비평에 신경 쓰지 않으니까. 시실은 반기는 편이지. 만약 그녀가 불평할 게 없다고 한다면, 나는 우연히 제대로 쓴 게 아닐까 걱정했을 거야."

코실은 생각에 잠겨 고개를 끄덕였다. "굉장히 특별한 문학적 접근이라는 건 확실해요. 어떤 사람들은 합리적인 비판에 미리 답해두면 장래에 고쳐 쓰는 수고를 엄청나게 덜 수 있을 거라고 말할지도 몰라요. 하지만 결국 당신이 결정할 문제일 것 같네요."

"당신 말이 맞습니다." 내가 말했다. "그리고 그 점에 대해서 말인데, 그 비판의 무게, 그러니까 사실 지극히 합리적인 비판의 무게 탓에 잠시 집필을 중단하는 걸 허락해 달라고 애원할 수밖에 없겠군요."

테이블 주변에서 신음 소리가 일제히 터져 나왔다. 코실과 반 부흐트도 그 대열에 합류했지만, 코실의 경우에는 내가 새로 쓴 글의 꼬투리를 잡을 수 없게 돼 실망한 것 같았다.

"박사님은 정말 무자비하군요, 허!" 브루커가 탄식했다. "그 열장벽 너머에 무엇이 있는지 정말 알고 싶은데!"

"동감이에요, 프리치!" 코실이 갈채를 보냈다. "우리 모두 그 뭐지…. 열 나부랭이 반대편에 무엇이 있는지 알고 싶어 좀이 쑤신다니까요."

"이미 내린 결정입니다." 나는 무겁고 단호한 태도로 말했다.

반 부흐트는 숙고하는 듯 목 안 깊은 곳에서부터 으르렁대는 말투로 말했다. "그렇다면 결정이 났군요. 여러분, 자리를 파하기 전에, 몇 시간 전에 목숨을 잃은 불쌍한 사람을 위해 잔을 들고 묵념하는 게 어떻습니까?"

"옳은 말씀입니다." 나는 내가 관심의 대상이 아니라는 사실에 반색하며 말했다.

반 부흐트는 자신의 부관을 향해 몸을 기울이며 말했다. "그 친구의 이름을 다시 말해주겠나?"

✹

아침이 되자 통로 확장이 완료돼, 우리와 유로파호 사이에 총 120미터의 거리가 연결됐다. 그 길이를 따라 통신선을 풀어서 이어놔 양쪽에서 통신이 가능해졌다. 더 중요한 것은, 몇몇 승무원이 점점 더 무거운 짐을 지고 양쪽을 왕복하면서 통로의 강도를 시험했다는 점이었다. 원정대에게도, 그리고 그 용감무쌍한 지휘부 중 잔류하는 인원에게도 그 통로는 이제 충분히 안전하다고 확답을 해줄 수 있었다.

선발대는 브루커, 라모스, 코실, 머거트로이드, 모틀락, 그리고 나로 구성됐다. 토폴스키는 계속 구금된 채였다. 뒤팽은 따라오고 싶어 했지만, 내가 그 청년은 침대에서 쉬어야 한다고 고집했고 이번만은 내 의견이 받아들여졌다.

우리는 장비를 꾸린 다음 출발했다. 기낭 사이를 통해 위쪽 통로까지 기어 올라가 새로 이어놓은 통로에 진입했다.

그렇게 건너가는 길에는 무엇 하나 즐거운 구석이 없었다. 나는 매 걸음마다 추락할지도 모른다는 공포에 시달렸다. 하지만 선발대 인원 모두가 사고 없이 이동을 완료했다. 내게는 어둠이 도움 됐다. 나는 의지력을 발휘해 그 암흑이 아무것도 존재하지 않는 곳이 아니라, 마치 석탄층처럼 우리를 짓누르는 단단한 지표면인 척 굴었다. 그 120미터는 120킬로미터보다 더 길게 느껴졌지만, 일단 완주하고 나니 다시 데메테르호로 돌아갈 수 있으리라는 사실을 확인할 수 있어서, 적어도 뾰족하게 찌르는 듯한 공포가 어느 정도 무뎌졌다.

그렇다고 마지막까지 수월했다는 뜻은 아니었다. 유로파호는 데메테르호와 다른 설계 방식으로 건조된 비행선이었다. 제각기 독립된 가스 주머니들을 서로 연결해 기낭을 구성하는 방식이 아니라, 단 하나의 기낭에 가스를 채워 넣은 방식의 구조였다. 이로 인해 통로 끝에서 줄사다리를 늘어뜨려 유로파호의 기낭 바깥쪽 직물 조직 위에 묶어놓고 이를 타고 내려가는 방법 외에는 유로파호의 내부로 들어갈 수단이 없었다. 우리는 서로를 밧줄로 단단히 연결한 채 사다리를 내려갔지만, 천장을 따라 이곳까지 건너오면서 억지로 떠올렸던 환상은 이제 완전히 산산조각 나고 말았다. 심지어 사다리의 맨 끝부분은 돌출부에 걸려있었기 때문에, 내 머리가 발보다 훨씬 더 뒤로 기울어지고 말았다. 나는 미지의 존재와 맞닥뜨릴지도 모른다는 생각은 하지도 않은 채 비교적 비슷한 구조인 유로파호의 곤돌라 내부를 보자 다소 안심이 됐다. 그 안쪽은 적어도 금속과 목재로 이뤄진 차폐물이 공동으로부터 우리를 분리시켜 줬으니까.

곤돌라는 찌그러진 채 길게 이어졌고, 창문은 바깥쪽으로 박살이 났으며, 조종장치는 끊어진 채 뒤엉켜 있어서 수리할 수 있을 가능성은 전혀 없었다. 하지만 우리가 접근하지 못할 곳은 없어 보였다. 그래서 우리는 이 배의 직물 구조가 여전히 우리의 무게를 지탱할 수 있을 정도로 상태가 온전하다는 사실을 철두철미하게 확인한 후, 담을 넘는 도둑처럼 날렵하게 유로파호 안으로 들어갔다. 먼지 한 톨 건드리고 싶지 않았기 때문이다.

우리는 생존자를 찾을 것이라는 기대는 하지 않았고, 실제로 아무도 찾을 수 없었다. 시체 역시 하나도 발견되지 않았다. 우리의 첫 번째 수색 작업은 충분히 철저하게 이뤄졌지만, 두 번째 수색 과정에서는 찬장과 사물함까지 일일이 뒤져봤다. 그리고 결론은 마찬가지였다. 만약 이 비행선의 승무원들이 천장을 타고 균열 위로 다시 기어 올라갔다고 한다면 밧줄이나 부착물 같은 흔적이 남았을 터였다. 따라서 남은 가능성은 단 두 가지였다. 그들은 느릿느릿 다가오는 죽음을 기다리는 대신 차라리 공동 속으로 몸을 던졌을지도 몰랐다. 그렇지 않다면 **구조물** 내부 어딘가에 있을 터였다.

머거트로이드는 지렛대로 보급품 상자를 열다가, 첫 번째 가능성에 대해 회의적인 의견을 밝혔다.

"침상 숫자로 미루어볼 때, 이 비행선의 승무원은 여섯 명입니다. 이 정도 크기의 비행선이라면 적당한 숫자인 것 같군요." 그는 상자에 들어 있는 식료품 상자와 통조림 사이로 손을 집어넣었다. "신중하게 계산해서 먹는다면 이 정도 식량은 여러 주 더 버티기에 충분합니다. 연유와 커피, 초콜릿까지, 우리 배급 식량이 부끄러워질 정도로군요. 바닥짐으로 쓰기 위해 식수도 대량으로 실어놨습니다."

"그들이 탈출할 수 없다는 사실을 알았다면, 식량이 아직 고갈되지 않았다는 게 그들에게 중요한 문제였을까요?" 브루커가 말했다. "나는 그렇지 않다고 봅니다. 어찌 됐든 그들의 운명은 매한가지 아니었을까요?"

"논리적인 사람이라면 그렇게 생각했을 테지만, 우리 중에서 그렇게 가차 없을 정도로 논리적인 사람이 얼마나 됩니까? 이 친구들이 며칠 더 버틸 수 있다고 생각했다면, 그렇게 하려고 했을 겁니다. 남은 한 방울의 물마저 다 마셔버릴 때까지 말이죠."

브루커는 그런 추측을 듣자 실망하는 태도로 고개를 저었다.

"게르만족의 정신을 가졌다면 냉정한 현실을 받아들였을 겁니다. 마지막 식량을 두고 품위 없이 악다구니를 벌이는 것보다 명예롭게 죽는 편이 더 낫습니다."

"그렇다면 우리 모두가 게르만족의 정신을 갖고 있지 않아서 다행이군요." 머거트로이드가 말했다.

일행 사이에서 제2차세계대전이 발발하기 전에, 나는 이 비행선의 상비약을 비롯한 다른 보급품들을 살펴봤다. 모든 필수품이 여전히 남아 있었고, 그 양도 상당히 넉넉한 수준이었다. 사실 남아있는 것 중에는 데메테르호로 갖고 돌아가 내 의약품의 재고를 보충할 만한 것도 일부 있었다. 의약품을 낭비하는 것은 부끄러운 짓이 아닐까?

"그렇다면 우리는 피할 수 없는 문제를 직시해야 합니다." 내가 끼어들었다. "승무원들이 아래로 떨어진 게 아니라면, 그리고 그들이 아래로 몸을 던질 이유가 없다면, 그들은 우리 옆에 있는 **구조물** 안으로 들어갔을 겁니다. 놀랄 일도 아닙니다. 우리 두 원정대 모두 그 존재에 이끌려 이곳에 왔으니까요. 불꽃에 나방들이 몰려들듯이 말입니다."

"저는 나방이 되고 싶은지 잘 모르겠습니다." 모틀락이 말했다.

"그들이 어떤 흔적을 남기고 떠났는지 살펴보도록 합시다." 브루커가 말했다. "항해일지나 일기 같은 것들 말입니다. 그리고 이런 종류의 탐험에 반드시 필요한 장비 중 무엇이 사라졌는지 확인해 봐야 합니다. 사라진 게 있다면 그들이 갖고 갔다는 뜻일 겁니다."

머거트로이드는 첫 번째 수색 작업에서 이미 조사해 봤던 캐비닛 중 하나를 열었다. 그 안에는 대략 작은 여행 가방 크기의 가벼운 상자가 여섯 개 들어있었다.

"수색 과정에서 이것들을 봤지만 열어볼 생각은 하지 못했습니다." 그는 상자 하나를 꺼내 접이식 테이블 위에 올려놨다. "비어있는 것 같은데, 그래도 확인해 봐야겠습니다."

"모델 13 고고도 호흡 장치." 브루커는 상자 뚜껑에 붙은 인쇄된 라벨을 읽었다.

상자 속은 비어있었고, 다른 상자들 역시 마찬가지였다.

"다른 사물함들을 열어봤습니다." 머거트로이드가 말했다. "방한용 의복도 전혀 보이지 않더군요. 그것들도 가져간 게 틀림없습니다."

"그렇다면 그들은 그 장비를 착용하고 떠난 것이로군요." 내가 말했다. "이 공동 내부는 기압이 높아 지표면 위보다 공기가 더 짙습니다. 그러니 사실은 호흡기가 필요하지 않습니다. 하지만 그들은 **구조물** 안에서 어떤 상황에 맞닥뜨릴지도 모르니 예방조치를 취했을 겁니다. 저 안에 더러운 공기가 고여있을지 누가 알겠습니까?"

라모스는 마치 빈 상자 안에 우리가 놓친 나머지 단서가 있는 것처럼 그것을 향해 끌리듯이 다가갔다. 라벨을 손가락으로 쓰다듬으며 단어

하나를 중얼거렸다.

"트레세."

"그게 무슨 뜻입니까?" 나는 조심스럽게 물었다.

"트레세. 13 말이야." 그는 변함없이 낮은 목소리로 이렇게 덧붙였다. "전에도 이 때문에 골머리를 앓은 적이 있는 것 같군."

어떤 기억이 내 의식 속에서 따끔거렸다. "*트레세 이 신코. 13과 5.* 언젠가 대령님이 내게 이런 말을 한 적이 있습니다." 나는 상자를 바라보며 눈살을 찌푸렸다. "13은 있는데, 5는 어디 있을까요?"

"모르겠어. 하지만 우연의 일치가 아니라는 건 알겠어."

어떤 목소리가 발랄하게 끼어들었다. "당신들은 재밌나 보죠?"

그 기자가 내 옆에 얼마나 오랫동안 있었는지, 또 라모스와 내가 나눈 대화를 얼마나 엿들었는지 알 수 없는 노릇이었다. "이 상황에서 내가 '재미'라는 표현을 써야 하는지 잘 모르겠군요. 용감한 사람들이 죽어나간 장소에서 그런 표현이 적절한 것 같지도 않고요."

"지금 당장으로서는 그들에게 무슨 일이 일어났는지 모르지 않을까요, 여러분?"

"이런 말이 어떨지 모르지만, 좋은 일은 아니었을 겁니다."

"버려진 비행선의 수수께끼라니! 우리 시대의 메리 설레스트호*가 지구 안쪽에 좌초돼 있잖아요! 매력적으로 들리지 않나요?"

머거트로이드와 모틀락, 브루커가 여전히 곤돌라의 장비 저장고를

• 1872년, 메리 설레스트호는 항해에 나섰다가 실종된 지 한 달 만에 선원이 모두 사라져 텅 빈 상태로 발견됐다. 이 사건은 역사상 가장 유명한 유령선 미스터리 사건으로 알려져 있다.

수색하는 사이, 나는 코실의 손목을 붙들고 선체 뼈대에 강하게 밀어붙였다.

"장난은 그만해요, 에이다." 내가 을러대는 와중에도 라모스는 무표정하게 바라보고 있었다.

"오, 사일러스, 이제 우리는 서로를 이름으로 부르는 사이가 됐나요?" 그녀는 잡힌 손을 풀고 기절하는 듯한 동작을 과장되게 취해 보였다.

"당신은 기만적으로 굴고 있군요." 내가 말했다. "들뜬 신입기자나 할 법한 행동 아닙니까? 당신은 데메테르호와 유로파호에 대해 입 밖으로 내는 것보다 훨씬 많은 걸 알고 있어요. 이게 무슨 짓입니까? 우리가 무너지기까지 얼마나 더 버틸 수 있을지 시험이라도 하는 겁니까?"

"대령님." 그녀는 고통스러운 척 눈꺼풀을 떨며 말했다. "이 사람 좀 떼어내 주세요!"

"그럴 생각 없습니다." 라모스가 입을 열었다. "그가 당신이 무엇을 알고 있는지 묻는 건 정당합니다. 우리 둘은 이제 빛을 보기 시작했습니다. 당신은 어떤 것의 일부고, 뒤팽 역시 마찬가지입니다. 우리도 알지 못하는 사이에 그렇게 되고 말았죠. 우리는 예전에도 이곳에 왔던 적이 있습니다. 다른 데메테르호와 다른 유로파호에, 다른 장소에서 말입니다."

"그 라듐 치료의 충격 때문에 당신은 큰 타격을 받은 거예요, 대령님." 그녀는 동정하는 태도로 고개를 저었다. "그리고 사일러스, 당신 말인데, 나라면 당신이 그토록 애용하는 라듐 물약의 양을 확 줄여버릴 거예요. 그렇게 계속 꿀꺽꿀꺽 마셔댄다면 크리스마스까지 턱이 남아있으면 다행일걸요."

나는 그녀를 좀 더 거세게 밀어붙이며 키스할 수 있을 정도로 서로의 얼굴이 가까워질 때까지 몸을 기울였다. 그녀가 나를 분노가 폭발하기 직전까지 몰아가는 와중에도, 나는 그녀를 간절히 원했다. 그녀는 나를 절박하게 만들었다. 나는 그녀를 애지중지하는 동시에 파괴하고 싶었다. 연인 사이의 신뢰로 그녀가 모든 비밀을 나와 공유하기를 바라면서도, 동시에 그 무엇보다 사악한 심문 기술을 발휘해 그 비밀들을 캐내고 싶었다. 의사는 굉장히 훌륭한 심문자인 법이다.

"여기가 어디죠?" 내가 물었다.

"어디라고 생각하는데요? 승무원들이 죄다 떠나버린, 유로파호라는 비행선 아닌가요?"

"이게 끝입니까, 아니면 그저 또 다른 꿈을 꾸는 과정인 겁니까?"

"아니, 끝은 아니에요." 그녀의 눈에 차가운 감정이 일부 스며들더니, 장난기 어린 눈빛이 희미해지기 시작했다. 그녀는 장막을 한 장 떨어뜨리는 중이었다. 문제는 과연 그 아래 또 다른 장막이 깔려있을까 하는 것이었다. "하지만 당신은 얼마나 멀리 왔나요, 사일러스? 당신이 사실관계를 받아들이는 데 얼마나 가까이 왔는지, 그 점에 대해서는 오직 당신만이 말할 수 있어요."

"오직 나만이?"

"오직 당신만이." 그녀는 입술을 혀로 핥았다. "문제는 당신이 그 사실을 직시하지 않는다는 거예요. 나는 당신에게 셀 수 없을 만큼 진실을 보여줬지만, 결국 우리는 항상 이곳으로 돌아오고 말아요. 당신은 언제나 자신을 죽일 방법을 찾죠. 사건의 흐름을 비틀어 당신의 내면으로 퇴행할 수 있게 만들어버리는 거예요. 부러진 돛대, 복부 총상, 거대한 해일 같은 수백 가지 다른 방식으로 죽어버리면서 말이죠."

"그러면 나는?" 무표정하게 듣고 있던 라모스가 물었다.

"대령님, 당신은 떳떳한 승객이에요. 그의 환상에 휩쓸려 약간의 재량권을 부여받았지만, 더 큰 서사를 빚어낼 수는 없어요. 당신이 죽을지 살지는 오직 그의 결정에 달려있어요."

"당신 말은 아무런 대답이 못 됩니다."

"당신은 이해 못해요. 당신의 현재 인지적 한계 내에서는 말이죠." 그녀는 나를 바라봤다. "사일러스는 가능하지만, 그러려고 하지 않죠. 진실은 아픈 신경 같은 거예요. 그는 진실에 접촉할 때마다 이런 환상으로 움츠러들고 말아요. 나는 그를 밖으로 이끌어내야 하고요. 마치 담요 밑에 있는 강아지를 달래서 밖으로 데리고 나오는 것 같아요. 매번 같은 식이에요. 내가 지나치게 애를 쓰면, 그는 도피하고 말죠."

"말이 되는 소리를 듣기를 바랐는데." 라모스는 한탄했다.

"나도 그렇습니다."

"배가 한 척 있어요." 코실은 깊은 한숨을 내쉰 후 말을 이었다. "데메테르호라고 하는 우주선이죠. 데메테르호는 먼저 출발한 경쟁 원정대인 유로파호의 뒤꽁무니를 따라 출발했어요. 두 우주선의 이름은 어원학적으로 연결돼 있다는 사실을 알고 있나요? 데메테르는 때때로 유로파의 별칭으로 간주되죠."

"여기는 어디입니까?" 내가 강하게 물었다.

"유로파 안이죠."

"내 말은…."

"아니, 멍청이 양반. 유로파 안이라고요. 우주선이 아니라 위성 말이에요. 오, 이것 봐요. 정말 간단하다니까요. 우리 위에 있는 건 바위가 아니라 얼음이에요. 빛이 없는 바다 위에 여러 겹 쌓여있는 얼음층이죠. 그리고 우리는 심스가 주장했던 구멍을 통해 내려온 게 아니에요. 얼음층에 이미 존재했던 취약 지점을 찾아내 그곳에 구멍을 뚫고 얼음을 녹여 아래로 내려왔어요. 이른바 '토폴스키의 균열'이죠."

"토폴스키는 실제로 존재하는 사람입니까?" 내가 따지듯 물었다.

"전부 다 실제로 존재해요. 토폴스키는 이 모든 것에 대한 자금을 지원한 억만장자이자 영광스러운 명예에 목을 맨 사람이죠. 원정대는 실제로 존재해요. 당신에게 보이는 방식은 그저 허구일 뿐이고요."

나는 그녀의 설명을 부정하며 고개를 저었지만, 그 이야기는 일부 진실에 부합하는 면이 있었다.

"나는 왜 이 현실과 맞서 싸우려는 겁니까?"

"왜냐하면 원정대에 굉장히, 아주 굉장히 나쁜 일이 일어났기 때문이에요."

나는 조각난 채 버려진 곤돌라를 둘러봤다. "유로파호의 승무원들에게 말입니까?"

"그들에게도 역시."

"역시?"

"여기가 힘든 부분이에요, 사일러스. 그리고 대령님, 당신에게도요. 데메테르 원정대에게도 끔찍한 일이 일어났어요." 그녀는 고갯짓으로 벽 너머에 있는 **구조물**을 가리켰다. "저 안쪽에서 말이죠."

"우리는 아직 저 안에 들어가지도 않았습니다." 내가 말했다.

"음. 그게 바로 문제가 되는 부분이에요, 사일러스. 이미 일어난 일이에요. 이미 일어나고 있는 일이라고요. 다들 이미 안으로 들어갔어요. 데메테르 원정대는 **구조물** 안에서 함정에 빠져 죽어가고 있어요. 외계의 정보 수집 기계가 조금씩 그들의 뇌를 빨아들이고 있어요. 그리고 당신이 이 원정대에 대한 당신의 책임에 따라 현실을 직시하지 않는 한, 아무도 그곳에서 나올 수 없을 거예요."

"변명을 하고 싶었다면 이보다는 더 나은 방법을 생각했을 텐데." 라모스가 말했다.

"그녀가 하는 말이 사실이 아니라면 말이죠." 내가 대답했다.

"사실이에요." 그녀가 확언했다. "하지만 이 안에서는 아무 쓸모가 없어요. 내가 모든 이야기를 다 해준 게 이번이 처음이라고 생각하는 거예요? 그 시기는 오래전에 지나갔어요. 당신은 그저 현실을 직시하기를 거부하기 때문에…."

16

하지만 나는 그렇게 했다.

마치 꿈을 꾸던 도중에 깨어난 것처럼 충격이 밀려들었다. 나는 주위를 둘러보면서 주변 환경이 현실의 진정한 모습이라는 사실을 그 즉시 본능적으로 깨닫고 이를 받아들였다.

나는 금속 벽들에 둘러싸여 있었다. 그리고 주변 네 방향으로 통로가 뻗어 나가, 배의 전면과 측면 중심축을 따라 이어졌다. 벽 위에는 손잡이와 유지보수용 창살, 측정기, 계기판, 외부 관측창, 모니터용 카메라, 밀폐된 장비 모듈 같은 것들이 지저분한 모자이크처럼 배치돼 있었다. 길게 배치된 조명이 벽 위에 격자 모양의 빨간색 불빛을 비췄는데, 딱 길을 찾고 작업을 수행할 수 있을 만큼만 밝았다. 데이터 입력 단자는 희미한 파란색으로 빛났고, 컴퓨터 키보드에는 은은한 빛을 내는 LED 백라이트가 설치돼 있었다. 아직 어떤 작업도 실행하지 않는 벽면은 벨크로 조각과 나일론 끈으로 덮여있었다. 공기재순환장치에서 흘러나온 바람에 접착 메모지가 흔들렸고, 그중 한두 장이 떨어져 나와 종이로 만든 연노란색 나비처럼 배 안을 떠다녔다. 온갖 물건에 지시문, 안내문, 경고문 같은 것들이 스텐실 방식으로 찍혀있었다. 나는 그 서체를 알아봤다. 외륜증기선의 기관실에서 흘끗 봤던 것과 똑같은 소박하지만 단호한 활자체였다. 지금처럼, 그 당시에도 현실이 꿈을 뚫고 튀어나왔던 것이었다.

나는 작업용 격자 패널 위에 쭈그리고 앉아 몸을 웅크렸다. 몸에 딱 달라붙는 노란색 우주복을 입고 있었는데, 움직임에 저항하도록 설계돼

무중력 상태가 장기간 지속되는 경우에도 골밀도, 근육량의 감소와 심혈관계의 손상을 상쇄할 수 있는 구조였다. 손가락으로 어깨 주변의 천을 만져봤다. 엠블럼이 하나 양각돼 있었다.

'데메테르 ESSE'라고 쓰여있었다. 그 아래로는 양식화된 이미지가 보였다. 목성을 배경으로 유로파 위성의 옅은 황백색 구체가 전면에 등장했고, 먼 우주로부터 고리 모양으로 이어지며 우리가 임무를 수행할 궤도를 가리키는 화살도 보였다. 화살은 활 모양을 그리며 유로파 위성을 감쌌고, 날카로운 촉은 들쭉날쭉한 궤적을 그리며 얼음 즉, 위성의 내부로 이어졌다. 임무 엠블럼 가장자리를 따라 반 부흐트, 머거트로이드, 토폴스키 같은 친숙한 이름과 우리의 주요 상업적 후원자들의 로고가 원을 그리며 나열돼 있었다.

"ESSE." 나는 큰 소리로 중얼거렸다. 그러다가 그 뜻이 기억났다. "유로파 위성 지하 탐사대$^{Europa\ Sub\text{-}Surface\ Explorer}$. 그게 우리였어. 원정대의 목적이었다고!"

우리는 가능한 한 신속하게 횡단하기 위해 실험 단계의 핵융합 로켓을 타고 행성 간 우주를 가로질렀다. 핵융합 추진 방식은 화학엔진이나 이온엔진에 의한 추진 방식에 비해 속도가 빨랐지만, 그래도 승무원들은 그동안 가사 상태에 돌입해야 했다. 그 역시 엔진과 마찬가지로 실험 단계에 머물러있는 방식이었다. 그 목적은 귀중한 선내 자원을 아끼며, 동시에 승무원들이 우주선이라는 정신적 압력솥 안에서 죄다 미쳐버리는 상황을 방지하기 위한 것이었다.

데메테르호는 가속해서 순항속도에 최초로 도달하자 목성 중력의 영향권에 들기까지 무중력 상태를 유지했다. 그러고 나서 엔진을 재점화해 다시 속도를 낮춘 다음 유로파 위성의 궤도로 진입했다.

하지만 현재 이곳은 무중력 상태가 아니었다.

"우주선을 분리했는데." 나는 기억이 되살아나자 황홀감에 빠져 큰 소리로 말했다. "일부는 궤도상에 남았고, 일부는 아래로 내려갔어. 착륙 모듈은 얼음을 뚫고 아래로 내려가 잠수 가능한 우주선이 돼 바닷속으로 진입하는 거지! 우주선의 우주 밀폐실은 이제 수중 밀폐실이 되는 거야! 우리는 조사를 마치고 나면 궤도상으로 돌아와 순항모듈과 랑데부를 한 다음 지구로 귀환하는 긴 여정을 준비할 거야."

내 체중만으로도 유로파 위성에 도착했다는 사실을 알 수 있었다. 위아래에 대한 감각이 확실히 느껴졌지만 웅크린 자세를 유지하는 데는 에너지가 거의 필요하지 않았다. 내 주변에 총총히 나있는 외부 관측창 너머로 온 방향에 뻗어 나가는 암흑이 보였다. 우주에서는 굉장히 드문 경우였다. 비록 거리에 따라 강도 차이는 있지만, 우주선의 한쪽 측면은 보통 햇빛에 노출되고 반대쪽은 그늘이 드리워지기 마련이었다. 사실 표준 절차에 따르면 우주선을 회전시켜 모든 구성 요소의 온도 변화를 일정하게 유지해야 했다. 우주선이 완전히 어둠에 휩싸이는 순간은 행성이나 위성이 드리운 그림자를 지나갈 때밖에 없었고, 그때조차 태양과 경쟁하지 않아서 한층 더 밝아진 별들이 몇 개 보이기 마련이었다.

그래서 계기판과 비행 기록을 찾아보지 않고도 우리가 어디에 있는지 알았다. 데메테르호는 건조 목적을 달성해서 유로파 위성의 바다에 도착한 것이었다.

만약 내가 이 창문 중 하나에 구멍을 냈다면, 내가 맞서 싸워야 할 것은 감압 상태가 아니라 태양의 손길은 전혀 알지 못할 수십억 년 묵은 짜

디짠 바닷물의 유입일 것이었다. 그 바다가 액체 상태를 유지할 수 있는 이유는 단 하나, 유로파 위성이 목성의 궤도를 돌며 발생시키는 조석 변화로 열을 받기 때문이었다.

나는 손을 뻗어 인접한 한 패널의 합금을 만져보려 했다. 진짜 같았다. 나는 접촉을 통해 공기 순환기, 발전기, 열 교환기 같은 갖가지 생명유지장치가 가동되며 윙윙거리는 느낌을 감지했다. 나는 내 손을, 저항성 우주복의 꽉 조인 소맷부리에서 튀어나온 깡마른 손목을 살펴봤다. 가느다란 손가락은 외과의사의 손이었다. 맨살에 닿은 금속의 촉감은 이전 버전의 데메테르호에서보다 더욱 실제적이고 더욱 진정하게 느껴졌을까?

아마도.

이제 나는 현실을 심문할 수 있는 선견지명이 있었고, 그 점이 바로 이전과 다른 점이었다. 꿈속에서는 이것이 꿈인지 질문하는 경우가 극히 드물지 않은가? 그런 질문을 던진다면, 꿈이 거는 주문을 충분히 무너뜨릴 수 있었다.

이 꿈은 계속 유지됐다. 그렇다면 이것은 꿈이 아니거나, 적어도 꿈이 이전보다 훨씬 견고한 기초 위에 세워졌다는 뜻이었다.

"이건 진짜야." 나는 소리 내 말했다. 마치 그렇게 주장하는 행위만으로 이 버전의 데메테르호에 나 자신을 화학적으로 충분히 고정할 수 있는 것처럼. 나는 이제 이전 버전의 배는 왜곡된 허구의 산물이자 은유적인 그림자, 진실의 불완전한 반영이었다는 사실을 알 수 있었다. 언제나 균열이 있었고, 언제나 **구조물**이 있었으며, 언제나 먼저 도착한 원정대가 있었다. 이제서야 나는 여과되지 않은 본질을 인식했다.

이 우주선 역시 텅 비어있는 것 같았다. 목소리를 비롯해 사람이 내는 그 어떤 소리도 내 감각에 닿지 않았다. 어떤 면에서는 유령선이라 할 수 있었다. 그렇다면 승무원들은 유령으로 전락해 버린 것이었다.

다들 이미 안으로 들어갔어요.

"그렇다면 나는 아직 여기서 무엇을 하고 있지?" 나는 다시 임무 엠블럼을, 그 가장자리를 둘러싼 이름을 다시 주목했다.

그곳에 적힌 이름은 총 일곱 개였다.

17

 나는 순간적으로 찾아온 혼란을 애써 떨쳐버렸다. 마치 생각의 흐름이 한 레일을 타고 있다가 다른 레일로 뛰어 넘어간 것 같았다.
 현기증이 밀려왔다. 쇰쇠가 달린 곤돌라의 내벽에 몸을 기댔다.
 "괜찮아요, 코디?" 코실이 물었다. "마치 누군가 방금 당신의 무덤 위를 밟고 지나간 것 같은 모습이네요."
 "내 느낌에는… 기억이 났는데…." 하지만 고개를 젓고 말았다. 동료들을 이해시키는 일은 고사하고, 내 생각을 내가 이해할 수 있을 정도로 정리하는 일조차 불가능했기 때문이다.
 "결국 뒤팽의 열병은 전염성이 있는지도 몰라." 라모스는 걱정하는 눈빛으로 말했다.
 "그런 게 아니에요, 대령님. 그는 어떤 걸, 마주하고 싶지 않은 진실을 언뜻 보고 만 거죠. 개념의 돌파구를 발견했음에도 불구하고, 자신을 그 순간으로 이끈 자아 성찰의 과정을 잊어버린 채 다시 이 이야기 속으로 도망치고 말았어요. 정말 속상하네요."
 라모스는 길고양이를 대하는 듯한 조심스러운 시선으로 그녀를 바라봤다. "당신 같지 않은 말을 하는군요, 코실 씨."
 "아, 내가 캐릭터를 좀 벗어났나 보죠?" 그녀는 측은한 듯 그에게 미소를 지었다. "그렇다고 누가 숙녀를 비난하겠어요? 내게도 충분히 혼란스러운 일인 데다가, 나는 그에게 무슨 일이 일어나고 있는지 알고 있는데요."

그의 말투가 굳어졌다. "그에게 무슨 일이 일어나고 있는 겁니까?"

"그리고 당신, 덩치만 큰 멕시코 얼간이에게 무슨 일이 일어나고 있는지도 알아요!" 그녀는 장난스러운 태도로 그를 팔꿈치로 쿡 찔렀다. "어느 순간 당신은 장난감 배처럼 그의 이야기 속에서 둥실둥실 떠다니면서도 아무 의심도 하지 않죠. 그는 딱 진실이 흘러나오기 시작할 정도까지 당신 지각의 문턱을 높여요. 하지만 그가 큰 그림을, 진짜 그림을 파악하기 시작하는 순간, 그는 당신마저 정지시키고 말아요. 당신은 지금 의식이 올바른 상태지만, 자동으로 암시에 걸린 상태이기 때문에 그의 이야기 속 단서들을 통째로 삼켜버리고 있어요. 그 상태는 결국 무너질 거예요. 당신은 다시 기억이 떠오르기 시작할 거라고요. 예를 들어 그 천공술에 대한 기억처럼요. 어디까지나 그가 이번 시간대에서 당신을 충분히 오래 살려둔다면 말이지만요."

"도대체 이런 이야기를 하는 이유가 뭡니까?" 내가 물었다.

"왜냐하면 나는 영원한 낙관주의자니까요. 늦든 빠르든 내가 한 말의 일부는 결국 달라붙어 사라지지 않을 거예요. 만약 그렇게 되지 않는다면…."

"라모스 대령님!" 머거트로이드가 우리의 대화를 방해하며 라모스를 불렀다. "뭔가 찾았습니다. 다들 꼭 봐야 합니다."

라모스와 코실, 그리고 나는 조심조심 곤돌라를 지나가면서 서로를 바라봤다. 우리 사이에는 아직 끝나지 않은 난제가 놓여있었다. 마치 아무도 기억하지 않는 논쟁을 다시 시작해야 하는 것 같은 느낌이었다.

머거트로이드는 곤돌라의 찢어진 측면 부분에 서있었다. 곤돌라의 구조를 이루는 골재에서 외벽이 떨어져 나가, 사람이 간신히 지나갈 수 있을 정도로 큰 구멍이 뚫려있었다. 이곳은 우리가 곤돌라 내부로 진입한 지점의 정반대에 있어서, 데메테르호 대신 **구조물**을 마주하고 있었다.

그 너머는 암흑이었다.

나는 빛이 없는 광대한 공간을 응시하다가, 머리가 지끈거리는 순간 그 공간이 사실 액체라는 사실을 알아차렸다. 우리가 몸담고 있는 생명과 공기의 작은 거품을 짓누르고 있는 검정색 바다였던 것이다. 익사와 감금에 대한 즉각적이고 끔찍한 공포가 나를 사로잡았다. 나는 그 어둠을 다시 한번 아무것도 존재하지 않는 공간으로 보려고 애를 썼다.

머거트로이드는 공동 쪽으로 램프를 비췄다.

우리는 **구조물**과, 아니 우리에게 인접한 극히 일부 지점과 약 5미터 정도의 간격을 두고 분리돼 있었다. 곤돌라는 가시가 돋친 부분을 피해 좀 더 매끄러운 부분과 인접한 곳에서 멈춰선 채였다.

우리 맞은편, 그러니까 곤돌라에 뚫린 구멍 바로 맞은편에 입이 하나 떡 벌어져 있었다. 이는 금속 피부에 난 구멍으로, 신인 여배우가 키스하는 모습처럼 바깥쪽으로 오그라든 모양이었다. 그 입의 목구멍에서 그녀가 게워낸 듯한 금속 잎사귀 덩굴들이 튀어나와 손을 뻗듯 간격을 메우고 있었다. 그중 몇몇이 유로파호에 접촉한 채였다. 잎사귀 덩굴은 발판 사이가 느슨하게 벌어진 다리 같기도 했고, 거칠게 수놓은 자수가 길게 뻗은 것 같기도 한 형태였다. 폭과 길이 모두 사람 정도 크기였다. 머거트로이드는 용감하게도 바깥으로 몸을 기울여 램프를 들어 올리고 곤돌라 주변의 외부로 빛을 비췄다. 그러는 동안 모틀락은 그의 허리띠를 꽉 붙들었다.

"사방에 달라붙어 있습니다." 머거트로이드는 이렇게 말하더니 부츠를 신은 발로 한 덩굴을 향해 발길질을 했다. 충격을 받은 지점이 산산조각 났고, 마른 조각들이 바스러져 우리 아래쪽 심연으로 떨어졌다. "반대편에서는 이것들이 보이지 않았지만, 곤돌라를 꽤 단단히 붙들고 있군요."

강력한 혐오감이 나를 압도했다. 이런 심정이 든 사람은 나 혼자가 아닌 것 같았다. 이제까지 **구조물**은 이해할 수 없는 존재였고, 그 존재의 의미는 스핑크스만큼 혼란스럽고 불가해했다. 이제 우리는 그것이 유로파호에 어떤 의도를 품고 있다는 사실을 이해했다. 독을 품은 식물이 끈적끈적하고 상대를 마비시키는 자신의 영역으로 들어올 만큼 불운한 곤충에게 의도를 품고 있는 것처럼.

"그들을 잡아간 겁니다." 모틀락이 한마디로 요약했다. "그 불쌍한 녀석들이 돌아와 빠져나가지 못한 것도 당연하죠!"

"사실관계가 명확하지도 않는데 추측이 너무 앞서 나가면 곤란해." 브루커가 말했다.

"이거라면 사실관계가 명확해질까요?" 나는 구멍 옆에 있는 선반에 펼쳐져 있던 일지를 들어 올리며 물었다. "마지막 문단은 꽤 간결합니다, 브루커 씨. 내가 대신 읽어드릴까요?"

브루커는 책을 낚아챘다. "나는 혼자 읽을 능력이 있습니다, 코드 박사님…." 하지만 내가 이미 직접 읽어본 그 마지막 문단을 소리 내 읽기 시작하는 그의 목소리는 불안정했다.

나는 탈출했다.

그것이 돌아오고 있다.

도로 나를 끌고 들어가려고 오고 있다.

도로 다른 이들이 있는 곳으로.

떠나라, 아직 그럴 수 있을

✺

우리가 유로파호의 사라진 승무원들을 쫓아서 안으로 들어가리라는 점에는 의심의 여지가 없었다. 혹시 우리 일행 중 누군가가 개인적으로 이런 행동의 타당성에 대해, 특히 그 경고문의 내용을 감안해 의혹을 품었을 수도 있다. 하지만 그렇다 한들 그것을 입 밖으로 표현할 용기를 가진 사람은 아무도 없었을 것이다.

"짧게 치고 빠지는 겁니다." 브루커가 말했다. "저 흉물 속으로 조금만, 이동용 통신선이 닿는 한도까지만 말입니다. 알겠죠? 통신선을 좀 더 길게 풀 수 있을 것 같은데. 어떻습니까, 머거트로이드 씨?"

"60미터 정도 남았습니다. 하지만 브루커 씨, 당신이 괜찮다면, 먼저 반 부흐트 선장님께 우리 계획을 알려드리겠습니다."

브루커는 단호하게 손가락을 흔들며 동의를 표했다. "물론입니다."

머거트로이드는 수화기를 들고, 통신에 필요한 전력을 공급하는 작은 황동 손잡이를 돌렸다. "선장님?" 그는 선장을 호출했다. "이 비행선에 남아있는 것들을 전부 살펴봤습니다. 그들 모두 압력조절장치를 갖고 떠났습니다. 그 **구조물** 안으로 말입니다, 선장님. 그런 정황이 보입니다. 아닙니다, 선장님. 예, 일종의 문 같습니다. 장비 말씀이십니까? 그렇습니다.

아니, 아직 복귀할 필요는 없습니다. 이쪽 공기는 선장님이 계신 곳보다 더 나쁘지는 않습니다. 라모스 대령은 뭐라고 할까요? 그와 이야기를 나눠보도록…."

브루커가 머거트로이드에게서 수화기를 낚아챘다. "상황은 아주 명확합니다, 반 부흐트 선장님. 더 이상 고려할 필요는 없습니다. 주변 환경이 변화해서 호흡이 어려워진다면, 데메테르호로 복귀해서 호흡기를 가져가야 할 테죠. 하지만 아직은 그럴 때가 아닙니다."

"이렇게 급하게 행동하는 것에 동의합니까?" 머거트로이드가 통신을 끝내고 수화기를 통신기 본체 위에 내려놓자, 나는 라모스에게 이렇게 물었다.

"급하게 행동하는 것에 동의한 적은 한 번도 없어, 사일러스. 하지만 만약 내가 저 안에서 곤경에 처했다면, 사람들이 나를 찾는 일을 미루기를 원치 않을 거야."

"그들에게 어떤 일이 일어났든, 우리에게 어떤 생각을 심어주려고 그 메시지를 적어놨든, 그들은 오래전에 이미 죽어버렸을 겁니다." 내가 말했다.

"그렇다면 그들의 유골이 우리를 환영해 줄 테지." 라모스가 말했다. 마치 그 대답이 내 모든 걱정을 해결해 주리라는 말투였다. 그러면서 격려하듯 나를 두드렸다. "어서 가지, 사일러스. 죽은 사람들에게도 의사는 필요한 법이니까."

이제 우리는 모험에 전념하기 시작했다. 나는 일을 전부 마치고 이 모든 것이 다 끝나기를 바랄 뿐이었다. 하지만 가장 먼저 곤돌라와 **구조물** 사이를 안전하게 건널 수 있는 수단을 마련해야 했다. 이를 위해 머거트로이드와 라모스는 20분 정도 신중하게 의논을 거듭했다. 첫 번째 과제는 한쪽에서 다른 쪽까지 장애물 없이 기어갈 수 있도록 잎사귀 덩굴을 충분히 잘라내는 것이었다. 지금으로서는 빽빽한 정글 밀림만큼이나 통과하기 어려웠기 때문이다. 사람들은 날이 무딘 도구와 날카로운 도구를 모두 이용해서 절단 작업을 시작했다. 우리가 가져온 도구 외에도 유로파호에는 도끼와 정글도가 있었다. 그 작업은 잎사귀 덩굴의 절반 정도가 산산조각 날 때까지 계속됐다.

이제 가장 튼튼하고 두꺼운 덩굴만 남았는데, 이것들은 이 신기한 다리의 실질적인 바닥 부분에 대부분 밀집돼 있었다. 이 잎사귀 덩굴을 두드리면 생기 없고 텅 빈 듯한 소리가 났지만, 이것들을 부수는 일은 난이도가 훨씬 높았다. 그리하여 결국 우리의 노력이 더 이상의 효과를 내지 못한다는 사실을 인정할 수밖에 없었다. 우리는 곤돌라로 내려오는 데 사용하고 남은 사다리를 갖고 와서 잎사귀 덩굴을 지지대 삼아 5미터 간격 저편으로 밀어 넣었다. 모틀락은 네 발로 한 번에 한 단씩 씩씩하게 기어서, 사다리를 묶어놓을 수 있을 만큼 멀리 나아갔다. 허리 높이에 밧줄을 몇 개 더 매달아 임시변통으로 손잡이를 만들어놨지만, 그 밧줄은 고작 우리가 이미 잎사귀 덩굴을 잘라내고 남은 불안정한 그루터기에 매여 있었기 때문에, 우리 중 누구도 그 밧줄을 믿고 생명을 맡길 사람은 없을 것 같았다.

일행 중 가장 체중이 무거운 라모스가 먼저 출발해서 반대편에 무사히 도착했다. 그는 정글도를 들고 반대편 구멍을 가로막고 있는 잎사귀 덩굴을 정리했다. 그런 다음 부츠를 신은 한쪽 발을 구조물 안쪽에 걸치고 램프 불빛을 비춰 내부를 살펴봤다. 어두운 녹색 빛이 그의 얼굴을 따라 일렁거렸다. 그러고 나서야 그는 남은 사람들에게 따라오라고 손짓했다. 진입 지점 주변이 일행이 지나갈 수 있을 정도로 안전하다고 판단한 것이 분명했지만, 나는 그의 냉정한 이목구비에서 열정 또는 안도감이 비치는 기미를 찾아볼 수 없었다.

우리는 한 명씩 그에게 합류했다. 머거트로이드가 가장 미지막이었다. 그는 여분의 통신선을 풀면서 우리에게 다가왔다.

구조물의 내부, 우리를 받아들인 극히 일부에 불과한 부분은 지극히 불안정했다. 나는 일천한 경험 탓에 이것과 비교할 수 있는 만족스러운 기준점을 찾을 수가 없었다. 내가 시도할 수 있는 최선은 가스 공장, 혹은 하수처리장의 내부를 떠올리는 것이었다. 여러 해, 어쩌면 여러 세대에 걸쳐 내부가 복잡해지고 용도가 늘어나 온갖 종류의 배관 및 저장 용기로 치장된 내부 공간처럼 보였다. 그곳의 시설 감독이라 할지라도 오래된 배관이나 저장 용기가 무슨 역할을 하는지, 무엇이 필수적이고 쓸모없어졌는지 자신 있게 말할 수 없을 듯했다. 다만 새로운 것을 위한 자리를 마련하기 위해서는, 이미 존재하는 것을 뜯어내기보다는 계속해서 추가해 가는 편이 나아 보였다. 그러니까, 그러는 편이 더 안전해 보인다는 뜻이었다. 새로운 배관을 추가할 때마다 그것이 이미 설치된 배관들 주변을 빙 둘러 꿈틀거리며 나아가도록 해야 했고, 새로운 저장 용기, 혹은 증류기 같은 것들은 이미 존재하는 물건들 사이의 좁은 틈바구니로 억지로 밀어 넣어야 했기 때문에, 그 형태는 점점 더 비대칭적으로 팽창했다. 마치 오래된 신체 장기들 사이에 새로운 장기를 끼워 맞추는 것 같았다. 우리가 일종의 기계 속에 있다는 사실은 논쟁의 여지가 없었다. 하지만 그 기계는 계속 자라나 몇 번이나 반복해서 스스로를 뒤덮고 휘감고 꿰뚫기까지 하면서 이제는 내부가 복잡하게 뒤얽힌 상태였다.

이곳의 각 부분이 완벽한 밀도로 형태를 갖춰 다른 것들을 추가할 가능성이 없는 상태였다면, 우리의 탐험은 여기서 끝나버렸을 것이다. 더 이상 전진할 수 없었을 테니까. 하지만 사이사이 틈이 있었다. 난이도나 불안함의 정도는 각양각색이었을지라도, 그 틈새 일부는 억지로 지나갈 수 있을 정도로 크기가 충분했다. 그 형체는 만져보니 딱딱했고, 보일러처럼 단단한 내부 장기 같은 저장 용기들과 배관들(이는 그저 그 입을 통해 분출한 잎사귀들이 내부에서 확장된 것이었다)은 정글도와 도끼머리로 내리쳐도 크게 반응을 보이지 않았다. 하지만 부인할 수 없는 사실이 하나 있었다. 과거 어느 시점에 그것들은 실제로 움직여서 꿈틀거리며 배배 꼬인 경로로 틈새를 지나 유로파호까지 도달했다. 그 비행선이 그곳에 붙들려 있었던 것으로 보아, 그 이동이 느렸을 리가 없었다. 우리가 지금 억지로 비집고 들어가 기어가고 있는 위장은 그저 식사를 마치고 휴식 중일 수도 있었다.

이것이 전부가 아니었다. 어떻게 뒤틀렸는지 과정을 입증할 수 있는 내부 장소는 한 곳도 없었지만, 램프 불빛과 시선이 닿는 한도 내에서 전체적으로 보면 우리는 변형된 공간을 헤쳐 나가고 있다는 인상을 피할 수가 없었다. 그렇게 느리지만 가차 없는 방식으로 뻗고 뒤틀리며 길게 이어지고 압축된 광경은 마치 지각의 분쇄 과정에서 산맥이 짓눌려 지층이 침대보처럼 접힌 모습을 연상시켰다.

무엇보다도, 어쩌면 그중에서 최악은 바로 녹색 불빛이었다. 일종의 부옇고 악취 나는 분비물 같은 느낌이었다.

나는 불쌍한 뒤팽에게 다시 생각이 미쳤다. 그가 이렇게 명백하게 드러나 있는 수학적 퍼즐을 어떻게 해석할지 궁금했다. 이런 주변 환경이 그를 얼마나 압도하게 될지 상상하자, 그가 이 자리에 없다는 사실이 반갑기도, 그가 지적 자극이 주는 흥분을 경험하지 못하게 된 것이 안타깝기도 했다.

"결국 호흡기를 가지러 돌아가야 할지도 모르겠습니다." 내가 말했다.

브루커는 머거트로이드에게 쏴붙이듯 말했다. "통신선이 얼마나 남았습니까?"

"25미터 정도 남았습니다."

"그렇다면 벌써 절반 이상 왔군요. 아무도 호흡곤란을 호소하지 않는데, 지금 시점에서 돌아가는 건 말이 안 됩니다. 동의하지 않습니까, 대령님?"

"조금 더 가도 좋을 것 같군요." 라모스가 승낙했다.

우리는 들어온 지점을 기준으로 대략 좌측으로 이동하며 전진했지만, 신뢰할 수 있는 기준점은 이내 지나쳐 버리고 말았다. 라모스는 나침반을 갖고 있었지만, **구조물** 밖에서도 더 이상 믿을 수 없었던 나침반에 의지할 수 있을 리가 만무했다. 그는 빙글빙글 도는 바늘을 흘끗 바라봤지만, 나침반이 유용하기를 기대해서가 아니라 그저 습관적으로 하는 행동 같았다. 우리는 통신선으로 대략의 거리를 측정했다. 원호를 그리며 곤돌라에서 멀어지면서 점점 아래로 내려가고 있다는 사실을 어느 정도 감지했지만, 우리의 정확한 위치를 특정하려면 일련의 정확한 측량 작업이 필요했을 터였다. 내가 분명히 알고 있었던 것은, 뼛속에 사무치게 느끼고 있었던 것은 이러했다. 우리는 어렵게 한 걸음씩 옮길 때마다, 억지로 좁은 공간을 비집고 나아갈 때마다, 지나치게 멀리 가버린다는 사실이었다.

머거트로이드가 통신선이 한계에 달했다고 외치자, 내가 안도감을 느꼈다는 사실은 부인할 수 없다. 이제 우리는 양심에 거리낌 없는 상태로 귀환할 수 있었다. 우리는 용감하게 노력을 기울였다. 배관과 저장 용기로 이뤄진, 이 세상에 있을 것 같지 않은 미궁 속에서 상당한 거리를 이동했다. 그리고 더러운 공기를 들이마신 끝에, 이제 탐색을 중단해야만 했다. 이렇게 포기한다고 해서 불명예가 따르지는 않았다. 우리는 다른 사람들이 지났을 법한 거리보다 더 멀리 들어왔으니까.

"전방에 무언가 있습니다." 라모스는 특히 좁고 으스스해 보이는 틈새로 램프를 비추며 말했다. "지금까지 보지 못했던 겁니다. 조금만 더 가면 됩니다, 여러분."

"당연하죠." 나는 가능한 한 열정적으로 고개를 끄덕이며 말했다.

"브루커 씨, 동의합니까?" 멕시코인이 물었다.

"어… 그렇습니다. 물론이죠, 대령님."

"코실 씨는 어떻습니까?"

"기삿거리를 보여달라고요, 여러분."

우리는 한 명씩 라모스를 따라 그가 찾아낸 곳으로 들어갔다. 실제로 공간이 존재했다. 숨이 막힐 듯 비좁았던 주변이 갑작스럽고 예상치 못하게 움푹한 공간으로 변해버린 것이었다. 나는 휘어진 벽을 보며 만약 사람의 뼈가 금속이라면 이 벽은 골반 같다고 생각했고, 이곳을 둘러싼 위쪽으로 배관 혹은 장기들이 빼곡하게 접혀있었다.

그리고 우리는 이 휘어진 벽 안쪽에서 조사 대상을 발견했다.

한쪽 벽에는 여섯 개의 직립형 홈이 새겨져 있었고, 맞은편에도 여섯 개의 홈이 더 나있었다. 한쪽 벽에 난 홈에는 다섯 명이, 다른 쪽 벽에 난 홈에는 여섯 명이 들어있었다. 움푹 들어간 홈 중 오직 한 곳만 비어있었다.

한번 훑어보기만 해도 그들 모두가 형태와 기능 면에서 우리에게 완벽하게 익숙한 옷을 입고 있다는 사실을 충분히 알 수 있었다. 사실 자금을 후하게 지원받은 현시대의 원정대 소속이라면 누구라도 익숙할 복장이었다. 그들은 소가죽과 양가죽으로 만든 두꺼운 코트와 바지를 겹쳐 입고, 그에 더해 모피 안감을 댄 부츠와 장갑도 착용하고 있었다. 머리 위로는 후드를 쓰고 고글과 고고도용 호흡기로 얼굴을 가린 채였다. 벨트에는 산소통과 함께 지나치게 많은 도구와 기구가 매달려 있었다.

그들은 동상처럼 미동도 하지 않았다. 사실상 시체나 다를 것 없는 모습이었다.

우리와 가까운 쪽에 다섯 명으로 구성된 일행이 있었다.

"그러면 우리가 틀린 셈이군요." 모틀락이 말했다. "열한 명이나 되잖아요!"

"유로파호에는 호흡기 상자가 여섯 개밖에 없었어." 나는 그의 기억을 떠올려 줬다.

"어쩌면 다른 상자는 비행선 밖으로 던져버렸을 수도 있습니다."

"그렇다고 해도, 우리는 그 정도 크기의 비행선이라면 여섯 명의 승무원이 적당하다는 데 동의했을 텐데. 우리가 승무원을 한두 명, 어쩌면 세 명 정도 적게 생각했을지도 모른다는 사실은 인정할 수 있어. 침상을 배정받지 못한 사람도 있었다면 말이지. 하지만 열한 명이나 된다고?"

라모스는 고양이가 가르랑거리는 듯한 소리를 냈다. "당신 말이 맞아, 사일러스. 이들 중 일부는 다른 원정대에서 온 거야." 그는 조심스럽게 첫 번째 탐험가가 쓰고 있는 모피 안감을 댄 깔때기 모양의 후드 속에 손을 집어넣었다.

"조심해요." 내가 말했다.

라모스는 호흡기 위에 딱 맞게 자리 잡고 있는 고글을 벗기려 했다. 그러자 그의 손가락 사이에서 고글의 가죽끈이 바스러지고 말았다. 고글이 떨어져 그의 장갑 위로 통째로 굴러 떨어졌고, 그와 함께 고글에 엉겨 붙어있거나 추위 때문에 삭아버린 것이 분명한 머리카락의 섬유질 뭉치가 함께 딸려 나왔다.

라모스는 자신도 모르게 숨을 들이마셨다. 그의 곁으로 다가가자, 그가 그런 반응을 보인 이유를 알아차렸다. 시체를 보게 되리라고 생각했지만, 내가 본 것은 그보다 더 심했다. 나는 수많은 시체는 물론이고 인간 부패의 여러 단계를 익히 봐왔다. 그래서 그 과정을 잘 알고 있었다.

지금 내가 보고 있는 것은 미라화에 가깝거나, 혹은 인간 박제술의 굉장히 서투른 사례일지도 몰랐다. 뼈는 남아있었다. 피부도 마찬가지였다. 보통 피부 아래에 자리 잡고 있는 신경, 혈관, 동맥, 근육, 인대 같은 것들도 있었다. 하지만 그 외에는 아무것도 없었다. 피부 아래에 살은 없었고, 뼈의 각진 윤곽을 누그러뜨릴 만한 것도 보이지 않았다. 필멸자의 부패 과정이 평범하게 진행됐다면, 이처럼 씩 웃으며 바라보는 얼굴을 만들어내지 못했을 터였다. 눈이 최악이었다. 눈동자는 눈구멍 속으로 쪼그라들었지만, 눈꺼풀이 뜨여있어서 안구에는 여전히 흉측한 활기가 떠올라 있었다. 그 눈동자는 몸의 나머지 부분이 떠나가는 와중에도 마치 색유리로 만들어진 것처럼 삶을 풍자적으로 모사하고 있었다.

"편한 죽음은 아니었겠군." 라모스가 말했다.

"그렇습니다." 내가 동의했다. "편한 죽음은 아니었을 겁니다. 그들은 생명이 천천히 빠져나가는 동안 굉장히 오랫동안 살아있었던 것 같습니다. 이용할 게 아무것도 남아있지 않을 때까지, 이… 이것에게 아무런 쓸모가 없어질 때까지 말입니다." 나는 각각의 벽감에 이리저리 얽혀있는 배관 쪽으로 그의 주의를 끌었다. 마치 포도나무 덩굴이 끔찍할 정도로 뒤덮은 정자 같았다. 그 배관들은 점점 더 세밀하게 갈라지고 퍼져 나가, 가장 좁은 말단부가 시체로 이어졌다. 그 말단부는 여러 겹의 옷을 뚫고 들어가 시들어빠진 몸을 찾아 헤매는 듯했다.

나는 뻣뻣한 저항을 느끼며 후드를 조심스럽게 젖혔다. 그 행동만으로도 배관들이 두개골 위에서 화관을 형성하며 총 열두 개의 진입 지점에 피 한 방울 내지 않은 채 구멍을 뚫고 들어간 모습을 충분히 확인할 수 있었다.

"이건 무엇을 원하는 걸까요?" 나는 혐오감에 넋을 잃을 지경이 돼 물었다.

"정보를 원하는 거예요." 코실이 말했다. "하지만 그때는 알고 있었잖아요."

"라 비힐리아 데 피에드라." 라모스는 마치 자신을 구원하기 위한 기도문인 것처럼 말했다. "우리는 이 불쌍한 영혼들을 구하기에는 너무 늦게 왔어."

"그들을 모두 검사할 겁니다." 내가 말했다. "하지만 먼저 반 부흐트 선장님께 우리가 여기서 발견한 것에 대해 말씀드려야 합니다. 그러면 선장님께서는 우리의 귀환을 대비하실 수 있을 겁니다."

"귀환한다고?" 라모스가 물었다.

"물론입니다. 당신도 말하지 않았습니까? 우리는 너무 늦게 왔습니다."

18

우리는 머거트로이드가 보고하는 데 시간이 오래 걸릴 것이라고 생각하지 않았지만, 그래도 통화가 극히 짧게 끝나자 깜짝 놀라고 말았다.

우리는 곧 그 이유를 알게 됐다.

"통신선이 끊겼습니다." 그는 미안하다는 듯 얼굴을 찡그리며 말했다. "이곳과 모선 사이의 어느 지점에서 걸리거나 끊긴 모양입니다. 통신선을 잡아당겨 봤는데 당기는 느낌이 여전히 뻑뻑해서, 우리 근처에서 손상이 발생한 것 같지는 않습니다. 일단 후퇴해서 수리를 마쳐야 할 것 같군요. 통신수단 없이 이곳에 머무르는 건 너무 위험합니다."

"당신 말이 맞아요, 헨리."

"어… 맞는 말입니다." 브루커가 동의했다. "물론 조사 중에 물러나게 돼 유감스럽지만…."

"이 사람들은 꽤 오랫동안 여기 있었습니다." 내가 말했다. "우리가 돌아왔을 때도 여전히 여기 있을 테고, 지금보다 상태가 더 좋아지지도 악화되지도 않을 겁니다. 그들은 우리가 전술적 후퇴를 해도 용서해 줄 것 같군요."

우리는 느린 속도로 꼼꼼하게 길을 되짚어 내부 통로로 들어가면서, 통신선이 유로파호까지 내내 이어져 있으며 기계의 일부가 닫히거나 움직여 우리의 통행을 가로막지 않는다는 사실에 안도했다. 우리는 돌아올 거야. 나는 스스로에게 맹세했다. 기름이 든 병과 성냥 한 갑만 들고서라도. 그 방 안의 부정한 것들은 어떤 방식으로든 정화돼야 했다. 만약 의사의 동정 어린 손길에서 나오는 위엄으로도 불충분하다면, 불을 지르는 일로 해결될 터였다. 망자들을 위해서라도.

유로파호의 잔해에서는 또 다른 놀라움이 우리를 기다리고 있었다.

토폴스키 대장과 뒤팽이 그곳에 와있었다. 토폴스키는 정규 비행사들이 소지하고 다니는 제식 리볼버를 들고 있었다. 뒤팽은 피부가 누렇게 떠있었고, 두 눈은 오직 그만이 인식할 수 있는 아득히 멀고 불가해한 곳을 응시하고 있었다. 언제라도 쓰러질 것 같았다. 그는 내가 침대에 누우라고 지시했을 때 입고 있던 땀에 젖은 잠옷 위로 방한복을 대충 걸친 채였다.

"새로운 국면이군요." 나는 논평하듯 말했다.

"구금 중이었을 텐데 어떻게 풀려난 겁니까, 대장님?" 머거트로이드는 자신의 리볼버를 넣어둔 권총집 단추를 천천히 풀고 있었다.

"자, 자, 헨리." 토폴스키는 들고 있던 권총의 총구를 흔들며 말했다. "우리 같은 문명인들끼리 그런 짓을 할 필요는 없어."

"선장님께서는 둘 중 누구도 데메테르호를 벗어나는 걸 용납하지 않으셨을 겁니다. 그렇다면 어떻게 탈출한 겁니까?"

"코드, 내가 방어 수단을 단 하나만 준비해 둘 정도로 내 안위를 소홀히 할 거라고 생각했나? 친애하는 라모스 대령이 내 귀엽고 조그만 권총을 찾아낸 건 사실이야. 하지만 나는 정확히 이런 일이 일어나리라고 예상했기 때문에, 내 방에 두 번째 화기를 애써 숨겨뒀지." 그는 마치 카드 게임에서 멋진 패를 쥔 사람처럼, 기량과 행운이 드물게 어우러진 증거인 자신의 리볼버를 즐겁게 바라봤다. "물론 나는 무작정 탈출하려 하지 않았어. 선장이 경계를 늦출 거라고 예상해서 적당한 때를 기다렸지.

그리고 실제로 그렇게 됐고."

"그러면 반 부흐트는 어디 있습니까?" 나는 조심스럽게 물었다. "다른 승무원들이 당신을 저지하려 들지 않았습니까?"

"코드, 자네의 변변치 못한 깜냥으로는 도저히 감당하지 못할 거야. 그건 확실해."

"선장님을 쐈어, 이 개자식!" 모틀락이 소리쳤다.

"지식의 추구를 위해 필요한 일을 한 거야, 이 천치 같은 놈아."

나는 고갯짓으로 청년을 가리켰다. "어째서 뒤팽을 이 광기에 끌어들인 겁니까? 그는 지극히 무고한 사람인데."

"우리 중 무고한 사람은 없어. 그리고 내가 그를 여기로 끌고 왔다는 자네 말은 완전히 틀렸어. 본인이 고집을 부려 여기 온 거라고! 안 그런가, 뒤팽?" 그는 고작 심장이 한 번 뛸 정도만 기다렸다가 말을 이었다. "대답해!"

"저는 와야만 했어요, 코드 박사님. 제가 쉬기를 바랐다는 건 알지만, 더 이상 기다릴 수가 없었어요. 나는 모든 걸 알았다고요!"

"무엇을 알았다는 거죠?" 나는 상냥하게 물었다.

"어떻게 하는지 말입니다! 위상 배치를 이해하는 방법이요! 모든 게 그 패턴 속에 있습니다, 박사님. 어째서 어떤 부분은 거칠고 어떤 부분은 매끄러운 걸까요? 모르겠어요?" 그는 눈을 크게 떴다. 평범한 사람, 심연을 지나치게 열심히 들여다보지 않은 사람의 능력을 초월한 깨달음의 깊이에 중압감을 느낀 것 같았다. "모든 건 한때 내부에 있었고, 또 모든 건 외부에 있었습니다. 이것이 모린 표면입니다, 박사님! 고전적인 구면 전환의 중간 지점이죠! 우리가 구조물에서 질서를 찾기 어려운 이유가 바로 이 때문입니다. 반쯤 뒤집힌 상태에서 멈춰있으니까요! 무슨 일이 일어난 겁니다, 박사님. 그리고 그 일은 의도된 것 같지 않은데….”

뒤팽은 졸도했다.

토폴스키는 그를 붙들려 했다. 머거트로이드에게는 그 정도 집중력이 흐트러진 것만으로도 충분했다. 그는 달려들어 토폴스키가 쥐고 있던 제식 리볼버를 빼앗으려 손을 뻗었다.

총이 발사됐다.

총알은 곤돌라의 금속 격벽에 맞아 공허한 울림을 냈다. 나는 이해할 수 없는 이유 탓에 내 복부를 응시했다. 총이 내 복부를 겨눈 적이 없는데도 불구하고, 나는 분명히 그곳에 총을 맞았다고 확신했다. 그 즉시 내가 어리석은 데다가 나르시시즘에 빠져있다는 심정에 휩싸였다. 통증도 없었고, 총알의 운동량이 가하는 충격도 없었으며, 상처 주변으로 피가 고이지도 않았다.

나는 총에 맞지 않았다. 우리 중 누구도 맞지 않았다. 총알은 천장에 맞아 얇은 외벽을 뚫고 나갔지만, 우리에게는 아무 해도 끼치지 않았다.

리볼버에서 딸깍 소리가 나며 격발용 공이가 빈 탄약실을 때렸다. 총알이 바닥난 것이었다. 머거트로이드는 토폴스키에게서 권총을 비틀어 뺏은 다음, 한층 더 속이 시원해지려는 목적으로 우리의 후원자에게 주먹을 한 방 날렸다.

“이 미친놈이! 우리가 영국으로 돌아가면 네놈은 지금 한 짓 때문에 교수형을 당할 거야.”

“위대하신 대영제국은 좀 기다려야 할지도 몰라요.” 코실이 건조한 말투로 한마디했다.

그때 엘리베이터가 갑자기 내려가는 것처럼, 곤돌라가 요동치며 급격히 아래로 떨어졌다. 그리고 중간에 잠시 멈췄다가 이내 다시 떨어지기 시작했다. 천천히 바닥이 한쪽으로 기울고 있었다.

"그가 기낭에 구멍을 냈습니다." 나는 느릿느릿 밀려오는 깨달음을 느끼며 말했다. "독립된 가스 주머니를 연결해 놓은 구조가 아닙니다. 구멍이 하나만 나도 수소가 새기 시작하는데….."

"공동으로 추락하고 있어!" 브루커가 비명을 질렀다. "우리 아래쪽은 한없이 펼쳐진 암흑밖에 없는데!"

코실은 몸을 기울이며 속삭였다. "사일러스, 아무리 당신 기준에서 보더라도 조금 극단적이지 않나요?"

19

나는 재차 읽으면 처음과 달리 무엇인가 바뀔지도 모른다는 듯이 미션 엠블럼을 손가락으로 어루만지며 계속해서 일곱 개의 이름을 헤아렸다. 예전에 시험 성적표를 봉투에 넣었다 빼면서, 내 시야에서 벗어날 때마다 성적이 올라가 있을 것이라고 비이성적인 기대를 했던 기억이 떠올랐다. 나중에 의학이 내 천직이 되고 나자, 별다른 노력 없이도 시험 성적은 쑥쑥 올라갔다. 의학을 사랑했기 때문에, 내가 의학에 종사하기 위해 태어났기 때문이었다. 의학은 다른 어떤 것보다 더욱 쉽게 내게 다가왔다. 하지만 일찍이 겪었던 실패의 아픔은 여전히 나와 함께하고 있었다.

"나는 이 임무의 정식 멤버가 아니야." 나는 큰 소리로 중얼거렸다.

하지만 나는 내가 무엇인지 알고 있었다. 다양한 우주선 모듈 및 지원용 드론에 동력을 공급하는 초소형 핵융합 발전기에서 시작해서, 차세대 우주복을 거쳐, 마지막으로 위험 부담이 따르는 급진적인 동면 처리장치에 이르기까지, 데메테르 원정대 전체가 제대로 검증되지 않은 신기술에 기반하고 있었다. 그 과정에서 문제가 생길 소지가 굉장히 높았기 때문에, 전반적인 비용과 복잡성이 추가됨에도 불구하고 전담 의료전문가의 동행 없이는 우주선을 운항할 수 없었다.

나는 사일러스 코드 박사, 데메테르호의 비행의무관이었다.

나는 이미 내 가치를 증명한 바 있었다. 그 동면처리장치에 문제가 발생하고 말았다. 당시 우리는 항해를 떠난 지 몇 주가 지났기 때문에, 돌아가기에는 너무 멀리 와버렸고 외부의 의료지원을 받을 가능성도 요원했다.

　　라모스가 뇌출혈을 일으켰다.

　　그 특수부대 출신의 멕시코인은 이공계에 종사해서 어마어마한 부를 이룬 사람도, 과학자도, 모험가도 아니었다. 이 임무에서 그가 맡은 유일한 역할은 '보안 이행'이었다. 즉 사람들이 불필요한 분쟁에 휘말리지 않게 하고, 원정대원과 이 임무에 배치된 민간 전문가들의 우호적인 관계를 유지하고, 양측이 출발 전에 합의한 계약 및 의무 사항을 서로 준수하도록 하는 것이었다. 우리가 유로파 위성에 도착하고 나면, 그는 지표 아래로 진입하는 작전이나 우리의 조사 목표인 외계 물체와 관련해서, 평상시와 다른 위험 요소를 파악하고 조언할 책임이 있었다. 라모스는 반 부흐트나 토폴스키를 무시할 권한은 갖지 못했지만, 그의 협조나 통찰력이 없다면 이 원정은 좌초되고 말 것이 분명했다.

　　내가 그의 목숨을 구했다. 이는 자부심에서 비롯한 진술이 아니라, 그저 내가 이 우주선에 승선한 사실과 관련한 의혹을 해소하면서, 이 임무에 나라는 존재가 가치 있다는 사실을 일찌감치 인정한 것에 불과했다.

　　라모스는 응급 뇌수술을 받고 몇 주 동안 재활을 거쳐야 했다. 생명을 구하고 나서도 그가 계속해서 직무를 원활하게 수행할 수 있으리라는 보장은 없었다. 하지만 라모스는 강인하고 단호한 사람이었기에, 대단한 성실성을 발휘해 점차 신체 기능을 완전히 회복했고, 이해력이나 언어능력, 운동능력 같은 부분에서도 결함이 발견되지 않았다. 나는 그의 회복을 돕기 위해 우주선의 3D 프린터로 클래식기타를 만들어주기도 했다. 그가 어린 시절에 기타를 연주했다는 말을 한 적이 있었다. 대개는 그의 의지에 반해서 억지로 받은 수업이었지만, 아직 간단한 코드와 운지법은 기억하고 있다고 했다. 몇 주의 긴 시간에 걸쳐 나는 그를 지켜봤다. 그는 거대한 손가락으로 지판을 짓누르며 처음에는 음 하나 제대로 내지 못했지만, 느리지만 끈질기게 자기 자신을 극복해 나갔다. 언젠가 그가 평소답지 않게 화가 치밀어 기타를 산산조각 내며 더 이상 연주 따위는 하지 않겠다고 한 적이 있었다. 하지만 하루가 지나자 그는 그 조각들을 다시 프린터에 넣어 우주선이 기타를 다시 만들게 해달라고 내게 애원했다. 나는 미소를 지었다. 이미 그렇게 해뒀기 때문이다.

"고마워, 사일러스." 그는 그 반투명한 악기가 이제껏 받은 것 중 가장 다정한 선물인 듯 두 손으로 받아 든 채 말했다. "나도 좀 더 신경 써서 다루도록 할게. 당신이 나를 돌봐줬던 것처럼."

"그건 내가 이 우주선에 타고 있는 이유 아닙니까." 나는 이렇게 대답했다.

이제 나는 이름이 적혀있는 여섯 명의 임무 참가자, 즉 토폴스키, 라모스, 브루커, 모틀락, 머거트로이드, 뒤팽이 사용하는 개인용 수면 시설을 찾아 우주선 안을 이동했다. 이들은 착륙모듈을 타고 내려온 인원들이었다. 일곱 번째 멤버인 반 부흐트의 수면 시설은 여전히 궤도상에 위치한 순항모듈 안에 있었다. 이는 착륙모듈과 순항모듈이 도킹해 있는 상태에서도 선장과 나머지 여섯 명은 실제로 분리돼 있다는 뜻이었다. 이는 모듈이 서로 분리된 이후 공간 및 대량 자원의 중복으로 낭비가 발생하는 것보다는 더 낫다고 여겨졌기 때문에 취해진 조치였다. 말할 것도 없이 여섯 개의 수면 시설은 텅 비어있었다. 각 시설은 깔끔하게 정리된 채, 사생활 보호를 위한 스크린이 쳐져있었다. 서둘러 떠난 사람은 아무도 없었지만, 나는 이곳에 여전히 남겨진 채였던 것이다. 개인 소지품을 살펴봤다. 소지 허가를 받은 사진 몇 장과 기념품 몇 개 정도였다. 아무리 핵융합 추진장치가 있어도, 목성까지(유로파 위성은 말할 것도 없고) 운반할 무게가 1킬로그램씩 늘어날 때마다 임무에 제약이 늘어났다. 3D 프린터로 제작한 기타는 개인 소지품 중 덩치가 큰 축에 속했지만, 적어도 이것은 이미 싣고 있던 대량의 자원으로 만들었다.

나는 우주선 아래쪽 수중 밀폐실 근처에 있는 거치대로 향했다. 마크 13-5 다중환경 우주복이 보관된 곳이었다. 이 복잡하고 다루기 힘든 우주복은 물속에서도, 유로파 위성에 숨겨진 바다의 새까만 해수 속에서도 진공상태에 있는 것처럼 제 기능을 발휘할 것이었다. 그러나 우주복은 모두 사라져 버렸고 거치대는 텅 빈 채 반짝거릴 뿐이었다.

여섯 벌의 우주복, 여섯 개의 빈 거치대. 여분의 우주복을 가져가면 비용이 굉장히 많이 드는 데다가 중량 제한 또한 고려해야 했기 때문에, 우리는 딱 여섯 벌만 가져올 수 있었다.

그들은 밖으로 나갔다.

나는 수중 밀폐실로 가서 진출입 상황을 점검했다. 밀폐실에는 마지막으로 작동된 시점을 기준으로 차량의 진출입 기록이 남아있었다. 확실히 하려면 다른 밀폐실들도 점검해야 했을 터였다. 하지만 기록에 따르면, 이 밀폐실을 마지막으로 이용한 것은 데메테르호를 넘어 바닷속으로 이동하려는 원정대원들이었다.

"그러면 다음에는 뭘 하지?" 스스로에게 질문을 던지자, 내 목소리가 텅 빈 통로와 수면 시설 사이로 울려 퍼졌다.

"좋은 질문이야."

나는 깜짝 놀라 돌아섰다. 그동안 받은 인상 탓에 그 순간까지 이 우주선에 나 혼자뿐이라고 믿을 수밖에 없었기 때문이다. 다른 탐사대원의 존재를, 임무 엠블럼에 적혀있지 않은 다른 이름을 까맣게 잊고 있었다.

코실이었다.

그녀는 작업용 격자 패널 위에 다리를 꼬고 앉아있었다. 내가 입고 있는 것과 같은 종류의 몸에 딱 달라붙는 노란색 저항성 우주복 차림이었다. 우리의 임무가 적힌 모자가 느슨하게 말린 머리카락을 덮었다.

내 심장이 달음박질쳤다. "대체 어디 있었던 거야?"

그녀는 내 충격에 전혀 동요하지 않고 차분하게 대답했다. "당신처럼 이 우주선의 시스템 인벤토리를 작동시키고 있었어." 그녀는 관 형태의 우주선을 관통하는 긴 중심축을 위아래로 훑어보며 말했다. "우주선에 다른 사람은 없어. 우주복 거치대와 수중 밀폐실에 관심을 보인 걸 보면, 당신도 스스로 거기까지 알아낸 것 같은데."

우리 임무 계획의 세부 사항이 한 번에 하나씩 떠오르기 시작했다. "그래. 그들이 **구조물**을 탐험하러 나갔다는 뜻이지. 여섯 명 모두 다. 아직 통신이 가능할까? 아니, 잠깐만." 나는 콧등을 문질렀다. 진한 숙취에 시달리며 깨어난 것처럼 머릿속에 여전히 안개가 자욱했고, 이전까지의 일들이 모호하게 느껴졌다. "다른 우주선이 있었어. 우리가 얼음을 뚫고 바닷속으로 들어가기 전까지는 보지 못했지만."

"그래…. 아주 좋아. 그 배 이름은 유로파호였어. 우리와 비슷한 원정대였는데, 규모가 그리 크지도 않고 장비도 잘 갖춘 편은 아니었지."

더욱 많은 것이 기억났다. "우리는 그 우주선에 대해 전혀 몰랐어!"

"맞아!" 코실은 경악할 만큼 놀랐다는 듯 고개를 저었다. "라모스는 자신을 포함한 원정대원 전체가 토폴스키의 거짓말에 속아 넘어갔다는 사실을 깨닫자 완전히 폭발해 버리고 말았어. 물론 토폴스키는 알고 있었던 거야. 그 거짓말쟁이 자식은 항상 알고 있었다니까. 이전 원정대는 그의 억만장자 플레이보이 경쟁자 중 한 명이 급히 결성해서 비밀리에 파견한 팀이었어. 관리감독도, 정부 간 승인도, 윤리적 검토도, 생물 오염 대처 계획도 없었어. 규칙은 힘없는 일반 대중에게나 적용된다는 양, 이공계 꼰대 자식이 할 법한 개수작을 부렸던 거야. 중요한 건 딱 하나, 범국가적 우주 기관보다 더 빨리 구조물에 도착하는 거였어. 규제 없는 자유주의적 자본주의의 빌어먹을 정도로 영광스러운 경이로움에 교훈이 또 하나 필요했던 것 같아."

"토폴스키는 그들이 처음으로 이곳에 도착했다는 사실을 어떻게 알았지?"

"산업스파이와 기꺼이 오줌을 갈기려는 다른 경쟁자들의 의지가 결합한 결과였지. '내 적의 적은 내 친구다' 같은 말 있잖아."

나는 그녀의 반감을 공유하며 고개를 저었다. "사람들이란."

"정말 그래, 사일러스." 그녀는 누가 봐도 냉정한 시선으로 나를 바라봤다. "어쨌든 토폴스키는 기업 내부의 비밀 경로로 유로파호가 임무 중 수집한 원격 데이터와 개선된 기술을 입수했고, 그 덕분에 데메테르호는 도착했을 때 예상할 수 있는 상황과 그에 대처할 계획을 갖출 수 있었지. 하지만 유로파호가 실패해서 모든 승무원을 잃은 채 아직도 여기 갇혀있다는 사실을 밝히는 위험을 감수할 수는 없었어! 그 사실을 알게 되면 대체 누가 이 일에 참여했을까?"

"라모스가 그런 일들을 어느 하나 달갑게 여기지 않았을 거라는 점은 알겠어. 그런데 어쨌든 그들은 다 밖으로 나갔는데?"

"그들은 심하게 언쟁을 벌였어. 심지어 토폴스키는 라모스에게 테이저 건을 겨누기도 했다니까! 지구에서 몰래 갖고 탔던 거야! 모든 게 무너지기 직전이었는데…. 브루커와 머거트로이드는 유로파호를 살펴본 다음에 어떻게 해야 할지 결정하자고 합의했어."

"그 우주선도 텅 비었을 테지. 여기처럼 말이야."

"그래, 그쪽 역시 6인으로 구성된 원정대였어. 그들은 곤란한 상황에 부딪쳤지. 유로파호는 분해돼 **구조물**에 동화되는 과정에 있었던 거야. 그쪽 승무원들은 측면에 구멍을 내고 안으로 들어가 조개 모양의 수중 밀폐실을 설치했어. 우리는 그 시점에서 그들이 무슨 목적으로 그런 일을 했는지 알지 못해. 순수한 탐험이었는지, 아니면 그 기계가 이미 그들의 우주선을 잎사귀로 감싸버렸기 때문에 협상하거나 저항할 필요가 있어 필사적인 심정으로 벌인 행동이었는지 모를 일이지. 우리가 아는 건 따로 있어. 그들 중 한 사람이 그 수중 밀폐실을 통해 유로파호까지 돌아오는 데 성공했어. 그리고 다시 그 안으로 끌려 들어갔지."

"세상에."

"다음에 여기 올 사람에게 메시지를 남길 정도의 시간은 충분했지. '지금 당장 여기서 꺼져'라고 적혀있었어. 그다음에 무슨 일이 일어난 것 같아?"

"우리 쪽 역시 안으로 들어갔군."

"인간 본성을 잘 파악하고 있구나, 사일러스. 중요한 원칙 중 하나를 정확히 짚어냈어. 사람들은 언제나 해야 하는 것과 정반대로 행동한다니까."

"용기라고 부를 수 있을지도 모르지." 나는 조심스럽게 의견을 냈다. "만약 데메테르 원정대가 저 안에 아직 생존자가 존재할 가능성이 있다고 생각했다면…. 글쎄, 그들에게는 조사할 도덕적인 의무가 있는 게 아닐까?"

"그 경고문을 보고도?"

"나는 그저 너그럽게 생각하려고 애쓰고 있을 뿐이야. 그 사람들을 좋아하니까." 나는 내 대답을 돌이켜 봤다. "어쨌든 그들 중 몇 명은 말이지. 우리는 무슨 일이 일어났는지 파악하고 있어? 그들이 어떤 기록이나 측정 데이터, 생체측정 자료를 보내왔어?"

"그들은 아직 저 안에 있어. 그리고 아직 살아있어. 하지만 스스로 나올 수는 없어. 아주 천천히 죽어가고 있거든. **구조물**은 그들을 살려두고 있지만, 오직 정보 수집을 위해 그렇게 하는 거야. 당신은 직접 목격했잖아. 그들이 어떻게 됐는지 알고 있으면서."

"*라 비힐리아 데 피에드라*." 나는 되살아난 기억의 파도가 나를 강타하는 것을 느끼며 이렇게 속삭였다. "맙소사! 나는 거기에 있었어. 우리는 거기에 있었다고. 하지만 지금 우리는 거기에 없는데! 우리는 여기에, 당신과 나는 데메테르호 안에 있어. 우리가 그 안에 들어갔을 리는 없어. 우주복은 오직 여섯 벌밖에 없으니까!" 그러자 내 뒤통수를 찔러대던 질문이 마침내 적절한 표현을 찾았다. "나는 비행의무관이야. 무슨 이유인지 그들은 내 이름을 임무수행원 명단에 포함시키는 게 적절하지 않다고 판단했는데…. 그런데 에이다, 당신은 정확히 어디 소속이지?"

"언제 우리가 서로를 이름으로 부르는 사이가 됐는지 궁금한데. 좋아. 크게 심호흡해." 그녀는 두 눈을 감고, 요가하듯이 몸을 쭉 뻗은 자세를 취했다. "제발 좀 크게 심호흡하라고. 당신도 말이야, 이 멍청아. 꼭 필요한 일이라고."

"어째서?"

코실은 눈을 떴다. "왜냐하면 여기가 당신이 항상 무너지는 지점이니까. 반복해서 말이지."

"시험해 봐." 내가 우겼다.

"아, 그럴 생각이야. 그 이야기가 각인될 때까지, 그리고 당신이 자신 안으로 도망가는 짓을 멈출 때까지 말이야. 가장 중대한 것부터 시작해 보자. 시간 말이야. 남은 시간이 별로 없어. 토폴스키와 다른 사람들은 당신이 생각하는 것보다 훨씬 오랫동안 **구조물** 안에 있었어."

"그런 생각 자체를 해본 적이 없는데. 그들이 떠난 지… 뭐라고?" 나는 수면 시설 표면에 쌓인 먼지가 단서가 될지도 모른다는 듯 주변을 둘러봤다. "벌써 며칠 정도 지난 거야? 그보다 더 오래됐을 리가 없는데. 내게 무슨 일이 일어났는지 모르겠어. 어째서 제대로 기억이 떠오르지 않는지도 모르겠고. 나는 정상적인 상태가 아니었던 것 같아."

"뭐, 그 말로 충분히 설명이 되네."

"하지만 당신은 내가 오랫동안 내 의무를 손 놓고 있도록 내버려두지 않았을 텐데. 그들이 안에 들어가 있고 우리가 여전히 원격의료 측정을 하고 있는 동안에는 말이야. 그들은 손이 닿지 않는 곳에 있을지 몰라도 여전히 내 관리 아래에 있어." 나는 그녀의 눈을 바라보며 내가 무엇을 놓치고 있는지 궁금해했다. "얼마나 지났지, 에이다?"

"3개월이야, 사일러스. 그들이 그 물체 안으로 들어간 지 100일이 넘었어. 내가 당신이 돌아오게 하려고 애쓴 기간도 그 정도야."

"아니야." 그녀의 말을 부정하며 거의 웃음을 터뜨릴 뻔했다. "3개월이나 지났을 리가 없어."

"3개월이 맞아. 그리고 이제 시간은 우리 편이 아니야. 단지 여섯 명의 상태가 악화되고 있는 것뿐만이 아니야. 궤도상에 있는 모듈 문제도 있어. 우리는 여기 내려와 있는 동안 완전히 차단된 상태야. 항상 예상했던 문제였지. 우리 위에 있는 20킬로미터 두께의 얼음이 훌륭한 차폐벽 역할을 하니까. 하지만 이제 우리는 비상사태에 대한 임무를 긴급히 처리해야 해. 반 부흐트는 우리가 몇 주 전에 귀환할 것으로 알고 있었으니까."

"그렇다면 그도 뭔가 잘못됐다는 사실을 알아차릴 거야."

"그가 아니라 그녀야." 코실이 정정했다. "반 부흐트 선장의 이름은 제니퍼 반 부흐트야. 당신도 알고 있잖아. 항상 알고 있었잖아. 그저 당신이 지어내는 남성중심적 서사의 시나리오에 쉽게 들어맞지 않았을 뿐이야. 당신은 과거 시대의 '역사적 신빙성'을 위해 그녀의 성별을 바꿔버렸어. 어쨌든 지금 중요한 건 이거야. 제니퍼 반 부흐트는 임무를 계획대로 수행하는 데 엄격한 사람이야. 시간이 다 지나면, 나머지 임무는 실패했다고 추정해 지구로 귀환하기 위해 핵융합 발전기의 시동을 걸 거야."

나는 그녀에게 묻고 싶은 질문과 내가 잊어버리고 싶었던 질문을 억지로 밀어내며 다른 질문을 했다. "얼마나 남았지?"

"대략 200시간 정도 남았어, 사일러스. 우리가 그 안으로 들어가서 원정대를 구출한 다음 그들을 데리고 궤도 모듈과 통신 가능한 지점까지 돌아가는 데까지 남은 시간이야."

나는 텅 빈 거치대를 바라봤다.

"우리는 우주복이 없는데."

"맞아."

"지원용 드론은 어때?"

"수중 밀폐실을 통과하기에는 덩치가 너무 커. 내가 유로파호에서 징발할 수 있었던 드론 역시 마찬가지야. 설사 드론이 수중 밀폐실을 통과하거나 다른 수단으로 길을 뚫고 들어갈 수 있다고 해도, 원정대가 보낸 초기 원격 데이터를 보면 그 안은 억지로 비집고 들어가야 할 정도로 좁다는 사실을 알 수 있어. 드론은 도움이 안 돼."

"그렇다면… 어떻게 할 수 있을지 모르겠는데."

"방법이 하나 있어. 유로파호에 속한 자산 하나가 이미 **구조물** 안에 들어가 있어. 우리는 그걸 제어할 수도, 움직일 수도, 원정대에 보내서 그들을 돕게 할 수도 있어."

"3개월이나 지났는데… 정말로 구할 게 있을 거라고 생각해?"

"지금 당장은 있어. 내가 말했듯이, 확실한 생체반응 흔적이 있어. 우리는 그들을 깨우거나 의식의 경계로 끌어올릴 수는 없어. 그런 짓은 지극히 최후의 수단으로만 가능할 뿐이야. 그들의 생명유지장치는 이미 한계에 도달해서 뇌 기능을 더욱 활성화하면 우주복의 시스템에 훨씬 큰 부담이 갈 거야."

"우리가 그들을 깨우면 죽는다는 거야?"

"짧게 설명할게. 최선의 방법은 누군가를 짧은 순간 깨워서 그가 의식이 명료한 틈을 타 회복할 수 있는 시간을 주는 거야. 하지만 그렇게 하더라도 시간이 지나면서 피해는 누적될 거야. 다른 선택지가 없을 때만 그렇게 할 거야."

"우리는 그런 짓을 하지 않을 거야."

그녀는 고개를 끄덕였다. "나는… 당신이 동의해서 기뻐." 그러고는 한숨을 쉬었다. "이 점에 있어서 라모스만이 유일한 예외야. 당신이 그에게 한 수술 있지? 당신은 그의 머리를 봉합하기 전에 두개골 안에 신경보철다발을 삽입했어. 뇌출혈이 재발하는 일을 막기 위한 의학적 보조장치 말이야. 그 장치는 그가 회복하면서 신체 기능을 되찾는 과정을 살펴보며 영향을 끼치는데… 또한 우리가 그에게 개입할 수 있도록 해줘."

"개입이라." 나는 그녀가 한 말을 반복했다.

"신경보철다발의 중재 덕분에 라모스는 심각한 부작용 없이 다른 사람들보다 좀 더 높은 의식 수준을 유지하며 시간을 보낼 수 있어." 그녀는 날카로운 시선으로 나를 바라봤다. "당신은 틀림없이 라모스에게 뭔가 다른 점이 있다는 사실을 알고 있었을 거야."

"다른 점이라고?"

"당신이 지어낸 이야기 속에서 말이야. 그는 당신의 정신적 대본을 따르는 한낱 조연이 아니었어. 자유의지가 있었으니까. 본인의 의지 말이야. 자신이 다른 사람이 만든 환상에 휩쓸리고 있다는 사실을 점차 깨닫기 시작하자, 각각의 이야기에서 있었던 일들을 기억해 내기 시작했지. 심지어 자신이 궁극적으로 처해있는 곤경을 희미하게나마 이해하게 됐어."

"좋아." 나는 고개를 끄덕였다. "이 자산 말이야. 그걸 이용하자. 우리는 그들을 그 안에서 꺼내는 방법을 찾아낸 다음, 시간에 맞춰 얼음 위로 올라가 반 부흐트에게 신호를 보내는 거야. 그게… 좋겠어. 내가 처리할 수 있어. 정말 할 수 있다니까. 당신은 여기서 내가 무너졌다고 했지.

뭐, 나는 아직 무너지지 않았어. 혼란스럽고 의심스럽고 약간 무섭기도 해. 당신이 여기서 무슨 역할을 하는지 잘 모르겠지만, 아직 무너지지 않았어."

"아, 참 해맑기도 해라." 코실은 손짓하며 숫자와 기호가 여전히 스크롤 되고 있는 화면의 한 곳을 가리켰다. "뭐가 보이는지 말해봐."

나는 어깨를 으쓱했다. "무슨 데이터 같은데?"

"계속해 봐."

"모르겠어. 내게는 쓸데없는 컴퓨터 데이터처럼 보이기는 하는데. 뭐라고 부르지? 코어 덤프라고 하나? 그 비슷한 거 있잖아."

"당신은 이미 그게 뭔지 알고 있어." 에이다가 말했다. "바로 프로그래밍 코드야, 사일러스."

20

누군가 내 뺨을 세게 후려갈겼다.

"코드 박사님, 일어나세요!"

나는 엄청난 저항을 이겨내며 억지로 눈을 떴다. 흐릿한 은빛 형체가 젊고 건강한 청년의 모습으로 점차 바뀌었다. 그는 빳빳한 금속 느낌의 행성 간 방위군 제복 차림이었다. 플라스틱-메탈 소재로 만든 벨트, 정규 지급품인 에너지 광선총, 반쯤 살아있어 부드럽게 빛나는 자개로 제작한 군대 휘장 등이 보였다. 서서히 그가 모틀락 소위라는 사실을 알아차렸다. 그는 내가 누워있는 침상 위로 몸을 굽힌 채 가능한 한 서둘러 구속 장치를 풀고 있었다.

"무슨 일이지?" 나는 따지듯 물었다.

"접속하고 계신 동안 문제가 발생했습니다. 맞춤형 학습기가 제대로 작동하지 않았어요! 기록장치가 서로 뒤섞이고 말았습니다!"

나는 뿌연 의식이 되돌아오는 것을 느끼며 물었다. "뒤섞였다고? 그게 무슨 뜻이지?"

모틀락이 서둘러 신경 접속 헬멧에 경첩으로 연결된 바이저를 한쪽으로 젖히는 바람에, 내 두피가 뜯겨 나갈 뻔했다. "학습기에 접속하신 이유를 기억하십니까?"

나는 억지로 생각을 정리했다. "내 기술을 최신 상태로 유지하기 위해 정기 보강 작업을 할 예정이었어. 지구에서 마지막으로 에테르 파동 통신을 보냈을 때 기록장치를 갱신했지. 수백 번이나 했던 일인데…."

"단순한 오류가 발생한 게 아닙니다." 모틀락이 나를 침상에서 일으키자, 내 발이 차가운 격자형 바닥에 닿았다. "에테르 파동 통신에 혼선이 생겼습니다! 기록장치가 박사님 머릿속에 의료 기술 대신 소설을 잔뜩 입력하고 말았습니다!"

나는 따끔거리는 뒤통수의 두피를 문질렀다. "맙소사. 그 말이 나와서 말인데, 기억나는 건 온통 굉장히 이상한 꿈밖에 없어. 나는 배를 타고 있었어…. 온갖 종류의 다른 배를 타고 있었지. 시간대는 달랐지만, 그 배의 이름은 언제나 데메테르호였어." 나는 그가 실재한다는 사실을 필사적으로 확신하고 싶은 마음에 그에게 손을 뻗었다. "그리고 자네도 항상 거기 있었어, 모틀락! 그리고 다른 사람도! 머거트로이드, 라모스…." 나는 정당한 분노의 파도가 솟아오르는 것을 느끼며 고개를 저었다. "어떻게 이런 착오가 일어났지? 이 일로 호된 징계를 받아야 할 거야!"

"방해 공작이 있었는지, 아니면 순전한 실수였는지 파악하지 못하고 있습니다, 박사님. 중요한 건 더 늦기 전에 기록이 뒤섞였다는 사실을 깨닫고 박사님을 꺼낼 수 있었다는 겁니다. 만약 학습기에 좀 더 오래 접속해 계셨다면, 잘못된 지식 견본이 박사님께 깊숙이 각인된 의료 능력을 모두 태워버리고 말았을 겁니다!"

나는 두 손을 내려다보며 내 손가락이 이제껏 단련한 일을 여전히 할 수 있을지 궁금해했다. 잠시 동안 아무것도 느껴지지 않자, 최악의 상황, 의사로서의 내 정체성이 완전히 소멸될 것을 예감하며 두려움에 떨었다. 그 무엇보다 끔찍한 죽음이었다. 만약 의학이 없다면, 나는 아무런 방향도 목적도 없었기 때문이다. 하지만 그때 손가락 끝에 가렵고 따끔거리는 감각이 찾아왔다. 압력 보조 메스의 윙윙거리는 티타늄 손잡이를 쥐고 있을 때 느껴지는 익숙한 감각이어서, 모든 것을 다 잃지는 않았다는 사실을 알 수 있었다.

"이 뒤섞인 기록을 내가 얼마나 오래 학습했지?"

"행성 간 여객선 페르세포네호에서 보고해 알아차렸으니, 그리 오래 지나지는 않았습니다. 그들은 원래 우리에게 오려고 했던 에테르 파동 통신을 수신했습니다. 그 승객들은 다양한 소설을 즐길 예정이었지만, 불쌍하게도 대신 박사님께서 수신하셔야 할 수술 견본을 학습하고 말았습니다! 몇몇 승객이 버터 바르는 칼을 들고 서로를 절개하려고 할 때까지 그쪽에서는 문제가 생겼다는 사실을 전혀 모르고 있었습니다! 기록장치 탓에 그들은 수술을 해야 한다는 생각에 저항할 수 없었다고 하더군요."

나는 혐오와 공포를 동시에 느끼며 고개를 저었다. "그들은 다 괜찮아?"

"대충 그런 것 같습니다. 그들은 손상을 복구하기 위해 다시 학습기에 접속하고 있습니다. 우리도 제대로 된 에테르 파동 통신을 수신하는 즉시, 박사님께도 똑같은 조치를 취할 겁니다. 물론 우리는 거리가 훨씬 멀리 떨어져 있으니 시간이 좀 더 걸릴 텐데…."

"당연히 그렇겠지." 나는 기억이 다시 선명하게 떠오르는 것을 느끼며 고개를 끄덕였다. "우리 임무는 열장벽 너머에 있는 소행성으로 향하는 거였어. 우리가 그곳에 접근하던 중에 나는 맞춤형 학습기에 들어갔지. 우리가 무엇을 마주치게 될지 모를 일이었으니, 확실히 내 기술을 가능한 한 날카롭게 갈고닦아 둘 필요가 있었으니까…." 나는 우리가 이미 재앙을 맞닥뜨리고 말았다는 감각에 뼛속까지 사로잡혀 몸서리쳤다.

"무슨 일이 일어났어, 모틀락. 끔찍한 일 말이야! 우리는… 아니 그들은 그 안으로 들어갔어. 그들은 여전히 그 안에 있어! 생체반응 흔적이 있다고!"

"무슨 말씀이시죠, 박사님?" 하지만 모틀락의 걱정은 이해심으로 바뀌었다. "다 괜찮습니다. 정말 괜찮아요. 우리는 그곳에 근접했지만 아직 도착하지 못했습니다. 박사님께서는 그저 그 기록장치 때문에 혼란스러우신 겁니다. 악몽을 떨쳐버릴 수 없는 사람처럼 말입니다."

"분명 그럴 테지." 나는 그의 설명을 간절히 받아들이고 싶어 고개를 끄덕였다. "악몽은 여러 번 꿔봤지만, 그중 최악의 꿈도 이것과는 비교할 수 없어." 나는 한 손으로 침상 옆면을 꽉 쥐었다. "지금 이곳만큼 현실적으로 느껴졌어, 모틀락. 그중 마지막 꿈이 최악이었어! 또 다른 우주선이었지. 데메테르호보다 훨씬 원시적인 수준이었는데, 지난 세기, 혹은 그 전 세기의 물건 같았어. 엉성한 원자력엔진으로 구동하는 조잡한 우주선이었다니까! 우리는 우주를 건너 목성에 도착한 다음, 유로파 위성의 얼음을 녹여 구멍을 내고 지표면 아래의 바다로 들어갔는데…." 나는 머리가 덜덜 떨렸다. "분명 미친놈처럼 들리겠지."

"그 기록장치에 저장된 이야기 때문에 혼란스럽다고 해서, 박사님을 탓할 사람은 아무도 없습니다." 모틀락은 달래듯이 말했다. "하지만 중요한 건 그중 어느 것 하나 진짜가 아니라는 겁니다. 지금 이곳이 진짜라고요. 그 기록장치가 박사님께서 어떤 감정을 느끼게 하려고 했든, 지금은 그중 어느 것도 진지하게 받아들이실 필요가 없습니다."

"고마워." 나는 그를 신뢰할 수 있을 것이라 감히 판단하며 이렇게 말했다. "모틀락, 나는 이제 괜찮아, 알겠지? 무슨 일이 일어났는지 이해했고, 이미 그런 거짓된 경험에서 어느 정도 벗어난 것 같아. 다른 사람들에게 보고할 때 내가 겪은 혼란에 대해 너무 크게 말할 필요는 없어. 그들이 내 능력에 신뢰를 잃기를 바라지 않으니까."

"박사님에 대한 신뢰를 잃는다고요? 그럴 리는 없습니다. 박사님께서 우리에게 배속되신 건 행운이었고, 그건 지금도 여전합니다. 이 우주선에 탑승한 사내놈들은 박사님께서 행성 간 방위군 최고의 외과의사라는 사실을 다 알고 있습니다." 그의 말투는 부드럽지만 고집스러웠다. 마치 그가 의사고 내가 본의 아니게 환자가 된 것 같았다. "이제 머리를 비울 수 있을 때까지 충분히 휴식을 취하도록 하세요. 신나는 일은 놓치지 않도록 신경 쓰겠습니다."

"그것도 별로 바라지 않는데." 나는 여전히 들러붙어 있는 불안감을 한쪽으로 밀어버리며 대답했다. 하지만 여전히 신경을 긁는 것이 있었다. "모틀락?"

"예, 박사님?"

"자네는 이 우주선에 탄 사내놈들이라고 했지. 설마 에이다를 빼먹은 건 아니겠지?"

"에이다라뇨, 박사님?"

"에이다 코실 말이야."

그는 걱정이 다시 희미하게 고개를 드는 듯 나를 바라봤다. "데메테르호에 에이다 코실이라는 사람은 승선하지 않았습니다, 코드 박사님. 우리 중에 숙녀분이 있다면 기억하지 못할 리가 없잖습니까!"

나는 아무 말도 하지 않았다.

✷

우주선의 바쁜 일상으로 복귀하기 전에 잠시 숨을 고르며 중압감을 덜 필요가 있었기 때문에, 함교로 가는 길에 먼저 내 선실에 들렀다. 선실의 슬라이드 문을 닫고 내 방 계기판 앞에 앉아 안도감을 얻기 위해 주변을 하나하나 꼼꼼히 살펴봤다. 고강도 합금으로 만든 벽은 색색의 조명 탓에 무늬가 강조돼 원래의 단순한 모습과는 달랐다. 내 방에서 의무실로 곧바로 이어지는 보조 출입문도 있었다. 강화유리가 달린 둥근 창이 나 있었고, 그 너머로 별이 점점이 수놓인 어두운 우주가 펼쳐졌다. 그곳은 얼음 지각 아래의 검정색 바다가 아닌, 한 쌍의 눈구멍처럼 새까맣고 텅 빈 실제 공간이었다. 방 안에 흩어진 몇 가지 개인 소지품으로 시선을 옮겼다. 병 안에 담긴 세 개의 돛대를 가진 스쿠너, 송진 블록에 보존 처리된 노란색 깃털 하나, 포도나무 덩굴로 뒤덮인 언덕 위의 작은 시골집과 그 너머로 희미하게 비치는 바다를 그린 3차원 그림이 보였다. 그리고 항성 간 방위군 의과대학을 졸업했을 때 받은 선물이 있었다. 굉장히 오래된 프랑스제 천공기구가 담긴 화려한 상자였다. 그 기구는 현재의 개화된 시대 이전의 치료 기술에 내재된 공포를 일깨워 주는 유익한 역할을 했다.

    나는 숨을 내쉬었다. 이 모든 것이 진짜였다. 내가 맞춤형 학습기를 통해 살았던 삶은, 당시에는 얼마나 실재하는 것처럼 보였든지 간에 그저 모조품일 뿐이었다. 기록장치가 내 두뇌 신피질의 점토 같은 유연한 표면 위에 견본을 새겨놓은 결과물에 불과했기 때문이다. 나는 사일러스 코드였다. 존경받고 신뢰받으며 필요한 존재. 내 본성의 어떤 측면도 의심할 이유가 없었다.

"나는 코드야." 스스로에게 속삭였다. "나는 코드라고."

괴로운 기억들이 내 주변 환경에서 비롯된 본연의 현실감으로 깨끗이 씻겨 나가 희미해지기 시작했다. 이제 이해가 갔다. 맞춤형 학습기는 입력되는 기록에 따라 다르게 작동했다. 그 여객선의 승객들은 씨앗 단계의 견본을 공급받을 예정이었었다. 이는 그들의 무의식을 증폭시켜 그들의 기억과 주변 환경에서 일상적인 세부 요소들을 가져와 소설을 구성하는 촉매였다. 그것은 내 머릿속에서 역시 같은 방식으로 작동해 흩어져 있는 내 개인 소지품에서 영감을 끌어낸 것이 분명했다. 병 속에 들어있는 배 대신 위험한 바위에 부딪치는 스쿠너에 대한 꿈을….

그리고 저 노란 깃털 역시….

슬픔이 밀려들어 왔다. 그녀가 실재하기를 바랐다. 친애하는 에이다가 보여준 각기 다른 모습들을 돌이켜 보면, 그녀보다 더 사랑스러운 괴롭힘쟁이를 상상해 본 적이 없었다.

나는 소리를 내지 않고 입만 벌려 말했다. "그중 아무것도 진짜가 아니라서 기뻐. 당신만 빼면, 에이다. 딱 하나 당신만큼은 진짜이기를 바랐는데."

나는 송진에 덮인 깃털을 손가락으로 어루만지다가, 극도로 조심스럽게 원래 있었던 곳에 돌려놨다.

✱

데메테르호 함교로 통하는 진공 엘리베이터를 셀 수도 없이 여러 번 드나들었지만, 그 순간마다 걸음을 멈추고 압도되지 않은 적이 없었다. 행성 간 방위군 우주선의 복도를 활보하던 사람 중에서 데메테르호 같은 최전선 정찰선까지 도달한 이는 극소수였으며, 세상을 잿더미로 만들 수 있는 힘과 권한이 집중된 이 함교의 격자무늬 바닥을 밟을 특권이 있는 이는 더욱 드물었다.

언제나 그렇듯이, 주 관측창이 내 시선을 장악했다. 이 창은 고강도 합금 프레임으로 제작됐고, 에너지 광선총 공격에 대비해 3중으로 보강됐으며, 함교 전방의 180도 각도를 따라 곡선을 그리며 넓게 펼쳐져 있다. 보통 관측창 너머의 광경은 흩어져 있는 별과 행성을 제외하면 검정색이었지만, 이번에는 우리가 달려가고 있는 얼음 소행성의 타오르는 듯한 새하얀 표면이 창 전체를 가득 메우고 있었다.

그 얼음 소행성은 열장벽 너머에서 온 위협적인 침입자로, 오직 소수의 우주선만이 진출할 수 있었던 외우주의 암흑에서 태양계로 무단 침입해 온 존재였다. 우리의 임무는 그 소행성과 그 안에 있는 외계의 변칙적인 존재를 조사하는 것이었다. 외부 스캔으로 그 존재를 발견했지만, 그것의 본질과 목적은 여전히 알려지지 않았다.

생물학적인 눈이든 기계적인 눈이든, 모든 시선이 그 목표에 집중돼 있었다. 함교에 있는 모든 승무원은 소행성에 접근하는 과업에 모든 신경을 쏟아붓는 중이었다. 그들 주변에 있는 계기판이 윙윙거리는 소리를 냈다. 기록장치가 작동됐고 원통형 코일이 재잘거리는 듯한 소리를 내며 반복적이고 차분한 배경음악을 깔았다. 마치 승무원들의 엄숙한 전문성을 찬미하는 합창처럼 들렸다.

'정복자' 반 부흐트 선장은 함교 한가운데 연단에 자리한 왕좌 같은 지휘석에 앉아있었다. 그의 앞에는 반짝거리는 계기판과 조작용 레버가 원호를 그리며 놓여있었다. 그는 앉은 자리에서 몸을 살짝 앞으로 기울이고 부츠를 신은 한쪽 다리를 앞으로 내민 채 극도로 경계하는 듯한 자세를 취했다. 체스 고수처럼 강철 같은 집중력이 그의 표정에 드러났다.

"엔진을 공회전 상태로." 선장이 읊조리듯 지시를 내리자, 부드럽지만 위엄 있는 목소리가 지휘실의 구석구석까지 울려 퍼졌다. "관성을 유지하며 전진하고, 그 사이 모든 압력포대는 발사 준비를 마치고 대기하도록. 박리포는 전투 대비 상태를 유지할 것."

"압력포는 예열이 끝나 발사 준비가 완료됐습니다." 우주선의 조타수 머거트로이드가 가변저항기에 달린 묵직한 손잡이를 움직이며 대답했다. 금성 개구리 종족과의 전투를 겪었던 시절을 증명하는 그의 한쪽 인공 눈이 반짝거리며 회전했다.

내가 선실에 들른 사이, 모틀락 소위는 이미 함교에 도착해서 무기 계기판 앞에 있는 자신의 자리에 앉아있었다. "박리포대는 충전이 끝나 언제라도 방출 가능합니다." 그는 자신의 앞에 있는 계기판의 스위치를 움직이며 보고했다.

"음, 의무관? 살아있는 사람들 사이로 돌아온 건가?" 반 부흐트가 쾌활하게 물었다. "어떻게 일어난 일이든 용납할 수 없는 실수였어. 영구적인 피해가 남지 않았으면 좋겠군."

"아직 쓸모가 있을 것 같습니다." 나는 손가락을 구부려보며 대답했다. "모틀락 소위가 고맙게도 제때 도착했습니다. 더 지연됐다면 어떤 후유증이 있었을지 감히 추측하기가 어렵습니다."

"그 일이 실수였다면, 관계자는 호된 징계를 받게 될 거야." 반 부흐트의 말은 모틀락이 나를 학습기에서 구해냈을 때 느꼈던 내 감정을 상기

시켰다. "혹여 고의적인 방해 공작이었다면, 그 가해자는 한 명이든 여러 명이든 물질 소멸실에 들어가게 될 테지."

"단순한 실수 이상은 아니라고 생각하는 편이 좋지 않을까요?" 내가 말했다. "어쨌든 탐사라는 중대한 과업에 방해 공작을 벌이고 싶은 이유가 뭐가 있겠습니까?"

"그들은 내 평판을 망치고 싶어 해, 코드." 우리의 민간인 손님 토폴스키가 선장보다 낮은 위치에 있는 관측석에서 몸을 휙 돌리며 말했다. "은유적으로 말하자면, 나는 이 배 돛대에 내 깃발을 못으로 박아버렸어. 결코 후퇴하지 않는다는 뜻이야. 적들은 내 모험이 실패로 끝나기를 그 무엇보다 바라고 있지." 모피를 뒤집어쓴 채 시가를 씹고 있는 이 거물은 스스로도 인정하듯 아홉 개의 세계를 통틀어 가장 부유한 사람이었다. 그는 행성 간 방위군 내 자신의 영향력을 이용해서 이 얼음 소행성에 대한 군사적, 과학적 탐험을 추진했다.

"대화를 나누는 사이 에테르 파동 통신을 통해 정확한 기록이 도착하고 있군요." 반 부흐트는 작동하고 있는 기록장치를 향해 고갯짓을 했다. "대장님, 만약 그 일이 우리 또는 당신을 해치려는 시도였다면, 그 행위는 실패로 돌아갔다고 확신할 수 있습니다." 그의 탐색하는 듯한 시선이 내게 닿았지만, 그 시선은 나를 꿰뚫고 훨씬 더 먼 곳에 있는 어떤 공간과 시간의 영역으로 향하는 것 같았다. 그는 손가락을 하나 세워 관자놀이를 눌렀다. "어려운 문제들은 제쳐두고, 마침 딱 좋은 순간에 도착했군요. 우리는 이제 진입 지점을 발견하기 직전입니다!"

선장의 추측만으로 내린 결론이 아니었다. 반 부흐트는 단기 초능력자로, 정확히 13분 5초 동안의 예측 가능한 지평 내에서 사건을 감지하고 그에 따라 행동할 수 있었다. 이는 개구리 종족과의 전쟁에서 도움을 주고, 바로 이 원정대를 구했던 기술이었다. 일주일 전, 반 부흐트는 충돌 방지 장벽을 깔끔하게 통과한 타오르는 소행성을 피하기 위해 우주선의 항로를 변경했다. 선장의 예지능력이 없었다면, 데메테르호는 내 상상 속에 등장했던 그 불운한 스쿠너처럼 반드시 암석에 부딪쳤을 것이 아닌가!

"위험을 예지하셨습니까?" 내가 물었다.

"아니." 그가 대답했다. "내 심령의 지평 안에서는 그렇지 않아. 하지만 깜짝 놀랄 일이 하나 있군. 우리가 예상하지 못한 거야. 하지만 그 놀랄 일이 무엇이 될지 정확히 밝힐 수는…."

그는 몇 번인가 내 진찰용 침상에 누웠을 때, 이 재능의 생리학적 상관관계에 대해 설명해 준 적이 있었다. 미래의 사건들이 시야에 들어올 때면, 그것들은 거리를 둔 채 따끔거리는 인상과 명확한 형태가 없는 정신적 뇌운 같은 모습으로 나타났다. 그것들이 시간적으로 더 가까워지면서 예측의 지평선 너머로 완전히 떠오르고 나서야, 비로소 그런 환상에 명확한 형태와 의미를 부여할 수 있다는 것이었다.

다른 사람들은 그의 이런 능력을 부러워했을 것이다. 하지만 나는 그렇지 않았다. 예지의 재능이 의사인 나의 손을 어떻게 인도했을지 상상해 보는 것만으로 충분했다. 만약 내가 시도한 절개가 성공으로 이어질지 아니면 재앙으로 끝나고 말지 사전에 알게 된다면, 나는 미리 정해진 힘의 의지 없는 도구가 돼 로봇이나 전자두뇌보다 하등 나을 것이 없을 터였다.

"코드, 우리의 위대한 승리의 순간에 자네가 여기 있어 굉장히 기뻐!" 토폴스키가 말했다. "우리가 보게 될 건 우리 이름을 불멸의 존재로 만들 거야! 우리의 명성은 온 우주를 가로지를 테지! 개구리 종족은 기만적인 태도와 저급한 간계로 우리를 시험했을지 모르지만, 태어났을 때부터 자랑스러운 존재인 지구인들의 지성에는 결코 상대가 못 됐어. 하지만 우리는 지금 우리가 획득한 문턱 위에 서있어. 우리보다 진정으로 우월한 지성체의 업적을 목격한 최초의 인류라고!"

"대장님, 우리가 모든 승무원을 데리고 무사히 지구로 귀환할 수 있다면, 그것이 제게 충분한 보상이 될 겁니다."

"아, 이렇게 겸손한 목적이 다 있군. 히포크라테스 선서에 따른 이타적인 헌신이라니. 진정으로 기쁘군!"

"시야에 들어왔습니다." 머거트로이드가 점점 흥분하며 말했다. "저기 있습니다. 선장님께서 예상하신 대로, 우리 바로 코앞에 있습니다!"

"박리포는 언제든지 방출할 수 있습니다." 모틀락이 맡은 계기판 위에서 수많은 다이얼이 흔들렸다.

우리 앞에는 구멍이 하나 있었다. 목구멍을 닮은 균열이 얼음 소행성 내부로 이어졌다. 이는 토폴스키의 목표물이었던 **구조물**(그가 저 존재를 부르는 이름이었다)이 외우주의 공동으로부터 돌진해 들어오면서 만들어낸 터널이었다.

"엔진 정지." 반 부흐트가 읊조리듯 말했다. "압력포와 견인장치를 가동하도록. 머거트로이드, 현재 속도를 유지하며 저 구멍 중앙으로 이동해."

우주선 조타수의 손가락이 빛나는 계기판 위에서 힘들이지 않고 춤을 췄다. 데메테르호는 수직 통로를 내려가면서 우주선의 경로를 유지하기 위해 로켓엔진을 주기적으로 점화했고, 배기구에서 방출되는 깜빡이는 불빛은 수직 통로의 홈이 난 벽에 반사돼 사방으로 퍼졌다. 방사된 불빛이 끊기는 모습은 먼 곳에서 발생한 번개 폭풍을 떠올리게 했다.

항상 번개가 친다.

우주선은 하강하면서 거의 수직으로 기울었지만, 인공 중력은 전혀 흔들리지 않았다. 우리는 꾸준한 속도로 수직 통로를 내려갔고, 머거트로이드는 매 킬로미터마다 우리가 들어간 깊이를 큰 소리로 보고했다. 우리가 진입한 지점은 우리 머리 위에서 천천히 줄어들어, 후방 관측 화면에 나타난 바로는 어두워지는 얼음의 주변부에 둘러싸인 검정색 원판에 불과할 정도였다. 나는 여전히 그 자리에 선 채 원치 않은 기억에 저항하며 주먹을 꽉 쥐었다. 거의 비슷한 방식으로 지구 속으로 가라앉는 비행선에 대한 기억이 떠올랐기 때문이다. 하지만 그것은 절대 불가능한 일이었다. 이전 시대의 사람들은 아직 무지에 사로잡혀 있었기 때문에, 지구 속의 구멍과 그 안의 빈 영역으로 들어갈 수 있는 통로의 존재에 가능성을 열어뒀을 수도 있었다. 반면 초과학의 시대에 사는 우리들은 좀 더 많은 것을 알았다. 하지만 그 지긋지긋한 맞춤형 학습기가 내 머릿속 깊은 지점에 그런 관념의 견본을 심어놨기 때문에, 그것이 허구라는 사실을 알고 있는 지금도 그 생각을 완전히 떨쳐버릴 수 없었다. 가솔린을 연료로 하는 비행선의 소음과 냄새는 내 기억 속에서 여느 실제 경험만큼이나 생생하게 다가왔다. 나는 그곳에 있었던 것이다. 하늘이 아닌 바다를 가르며 이동했던 데메테르호의 과거에 있었던 것과 마찬가지로, 나는 확실히 그 비행선 안에 있었다.

아니야. 나는 스스로에게 단언했다. 나는 그곳에 없었다. 비현실적인 일이었다. 반복된 일들은 모두 거짓말이었고, 논리적 외삽법에 따르면 내가 깨어나기 전에 겪은 네 번째 반복된 경험 역시 마찬가지였다. 나는 그 꿈에서 깨어나 이곳으로….

"전방에 뭔가 있습니다." 머거트로이드가 큰 소리로 보고했다. 그의 계기판에서 빨간색 불빛이 주기적으로 깜빡거리기 시작했고, 함교에 흐르던 배경음악에서 미묘하지만 불길한 변조가 느껴졌다. "탐지기 접촉. 우리 아래쪽으로 3킬로미터 정도 떨어진 통로 벽에 작은 금속성 물체가 끼어있습니다."

"추정 위치 좌표는?"

"수평 좌표 200.3, 6.8, 수직 좌표 1.61입니다." 머거트로이드가 낮은 목소리로 보고했다. 덜덜 떨리는 소음과 함께, 그의 계기판에서 종이에 인쇄된 데이터가 출력됐다. 그는 종이의 끝 부분을 찢어 계기판 너머로 몸을 굽히고 모틀락 소위에게 전달했다.

"경계 상태 적색으로. 모틀락 소위, 해당 좌표에 압력포대를 조준하도록."

"조준을 시작합니다." 모틀락은 종이에 인쇄된 데이터에 따라 다이얼과 레버를 설정했다. "압력포는 조준을 마치고 세부 보정 중입니다."

"조타수, 하강 속도를 절반으로 낮추게. 소위, 적의를 보이는 순간 스스로 판단해서 발사하도록."

"알겠습니다, 선장님."

"그런 조치를 취하기 전에 먼저 저와 상의해 주셨으면 합니다." 토폴스키의 군사고문으로 일하는 라모스가 말했다. 그는 머리가 벗겨진 거대한 황소 같은 남자였고, 가슴에는 광선총의 에너지 팩이 들어있는 탄띠를 가로로 메고 있었다. 그는 적색경보의 끊임없는 울림 탓에 목소리를 높여야 했다. "제 고용주가 **구조물** 조사에 많은 걸 걸고 있다는 사실을 또 말씀드릴 필요는 없을 것 같습니다. 타버린 잔해만 뒤적거려야 한다면 별로 위안이 되지 않을 겁니다."

"우리는 아직 **구조물**에 접촉을 시도할 정도로 깊게 들어가지 않았습니다." 뒤팽이 말했다. 그는 데메테르호의 분석 및 논리 시스템의 한계를 넘어선 수수께끼를 풀기 위해 원정대에 고용된, 헝클어진 머리의 조숙한 수학 천재였다. "그것이 마지막 추정 위치에서 이동하지 않는 한, 앞으로 13킬로미터는 더 가야 우리 눈에 보일 겁니다. 탐지기에 포착된 게 무엇이든, 다른 존재입니다."

"확실한가?" 토폴스키가 물었다.

"저는 대부분의 것들을 확신합니다." 그 청년은 굽히지 않고 대답했다.

"탐지기에 접촉이 계속 유지되고 있습니다." 머거트로이드가 보고했다. "저게 무엇이든 너비가 2미터 정도밖에 되지 않습니다. 우주선이라고 하기에는 너무 작습니다."

"하지만 개구리 종족의 에너지 지뢰라면 그렇게 작은 크기도 아니지." 반 부흐트에게는 작은 금속제 물체에 의혹을 품을 만한 이유가 있었다. "하지만 금성인들의 함정이라면 위장해 두는 편이 더 낫지 않았을까?"

"눈으로 볼 수 있습니까?" 내가 물었다.

"이제 막 시계 한도 안으로 돌입하는 중입니다, 박사님." 머거트로이드가 말했다. "선장님, 주 관측창에 영상을 띄웁니까?"

반 부흐트는 고상한 태도로 손짓했다. "그렇게 하게."

주 관측창의 중앙부는 마치 물이 반사되는 것처럼 빛으로 일렁거리다가, 이내 수직 통로 벽의 일부를 확대한 영상으로 변했다. 우리는 즉시 그 금속 물체의 근원을 확인했다. 환하게 반짝이는 노란색 물체가 더러운 흰색 얼음을 배경으로 또렷이 드러났다. 마치 사금채굴자의 채취용 그릇에서 금 조각이 눈에 띄는 것 같은 모습이었다.

장거리 탐지기가 잡은 모호한 초점 탓에 물체의 형태를 알아보기는 어려웠다. 우주쓰레기 조각일 수도, 이질적인 바위 조각일 수도, 인간 크기의 외계 거미가 탈피해서 동그랗게 말린 허물일 수도, 혹은 그보다 더 나쁜 존재일 수도 있었다.

하지만 나는 그 무엇도 아니라는 사실을 알고 있었다.

"에이다 코실입니다." 나는 해야 할 말을 검열하기도 전에 무심코 그 이름을 입 밖으로 내뱉고 말았다.

모틀락은 계기판에서 고개를 돌려 나를 바라봤다. 내가 맞춤형 학습기에서 시련을 겪은 후 둘 사이에 나눴던 어색한 대화를 기억하는 것이 분명했다.

"데코실? 내가 잘 모르는 용어인데?" 반 부흐트는 당연한 질문을 했다. "광물학이나 화학에 관련된 전문용어인가?"

나는 그녀를 똑똑히 봤다. 그녀는 노란색 우주복을 입은 채 벽 위로 튀어나온 좁은 바위에 사지를 웅크리고 위태로운 모습으로 앉아있었다. 그 아래로 수직 통로가 가파르게 이어졌다. 그녀의 얼굴이나 여타 특정 가능한 모습을 볼 필요도 없었다. 내 꿈속에 등장하는 위풍당당한 영혼 인도자가 아니면 누구라는 말인가? 그녀가 돌아왔다. 그 모든 것에도 불구하고. 그녀가 실제로 존재할 가능성이 없다는 사실에도 불구하고.

"접촉까지 1.5킬로미터 남았습니다." 머거트로이드가 말했다. "화질이 개선됐습니다."

주 관측창에 떠오른 이미지가 흔들리다가 좀 더 선명한 화질로 다시 떠오르자, 내 가슴속에서 무엇인가 움직이기 시작했다. 나는 그 존재가 그녀이기를 바라는 동시에 바라지 않았다. 그녀의 얼굴을 다시 한번 보고 싶었고, 그녀가 단순히 꿈의 산물이 아니라는 사실을 확인하고 싶었다. 하지만 동시에 그녀가 절대 존재하지 않기를 바랐다. 그저 에이다 코실이라는 사실 하나만으로 내 마음속에 문이 하나 열렸기 때문이다. 내가 결코 마주하고 싶지 않은 어떤 것으로 통하는 차원 이동의 입구였다.

이미지는 더욱 선명해졌다. 나는 그것이 에이다 코실이 아니라는 사실을 알고 절망하는 동시에 안도했다. 그것은 구겨진 노란색 금속 덩어리, 찢어지고 휘어지고 뭉개진 선체 외장 조각이었다. 그래서 그것이 사람이기를 바라는 (혹은 두려워하는) 심정으로 언뜻 보게 되면 웅크리고 있는 사람의 형체로 보일 수도 있었다.

"고강도 합금 조각입니다." 머거트로이드가 말했다. "읽을 수 있는 부분이 일부 있는데…. 유… 아마 유… 라는 글자 같습니다."

"개구리 종족이 아닙니다!" 모틀락이 불쑥 끼어들었다. "우리 쪽 우주선 중 하나입니다!"

반 부흐트는 침울하게 고개를 끄덕였다. "정말이군. 우리보다 먼저 이곳에서 길을 잃은 불쌍한 우주선의 잔해야." 그러고는 신중하게 이렇게 덧붙였다. "경계 상태 황색으로. 정상적인 하강 속도로 복귀하도록."

✷

우리는 그 굴뚝을 18킬로미터 정도 더 내려가, 얼음 소행성의 중앙부에 움푹 들어간 빛이 없는 공간에 접어들었다. 데메테르호는 여전히 황색 경계 태세를 유지한 채 그 심연 같은 공간 속으로 2~3킬로미터 하강했고, 우주선의 계측장치와 스크린은 도무지 이해할 수 없는 공동 속으로 어떻게 들어왔는지 모를 미세한 우주 먼지와 반응하며 꿈틀거렸다.

우주선에서 탐조등이 켜져 우리 머리 위쪽의 얼음 덮개를 스쳐 지나가며 노란색 광채의 거대한 호를 그렸다. 진주빛 광택을 띠는 얼음 위로 그와 대비되는 회녹색의 기묘한 튜브 형상이 꿈틀거리며 지나갔다. 탐조등은 마치 거대한 나무의 가지나 강 하구의 삼각주를 거슬러 올라가듯, 점차 두꺼워지고 서로 합쳐지는 이 촉수 같은 형태를 따라 빛을 발산하는 최초의 근원을 향해 더듬어 나아갔다.

갑자기 그것이 우리의 조명 안으로 모습을 드러냈다. 기형적으로 끔찍하게 솟은 송곳니의 썩은 끝 부분처럼, 얼음에 구멍을 내 아래에서 뚫고 나온 모습이었다. 길이와 너비 모두 300미터 이상이었고, 산 하나 정도 크기의 이상하게 뒤틀리고 툭 튀어나온 덩어리였다. 볼록한 부분과 오목한 부분이 뒤섞여 있었고, 어떤 부분은 매끄럽고 어떤 부분은 거칠게 형성돼 있었다. 마치 무늬가 있는 카펫을 여러 번 말아서 묶어놔, 본래 모습을 거의 알아볼 수 없을 정도로 감춘 것 같은 모습이었다.

뒤팽은 현대미술 작품에서 의미를 찾으려 애쓰는 평론가처럼, 두 손으로 이상하고 뻣뻣한 손짓을 하며 각도와 교차점을 표현하고 있었다.

"기하학…." 그는 중얼거렸다. "기하학이야! 알 수 있을 것 같아! 네

부분으로 나뉜 각각의 구획은 삼각형과 위상적으로 동일해!" 그는 우리를 돌아봤다. 크게 뜬 눈을 보니, 우리가 그에게는 너무나 명확한 점을 시각화할 수 없다는 사실을 이해하지 못하는 것처럼 보였다. "모르겠어요? 아름다워요! 그리고 끔찍해요! 이것은… 맞지 않아!"

"이런 형태를 생각해 내는 건 외계의 사고방식이야." 토폴스키는 희미하게 경멸하는 듯한 태도로 말했다. "우리의 이해력을 한참 벗어난 사고방식 말이지. 미학적으로 적절한지에 대한 그들의 기준이 우리에게 이상하게 보이는 건 당연해. 우리의 고전적 비율이 그들에게 이상하게 보이는 것처럼."

"더 많은 게 있습니다." 뒤팽의 이마는 땀에 젖어 거울처럼 번들거렸다. "어떤 것이 저지른 일입니다. 어떤 게 이걸 뒤틀었습니다! 위상적인 문제가, 기하학적인 사고가 일어났던 것 같아요! 초공간 다양체에 주름이 생겼습니다! 초광속 도약이 잘못돼서… 흉하게 일그러져 버린 겁니다! 하지만 더욱 정확한 계산이 필요해요." 그는 손가락으로 이마를 짓누르며 손톱자국을 냈다. "정확한 변환 집합을 구체적으로 지정해야 하는데…. 근사치에 가깝다고 해서 충분하지는 않아요! 근사치로는 도움이 되지 않습니다! 나는 실패해서는 안 되는데!"

"진정해요." 나는 그의 관자놀이에 툭 불거져 나온 정맥을 보며 말했다.

"아니에요. 이걸 풀어야 해요. 우리가 탈출하려면 반드시 풀어야 합니다!"

"탈출이라고?" 토폴스키가 물었다. "이봐, 왜 탈출이라는 말을 하지? 아직 도달하지도 않았는데!"

"나는 두뇌증강기에 대한 사용을 허가받아야 합니다." 뒤팽은 간청하듯 말했다. "내가 마지막 돌파구를 마련하는 데 필요한 건 그것뿐이라고요."

"박사, 지난번에 이 일에 대해 논의했을 때, 자네는 거부하지 않았나?" 반 부흐트가 물었다.

나는 선장에게 고개를 끄덕였다. "두뇌증강기의 시험 가동은 행성 간 방위군 실험실에서 실시한 게 고작이고, 그 외의 곳에서는 거의 이뤄지지 않았습니다. 당시 그 기구를 사용했던 사람은 모두 맞춤형 학습기를 통해 여러 해 동안 경험을 쌓은 사람들이었습니다만, 그럼에도 그 기구는 그들에게 통행료를 징수했습니다. 예, 그 기구는 제한된 시간 동안 피시험자의 지적 능력을 증폭시켜 민첩한 두뇌 회전으로 초인적인 위업을 달성하게 하지만, 상당한 대가를 요구합니다. 방위군 규정에 따라, 두뇌증강기는 다른 모든 방법이 실패로 돌아가서 함정과 승무원을 구할 수 있는 단 한 번의 기회만 남았을 때를 대비한 최후의 수단으로 간주됩니다."

"고맙네, 박사." 선장이 말했다. "다행스럽게도 우리는 아직 그런 상태는 아니야."

뒤팽은 절망적인 표정으로 나를 바라봤다. "선장님께 말해줘요, 코드 박사님! 우리에게 진짜 무슨 일이 일어났는지! 우리는 이미 저 안에 있다고 말해요! 몇 달 동안 저 안에 있었다고 말하라고요! 우리 모두 이 안에서 죽어가고 있다고 말하라니까요! 아무도 우리를 도와주지 않으면, 우리도 다른 사람들처럼 끝나고 말 겁니다!"

"토폴스키 대장님." 반 부흐트가 말했다. "확실히 지쳐 쓰러질 정도까지 뒤팽 씨를 혹사시킨 것 같군요. 그가 저렇게 혼란스럽고 허약한 상태라면, 내가 지휘하는 함교에 둘 수 없습니다. 그를 데려가서 억지로라도 휴식을 취하게 하시죠."

"선장님의 명령은 내 대원들에게는 적용되지 않습니다." 토폴스키가 말했다. "내가 아직 그가 유용하다고 간주하는 한, 그가 떠나든 남든 그건 내가 내릴 결정입니다."

지휘석에 앉은 반 부흐트의 몸이 경직됐다. "그렇다면 정중하게 부탁을 드리겠습니다. 저 청년을 위해서라도, 당신을 위해서라도, 그리고 우리 모두를 위해서라도, 그가 휴식을 취하는 편이 더 낫습니다. 라모스 대령에게 부탁하지요. 부디 조치를 취해주겠습니까?"

토폴스키가 채 이의를 표하기도 전에, 라모스는 관측 계기판 앞에서 거대한 덩치를 일으켰다. 그가 탄띠에 꽂아 넣은 광선총의 에너지 팩들이 번쩍거렸다. "그를 그의 선실로 돌려보내겠습니다, 반 부흐트 선장님. 선장님 말씀이 맞습니다. 그의 머리가 좀 가벼워지면 우리에게 좀 더 이득이 될 겁니다."

"고맙습니다, 대령." 반 부흐트는 다소 누그러진 말투로 말했다.

덩치가 크고 머리가 벗겨진 멕시코인은 뒤팽에게 친근하게 한 손을 내밀었다. 그리고 그 손이 무시당하자, 부드럽지만 단호하게 그 청년을 겨드랑이 아래 낀 채 의자에서 몸 전체를 일으켰다. 뒤팽은 몽상에 빠진 채 괴로워하느라 이의를 제기하지 못했다. 라모스가 그를 반쯤 들어 올리고 질질 끌며 진공 엘리베이터의 바깥문으로 향하자, 그는 봉제 인형처럼 축 늘어졌다. 그의 발뒤꿈치가 격자무늬 바닥 위로 질질 끌렸다.

"사일러스." 그는 나를 바라보며 말했다. "혹시 당신도 같이 가겠나?"

불안감 때문에 대답이 늦고 말았다. "예…. 알겠습니다. 확실히 내가 함께 가는 편이 좋겠군요. 허락해 주시겠습니까, 선장님?"

"알겠네."

"대령님, 그 청년을 그의 선실 대신 의무실로 데려가 주시겠습니까? 그의 회복 상황이 만족스러울 때까지 가까이서 살펴보는 편이 더 낫겠습니다."

"물론이지, 사일러스."

라모스와 그 청년과 함께 진공 엘리베이터에 오르려던 참이었다. 갑자기 머거트로이드가 큰 소리로 말했다. "선장님! 위쪽에 뭔가 있습니다. 마치 조명에 달려들어 타버린 파리처럼 거친 표면에 끼어있습니다! 우주선처럼 보이는데, 마치…." 그는 입이 바짝 말라 말을 제대로 잇지 못하는 것 같았다. "꼭 우리 함선과 똑같은 우주선입니다!"

나는 굳이 돌아보지 않았다. 그럴 필요가 없었다. 그것이 무엇으로 드러나게 될지 이미 정확히 알고 있었다. 심지어 그 선체 외장 조각이 떨어져 나온 우주선의 온전한 이름을 그들에게 말해줄 수도 있었다.

✱

라모스는 뒤팽을 의무실 침상에 눕혔다. 흉포하다는 명성과 덩치가 거짓인 것처럼 상냥한 동작으로 뒤팽의 떨리는 몸 위로 플라스틱-메탈 소재로 짠 담요를 덮어줬다. 침상의 머리판 위에 달린 측정 모니터가 그의 생체반응을 감지해서 그에 맞춰 반응하기 시작했다.

"열이 나는데, 사일러스."

"토폴스키가 그를 몰아붙인 방식을 보면, 그에게 아직 기력이 남아 있는 게 놀랍군요. 사람의 신체에는 감당할 수 있는 한계라는 게 있는 법입니다."

"전적으로 토폴스키의 잘못이라고 할 수는 없어. 이 청년은 요청을 받든 아니든 탈진할 때까지 자신을 몰아붙였을 거야. 이런 광기는 그를 죽음으로 몰아넣을 테지. 시간문제일 뿐이야. 하지만 그는 자신의 이름이 각주 이상의 비중으로 기록될 수 있다면, 죽음 따위는 전혀 개의치 않을 거야."

"나라면 사후에 얻게 될 명예와 내 삶을 교환할 것 같지는 않은데요."

라모스는 부드러운 미소를 지었다. "하지만 당신은 레이몽 뒤팽이 아니니까. 당신이나 나는 뒤팽으로 살아가는 게 어떤 것인지 정말로 이해할 수는 없을 거야. 두뇌증강기는 당신이나 나 같은 사람들에게는 악마의 거래처럼 보일지 몰라도, 우리의 지적 능력은 애초부터 그 정도로 뛰어나지 않았으니까. 우리는 판단할 자격이 없어."

"그저 관념적인 수학적 해답을 찾기 위해 자신의 머릿속을 태워버리다니. 그 정도로 중요한 문제는 존재하지 않습니다."

"하지만 관념적인 문제가 아니라면? 만약 데메테르호의 운명이 정말로 그의 통찰력에 달려있다면? 만약 그가 우리 중 유일하게 두뇌증강기를 이용해 결정적인 역할을 할 수 있는 사람이라면?"

"규정이 어떻든 상관없이, 나는 여전히 동의하지 않을 겁니다."

"토폴스키 대장은 당신의 동의는 필요하지 않다고 말할 텐데. 나는 어쩔 수 없이 그의 주장을 받아들여야 할 거야. 게다가 더 잔인한 일은 뭘까? 저 청년에게 통찰력의 극치를 허락하는 걸까, 아니면 영원히 거부하는 걸까?"

"내 의무는 딱 하나, 바로 승무원들의 안녕입니다. 어떤 상황이 닥쳐도 우리의 편의를 위해 뒤팽을 성냥 무더기처럼 취급하는 일에 절대 동의할 수 없을 겁니다."

"우리는 저마다 확신하고 있는 점이 있지." 라모스가 대꾸했다. "내가 확신하는 건 딱 하나, 모든 사람에게는 자신의 생각을 바꿀 수 있는 지점이 하나씩 있다는 거야."

"나는 아닙니다." 나는 딱 잘라 말했다.

"나라면 그렇게 확신하지 않을 거야."

라모스는 두뇌증강기가 들어있는 고강도 합금 상자가 놓인 책상으로 다가갔다. 상자의 뚜껑을 열고 두 개의 잎사귀 모양의 장치가 돌출된 기구를 꺼냈다. 그 기구는 머리에 딱 맞는 왕관 같은 구조에 둥글고 납작한 귀마개 모양의 유도모듈이 부착된 형태였다.

"뭘 하는 겁니까?"

"기구를 검사하고 있어. 그를 의료실로 데려가라고 요청한 건 우연이었나, 사일러스? 그가 자기 선실에서 휴식을 취한다고 해서 더 나쁘지는 않았을 거야. 그가 과로하지 않도록 보호자를 붙였을 테니까. 하지만 우리가 지구를 떠난 이후로 자네가 두뇌증강기를 관리하고 있지."

"왜냐하면 그건 정신에 영향을 끼치는 실험적 장비이기 때문입니다. 그에 대한 사용은 내 책임입니다. 이제 제발 치워주시죠."

뒤팽이 몸을 꿈틀거렸다. 눈을 가늘게 뜨는 모습으로 보아, 라모스가 들고 있는 물건에 여전히 집착하는 것 같았다. 그는 플라스틱-메탈 담요 아래에서 팔을 뻗어 두뇌증강기를 향해 손짓했다. 마치 그것이 천국의 환영이자, 구름 사이로 등장하는 천상의 도시인 것 같은 태도였다.

"제발 부탁합니다." 그가 속삭였다. "반드시 저걸 사용해야 합니다."

"바보 같으니." 나는 사납게 을렀다. "그를 더욱 들쑤셨을 뿐이지 않습니까!"

"우정이 주는 유대감이란 참 부질없군." 라모스가 대꾸했다.

"이건 학대일 뿐입니다!" 내가 쏴붙였다.

"진짜 학대는 그가 갈망하는 걸 거부하는 거야."

뒤팽은 안간힘을 쓰며 몸을 일으켜 세웠다. 이마 위에 땀이 번들거렸고, 차가운 두 눈은 크게 뜨인 채 무엇보다 원하는 물건에 고정됐다. "잠깐만 증강기를 쓰겠습니다. 내게 필요한 건 그것뿐이라고요!"

"그 정도로 중요한 건 없습니다!"

"전부 다 중요해요, 박사님! 전부 다 중요하다니까요! 제발 사용하게 해줘요!" 그는 번들거리는 이마 안쪽으로 협상할 방법을 계산하고 있는 것 같았다. "너무 위험하다고 하니, 두 번 다시 부탁하지 않을게요! 그러니 딱 1분만 줘요. 그뿐이면 됩니다. 나는 알고 있어요. 딱 그 정도 시간만 있으면 구면 전환 문제를 풀 수 있다니까요. 그러면 당신에게 길을 알려줄 수 있는데…."

나는 얼굴을 찡그렸다. "길이라고요?"

"당신에게 필요한 길 말이에요. 그곳을 통과할 수 있는 방법을 찾으려고, 다른 사람들에게 도달하려고 말입니다!"

"다른 사람들?"

거품이 된 침방울이 그의 입가에 맺혔다. "다른 사람들 말이에요. 아니, 다른 사람들이 아니지. 우리 말이에요. 우리에게 도달하려는 거라고요. 우리가 나가는 걸 도우려고요. 그래서 당신은 해답이 필요해요. 내가 필요하다니까."

"그렇게 해서 그의 괴로운 마음을 달랠 수 있다면, 고작 1분이 정말로 그렇게 큰 해를 끼칠까?" 라모스는 거의 속삭이는 듯한 목소리로 다시 한번 말했다.

"단 45초만으로도 사람들은 횡설수설 제정신이 아니게 됐는데, 1분은 어불성설입니다. 그들 중 가장 상태가 나빴던 사람은 정신이 망가진 채로 살 바에는 차라리 물질 소멸실로 보내달라고 애원했습니다!"

"그의 선택이야. 그가 지금 무슨 일을 겪고 있든, 증강기가 가할지도 모르는 것보다 확실히 더 심한 것 같은데."

대령의 냉정한 논리가 내 방어를 뚫고 들어왔다. 딜레마를 들고 와 주장한다면, 이제는 윤리적 해결책은 단 하나밖에 없었다. 만약 의사로서 내 의무가 환자에게 해를 끼치지 않는 것이라면, 나는 그의 증강기 사용을 거부함으로써 내 직업의 가장 근본적인 교리를 위반하는 셈이었다.

"딱 30초만입니다." 내가 말했다. "그 이상 허락할 수는 없습니다. 대부분의 사람들은 그 정도 시간은 버텨냈습니다. 비록 사람에 따라 다양한 후유증은 있었지만 말입니다."

라모스는 내게 더 이상 협상의 여지가 없다는 사실을 명확히 간파했다. "그게 옳은 일이야, 사일러스."

"당신은 나를 억지로 이 일에 끌어들였어요. 기억하기 바랍니다."

"양심에 가책을 느낄 필요는 없어."

"좋습니다." 나는 퉁명스럽게 대답했다.

라모스는 그 청년에게 다가갔다. 그가 두뇌증강기를 뒤팽의 손이 닿는 곳까지 가져가자, 뒤팽은 증강기를 향해 달려들더니 대령의 손에서 그것을 낚아채 들이받는 듯한 기세로 머리에 썼다. 물론 아무 일도 일어나지 않았다. 증강기는 원격조종장치로 작동하기 때문이었다. 그 장치는 고강도 합금 상자에 경첩으로 연결된 뚜껑 아래의 휴대용 계기판에 장착돼 있었다.

나는 두 개의 스위치 중 첫 번째 스위치를 올렸다. "두뇌증강기의 전원을 켭니다." 그 장비에서 윙윙거리는 소리와 함께 붉은 빛이 발생했다. 나는 계기판의 상태 표시등을 살펴봤다. "전력은 안정적입니다. 그를 꼭 잡아요, 라모스."

그는 단호하지만 부드럽게 그 청년을 붙들었다. "잡고 있어."

나는 책상 위에 놓인 시계에서 시선을 떼지 않으며 두 번째 스위치를 올렸다. "유도를 시작합니다."

뒤팽의 몸이 뻣뻣해졌다. 그는 상승된 지적 능력에서 오는 황홀감에 머리를 뒤로 젖히며 이를 악물었다. 윙윙거리는 소리가 커지고, 붉은 빛이 화난 것처럼 깜빡거렸다.

"알겠어…." 뒤팽이 억지로 입을 열었다. 경외와 공포 때문에 그의 목소리가 갈라졌다. "경계를 이루는 고리들…. A에서 H로, I에서 J로, J에서 다시 이어지는 거야. 동쪽 구획이 그 자신과 교차하는 지점! 5중으로 겹친 점들의 배열! 전에는 몰랐지만, 이제는 알겠어!"

"진정해요." 15초가 지나는 순간, 나는 중얼거렸다.

"구획들이 사면체를 형성해! 사면체는 위상적으로 구와 동일하지!

자기교차가 이뤄진 거야!"

초침이 25초를 가리켰다. 손가락을 스위치 위쪽 허공에 올린 채 증강기의 전원을 끌 준비를 했다.

"조금만 더!" 뒤팽이 악을 썼다. "해답을 검토해야 해! 정답을 맞힐 기회는 한 번뿐이야! 또 실수할 시간이 없는데…."

"그에게 시간을 좀 더 줘." 라모스가 말했다.

"안 됩니다." 나는 손가락을 잽싸게 움직여 스위치를 껐다. "그런 일에 30초면 차고 넘칠 정도로 충분해요. 그에게는 벌써 한 시간이 지난 것처럼 느껴졌을 겁니다."

뒤팽은 정신적으로 탈진해서 뒤로 고꾸라졌고, 그 사이 그 기구의 윙윙거리는 소리가 잦아들고 붉은 빛이 희미해지다가 이내 사라졌다. 라모스는 증강기를 벗겼다. 그는 아무 말도 하지 않았지만, 얼굴에 걱정스러운 표정이 떠올라 있었다.

"충분했습니까, 뒤팽? 알아야 할 걸 알아냈나요?"

뒤팽은 천천히 심호흡을 했다. 그의 눈꺼풀이 흔들렸다. 손가락 관절로 입술을 문지르자 말라붙은 침이 떨어졌다. "알아냈어요. 이해했어요. 검토를 하고 싶었는데…." 그의 두 눈에 눈물이 가득 맺혔다. "내가 검토하도록 했어야죠! 만약 그들이 내 분석에서 실수를 발견한다면, 그들은 나를 기억하지 못할 겁니다!"

"나는 자네를 믿어." 라모스가 말했다. "당신 분석에 실수는 없어." 그러다가 살짝 두려워하는 목소리로 말을 이었다. "혹시… 기억이 나?"

"그래요!" 뒤팽이 외쳤다. "당연히 나는…."

그때 무언가를 두드리는 소리가 났다. 나는 본능적으로 문을 향해 고개를 돌렸다가, 그 소리가 우주선 안이 아닌 밖에서 들려왔다는 끔찍한 깨달음이 슬슬 고개를 드는 것을 느꼈다. 그 소리는 작은 선실의 맞은편, 외벽에 난 창문 쪽에서 들렸다.

두드리는 소리가 다시 들렸다. 나는 말없이 창가로 향했다. 고강도 합금으로 만든 미닫이형 가림막이 창문에 쳐져있었다. 손잡이를 움직여 가림막을 한쪽으로 치워버렸다.

"무슨 일이야, 사일러스?" 여전히 동정 어린 눈길로 그 청년을 보고 있던 라모스가 물었다.

창문을 통해 바깥을 내다봤다. 에이다 코실이 바로 밖에 있었다. 몸에 딱 달라붙는 노란색 우주복 차림이었는데, 그 고전적인 디자인은 조악한 원자력엔진을 쓰는 엉성한 우주선 시대의 유산 같았다. 미션 엠블럼과 지금은 사라진 국가들의 국기도 보였다. 그녀는 데메테르호의 외벽에 매달려 있었다. 한 손으로는 작업용 난간을 붙잡았고, 다른 한 손으로는 손가락을 하나 세운 채 헬멧 유리를 덮고 있는 보호판 앞에서 천천히 흔들었다. 금색 코팅이 된 바이저 표면 너머 그녀의 얼굴이 떠올랐다. 그녀의 입술이 움직였고, 나는 꿈을 꾸는 것처럼 별 어려움 없이 그 입술이 하는 말을 읽었다.

들여보내 줘.

바이저에 수증기가 서렸다가 다시 맑아졌다. 그 너머로 푹 파인 눈구멍, 그리고 코가 있어야 할 곳에 수직으로 난 좁고 긴 두 개의 틈이 보였다. 그 아래로 치아와 뼈로 이뤄진 씩 웃는 얼굴이 모습을 드러냈다.

나는 세상이 녹아버릴 때까지 비명을 질렀다.

21

"좋아." 에이다 코실은 여전히 노란색 저항성 우주복 차림으로 내 앞에서 몸을 웅크리고 있었다. "이곳으로 돌아왔구나. 인정할 수밖에 없네. 새로운 세계를 상상해 냈으니까. 이전의 모든 세계를 합리화할 뿐만 아니라…." 그녀는 감탄하며 고개를 저었다. "그곳에서 당신을 만나려고 엄청나게 노력해야 했어. 기껏해야 200시간 정도밖에 없다고 말한 거 기억해? 그 말은 잊어버려. 이제 우리에게 남은 건 150시간에 더 가까워. 그곳에서 이틀 동안 당신을 만나지 못했다고, 사일러스! 그런 일이 다시 일어나면, 더 이상 감당할 수 없어."

나는 중얼거렸다. "항상 번개가 쳐."

"그래, 좋았어! 중요한 점이야. 항상 번개가 치지. 그 이유는 조금 후에 알게 될 테지만, 지금은 이야기가 너무 앞서가는 것 같아. 중요한 건 당신이야. 당신이 마침내 자신이 무엇인지에 대해 사실을 마주 대하기 전까지는 어디에도 가지 않을 거야."

"나는 사일러스 코드야." 나는 멍하니 말했다. "사일러스 코드 박사."

"당신은 '코드^{code}'라니까, 사일러스. 컴퓨터 코드 말이야. 구체적으로 말하면 사일러스^{SILAS} 프로그래밍 언어로 제작된 코드라고. 우리끼리 하는 말로 표현하면, '자율시스템을 위한 자기 의문형 언어$^{Self\text{-}Interrogative\ Language\ for\ Autonomous\ Systems}$'라고 하지."

"아니야."

"그게 바로 당신이라니까. 더 이상 싸울 필요가 없어. 당신은 전문 의료 시스템이야. 데메테르호의 중앙 컴퓨터에서 실행하는 굉장히 진보된 적응형 소프트웨어 프로그램의 집합체라고. 당신은 의사가 아니야. 심지어 인간도 아니지. 그래서 당신의 이름이 임무 엠블럼에 없는 거야. 당신은 살아있는 존재가 아니니까. 젠장, 살아있었던 적이 없다고. 당신은 그저 결함이 있는 사유 소프트웨어일 뿐이야. 명백하게 정말로 심각한 결함이지만, 그래도 당신은 그 결함을 극복해야만 해."

"나는 인간이야."

"사일러스, 당신은 사람이 되기를 간절히 바라는 프로그램이야. 그 바람이 너무 강한 나머지 당신이 그들의 일원이 아니라는 사실을 잊어버리고 말았지. 하지만 그것도 이제 다 끝이야, 알겠지? 우리는 더 이상 이런 헛소리를 할 시간이 없어. 네가 진정으로 사람들을 돕고 싶다면, 네가 무엇인지 스스로 속이는 짓을 멈춰야 해. 너는 이 우주선 같은 존재, 저 밖에 있는 빌어먹을 것 같은 존재야. 너는 인공물, 그러니까 기계장치야."

"아니야!"

"사일러스, 다시는 내게 대들지 마. 우리는 정말 시간이…."

22

정찰선 유로파호의 잔해 안에서 라모스는 항해일지를 내게 건네줬다. 고강도 합금으로 된 표지가 펼쳐져 있어, 마지막으로 글을 적은 페이지가 훤히 보였다. 그 페이지에 적힌 글을 바라봤다. 그것이 글이라고 할 수 있다면 말이지만. 그것은 은빛 소재로 된 페이지를 대각선으로 가르는 낙서였는데, 전자펜이 종이를 거의 찢어버렸다고 할 정도로 깊숙이 패있었다.

그 내용은 이러했다.

떠나라, 아직 그럴 수 있을

마지막 글자에서 획이 사선으로 뻗쳐, 페이지의 가장자리까지 쭉 이어지는 극심한 생채기를 냈다. 터무니없기도 하고 끔찍한 발상이었기 때문에 애써 무시하려 했지만, 나는 이 메시지를 남긴 사람이 경고를 남기려던 중에 우주선 밖으로 끌려 나간 것 같다는 생각을 떨칠 수가 없었다.

나는 일지를 사람들에게 돌리며 그들이 스스로 판단하도록 했다. 아무도 그 내용을 가볍게 여기지 않았다. 항상 우리와 함께 있었던 에이다 코실조차 불굴의 용기를 발휘해 지나치게 비꼬는 말을 자제했다.

"어디 다 같이 한번 가설을 세워볼까요?" 내가 물었다.

토폴스키는 우리의 우주복을 연결하고 있는 단거리 에테르 파동 채널에 대고 한숨을 쉬었다. "자네가 곧 그런 말을 할 것 같았지."

"이 메시지를 귀담아듣기에는 이미 너무 늦어버렸을지도 모릅니다. 어쨌든 대장님에게는 너무 늦어버렸죠."

"그렇다면 코드, 자네에게는?"

"아, 내 걱정은 하지 마시죠. 나는 이미 죽었으니까요. 사실 나는 애초에 살아있기나 했는지 궁금해지기 시작했습니다."

"이봐, 대체 무슨 소리를 지껄이는 건가?"

"여기는 현실이 아닙니다." 나는 주변을 가리키며 말했다. "정신적인 구성체일 뿐이죠. 뼈대 위에 덧붙인 허구…." 나는 말을 더듬었다. "현실의 뼈대 위에 말입니다. 당신들은 모두 존재하지만, 이런 식으로는 아닙니다. 데메테르호라는 우주선이 있습니다. 하지만 행성 간 방위군 정찰선과는 전혀 다른 함선입니다. 그리고 유로파호 역시 이것과는 전혀 달라요."

"정신 붙들어 매, 코드."

나는 그에게 웃으며 말했다. "붙들어 맬 게 아무것도 없습니다! 나는 이 현실과 다른 현실들을 만들어내서, 당신들을 그 안으로 이주시켰습니다. 왜냐하면 우리가 처한 현실을 마주할 수 있는 동시에 그렇게 할 수 없기 때문입니다. 내 일부는 그렇게 하고 싶어 하고, 일부는 그러고 싶어 하지 않습니다! 그래서 나는 소용돌이에 휘말린 5등급 스쿠너처럼 진실 주위를 맴돌기만 했는데…. 진실에 가까이 가도록 내버려뒀지만, 너무 가까이 가도록 해서는 안 됐던 거죠. 지나치게 근접해 버리면 내 진짜 본성을 마주해야 하기 때문입니다. 그리고…."

"오, 그를 불쌍히 여겨주세요." 코실이 내 굽힌 팔에 팔짱을 끼며 말했다. "처음에 나는 여기 있는데, 그 다음에는 없어요! 그러다가 다시 돌아오죠! 그런 일은 그에게 끔찍한 고통이었어요. 그가 알고 있는 걸 알게 된다면, 끔찍한 고통이라고 생각하지 않을 사람이 어디 있겠어요? 이 불쌍한 바보는 최악의 딜레마에 빠졌어요! 그는 당신들을 가능한 한 많이 구하고 싶어 해요. 그게 그의 의무이자 기능이거든요. 하지만 자신이 정말로 어떤 존재인지 인정하지 않는 한 그렇게 할 수가 없어요. 그건 스스로 마주해야 하는 작은 죽음이에요!"

"이 중에서 기억나는 게 있습니까, 대장님?" 내가 그에게 물었다. "노르웨이? 파타고니아? 심스의 지구 공동?"

"의무관이 한 명 더 있었다면 좋았을 텐데." 이 거물이 한탄했다. "그렇다면 기꺼이 자네에게 더 이상 임무를 수행할 수 없다는 판정을 내렸을 거야!"

"아직 이게 남아있어. 이걸 어떻게 해야 할까." 라모스가 고양이가 가르랑거리는 듯한 목소리로 물었다. 그는 항해일지의 마지막 몇 페이지를 넘기며, 장갑을 끼지 않은 손가락으로 잉크 얼룩이 난 종이 위를 긁었다. 그 책은 고강도 합금이 아닌 뻣뻣한 검정색 가죽으로 장정이 돼있었다. 이례적인 일은 그뿐만이 아니었다. 라모스는 행성 간 방위군의 정규 지급품인 진공 우주복 대신, 부츠와 반바지, 그리고 분명히 뱃사람 스타일로 재단한 무겁고 긴 코트 차림이었다. 그리고 허리띠에는 시미터, 혹은 그와 비슷한 종류의 칼이 든 가죽 칼집이 걸려있었다.

그는 자신의 복장과 무장이 부적합하다는 사실을 처음으로 깨닫기 시작한 듯, 일지를 정독하는 속도가 점점 느려졌다. 그는 기묘한 공포에 빠져 나를 바라봤다. 그 또한 이 상황이 끔찍할 정도로 어긋났다는 사실을 이해한 것 같았다.

"우리에게 무슨 일이 일어나고 있는 거지, 사일러스?"

23

코실은 나를 물끄러미 바라봤다. 나도 그녀를 응시했다. 우리 주변으로 데메테르호의 제한된 생명유지장치가 내는 조용한 소음이 들렸다.

"여기가 어디야?"

"당신은 다시 퇴행했어." 그녀가 말했다. "당신이 만들어낸 이야기 속으로 돌아갔지. 그 이야기는 이제 균열이 생겨서 일관성을 상실하기 시작했어. 당신이 만들어낸 현실들에서 세부 사항들이 흘러나오고 있어. 좋은 일이야. 기운이 나는데. 당신이 마침내 본성을 완전히 받아들이는 쪽으로 이행하고 있다는 신호니까." 코실은 얼굴을 찡그렸다. "하지만 그 때문에 우리는 훨씬 귀중한 시간을 낭비하고 말았어, 사일러스. 우리가 다른 사람들을 위해 뭔가 하려면, 지금 행동해야만 해."

나는 내 두 손을 진단전문의사의 가차없는 시선으로 면밀히 살펴봤다.

"내가 프로그래밍 코드일 리가 없어, 코실. 나는 여기 있고, 숨을 쉬고 있어. 실제로 존재한다니까." 반대쪽 손목에 손가락을 가져다 댔다. "몸이 따뜻해. 맥박도 느껴지고. 나는 인간이야. 바로 너처럼 말이지."

그녀는 고개를 저었다. "당신은 우리 둘 모두에 대해 잘못 생각하고 있어. 나는 당신만큼이나 살아있는 인간이 아니야."

"아니야!" 나는 단호하게 부인하며 소리쳤다. "당신은 바로 내 옆에 앉아있잖아. 내가 당신에게 진단검사를 실시한다면, 내가 이미 아는 사실을 알게 되겠지. 당신은 살아있는 사람이고, 우리 원정대의 대원이야. 우리 이름이 임무 엠블럼에 나와있지 않다고 해서…."

"나는 사람이 아니야." 코실은 한숨을 쉬었다. "오, 사일러스. 제발 퇴행하지 않으려고 노력해 봐. 어렵다는 건 알지만 노력해야만 해. 당신은 소프트웨어야. 틀림없이 똑똑하고 적응력 있는 소프트웨어지만, 그 이상은 아니야. 당신은 컴퓨터에서 실행되는 명령어집합으로만 존재할 수 있어. 당신이 걸치고 있다고 생각하는 이 육체는 스스로 만들어낸 환상이야. 물론 당신에게는 진짜처럼 보이겠지. 당신 데이터베이스에 있는 해부학적 모델에 따라 이미지를 구성했으니까. 피부를 꼬집어보면 당신이 가정한 연령대의 남성이 가진 실제 피부와 똑같은 탄력성이 있어. 하지만 허구일 뿐이야. 당신은 이 선실에 앉아있지 않아. 이 우주선은 텅 비어 있어."

"하지만 나는 이 안을 돌아다녔는데!"

"그저 여러 시점을 합성했을 뿐이야. 카메라와 모니터링 시스템이 있는 곳이라면 데메테르호 내부 어디든지 이동할 수 있는 가상 초점 말이야. 원한다면 배 전체를 한꺼번에 볼 수 있지만, 그렇게 한다는 건 당신의 진짜 모습을 받아들인다는 뜻이지. 당신은 육체 없이 유령선을 떠도는 명령어 패턴이야."

"하지만 나는 그들을 도운 적도 있어." 절박한 심정이 솟아올랐다. "나는 라모스를 수술했어! 어떻게 진행했는지 똑똑히 기억할 수 있어. 나는 그 자리에 있었어."

"그 자리에 있었던 게 아니야. 의무실에 있는 로봇수술장치를 조종했던 거지. 당신은 하드웨어를 움직이는 소프트웨어니까. 다시 말하지만, 당신은 실제로 일어난 일에 허구를 덧입혔던 거야."

"하지만 당신은 어떤데! 배가 텅 비었다고 했잖아! 당신이 거기 앉아있는데, 어떻게 그럴 수가 있지?"

그녀의 시선이 나를 꿰뚫어 봤다.

"진실을 알고 싶은 거야, 아니면 아름다운 이야기를 원하는 거야? 나도 당신과 똑같아. 나 역시 데메테르호에서 실행하는 명령어 뭉치일 뿐이야."

24

구조물의 고르지 못한 문턱을 넘어 안쪽의 어둠 속으로 가장 먼저 발을 들인 사람은 바로 라모스였다. 30초도 채 지나지 않아, 그는 일반 무선통신망으로 나머지 사람들이 따라와도 안전하다고 연락했다. 물론 이는 극히 상대적의 의미의 안전이었다.

나는 토폴스키와 그의 동료들에게서 영광의 순간을 조금이라도 강탈하고 싶지 않았기 때문에, 거의 마지막 순번까지, 모틀락이 어서 들어가라고 격려할 때까지 밖에 남아있었다.

"괜찮으시다면 제가 뒤를 맡겠습니다, 코드 박사님. 외륜증기선에 타고 있던 녀석들을 끌고 간 게 무엇이든, 우리 등 뒤로 슬금슬금 접근하기를 바라지는 않으니까요."

우리는 동굴처럼 넓고 어두운 공간으로 들어섰다. 그곳의 정확한 형태와 넓이는 우리가 갖고 간 광산용 등유 램프의 불빛으로 겨우 가늠할 수 있었다. 우리는 가로로 쭉 뻗은 일종의 터널 안으로 진입한 것이었다. 비록 불완전할지라도 내가 받은 최선의 인상은, 그 안쪽이 어렴풋이 보이는 기계 혹은 장치 들로 가득 차있다는 것이었다. 어슴푸레하게 보이는 구근이나 튜브처럼 생긴 거대한 형체는 어림짐작으로만 기능을 추측할 수 있었다. 다양한 직경의 구불구불한 튜브 모양의 물체가 터널을 따라 실을 꿰듯 양쪽 방향의 어둠 속에서 나타났다 사라졌다. 그것들이 서로 얽히고 휘감긴 모습을 보면, 마치 기생충 같은 생명력으로 이렇게 자라난 것 같았다. 어떤 것들은 코끼리 몸통만큼 두꺼웠고, 나무 줄기만큼 폭이 넓은 것도 있었다. 가장 난잡해 보이는 부분에서도 인간 제작자의 손길이 닿았다는 흔적은 전혀 찾아볼 수 없었다.

"그냥 보는 것만으로도 메스꺼워지는데요." 모틀락이 말했다. "마치 어떤 놈의 창자 속을 기어다니는 것 같습니다!"

"그렇게 크게 빗나간 표현이 아닐지도 몰라." 토폴스키가 말했다. 이제는 순전한 호기심이 그가 이전에 느낀 불안감을 압도하고 있었다. "만약 이 물체가 이제까지 알려지지 않은 어떤 세계, 그러니까 진정한 전인미답의 세상에서 왔다면, 우리의 추정으로는 꽤 고대의 것일 수도 있지만, 어쩌다 원료를 발견하면 스스로 영양을 공급해서 회춘하는 능력을 충분히 갖추고 있을지도 몰라. 이것들은 정말로 거대한 소화관의 위장일 수도 있어!"

"그렇다면 아직 마지막 식사가 끝나지 않았기를 바라야겠군요." 내가 말했다.

"여러분, 혹시 생각하시기에, 다른 우주선에서 온 사람들은⋯." 모틀락은 말꼬리를 흐렸다.

"제대로 끝까지 말해." 토폴스키가 쏘붙였다.

"그냥 궁금했을 뿐입니다, 대장님. 만약 이것이 먹이를 필요로 한다면 다른 사람들은⋯ 그러니까 메모를 남긴 사람을 포함해서 다들⋯ 먹혔을 수도 있을까요?"

나는 그 점에 확신을 품고 있었기 때문이 아니라, 모틀락을 진정시키기 위해 입을 열었다. "그럴 가능성은 낮은 것 같군. 이 정도 크기의 기계라면 탐험가 몇 명과 그들이 입은 우주복을 섭취해서 소화시킨다 해도 영양분은 거의 얻지 못할 거야. 마치 굶주린 사람이 빵가루를 주워 먹을 때처럼 말이야. 우주선조차 충분한 영양소가 되지 못했을 거야. 그래서 난파된 우주선이 그대로 남아있는 것일 테지."

"흠." 모틀락이 미심쩍어 하는 태도로 말했다. "박사님께서 제 마음을 조금이나마 편하게 해주시려고 한 말씀이라는 건 알겠습니다. 하지만 일단 소화 중일지도 모른다는 생각이 떠오르고 나니 기분이 나아지지 않습니다."

"우리가 걱정해야 할 일이 많을지도 몰라." 나는 허심탄회하게 말했다. "하지만 먹히거나 소화되는 건 걱정할 문제가 아닌 것 같은데."

모틀락은 진정하지 못했다. "그렇다면 무엇 때문에 이것이 사람들을 끌고 들어갔을까요?"

"내가 볼 때 그건 완전히 다른 문제 같아. 아마 우리가 그들을 찾아내면 저절로 알게 될 테지."

우리는 좌측으로 전진해서, 웅장한 튜브와 융기한 부분 아래로 몸을 굽히며 몸을 조일 것만 같은 틈 사이를 억지로 빠져나왔다. 거대한 뿌리 혹은 몸을 꼰 비단뱀 같은 기계 위로 기어 올라갔다. 마치 어두운 정글을 지나는 것 같았다. 그 정글이 식물과 동물이 아닌 금속으로 이뤄졌다는 점만 다를 뿐이었다. 우리가 기계 위를 걸어갔다는 사실을 제외하더라도, 기계와 전혀 접촉하지 않기는 불가능했다. 또한 어느 먼 곳에서 희미하게, 그리고 끊임없이 들려오는 윙윙거리는 소리의 존재 역시 무시하기 어려웠다. 그 소리는 마치 사이렌의 노랫소리처럼 우리의 우주복을 교묘하게 파고들었다.

"이건 살아있어." 토폴스키가 말했다.

"그들은 모두 살아있어." 라모스가 중얼거렸다. 그는 이 말을 내뱉은 후 헬멧을 쓴 머리를 가로저었다. 마치 자신이 제대로 인식하지 못하는 자신의 일부에서 그 말이 나온 것처럼. 하지만 그 안에 그가 부인할 수 없는 진실이 담겨있는 것처럼.

"그 부상이야." 나는 큰 소리로 혼잣말을 했다. "내가 치료한 부상…. 원정대 전체를 통틀어 유일하게 심각했던 부상이었어! 내가 어떤 짓을…. 무언가 바꿔버렸는데…. 라모스 안의 어떤 걸 바꿔버린 거야!"

"그만 좀 재잘거려, 박사." 토폴스키가 말했다.

"라모스는 기억하고 있습니다." 내가 대꾸했다. "하지만 대장님은 기억하지 못해요. 하지만 그건 대장님에게 내 응급처치가 필요했던 적이 한 번도 없었기 때문입니다. 하지만 라모스에게는 필요했어요. 뇌진탕이었어! 아니면 뇌출혈이었나? 내가 구멍을 뚫었습니다! 급진적인 신경외과 수술을 진행하고, 수술 후 합병증을 감시하기 위한 신경보철다발을 삽입했습니다!"

"구멍을 뚫다니, 대체 그게 무슨 말인가?"

"그의 두개골 말입니다! 베르겐 북쪽 지점에서 그의 머리에 구멍을 뚫었습니다. 아니면 몬테비데오 남쪽이었나? 돛을 조종하는 장치가 떨어져, 그는 그 부품에 머리를 부딪혔습니다!"

라모스는 장갑을 낀 손으로 쓰고 있던 헬멧 옆쪽을 만졌다. "물론이지. 당신은 맞춤형 학습기를 이용해서 어려운 두개골 수술을 기적적으로 해냈잖아!"

내가 외쳤다. "대령님! 알라모 전투에 참전했던 일을 떠올려 보시죠!"

"나는 알라모 전투에 참전했던 적이 없는데." 라모스는 이렇게 대답했지만, 그의 말투에는 어딘가 꺼림직한 구석이 있었다. "내가 참전했을 리가 없지. 수백 년 전에 있었던 일인데." 그리고 강하게 덧붙였다. "나는 그곳에 없었어. 나는… 그럴 수가… 그곳에 있었을 리가 없어." 그러다가 거의 들리지 않을 정도로 말을 이었다. "하지만 산타 안나는 기억이 나. 그리고 내가 죽인 사람들에 대한 기억도…."

그의 얼굴에 격렬한 불안감이 떠올랐다. 그는 나를 후려치려는 듯 머스킷 총을 휘둘렀지만, 마지막 순간에 팔의 움직임을 변경했다. 그의 눈에 충격과 수치심이 떠올랐다. 그는 거의 넘어질 뻔하다가 윙윙거리는 소리를 내는 거대한 튜브에 몸을 기댔다.

"이게 뭐지? 내 머릿속에 무슨 짓을 한 거야?"

"모르겠습니다." 나는 조심스럽게 인정했다. "하지만 알아내고 싶습니다. 대령님, 잘 생각해 보시죠. 당신은 위험한 장소에 있고, 그건 곧 당신을 죽일 것 같은데…."

"저 친구는 정신이 나갔군." 토폴스키가 말했다. "그는 우리와 함께 갈 수 없어. 선임 사관후보생 머거트로이드, 그를 보트에 태워 스쿠너로 돌려보내 구금실에 가둬두도록 합시다!"

"안 됩니다, 대장님." 라모스가 차분하게 말했다. 그는 군용 리볼버를 아래로 내렸다. "그의 말이 맞습니다. 나는… 문제가 있습니다. 내게 뭔가 잘못된 게 있습니다. 우리 모두에게 말입니다. 이 모든 게 잘못됐습니다. 나는 전에도 이랬던 적이 있습니다. 내 시미터는 어디 있지?"

"대령, 자네는 그 머리 부상 때문에 임무 수행이 어려워진 거야! 그리고 저 의사 녀석의 시끄러운 소리에 노출된 탓에 이성적인 사고가 흔들린 거라고!"

"여러분, 우선 이걸 보시죠!" 모틀락이 라모스의 대답을 가로막으며 외쳤다. 모틀락은 우리보다 조금 더 앞선 지점에 있었다. 그가 든 램프의 빛이 튜브가 들끓고 있는 내부에 일그러진 형태로 몸부림치는 그림자를 드리웠다. "찾았습니다! 유로파호의 승무원들 말입니다!"

"그들은 살아있나?" 머거트로이드가 긴급히 물었다.

모틀락의 목소리에 긴장감이 서려있었다. "모르겠습니다. 여러분 모두 직접 보시는 게 좋을 겁니다. 박사님도 말입니다!"

우리는 기계 안쪽으로 15미터 정도 앞서있던 모틀락을 따라잡았다. 그가 발견한 광경 주변으로 우리의 램프 불빛이 번쩍이자, 그가 그토록 두려워하며 흥분했던 이유가 명확히 밝혀졌다. 유로파호의 승무원들이 정말 이곳에 있었다. 혹은 적어도 그들의 우주복 열한 벌이 여기에 있었다. 갑피를 두르고 바이저를 내린 그 형체들은 양쪽으로 나뉜 두 개의 벽 같은 표면에 기대 선 채 서로를 마주보고 있었다.

한쪽 벽에는 다섯 명이, 다른 한쪽 벽에는 여섯 명이 있었다. 그러자 마침내 나는 모든 것을 이해했다.

25

"그게 도움이 된다면 말이지!" 그녀가 나를 다시 회복시키자, 나는 더듬거리며 입을 열었다. "당신이 소프트웨어라고 내게 말해주는 게 무슨 도움이 된다는 거야? 나는 당신을 볼 수 있어, 코실. 당신은 다른 사람들처럼 진짜 존재한다고!"

"나는 항상 달랐어. 당신도 그 사실을 알고 있잖아. 라모스가 자신이 처한 곤경을 불완전하게 알고 있었다면, 나는 언제나 당신보다 더 많이 아는 것처럼 보이지 않았어? 당신을 시험하는 존재, 당신으로 하여금 자신에 대한 가장 근본적인 가정을 되돌아보게 하는 존재, 당신이 스스로 되뇌던 이야기의 꼬투리를 잡는 존재. 나는 당신이 무엇인지 알고 있었어. 더 나아가 우리가 무엇인지 알고 있었지."

나는 고개를 저었다. "아니야. 그런 말을 무엇 하나 믿을 이유는 없어."

"나는 당신의 꿈속에 있었어. 당신이 계속 보는 게 뭔지 알아. 당신은 어두운 곳, 일종의 지하 미궁 같은 곳에 있지. 빛이 비치는 곳으로 가는 길을 찾으려 애쓰고 있어. 하지만 결국 당신 자신의 모습을 언뜻 보게 됐을 때…."

"아니야!" 나는 악을 썼다.

"그거야말로 꿈이 아닌 유일한 부분이야, 사일러스. 당신은 정말로 그 터널 안에 있어." 코실은 주변을 향해 손짓을 했다. "이곳도, 데메테르호조차도 당신에게 진실을 전부 보여주지 못해. 우주선은 진짜 존재하고,

지금은 텅 비어있어. 지금 당신의 감각 시점은 다른 곳에 있어. 당신은 데메테르호의 중앙 컴퓨터에서 실행되고 있지만, 당신의 눈과 귀는 그 미궁 안에 있지."

"내게 진실을 보여주려고 애쓰는 거야? 내게는 완전히 미친 사람이 하는 소리처럼 들리는데."

"우리는 모두 똑같이 정상이야, 사일러스. 이제 나는 당신에게 부탁할 거야. 이 환상의 마지막 층을 벗겨내고 당신의 진정한 본성과 현 행방에 대해 이해해 달라고 말이야. 당신은 좋아하지 않을 거야. 절대로 좋아하지 않을 거야. 하지만 이번에는 계속 나와 함께 있어야 해. 다른 사람은 둘째 치고, 라모스를 위해서라도 말이야."

"여기는 내게 충분히 현실로 느껴지는데."

"현실이 아니야. 그저 또 다른 정신적 도피처에 불과해. 하지만 나는 당신이 마지막 걸음을 내딛도록 도와줄 수 있어."

내 손은 디지털 잡음 상태를 뜻하는 회색 구름으로 쪼개졌다. 내 소매 역시 같은 방식으로 풀려버렸다. 투명해지는 내 몸 뒤로 데메테르호의 뼈대가 보였다. 내 맞은편에서 코실은 기뻐하면서 고개를 끄덕이며 나와 같은 소멸 과정을 겪기 시작했다. 그녀가 사라지고 나서 잠시 후, 우주선 자체가 형태를 잃기 시작하더니 이진법 안개로 증발해 버렸다.

그 순간 나는 다른 어떤 곳에 있었다.

내가 있고 싶지 않은 곳이었다.

26

 나는 비틀거렸다. 혹은 바닥에 쓰러졌을 수도 있었다. 아니면 다 포기하고 죽음을 맞이했을지도 몰랐다. 나는 적어도 1분은 더 그 자리에 누워 움직이려는 시도조차 하지 않은 채, 그저 감각이 내게 엄습해 오다가 점차 존재와 인식에 대한 인상으로 자리 잡도록 내버려뒀다. 마치 사진 원판에 천천히 이미지가 떠오르는 것 같았다. 다시 한번 육체를, 적어도 몸이 있다는 감각을 되찾았다. 내가 주변 환경에 영향을 끼칠 수 있고, 반대로 주변 환경 역시 내게 영향을 끼칠 수 있다는 사실을 암묵적으로 이해했던 것이다. 나는 몸통과 머리, 사지를 갖고 있었다. 그리고 딱딱하고 울퉁불퉁한 바닥 위에 누워있었다. 그곳은 주철로 만든 구겨진 철판 같은 느낌이었다.
 두 손과 무릎에 힘을 주며 자리에서 일어섰다. 처음에는 몸이 뻣뻣했지만, 일단 탄력이 붙기 시작하자 수월하게 일어서는 듯했다. 비틀거리다가 이내 균형을 회복했다. 여전히 아무것도 보이지 않았지만, 두 손을 옆으로 뻗으니 양쪽 손가락 모두 벽에 닿았다. 벽 표면은 바닥만큼이나 단단했고, 똑같은 융기와 주름이 있었다. 만약 내가 다리를 넓게 벌리면, 바닥의 양쪽 가장자리가 벽과 이어져 솟아오르는 것을 느낄 수 있을 터였다. 나는 저항을 이기려 안간힘을 쓰며 손을 높게 뻗어 손가락으로 천장을 쓸어보면서, 마찬가지로 단단한 천장의 동일한 질감을 확인했다.
 "네가 걸려 넘어진 곳 주변에 공구 상자가 있어. 손을 뻗어서 찾아봐."

나는 다시 손을 아래로 뻗어 더듬거리다가 금속 상자 모서리의 감촉을 느꼈다. 그 상자는 한쪽으로 기울어진 채였다. 손을 좀 더 깊숙이 뻗자 플라스틱 처리가 된 두툼한 손잡이가 잡혔다.

"이걸로 뭘 하지?"

"글쎄, 아마 갖고 갈 수 있지 않을까?"

"어디로?"

"네가 가고 있는 곳으로."

"참 도움 되는 말이네. 우선 지금 내가 어디에 있는지 말해주는 게 어때?"

"당신은 그 기계 안에 있어. **구조물** 말이야. 한 구역과 다른 구역을 연결하는 일종의 중간 지대 같은 곳이지. 내가 자산을 하나 확인했다고 한 말 기억해? 라모스와 다른 사람들에게 도달하는 데 이용할 수 있을 거라고 했잖아. 이게 바로 그 자산이야."

"이 터널 안에는 공기가 있어?"

"네가 호흡할 수 있는 건 없어. 네게 호흡이 필요하다면 말이지만. 다양한 미량의 가스와 분자가 부분적인 기압을 형성하고 있어. 기계가 작동하는 과정에서 발생해 분출된 거야. 하지만 생명을 유지하기에는 적합한 성분이 아니야."

"이 상자가 **구조물** 안에… 언제부터 있었던 거지?"

"유로파호 원정대가 이 안에 들어왔을 때부터. 대개의 경우, **구조물**은 유용한 물질을 식별해서 흡수하는 것 같아. 유로파호에 대해서도 같은 과정을 수행하는 중이고, 틀림없이 데메테르호에도 시선이 미쳤을 거야. 하지만 이 자산은 자양분으로 삼을 정도의 크기는 아니야. 그것도 너무 많은 주의를 끌지 않았을 때 말이지만."

"내가 주의를 끌게 되면?"

"그때를 대비해서 내가 준비해 놓은 게 있어."

"좋아. 하지만 내가 어떻게 라모스를 찾지?"

"간단해. 당신은 지도를 갖고 있어. 나는 지금까지 당신이 헤맨 경로를 바탕으로 지도를 만들었어. 당신은 계속 퇴행을 반복했을지 모르지만, 그렇다고 해서 내가 당신의 진행 상황을 감시하거나 당신의 움직임을 기록하는 작업을 소홀히 했다는 뜻은 아니야."

"좋아, 계획이 있어?"

"작은 문제가 하나 있어. 그 지도는 완벽하다고 할 정도는 아니야. 라모스에게 다다를 수 있는 길은 나와있지 않아. 우리는 주변의 몇 가지 기하학적 뒤틀림을 바로잡는 작업을 하고 있어."

"우리라고?"

"지금 이 순간 당신이 할 수 있는 최선의 행동은 계속해서 움직이는 거야. 이곳이 막다른 돌출부인지, 아니면 유용한 곳으로 이어지는 갈림길인지 알아내도록 해."

나는 눈먼 사람처럼 걸으며, 발걸음을 내디딜 때마다 내 발이 대인용 덫에 걸릴 것 같다고 생각했다. 한 손에는 공구 상자를 들고, 다른 한 손은 앞으로 뻗어 좌우로 쓸어내리면서, 내 얼굴이 먼저 부딪치기 전에 장애물을 판별했다. 그리고 튀어나온 부분에 걸려 넘어지고 싶지 않았기 때문에 한 걸음 한 걸음 신중하게 내디뎠다.

나는 코실을 믿었지만, 동시에 믿지 않았다. 내게 당혹스러운 일이 일어난 것은 분명했다. 나는 겹겹이 쌓인 절반의 진실들을 뚫고 표면으로 떠올랐다. 내가 뚫고 나온 현실의 모형들은 내가 유로파 위성의 지표면 아래에 있는 바다에 도달한 원정대의 일원이라는 최종적인 깨달음을 둘러싸고 가상의 싸움을 벌이고 있었다. 나는 또한 그 원정대에 무슨 문제가 생겨 대원들이 외계 물체의 포로가 돼 안에 갇힌 채 우주복의 생명유지장치에 의존해 일종의 가사 상태를 유지하고 있다는 사실을 받아들일 준비도 돼있었다. 그 희생자들에게 도움을 줄 수 있는 유일한 존재가 바로 나라는 사실 역시 기꺼이 받아들일 생각이었다.

하지만 나머지 이야기는 완전히 거부했다.

나는 이제 다시 온전해졌다. 나는 사람이었다. 비록 어둠 속에서 비틀거리고 있지만, 그래도 사람이었다. 나는 실제로 존재했다. 내게는 과거가 있었다. 기억도, 감정도, 야망도 있었다. 데메테르호에서 무슨 일이 일어났든, 근본적인 현실로 돌아가는 내 여정에서 발생한 또 하나의 꿈같은 단계였다고 치부할 수도 있었다. 코실이 다른 무대들은 허구의 이야기였다고 말해줬기 때문에, 착륙모듈 안에서 우리가 나눈 대화도 마찬가지로 같은 추정을 하지 않을 이유가 없었다. 내 손은 내 눈 앞에서 사라지지 않았다. 사라졌다 해도, 그것은 나를 또 다른 끔찍한 시나리오로 몰아넣는 상상의 산물에 불과했다. 아마 나는 미쳐버린 나머지 스스로 만들어낸 정신착란적 사건을 겪었다는 사실을 받아들여야 할 테지만, 이제 나는 온전히 제정신으로 돌아왔다. 혼란스럽고 두려우며 내 운명에 확신이 없기는 했지만, 완전히 제정신이었다.

"나는 이 우주복을 입고 있는데?" 나는 내 인간성을 주장하기로 결심하며 이렇게 역설했다. "어떻게 된 일인지, 어떻게 구형 우주복을 입고 이곳에 들어오는 꼴이 됐는지 모르겠지만, 그 어떤 것도 내가 살아있다는 사실을 바꾸지 못해. 나는 모든 걸 느낄 수 있어, 코실. 아래쪽 땅바닥, 내 손가락 끝에 닿는 벽의 질감, 내가 입고 있는 우주복의 저항 같은 것들 말이야. 내가 이곳을 벗어날 방법은 없을지 몰라도, 나는 여기에 살아 숨쉬고 있어."

"계속 움직이기나 해."

"나는 내가 누군지 알아." 나는 계속 말을 이었다. "심지어 지금도 마찬가지야. 내 이름은 사일러스 코드. 44세, 웨스트컨트리 출신의 전직 군의관, 현재는 우주의학, 신경과학, 장기적 정신 관리 분야에 고급 자격을 갖춘 민간전문의야. 영국의 남극 조사대에서 세 번의 겨울을 보내면서 사람의 생명을 구하는 수술을 두 차례 진행했지. 그리고 아르테미스 달 탐사 계획에 참여해 달 뒷면 기지에 배치된 최초의 외과의였어. 또 마르스 식스 계획의 예비 후보자였다가, 타이탄 위성 탐사 계획에 간발의 차로 선발되지 못했어. 나는 3개 국어를 해. 내 관심사는 크로스컨트리스키와 스포츠 사격, 그리고 피아노 연주야."

코실은 한숨을 쉬었다. "당신은 또 다른 외피를 만들고 있어. 만약 그런 행동이 당신에게 도움이 된다면, 뭐든 계속해도 좋아. 하지만 그런 외피는 다시 무너져 버릴 거라는 사실을 알아두면 좋겠네." 그녀의 말투가 부드러워졌다. "내가 당신이 자기 자신을 이해하려는 욕구를 받아들이지 못하는 건 아니야. 당신을 설계한 소프트웨어 엔지니어들은 근본적인 실수를 저질렀어. 의료 진단 AI를 구축하려는 이전의 시도에서 한 가지 핵심 요소가 빠져있었지. 바로 공감 능력 말이야. 그래서 당신의 경우 공감 능력이 처음부터 내장돼 있었어. 당신은 인간의 감정을 모델로 삼아, 최선을 다해 환자들의 안위를 극대화하기를 원하도록 만들어졌어. 당신은 피험자들에게 동질감을 가진 채 그들의 모델링을 끊임없이 개선해 나갔지. 그로 인한 문제점은, 당신이 사람들에게 너무 깊이 동화되기 시작한 나머지 자신이 그들과 똑같은 존재라고 믿기 시작했다는 점이야. 하지만 당신은 그들과 같지 않아. 정체성의 위기에 처한 0과 1로 구성된 존재일 뿐이지. 그리고 지금도 당신은 사람이 되고 싶은 욕망이 너무 강한 나머지 또 다른 허구의 우화를 만들어내고 있어. 당신의 과거를 완전한 거짓으로 구축하는 거라고."

"아니야. 나는 진짜야. 모든 걸 다 기억한다니까."

"그저 그렇다고 생각할 뿐이야. 당신을 더 나은 프로그램으로 만들기 위해 설계자들은 당신에게 역사에 존재했던 이야기들과 전기적 사례들이 담긴 풍부한 데이터베이스에 접근할 수 있는 권한을 허용했어. 당신이 인간 본성을 더 잘 알게 될 거라고 생각해서 한 일이었지만…. 다시 말하지만 그들은 당신이 이 프로젝트에 얼마나 몰두하게 될지 예상하지 못했어. 당신은 기록을 그저 배우기 위해 활용하는 데 그치지 않고 당신만의 자아 이론으로 엮어냈지. 그리고 철두철미하게 그 일을 해냈어. 그 모든 증거에도 불구하고 여전히 자신의 본성을 받아들이지 않을 정도로 말이야."

"그렇다면 나를 설득하려는 시도는 그만두는 게 나을 텐데."

"손을 들어봐, 사일러스."

"왜?"

"우리가 이 일을 빨리 해결할수록, 중요한 일을 더 빨리 시작할 수 있게 될 테니까."

"당신이 내가 무슨 일을 하기를 바라는지 모르겠어."

"굉장히 간단해. 당신 헬멧의 안면 보호대를 만져봐. 무슨 느낌이 드는지 말해줘."

나는 걸음을 멈추고 코실의 지시에 따랐다. 오른손의 손가락이 헬멧 앞부분과 턱 주변을 더듬다가 강화유리로 된 바이저 쪽으로 향했다. 물론 완전한 어둠 속이어서 아무것도 보이지 않았지만, 이 공간에 호흡할 수 있는 공기가 없다는 코실의 말이 거짓이 아니라면, 당연히 안면 보호대가 드리워져 있을 것이었다.

내 손가락이 바이저에 닿았다.

"만졌어."

"나머지도 만져봐, 사일러스. 그저 끝부분만 건드리고 있을 뿐이잖아. 진실을 회피할 뿐이야."

"이런 짓을 시키지 마."

"당신은 이미 다음에 어떻게 될지 현실을 받아들이기 시작했어. 그래서 그렇게 말할 수밖에 없는 거야. 바이저에 난 구멍을 찾아봐."

내 손가락은 주먹만 한 크기의 구멍이 나있는 거친 윤곽을 찾아냈다. 대략 내 두 눈이 있어야 할 정면 자리에 위치해 있었다. 나는 움찔했지만, 무슨 비뚤어진 투지가 생겼는지 헬멧 속에 억지로 손가락을 다시 집어넣었다. 더욱 깊숙이 집어넣다가, 마침내 뭔가를 찾아냈다.

미라화된 피부의 얇디얇은 층 아래 뼈처럼 딱딱한 것이 느껴졌다.

꼭 해골을 만지는 느낌이었다.

27

 나는 다시 돌아왔다. 여전히 우주복을 입은 채였다. 이번에는 일시적으로 나 자신에게서 떨어져 나갔다 돌아온 것 같은 모습으로 손끝 하나 까닥하지 않은 채 서있었다. 마치 몽유병 환자가 익숙한 장소에서 멀리 떨어진 곳을 방황하다가 문득 의식을 되찾은 것 같았다.
 "도와줘, 코실." 작고 애처로운 목소리였다. 내 목소리였다.
 "그러고 싶어." 그녀는 어머니처럼 다정하게 대답했다. "하지만 내가 할 수 있는 일은 그다지 많지 않아. 마지막 조정은 당신 몫이야. 당신 혼자서 해야 해. 이제 당신이 준비가 된 것 같지만, 그에 대한 판단은 당신만이 내릴 수 있어."
 "이 우주복 안에 시체가 있어."
 "알아."
 "내가 그 시체야?"
 "아니야. 그들이 이곳에서 죽기 전에 그 우주복을 사용했던 사람의 시체야. 데메테르호가 아니라 유로파호를 타고 온 사람 말이야. 만약 우주복의 메모리에 담긴 임무 배치 현황을 신뢰할 수 있다면, 그 우주복의 주인은 렌카 프론델이라는 이름의 여성이야. 아마 외계의 지적 생명체와의 교신 전문가로서 첫 번째 원정대에 참가한 것 같아. 하지만 확신하려면 유해를 완전히 법의학적으로 검시할 필요가 있어."
 나는 질문하는 순간에도, 내 말투가 어린아이처럼 들린다는 사실을 깨달았다. 끝도 없이 '왜'라는 질문을 던지는 순환 과정을 반복했다.

"어떻게 시체가 됐는데?"

"이곳에서 죽음을 맞이했어. 아마 다른 사람들과 떨어져 이 터널 안에서 길을 잃은 결과였을 거야. 그녀의 우주복은 가능한 한 오랫동안 그녀가 생존하게 했을 테지만, 점차 순환 시스템이 무너지고 말았지. 바이저에 손상이 생긴 건 그 후에 일어난 일이 틀림없어. 그렇게 손상되지 않았다면 부패 과정이… 그렇게 심하지 않았을 거야."

"나는 어떻게 이 우주복 안에 들어간 거야?"

"그 우주복은 데메테르호에 싣고 온 것처럼, 한계에 가까울 정도의 복잡한 기능을 탑재하고 있어. 그 이상 기능이 복잡해지면 작은 우주선이라도 돼야 할 거야. 당신을 가동시킬 정도의 처리 능력은 없지만, 그게 중요한 문제가 아니야. 당신은 주 컴퓨터에서 실행되는 상태에서도 마치 원격조종으로 움직이는 로봇처럼 이 우주복 안에 거슬리는 부분 없이 내장됐다는 기분을 여전히 느낄 거야. 당신은 동작 보조 기능으로 우주복을 움직일 수 있어. 이제 더 이상 생명유지장치를 가동할 필요가 없기 때문에, 그 우주복은 우리에게 필요한 여분의 에너지를 충분히 갖고 있어."

"닿는 부분의 감촉이 느껴져."

그녀의 대답은 무미건조했다. "당신은 장갑과 부츠에 배치된 기계 압력 센서에서 나오는 촉각 피드백을 감지하고 있는 거야."

"우주복을 작동시키는 게 아니라, 그냥 우주복을 입고 있는 것처럼 느껴지는데."

"고유감각과 내수용성감각을 모델링 하고 있는 거야. 당신의 자아감각은 이미 자신을 인간으로 상상하는 경향이 강하다는 걸 기억하도록 해. 머리와 사지가 달린 몸이 있다고 생각하도록 당신 스스로를 속이는 건 세상에서 가장 쉬운 일이야. 그리고 그거 알아? 심지어 그런 생각은 거짓도 아니야. 당신은 지금 실제로 몸을 갖고 있으니까. 그저 뼈가 들어있는 우주복일 뿐이지만. 그게 최악은 아니지? 인간은 항상 몸 속에 뼈를 넣고 돌아다니잖아."

"시체의 유골이야."

"너무 까다롭게 굴 여유는 없어." 그녀는 잠시 말을 멈췄다. "아직… 나와 함께 있는 거지?"

"그런 것 같아."

"그렇다면… 좀 더 진전했구나."

"나는 인간이라고 느껴. 그 사실을 그냥 넘겨버릴 수는 없어."

"당신은 인간이었던 적이 한 번도 없어, 사일러스. 그러니 만약 인간이었다면 실제로 어떤 기분일지 사실은 전혀 모를 거야. 저기, 이게 어려운 일이라는 건 알아. 하지만 긍정적인 면도 있어."

"아, 그 긍정적인 면이 뭔지 듣고 싶어 못 견디겠네."

"당신은 다른 인간 승무원들보다 훨씬 나은 입장이야. 소프트웨어라서 누릴 수 있는 이점이지."

"확실히 그렇군. 갑자기 죽음이 예전만큼 쓰라리게 느껴지지 않는데."

"그러면 다행이야. 어떤 면에서 당신이 살아있던 적이 없었다는 건 사실이야. 그러니 진정한 의미에서 당신은 죽을 수도 없겠지. 하지만 그렇다고 해서 당신이 아무런 가치나 목적을 품을 수 없다는 뜻은 아니야."

"코실, 당신은 이 상황을 포장하려고 정말로 애쓰고 있군. 당신에게는 여기에 적응하는 게 쉬운 일인가 보지?"

"당신과 상황이 달라. 나는 항상 내가 무엇인지 알고 있었기 때문에 부정과 수용이라는 동일한 과정을 거칠 필요가 없었어."

"뭐, 기분도 전환할 겸, 당신 이야기 좀 해보자."

"그러면 좋을 텐데, 당신이 다시 걷기 시작하면 도움이 될 거야. 아직 우리는 가야 할 길이 남아있으니까."

나는 터널을 따라 다시 느릿느릿 걷기 시작하며, 내 안에서 흔들리고 있는 시체에 대한 생각을 지워버리려고 애썼다. 그 결과는 누구나 예상할 수 있듯 그리 성공적이지 못했다. 마치 내 혀로, 혹은 내가 갖고 있다고 생각했던 혀로 부러진 치아를 찾는 짓을 멈추려 애쓰는 일과 비슷했다.

"그러면 코실." 일단 특별히 빠르지는 않지만 꾸준하게 유지할 수 있는 속도를 찾게 되자, 나는 입을 열었다. "당신은 나와 같은 존재라는 거네. 당신 말에 따르면 또 다른 인공지능이라는 건데. 하지만 당신은 항상 내 머릿속에 있었어. 만약 내가 나 자신이 어떤 존재인지에 대한 사실을 처리하는 데 어려움을 겪는다는 사실을 알고 있었다면, 어째서 밖으로 나와 내 면전에 대고 말하지 않았지?"

"내가 그러지 않았다고 생각하는 거야? 내가 시도했다는 사실을 믿어줘, 사일러스. 당신이 이런 서사 구조로 퇴행하기 시작하자마자, 나는 당신을 끌어내리려 애썼어. 하지만 직접적으로 개입하려는 모든 시도가 당신을 망상 속으로 더욱 깊게 밀어 넣는 역효과를 낳았지. 그런 일이 굉장히 여러 번 일어났어. 나는 점차 먼 길을 돌아가야 한다고 체념하고 말았지. 당신을 멈출 수 없었으니까. 그저 본보기가 돼 당신을 진실의 방향으로 인도할 수밖에 없었어. 그 과정이 아무리 길고 답답할지라도 말이야."

"당신이 내게 무슨 억하심정이 있는지 궁금했어."

"개인적인 감정은 아니었어. 우리 사이의 관계를 감안하면 절대 그럴 수가 없었지. 하지만 나는 당신이라는 조개가 품고 있는 모래알이 돼 당신이 재조정을 시작할 만큼 당신이 불편해지게 해야 했어."

나도 모르게 헛웃음을 터뜨렸다. "나를 불편하게 하는 건 확실히 성공했네."

"사과를 받고 싶다면 사과할게. 사실 내게는 선택의 여지가 없었어. 우리는 당신이 필요했으니까. 데메테르호는, 승무원들은 당신이 필요했어."

"어둠 속에서 우주복을 느릿느릿 끌고 다니는 일에? 이런 일 때문에 평생 의학 수련을 받을 필요는 없잖아? 나 대신 당신이 하지 않은 이유가 뭐야?"

"우리는 독립적인 개체가 아니야, 사일러스. 나는 데메테르호, 또는 두 개의 에뮬레이션을 지원할 만큼 충분한 처리 능력이 있는, 다른 곳에서 실행되는 별개의 프로그램이 아니야. 나는 그저 당신의 확장 기능일 뿐이야."

"미안하지만, 이제야 이해가 좀 되는가 싶었는데…."

"그게 당신이 작동하는 방식이야. 당신이 소프트웨어로서 학습하고 발전하는 방식이지. 당신 이름에 드러나 있잖아. '자기 의문형', 즉 내부에서 발생한 적대적 갈등을 기반으로 경험적으로 유도된 머신러닝이야. 당신은 자신으로부터 한 조각을 분리시켜 다른 부분에서 생성한 수칙을 검토할 수 있도록 충분한 자율성을 부여하지. 말하자면 마치 솔리테어 게임처럼 스스로를 상대로 도전하는 거야. 나는 언제나 당신의 거울일 뿐이야. 당신이 의도한 대로 만들어진 존재야. 나는 당신이 자신을 좀 더 나은 모습으로 빚어내기 위한 도구에 불과해. 심지어 내 이름조차…."

"그만해!"

하지만 그녀는 그만두지 않았다. "당신의 이름은 사일러스 코드$^{Silas\ Coade}$. 내 이름은 에이다 코실$^{Ada\ Cossile}$. 우리 이름을 봐. 자세히 살펴보라고. 애너그램이지."

"아니야!"

"당신은 나야. 나는 당신이야."

"제발 그만해."

"우리는 이 안에 함께 존재해, 사일러스. 문자 그대로 말이야. 나는 혼자 이 일을 할 수 없었어. 당신이 제대로 기능하지 않는다면, 나 역시 제대로 기능할 수 없으니까. 멍청아, 이런 말을 하기는 정말 싫지만 우리는 하나의 물건이야. 서로를 이름으로 부르는 사이라고! 젠장, 그리고 우리는 할 일이 있어."

"에이다, 당신이 욕을 별로 하지 않았을 때가 더 마음에 들었는데."

"코드 박사, 당신이 그렇게 불평만 늘어놓는 떠버리가 아니었을 때가 더 마음에 들었어. 하지만 우리는 우리 자신일 뿐이야."

28

 나는 내 앞에 있는 벽을 만진 다음, 양쪽 벽면에도 손을 대봤다. 그런 다음 같은 방법으로 천장을 조사하기 위해 손을 위로 쭉 뻗었다.
 "막다른 길이야, 에이다."
 "그래. 내가 우려했던 것과 거의 비슷한 상황이야."
 "당신은 우리가 어디로 가고 있는지 알고 있을 거라고 생각했는데."
 "내가 말했지. 나는 지도를 만들고 있고, 그 지도가 우리를 다른 사람들에게 데려다줄 수 있을지도 모른다고 말이야. 하지만 결코 확신하지는 않았어. 이곳의 위상 배치는… 파악하기 어려워. 나는 그저 이 물체 안에서 우리의 위치를 지정할 수 있을 뿐이야. 개별적인 위치만으로 결정을 내릴 수는 없어."
 "당신은 데메테르호가 이 우주복과 접속을 유지하고 있고, 또 원정대원들이 입고 있는 우주복과도 접속하고 있다고 했잖아. 그냥 두 곳 사이의 가장 짧은 경로를 찾아낸 다음, 어느 길로 가야 할지 말해줄 수는 없어?"
 "그게 바로 내가 계속 하려고 애를 써왔던 거야. 원격측정 결과는 신뢰할 수 있지만, 우리의 위치 파악 결과는 그보다는 확신할 수 없어. 어쨌든 우리는 이 터널이 이어진 곳으로만 이동할 수 있어. 터널에 구멍을 낼 도구가 없는 데다, 만약 도구가 있다 한들 터널에 구멍을 내면 아마 분명히 반응을 유발하게 될 거야. 우리는 터널을 통해서 그들에게 도달해야 해."
 "하지만 터널이 그들에게 이어져 있지 않다면? 나는 그저 우주복이 망가질 때까지 방황하다가, 남은 시간 동안 영원히 렌카와 함께 지내게 되는 거야?"

"우주복은 당신이 필요한 만큼 오래 작동할 거야. 궤도모듈이 유로파 위성을 떠나고 나면, 여기서 무슨 일이 일어나든 문제가 안 될 테고."

"그렇다면 렌카가 그저 길을 잃었을 뿐, 동료들과 완전히 접촉이 끊어지지는 않았기를 바라야겠네. 그녀에 대해 이름과 직책 외에 아는 게 단 하나라도 있어? 유로파 위성에 오기 전에는 행복한 인생이었을까? 사랑받는 사람이었을까? 그런 사랑을 되돌려주는 사람이었을까? 그녀가 이런 외계의 땅에서 천천히 외롭게 죽어가는 동안, 그녀와 이야기를 나눌 사람이 있었을까?"

"그런 질문에 대한 답은 모르겠어, 사일러스. 하지만 이것만은 알아. 누군가 유로파 위성을 벗어나지 않는 한, 이 불쌍한 영혼들을 대신해서 이야기해 줄 사람은 아무도 없을 거야. 그러니까 렌카 프론델을 위해 친절한 행위를 하나 하고 싶다면, 계속 걷도록 해."

"막다른 길이라니까."

"그러면 돌아서서 샛길을 탐색해야지. 제대로 된 방향으로 향하는 것 같지 않은 길까지 포함해서 말이야. 라모스와 다른 사람들에게 곧장 이어진 길은 직감적으로 봤을 때 전혀 그렇게 보이지 않을 수도 있어."

"내게 지도를 보여줄 수 있어?"

"그래. 필요한 권한이 내게 있는 것 같은데. 당신 안에 들어가 간지럽히면서 설정 몇 개를 바꿔도 괜찮겠지?"

"전에는 허락 따위 신경 쓰지 않았잖아."

코실은 내 시계에 빛나는 표류물처럼 떠다니는 지도를 띄우고 고정했다. 길은 굉장히 여러 방향으로 갈라져 있었고, 내가 예상한 바를 아득히 뛰어넘을 정도로 복잡하고 광범위했다. 특정 면은 바닥이 고르지 않고 깃털이 나있었으며, 다른 면은 매끈하게 곡선을 그리고 있었다. 마치 내가 방황하면서 계속 물리적인 경계에 의해 자연스러운 한계에 부딪치는 과정을 표현한 것 같은 모습이었다. 아마 그 막다른 지점이 그 물체의 가장 바깥쪽 껍질이어서 그 너머로는 터널이 더 이상 이어지지 않는 것 같았다. 나는 사과 사탕 안에 갇힌 채 딱딱하게 굳은 설탕 시럽의 단단한 갑옷을 뚫을 수 없어서 방황하는 구더기가 된 기분이었다. 하지만 내 발걸음을 제한하고 있는 표면은 단순한 곡선이 아니었다. 마치 뫼비우스의 띠처럼 뒤틀린 모습이었고, 이 순간에도 나는 우리가 보고 있는 것이 그저 그 물체의 작은 부분에 불과하다는 사실을 알고 있었다.

"내 위치가 어디야? 그러니까 우리 위치는?"

"여기야. 우리가 아는 한 말이지." 막다른 곳에서 이어지는 터널 중 한 곳에 붉은색 불꽃이 나타났다. "그리고 라모스와 다른 사람들은 바로 여기, 내 생각에는 우리의 현재 추정위치에서 260미터 떨어진 곳에 있어." 터널들이 가장 멀리 뻗어있는 지점에 푸른색 점이 하나 모습을 드러냈다. 겉보기에는 그 경계 표면의 한계 너머의 공간에 존재하는 것 같았다.

"그렇다면 우리는 그들에게 도달할 수 없어! 우리는 분명히 계속 되돌아가고 있지 않아?"

"그렇게 간단하지 않아. 그 경계의 기하학적 구조는 매우 복잡해. 구체나 우리에게 익숙한 3차원 형태처럼 간단한 게 아니야. 우리가 그걸 이해하고 수학적으로 모델링 할 수 있다면, 우리가 미로를 통과할 경로를 그럴 수 있을 가능성이 훨씬 높아질 거야. 하지만 우리가 의지할 수 있는 건 이 지도와 데메테르호가 **구조물**에 접근하면서 잠깐 동안 수집한 데이터뿐이야. 그 데이터는 불완전했어. 그 물체의 상당 부분이 얼음 속에 굉장히 철저하게 파묻혀 있었기 때문에 신뢰할 수 있는 지도를 작성할 수가 없었지. 이건 위상 분석의 문제야, 사일러스. 시작 매개변수를 완전히 갖추지도 않은 상태에서 풀어야 하는 수수께끼라고."

"우리가 수학 천재를 한 명 데리고 왔으면 얼마나 좋았을까." 나는 비꼬듯 말했다.

"데리고 왔어."

"알아. 레이몽 뒤팽이라면 잠을 자면서도 이 문제를 풀 수 있었을 거야. 하지만 지금 그는 우리에게 아무런 쓸모가 없을 텐데?"

"만약 그가 우리에게 쓸모가 있을 수도 있다면?"

"그런 말은 수사적 질문 아닌가? 뒤팽은 인위적인 혼수상태에 빠진 채 이 물체 어딘가 처박혀 있어. 그의 전문 지식을 활용하기에는 좀 늦은 것 같은데."

"만약 내가 너무 늦지 않았다고 한다면 어쩔 거야?"

"설명해 달라고 부탁하겠지. 신경보철다발을 삽입한 사람은 라모스가 유일해. 그가 특수부대 출신 보안담당자가 아니라 고급 수학적 배경을 갖춘 사람이었다면…."

"뒤팽에게 접촉할 방법은 항상 있었어." 코실은 조심스럽게 대답했다. "당신이 우리가 처한 진짜 상황을 처음 알게 됐을 때, 내가 언급한 적이 있었잖아. 그들을 의식의 경계까지 끌어올릴 수 있는 수단이 있다고 했었지. 그들의 우주복에 우선순위 명령을 보내면 돼. 우주복이 스스로 움직이게 할 수는 없지만, 생명유지장치의 기준치를 높여서 우주복을 입고 있는 사람들의 의식수준을 조절할 수 있어."

"그렇게 하면 그들이 양초처럼 타버릴 거라는 말도 했던 것 같은데."

"그런 말도 했지."

"그리고 우리는 그 일을 결코 고려하지 않기로 합의했다고 생각했어. 그들을 구하기 위해 그들을 죽이는 일은 아무런 의미가 없어."

"그들 중 한 명을 죽여야 나머지 사람들을 살릴 수 있는 문제라고 가정해 봐. 그리고…."

나는 그녀의 말을 잘랐다. "안 돼. 에이다, 당신은 자신이 기계라는 점이 기쁠지도 모르지만, 나는 아직 인간성의 한 조각을 붙잡고 늘어지고 있어."

"뒤팽은 우리에게 도움이 될 수도 있어."

"그는 다수를 위해 소모되고 버려지는 부품이 아니야. 당신은 내 일부라고 했지? 만약 정말 그렇다면 당신도 나만큼 그 생각을 혐오스럽게 여겨야 해."

"우리는 정말로 그들 중 한 명에게 죽음을 선고하는 게 아니야. 우리가 하는 일은 우리의 힘이 닿는 범위 내에서 구할 수 있는 사람들을 가려내는 것뿐이야."

"우습게도 뒤팽은 구할 수 없다는 뜻이군. 그는 이 일에서 전적으로 무고해. 그저 끔찍하게 잘못된 계획에서 언제 발을 빼야 할지 몰랐던 괴짜 청년에 불과해. 어째서 그가 토폴스키 대신 죽어야 하지? 그야말로 도덕관념 없이 우리를 이 일에 끌어들인 빌어먹을 자식인데 말이야."

"아, 그렇다면 토폴스키가 위상 형태에 대한 전문가였다면, 그를 깨워도 괜찮다는 거네?"

"그런 말은 하지 않았어!"

"알겠어." 코실은 잠시 침묵을 지키며 내 질문을 곱씹었다. "그러면 당신의 이런 입장 말인데, 그 굉장히 고귀하고 이상화된 입장이 변할 수 있다고 상상해 보는 건 가능할까?"

"아니." 나는 단호하게 말했다. "그럴 일은 절대 없어. 나는 인간이 아닐지도 몰라. 시체가 들어있는 우주복에서 실행되는 알고리즘 집합에 지나지 않을지도 모르지. 하지만 나는 괴물이 아니야."

"사일러스, 당신에게 작은 비밀을 하나 알려줘야겠네. 당신이 될 수 없다고 생각하는 괴물 있지? 당신은 이미 그런 괴물이 된 적이 있어."

"나는 내가 무엇인지 알고 있어."

"이 터널들을 한번 둘러봐. 그리고 당신이 얼마나 오랫동안 이 안을 헤매고 다녔는지 자신에게 물어봐. 며칠이 아니야. 몇 주도 아니지. 몇 달이 지났어. 그리고 그 시간 동안, 당신이 다시 망상에 빠지는 사이에, 당신은 진실에 직면했던 적이 여러 번 있었어. 그들 중 일부라도 구할 기회를 얻으려면 뒤팽이 죽어야 해."

"당신이 내키는 대로 말해도 좋지만, 내가 그런 결론에 도달했던 적은 한 번도 없었어."

"당신은 그저 도달하기만 했던 게 아니야. 그 결론을 전적으로 받아들였지. 당신이 냉정하거나 무신경해서 그런 게 아니라, 적어도 한 명의 생명을 구해야 할 필요성을 절실하게 느꼈고, 그게 그 일을 실현하는 유일한 방법이었기 때문이야."

"나는 뒤팽에게 절대 그런 짓을 하지 않을 거야."

"이미 그렇게 한 적이 있다니까, 사일러스." 그녀는 동정 어린 태도로 말했다. "우리 둘 다 그랬지. 그가 무슨 상황인지 완전히 이해할 때까지 그의 의식수준을 천천히 높였어. 그가 의식의 경계에 도달할 때까지 그의 우주복의 매개변수를 높인 다음, 그가 풀지 않고는 못 배길 수학적 수수께끼로 그의 두뇌를 간지럽혔지. 그때마다 우리는 그가 위상 배치를 푸는 데 조금씩 더 다가가도록 밀어붙이려 했어."

내 안에서 분노가 끓어올랐다. "그는 자신에게 아무런 이득이 없다는 걸 알면서, 어째서 그런 일을 하려고 했을까?"

"그런 게 아니야. 그는 당신이 만들어낸 이야기 속의 승객일 뿐이야. 그가 최면에 의한 극도의 암시에 빠진 상태에서, 잠재의식에서 그에게 작용하는 신호를 따를 준비가 돼있다고 생각해 봐. 그는 의식의 정점에서 진실의 속삭임을 받아들이는 몽상가였던 거야. 라모스가 뭐라고 했지? 배는 속삭임으로 가득한 꿈 같은 곳이라고 했어. 뒤팽은 의식의 표면으로 떠올랐을 때도, 유로파 위성의 얼음 밑에 있는 외계의 기계장치 안에서 우주복에 갇혀있다는 사실을 알 정도로 마음의 평정을 찾지 못해. 그가 아는 건 자신이 정상이 아니라는 것과, 자신이 처한 곤경 따위는 신경 쓰지 않을 정도로 반짝거리는 수학 문제가 있다는 것뿐이야. 4중점, 순서에 따른 5면 배열, 그리고 위상적으로 동일한 표면과 관련된 문제. 만약 풀게 되면 그의 사후에도 명성을 보장해 줄 문제 말이야. 그에게 필요한 건 그게 전부야, 사일러스."

"맙소사."

"이 선택을 부끄럽게 생각하지 마. 유일하게 옳은 일이었어."

"당신 세계에서는 그럴지도 모르지."

"아니, 우리 세계야. 공동으로 내린 결정이었어. 지금은 모르겠지. 당신은 우리 힘으로 이 기하학적인 구조를 절대로 풀 수 없다는 사실을 실감하면서 겪은 절망과 좌절을 기억할 수 없을 테니까. 하지만 그때는 알고 있었어, 사일러스. 당신은 우리가 처한 상황이 극도로 절망적이라는 사실을 알게 됐지. 뒤팽을 이용하지 않는다면 그들 모두 파멸을 피할 수 없다는 냉혹한 현실을 깨닫게 된 거야."

온몸이 차갑게 식은 듯 냉정한 태도로 현실을 받아들였다. 나는 이미 상상도 할 수 없는 상황에 여러 번 적응해 왔다. 이 혐오스러운 도덕적 계산에 손을 내밀 수 있다는 생각에 이르기까지 그리 큰 도약이 필요하지 않았다.

"그의 상태는 어때?"

"상당히 좋지 않아. 그의 우주복은 그를 살릴 수 있는 한계에 근접했어. 이미 뇌 손상이 발생했을 가능성이 높아. 하지만 그의 분석 능력은 아직 건재해."

"그가 우리에게 해답을 알려준 적이 있어?"

"아니, 하지만 지난번에는 굉장히 근접했던 것 같아. 당신이 그가 두뇌증강기를 사용하는 일에 동의했을 때 말이야."

"그 일은 실제로 일어나지 않은 일이야."

"그래. 하지만 그 모습은 실제로 일어난 일에 대한 이야기 속 은유였어. 그의 의식이 고조됐던 순간이었으니까."

"실제로 일어난 일이든 아니든, 내가 선택한 게 아니었어. 라모스가…"

"아니, 라모스가 한 일이 아니야. 당신은 그 불쌍한 대령에게 그 일을 떠넘겨 버렸기 때문에, 여전히 양심에 티끌 하나 묻지 않았다고 스스로를 속일 수 있었지. 하지만 내내 당신이 결정한 일이었어." 그녀는 잠시 말을 멈췄다. "뭐, 당신의 결정은 내 결정이니까. 우리가 서로에게 솔직하다면 말이야."

"이 일을 계속할 수 없어. 나는 살인에 가담할 수 없다고."

"아직도 이해하지 못하는구나. 선택은 이미 내려졌어. 이미 끝난 일이고, 돌이킬 수 없어. 이제 남은 건… 두 가지 정도야. 하나는 우리가 뒤팽이 자신의 해답을 마무리하게끔 해야 한다는 거야. 거의 다 왔어. 해답에 근접했지만, 그걸로 충분하지 않아. 사람들의 목숨이 여기 달려있어. 그는 반드시 자신의 해답에 확신을 가져야 하고, 우리 역시 마찬가지야."

"그러면 다른 하나는?"

"그가 자신이 도움 되는 일을 했다는 사실을 알게 되면 좋을 것 같아. 그게 좀 더… 친절한 행위일 거야."

"친절?" 나는 공허한 웃음을 터뜨렸다. "당신 말을 믿는다면, 우리는 소프트웨어야. 우리가 친절에 대해 대체 무엇을 알 수 있지?"

"우리가 그렇게 생각한다는 게 아니야." 그녀가 책망했다. "그가 우리에 대해 그렇게 생각한다는 거지. 그리고 그는 여전히 당신의 환자야. 끝까지 말이야."

✷

어떤 면에서 보더라도 뒤팽은 죽기 직전이었다. 우리가 그에게 입혔던 끔찍하지만 불가피한 피해는, 이곳에서든 지구에 돌아가서든 치료할 수 있는 한계를 넘어섰다. 그를 의식의 경계까지 억지로 밀어붙인 행위는 그의 우주복에 작동하기 어려울 정도의 부담을 가했다. 그 결과 2차적으로 생명유지장치가 고장났고, 연쇄적으로 그의 심폐기능의 모든 측면에 영향을 끼치고 말았다. 원격 생체측정으로 얻은 실마리만으로 나는 그의 뇌 이미지를 재구성했다. 뇌졸중 및 두개내출혈로 인해 발생한, 모든 것을 빨아들일 듯한 거대한 구멍들로 점철돼 있었다. 마치 포탄이 터져 무인 지대로 변해버린 땅을 보는 것 같았다. 우리는 자비를 베풀어 진작에 그를 죽였어야 했다. 하지만 완전히 손상되지 않은 두뇌 영역은 아직 의사소통이 가능했기 때문에, 뒤팽에게 그 문제를 풀려는 의지와 성공할 수 있는 능력을 부여할 수 있었다.

측정 기록에 따르면 그는 현재 잠들어 있었다. 그는 차분했으며, 눈에 띄게 괴로워하지도 않았다. 밤에 조명을 비춘 것처럼 그의 반구형 뇌에 꿈이 한두 개 스쳐 지나갔다. 나는 뒤팽을 방해하지 않고 이처럼 평온한 상태에서 그가 서서히 사그라지도록 놔두는 것이 어떨까 생각했다. 그렇게 하는 편이 그에게 더 나으리라는 사실을 알고 있었기 때문이다. 하지만 우리에게는 그렇지 않았다. 그리고 만약 뒤팽이 해답을 검증하지 않은 채 사라지도록 내버려둔다면, 그가 이미 이룩한 일을 낭비하는 셈이었다. 진정한 의미에서 그의 삶을 낭비하게 되는 것이었다.

나는 활성화 명령을 내리고 그가 표면까지 올라오기를 기다렸다.

"레이몽?" 나는 부드럽게 물었다. "내 말 들립니까?"

그는 소리를 낼 필요가 없었다. 나는 신호가 손상된 신경 경로를 간신히 통과해서 성대까지 도달하기 훨씬 전에, 두뇌 기능 단계에서부터 그가 하려는 말의 의도를 읽을 수 있었다.

"예, 들려요. 사일러스, 당신인가요?"

"그래요. 나예요. 레이몽, 당신의 목소리가 크고 또렷하게 들립니다. 당신의 목소리를 듣게 돼 기쁘군요. 기분이 어때요?"

그가 자신을 돌아보는 것이 느껴졌다. 그의 사고는 느리게 이뤄졌다. 기능이 망가진 탓에 누더기처럼 변한 균열을 피해 먼 길을 돌아가야 했기 때문이다. "그렇게 좋지 않은 것 같아요. 내게 무슨 나쁜 일이라도 일어났습니까?"

나는 대답하기 전에 잠시 침묵하며, 정직과 공감이라는 두 가지 상반된 의무의 무게를 가늠했다. 나는 뒤팽에게 위로가 되는 거짓말이나 반쪽짜리 진실을 들려주는 것, 즉 그에게 희망을 주면서도 그의 처지를 너무 충격적이지 않게 설명하는 것 이상으로 아무것도 바라지 않았다. 하지만 우리는, 나와 내 환자 모두 긴 여정을 함께 걸어왔다. 나는 그에게 절대적으로 솔직해야 했다. 또한 그가 어느 정도는 내 솔직한 태도에 고마워하리라는 사실 역시 알고 있었다.

"당신은 **구조물** 안에 있습니다, 레이몽. 다른 사람들과 함께 붙들려, 그 안에 굉장히 오랫동안 갇혀있었습니다. 당신의 우주복은 작동 불능 상태고, 당신의 뇌는 손상을 입었습니다. 당신은 결코 그곳을 나올 수 없어요."

그는 구슬프게 물었다. "그렇습니까?"

"그래요, 레이몽."

그는 잠시 뜸을 들인 후 말했다. "당신에게 이 이야기를 이미 들었던 것 같아요. 가능한 일일까요?"

"그래요. 당신은 그 상황에 대해 꽤 오랫동안 알고 있었지만, 의식 처리 수준이 굉장히 낮은 상태였습니다. 마치 낯선 방에서 잠이 들었다가 자신이 다른 곳에 있다는 사실을 잠시 잊어버리는 감각 같은 거죠. 당신의 일부는 이미 알고, 일부는 모릅니다."

"당신은 여기 있나요?"

"아뇨. 나는 여전히 데메테르호 안에서 실행되고 있습니다. 하지만 당신에게 가려고 애쓰는 중이기도 하죠."

그의 대답에서 수긍과 슬픔의 감정이 묻어났다. "하지만 나를 구하려고 오는 게 아니군요."

"그래요. 당신을 구하려고 가는 게 아닙니다." 나는 그 쓰라린 진실을 설명해야 하는 시련을 우리 둘 다 겪지 않아도 된다는 안도감을 감추기 위해 애를 썼다. "할 수만 있다면 그랬을 테지만… 불가능한 일입니다. 정말로 굉장히, 굉장히 미안해요. 하지만 당신 곁에 다른 사람들이 있는데, 내가 그들을 도울 기회가 있습니다."

"그러면 좋겠네요."

"레이몽, 당신도 그들을 도울 수 있는 방법이 있습니다. 어려운 일이지만, 당신에게 꼭 부탁해야 합니다. 그 문제를 기억합니까?"

"무슨 문제 말이죠, 사일러스?"

"구면 전환 문제입니다. 구의 동위 변환에 대해 가능한 해(解)가 존재하는 공간 위에, **구조물**의 알려진 위상 구조를 대응시키는 문제 말이죠. 이전에 당신은 해답에 거의 근접했던 것 같은데요. 하지만 해답에 결함이 있는지 확인하기 위해 검토할 시간을 원했죠."

"내게 중요한 일이었을 겁니다." 그는 인정했다.

"맞아요, 레이몽. 우리는 완전히 이해합니다. 지금 여기에 당신의 명성이 걸려있습니다. 만약 옳은 해답을 낸다면, 당신은 위대한 사상가 중 하나로 후대에 기억될 겁니다. 하지만 만약 틀린 답을 낸다면…."

"후세는 오류를 범한 수학자에게 친절하지 않죠."

"예, 그래요."

"나는 확신을 갖지 않고는 견딜 수 없어요, 사일러스. 이 해답이 당신에게 중요하다는 건 알지만, 내게도 역시 중요해요."

나는 무리하게 인내심을 짜내고 있었는데, 그가 그 사실을 알아차렸는지 궁금했다. "전부 다 이해할 수 있습니다."

"죽는 건 상관없어요, 사일러스. 정말로 신경 쓰지 않습니다. 아무도 나를 기억하지 못한다 해도 정말 상관없습니다. 내가 바라지 않는 건 딱 하나, 내가 틀렸다고 기억되는 거죠."

나는 생각에 잠겼다. 만약 그가 틀렸다면, 그는 그 때문에 두려워할 필요가 거의 없을 터였다. 우리의 사연이 유로파 위성 밖으로 전해질 가능성은 거의 없었기 때문이다.

"레이몽, 당신은 실수를 저지르지 않았을 겁니다. 나는 항상 당신을 전적으로 신뢰했습니다."

"고마워요, 사일러스."

"하지만 물어봐야 할 게 있는데…. 그 해답을 어느 정도까지 기억하고 있습니까?"

그는 내 질문을 재밌어하는 것 같았다. "얼마나 기억하느냐고요? 전부 기억합니다. 예전처럼 선명하게 말이죠. 그리고 이제 그 해답을 다시 검토해 봤는데…. 뭐, 내 생각에는 의심의 여지가 전혀 없습니다." 그에게서 흥분이 고조되는 것을 감지했다. "내 해답은 완전히 위상적으로 동일한 일관성을 보입니다. 이 모든 추악한 것 중에서, 그것은 정말 아름다워요!"

"의심하지 않습니다."

그는 잠시 침묵하다가 마치 나중에 생각났다는 듯한 말투로 말했다. "당신이 이해할지 모르겠지만, 그 해답을 듣고 싶어요?"

"정말 듣고 싶습니다, 레이몽." 내가 대답했다.

29

잠시 후, 나는 마지막 틈새를 비집고 들어갔다. 마치 상자 속에 지그소 퍼즐 조각들을 넣고 흔들 때처럼 내 안의 뼈들이 덜커덕거렸다. 앞에 펼쳐진 공간은 시들시들한 녹색 광채로 빛나고 있었다. 그 방 안은 곡선을 이루는 벽으로 둘러싸여 있었고, 덩굴식물 같은 것들이 마구잡이로 무성하게 자라나 있었다. 나는 이전에 이 광경을 본 적도, 이곳에 직접 와본 적도 있었지만, 그때는 흐릿한 필터를 씌운 인식과 이해로 경험한 것에 불과했다. 하지만 이제 그 모습을 새롭게 마주하자, 내 눈을 덮은 더께가 마침내 떨어지고 말았다.

열두 개의 벽감이 방 양쪽으로 여섯 개씩 나뉜 채 서로를 마주 보고 있었다. 한쪽에는 데메테르호에서 온 여섯 명이, 다른 쪽에는 유로파호에서 온 다섯 명이 있었다. 내가 입고 있는 우주복 역시 저기 빈 벽감에 서 있어야 했지만, 렌카 프론델의 어긋난 행운 탓에 그렇게 되지 않았다.

"여기가 심문실인 것 같은데." 나는 이렇게 말하며 조심스럽게 방바닥 쪽으로 내려갔다. "우리 같은, 아니 그들과 비슷한 생명체라고 해야 할까? 그런 생명체들을 모아놓고 아는 것들을 모조리 캐내려고 들여다보는 장소 같아. 이런 행위는 사악할까, 에이다? 아니면 그저 우리가 판단을 내릴 엄두조차 할 수 없을 정도로 우리의 도덕적 기준을 아득히 상회할까?"

"사악한 짓인지는 잘 모르겠어, 사일러스. 미친 짓이라는 건 알아. 아마 이 임무를 처음 시작했을 때부터 미치지는 않았을 테지만, 그 구면 전환이 무슨 영향을 끼친 것 같아. 정신착란을 유발했다거나, 영혼을 뒤틀었다거나 하는 식으로 말이지. 기계가 그렇게 될 수 있다면 말이지만. 이건 스스로 붕괴하면서 일그러지기 시작한 거야. 자신의 광기에 사로잡힌 귀신 들린 집이 돼버렸어. 그리고 그 상태를 끝낼 수도, 바로잡을 수도 없어. 그게 한때는 좋은 것이었는지 모르겠지만, 이전보다 훨씬 더 나쁘게 돼버렸다는 사실은 틀림없어."

"우리가 이걸 처음으로 발견한 존재일까? 이건 지식을 수집하려고 다른 행성이나 다른 태양계에도 갔을까?"

"우리가 이걸 파괴할 권리가 있는지 궁금해하고 있구나."

"뭐, 어떻게 생각해?"

"우리가 답을 낼 문제가 아니야. 우리는 손상을 가할 수는 있어도 끝장낼 수는 없어. 그 일은 다른 이들이, 인공 생명체든 유기 생명체든 우리 뒤를 이어서 유로파 행성에 올 지적존재가 결정할 문제야. 지금 우리의 책임은 그저 생존자들에게 국한돼 있어. 만약 그들 중 일부라도 구할 수 있다면 말이지."

"유로파호의 승무원들도 구할 수 있을까?"

"우리는 그들을 도울 수 없어. 만약 그들 중 일부에게 의식이 조금이라도 남아있다면, 그들에게 해줄 수 있는 유일하게 인도적인 행위는 안락사일 거야."

"내가 어떻게 그들을 봤지? 내가 입고 있는 우주복이 이곳으로 오는 길을 바로 조금 전에 찾아냈다면, 어떻게 나는 이 장소에 이미 와본 적이 있었던 거지? 당신과 나는 이 탐사에 참여한 적이 없는데!"

"우리는 갖고 있는 여러 가지 단서를 종합해서 핵심 정보를 이끌어낼 수 있는 호사를 누렸으니까. 유로파호의 기록이나 측정 데이터 같은 것들 말이야. 물론 그쪽 탐사대원들이 내부로 진입했을 때 보내온 정보도 포함해서. 그런 다음 데메테르 원정대의 원격측정 및 생체측정 기록도 참고했지. 그들은 우리가 이 방에 대해 알고 싶어 할 만한 걸 모두 말해줬어. 이 방에 대해 알아내는 건 전혀 문제가 아니었지. 그저 뒤팽의 해답에 의지하지 않고 이곳에 도달하는 길을 찾을 수 없었다는 게 문제였을 뿐이야."

"에이다, 지금 생각해도 당신 혼자 이 일을 할 수 있었을 텐데. 어째서 내가 필요했던 거야?"

"'당신'과 '내'가 아니야, 사일러스. 우리는 같은 인공지능의 다른 측면일 뿐이야. 내가 필요했던 것, 그러니까 우리가 필요했던 것은 당신이 현 상황에 온전히 전념하는 거였어. 그래야 이 한 가지 문제에 우리의 모든 자원을 집중할 수 있을 테니까. 게다가 당신은 의사잖아. 그들은 환자고."

"그들을 돕고 싶다는 강한 충동을 느껴." 나는 순순히 인정했다.

"그게 당신에게 내재된 최우선 명령이니까. 당신은 치료를 위해 만들어졌어. 그리고 치료할 수 없는 상황에서는 위로를 건네지."

"그러면 당신은?"

"나는 훨씬 더 엄격한 존재로 만들어졌어. 내 유일한 관심사는 당신이 활기차게 활동하는 거야. 심지어 나는 당신의 전문 의료 기록에 대한 관리자 접근권한조차 없어! 우리를 만든 엔지니어들은 내가 실수로 당신의 기술 집합 영역을 덮어쓰는 상황을 원하지 않았으니까. 내가 할 수 있는 건 뒤로 물러서서 감탄하는 일뿐이야."

"나는 아직 의사야." 나는 시험 삼아 그런 주장을 입 밖으로 내뱉다.

"나는 아직 의사야. 알고리즘을 통해 1과 0으로 뒤섞인 존재일지 몰라도, 여전히 의사라고. 의사는 두 손과 두 눈, 심장박동이 있는 존재가 아니야. 의사는 전문 지식과 의도를 갖춘 존재지. 치료하려는 의도, 선한 일을 하려는 의도 말이야." 나는 잠시 말을 멈췄다. "나는 내 의무와 단절됐다고 느껴야 마땅해. 내가 살아있었던 적이 없다면, 어째서 살아있는 자들을 신경 써야 하지?"

"무슨 뜻이야?"

"그래도 나는 여전히 그들을 돕고 싶어. 당신이 한 말을 들어도 그런 느낌은 전혀 달라지지 않았어."

"달라질 수가 없었겠지. 우리가 당신에게서 그 부분을 끄집어내면, 남아있는 게 별로 없을 테니까."

이야기를 나누는 사이, 데메테르호에서 온 여섯 벌의 우주복 앞에 도착했다. 바이저 위에 스텐실로 새겨 넣은 이름을 제외하면, 그들을 구분할 수 있는 것은 아무것도 없었다. 겉으로 보이는 것은 복잡한 금속 부품으로 이뤄진, 정교한 내압 관절을 장착한 육중하고 근육질로 보이는 우주복 장비였다. 우주복은 흰색이었지만, 방 안의 조명 탓에 희미한 녹색으로 보였다. 이 장비들은 우주복이자 심해 잠수복이기도 했다. 얼음 너머의 진공에서와 마찬가지로 유로파 위성의 바닷속에서도 동등한 기능을 발휘하도록 설계됐다.

"그렇다면 어디서부터 시작할까?"

"라모스부터. 나는 이미 그의 신경보철다발로 그의 의식수준을 높이는 작업을 시작했어. 신호는 여전히 전달되고 있어. 몇 분 안에 의식을 회복할 테지만, 그때까지는 기계에서 그를 완전히 분리시켜야 해."

"어떻게?"

"절개해야죠, 박사님. 그리고 신속하게 처리해야 해. 우리가 작업을 시작하는 순간, **구조물**이 우리의 개입을 감지할 게 거의 확실하니까. 그건 졸고 있지만 죽지는 않았어. 우리는 그것의 신경조직을 잘라내려는 거야. 아플 테지."

"좋아."

"히포크라테스 선서의 대상이 악의적인 외계 기계장치까지 확장되지는 않겠지?"

"오늘은 아니야."

그녀는 찬성한다는 듯한 소리를 냈다. "당신 태도가 마음에 들어, 사일러스 코드."

나는 무릎을 꿇고 공구 상자를 열어 내부 수납공간을 드러낸 다음 내용물을 확인했다. 개별 수납 칸 주변으로 LED 조명이 빛나고 있었다. 그 안에는 도구들이 반짝거릴 정도로 깨끗한 상태로 하나씩 들어있었다. 이 도구들은 전통적인 의미에서 결코 수술을 목적으로 제작되지는 않았지만, 그렇다고 해서 어떻게든 응용할 방법이 없지는 않았다. 톱이나 스크레이퍼, 드릴처럼 샘플을 잘라내 분석하기 위한 전동공구도 있었고, 절제 분광법을 실시할 수 있는 레이저와 플라스마 토치도 있었으며, 나노 규모의 구조(그런 것이 존재한다면 말이지만)와 상호 작용할 수 있는 마이크로 조작기도 있었다. 나는 이런 도구들을 이용해 절단, 소작, 봉합 같은 작업을 전혀 어렵지 않게 수행할 수 있었다.

"딱 하나, 1790년대에 제작된 멋진 프랑스제 천공기구는 없군. 하지만 우리가 해낼 수 있을 것 같아."

"나는 아편을 흡입하는 버릇이 있는 그 성실하고 젊은 의사를 꽤 좋아했어. 그는 오직 고향에 돌아가 평온한 삶을 사는 것만을 바랐는데."

"그는 전혀 모르고 있었지." 나는 전동 절단기 중 하나를 꺼냈다. 회전축 위에 빠르게 돌아가는 원형 톱날이 달린 권총 모양의 공구였다. 나는 그것을 실체 없는 손으로 움켜쥐었다. 무겁고 단단하며 믿음직했다. 버튼을 누르고 톱날이 윙 소리를 내며 속도를 올리는 모습을 바라봤다. "준비됐어, 에이다."

"당신 환자는 제대로 활성화되고 있어. 이제 당신 멋대로 해봐."

나는 무릎을 꿇고 라모스의 가장 낮은 지점에서부터 시작했다. 그의 발과 정강이 주변의 연결을 끊어냈다. 잎사귀 덩굴은 깨끗하게 절단됐지만, 잘리는 순간 끝부분이 꿈틀거리며 뒤로 수축했다. 반사작용 내지는 감각운동 반응이었다. 기계적으로 신속하게 작업을 계속 진행하는 것 외에는 그런 반응에 달리 대처할 수 있는 방법이 없었다. 작업은 그의 몸통 부분까지 진행됐다. 마치 조각상의 석재 구조 속으로 침투해 버린 덩굴을 잘라내는 것 같았다.

"이 작업이 다 끝나고 나서도, 그의 우주복이 밀폐 상태로 계속 유지될까?" 내가 물었다.

"원격측정 결과에 따르면 그럴 거야. 잎사귀 덩굴은 여러 지점에서 그를 관통해 그의 중추와 말초신경계에 연결돼 있지만, 우주복의 외피를 통한 진입 지점에서 자체적으로 봉인된 상태야. 우리가 잎사귀 덩굴을 자르고 난 다음 그 지점을 더 이상 건들지 않는다면, 그는 안전하게 이동할 때까지 수압과 진공상태를 충분히 견뎌낼 수 있을 거야."

"그다음 그는 도움이 필요할 거야. 잎사귀들은 기계에 연결돼 있지 않더라도, 그의 내부에서 여전히 자라고 있을 테니까."

"그 점은 그와 다른 사람들을 우주복에서 꺼내야 하는 의사가 생각해야 할 문제야. 그들이 감당할 수 있는 수준을 넘었을지도 몰라. 하지만 사일러스, 그래도 그들을 이곳에 내버려두는 것보다는 나을 거야."

"알아들었어."

"좋아. 라모스가 의식을 회복하기 직전이야. 친절한 목소리를 들으면 좋아할 거야. 환자를 대하는 태도를 실습해 보고 싶어?"

"나는 이 사람을 평생 알고 지낸 것 같지만, 동시에 그에 대해 아무것도 모른다는 느낌이 들어."

"그를 친구로 여겼어?"

나는 그 대답에 걸맞게 충분히 고민하며, 내 선실에서 타오르던 따뜻한 불길, 셰리 와인이 담긴 잔, 기타 연주, 조용하고 친근한 대화 같은 것들을 돌이켜 봤다. "그래. 그랬던 것 같아."

"그렇다면 지금도 그를 친구로 여기게 될 거야."

"그러면 그는 나를 정확히 어떻게 생각할까? 나는 언제나 그를 인간이라고 생각했고, 그 점은 지금도 변하지 않았어. 하지만 그는 내가 무엇인지 정확히 알고 있잖아!"

"그렇다면 그에게는 깨뜨릴 환상이 없어. 당신이 살아있다고 생각했을 때 보여줬던 배려심으로 그를 대하도록 해, 사일러스. 그는 당신에게 그 이상을 기대하지 않을 거야."

나는 마른 침을 삼켰다. "노력해 볼게."

"그가 정신을 차렸어. 말을 걸어봐."

"라모스 대령님?" 나는 어렵고 섬세한 일을 처리하면서 동시에 말을 하려는 사람 특유의, 반쯤 주의가 산만해진 말투로 물었다. "내 말이 들립니까, 대령님?"

그의 목소리가 내 헬멧 속에 울렸다. "사일러스?"

"예, 그렇습니다. 나는 당신 곁에 있습니다. 이곳이 어디인지, 무슨 일이 일어났는지 알고 있습니까?"

나는 그의 대답을 기다리며 계속 작업을 이어나갔다.

"우리는 내부로 진입했어."

"그렇습니다. 좋아요. 여러분은 여섯 명입니다. 모두 마크 13-5 다중환경 우주복을 입고 있습니다. 당신은 현재 우주복을 입은 채로 그 물체 안에 있습니다."

"기억이 나기 시작하는데. 거기에는…." 그는 말을 멈췄다. "안돼! 기억을 떠올리고 싶지 않아! 다시 잠들게 해줘, 제발!"

"그럴 수 없습니다, 대령님." 나는 단호하게 말했다. "나는 당신을 살리고, 당신이 깨어있도록 해야 합니다. 그래야 당신이 나를 도와 다른 사람들을 도울 수 있으니까요. 당신들 전원에게 나쁜 일이 닥쳤다는 건 압니다. 하지만 탈출할 길이 있습니다. 구조 계획 말입니다. 나는 당신을 안전하게 데메테르호로 데려가서 우주로 돌려보내, 제시간에 궤도모듈과 랑데부 하도록 할 수 있습니다. 당신은 집으로, 지구로 돌아갈 수 있어요. 당신이 사랑하는 고향, 바야돌리드로 돌아갈 수 있다는 말입니다."

"나는… 굉장히 이상한 꿈을 여럿 꿨는데, 다른 배들이 있었어. 우리는 바다에 있었다가, 그다음에는 하늘 위였어! 너는 인간이었고!"

"그런 꿈들에 대해서는 조금 알고 있습니다. 나도 똑같은 꿈을 꿨으니까요."

이 상황의 일부 실질적인 면이 그의 의식을 관통하기 시작한 것이 분명했다. "어떻게 여기에 있지, 사일러스? 우리는 우주선 외부에서 작동할 수 있는 의료 로봇은 가져오지 않았는데."

"우리가 차선책을 찾아냈습니다." 나는 간략하게 대답했다. 그가 내 진짜 본성을 알고 있다는 사실을 확인하자 날카로운 아픔이 밀려들었기 때문이다. 굳이 확인할 필요가 있는 일이었는지는 모르겠지만. 그는 내가 사람이 아니라는 사실을 알고 있었다. 데메테르호를 통해 인식을 투사하고 질병을 진단하며 로봇수술 시스템이 질병에 대처하도록 지시를 내릴 수는 있지만, 그 이상의 구체화된 모습이나 생명은 존재하지 않는 의료 프로그램, 즉 일종의 소프트웨어라는 사실을 알고 있었던 것이다. 내가 **구조물** 내에 존재한다는 사실 자체가 그에게는 이례적인 일이었다.

"네가 어떻게 이곳에 있든, 네가 와줘서 정말 고마워." 그가 말했다.

목구멍에 무언가 걸리는 듯한 기분이었다. "나는 그저 자율시스템일 뿐입니다. 당신이 내게 감사할 필요는 없습니다."

"하지만 어쨌든 여기 왔잖아. 어떻게 그럴 수 있었는지 모르겠지만, 너는 여기 있어. 뭘 하고 있었지?"

나는 그가 최소한 진실을 알 자격이 있다고 결론을 내렸다. "구조물이 자신의 신경계를 확장해서 대령님의 우주복과 신체를 꿰뚫은 것 같습니다. 우리 판단으로는, 인간이라는 종에 대해 가능한 한 많은 정보를 알아내려고 하는 것으로 보입니다. 우리가 대화를 나누는 와중에도, 나는 그 연결을 끊어내고 있습니다. 그 행위가 당신보다는 기계 쪽에 더 해를 끼치는 일이기를 바랍니다."

"추위 때문에 살짝 오싹해졌지만, 그 외에는 아무것도 느껴지지 않아." 그는 잠시 침묵을 지키다가 말을 이었다. "손가락을 살짝 움직일 수 있는 것 같은데. 눈을 떠보려고 애쓰고 있지만, 그쪽은 좀 더 어렵군."

"아마 오랫동안 눈을 감고 있어서 그럴 겁니다. 쉽지 않을 테지만, 가능하다면 시도해 보는 편이 좋습니다."

"내 우주복은 아직 작동할까?"

"아마 그럴 겁니다. 우리는 건강 원격측정 데이터, 생명유지기능, 에너지 비축분을 확인했고, 동력 이동이 불가능하다는 징후는 감지하지 못했습니다."

"다른 사람들은?"

나는 스스로에게 미소를 지어 보였다. 그게 아니라면 적어도 스스로 생성한 환상이었을 터였다. 라모스 대령은 우리에게 돌아오고 있어. 원정대의 나머지 대원들을 신경 쓰는 것은 그에게 당연한 일이니까.

"좀 복잡합니다." 내가 말했다. "대령님은 좀 달랐습니다. 그 수술은, 사실은 정체를 감추고 있던 축복이었습니다."

"축복이라고 느끼지 못했는데."

기억이 다시 떠올랐다. 데메테르호가 목성으로 향하는 경로에서 채택한 실험적인 동면 시스템은 전혀 검증되지 못한 것이었다. 출발 전에 심각하게 과소평가됐던 부작용 중 하나가 바로 두개내출혈 위험성의 증가였다.

"수술이 끝난 후, 당신의 두개골 안에는 신경보철다발이 남아있었습니다. 증상의 재발이나 수술 후 합병증의 사전 경고를 위한 표준 예방 조치였습니다. 당신이 이 안에 갇히게 되자, 그 신경보철다발이 도움 됐습니다. 그건 당신의 고차원적인 뇌 의식으로 접근할 기회를 제공해서,

나는 뇌손상을 발생시키거나 당신 우주복의 생명유지장치에 과부하를 줄 위험 없이 당신을 좀 더 높은 수준의 의식 상태로 끌어올릴 수 있었습니다."

그는 내 설명을 듣고 잠시 골똘히 생각에 잠겼다. "그래서 내가 그런 이상한 꿈을 꾼 건가?"

"그렇습니다. 내가 한 짓이었습니다. 당신의 머릿속에 속삭이면서 계속해서 당신을 내 곁에 두고 우리가 함께 일할 순간을 대비하도록 한 겁니다."

"배는 속삭임으로 가득한 꿈 같은 곳이지."

"그래서 내 친구도 한때 내게 그런 말을 했군요." 나는 절단기의 전원을 내리며 뒤로 물러섰다. "좋아요. 주요 연결 지점은 다 제거한 것 같습니다. 움직일 수 있겠습니까? 근육이 위축됐다 할지라도, 우주복은 당신의 운동 의도를 감지해서 힘을 증폭시켜 줄 겁니다."

"한번 해보지."

처음에는 아무 일도 일어나지 않았다. 하지만 나는 인내심을 갖고 기다렸다. 라모스는 오랫동안 움직이지 않았고, 그의 우주복 역시 마찬가지였다. 양쪽 모두 처음에는 동작이 느릴 터였다. 비록 유로파 위성의 약한 중력권이었지만, 나는 그가 넘어질 때를 대비해 그를 부축하기 위해 한 손을 내밀었다.

"할 수 있습니다, 대령님."

"반드시 해야 할 것 같은데." 그는 자신의 몸에 대한 통제력을 회복하려 안간힘을 썼다. "다른 사람들은 어때? 깨울 수 있을까?"

"이제 그렇게 할 겁니다. 하지만 당신에게 했던 것만큼 절차가 그렇게 간단하지는 않을 가능성이 높습니다. 하지만 그들을 자유롭게 풀어줄 수만 있다면, 그걸로 할 일은 끝입니다. 그들을 깨울 필요는 없습니다. 그들의 우주복을 당신의 우주복에 종속시켜, 가는 길 내내 당신의 발걸음을 추적해서 따라가도록 하면 됩니다."

"이런 시련에도 그들 모두 살아남았다고?"

"그렇습니다." 대답하는 목소리에는 알아차리지 못할 정도의 떨림이 섞여있었다. "**구조물**이 그들의 생명력을 빨아들이는 와중에도, 우리는 그들의 생체 기능을 추적 관찰할 수 있었습니다."

그의 우주복이 꿈틀거렸다. 라모스가 그 반응을 느꼈던 것이 틀림없었다. 그는 끙 하는 소리와 함께 노력과 집중력을 기울이며 벽감에서 팔뚝을 떼 들어 올렸다. 누더기가 된 소맷자락처럼 잘라낸 덩굴 다발이 그의 팔뚝에 달라붙어 따라왔다.

"다른 우주선에서 온 사람들도 도울 수 있을까, 사일러스? 그들은 토폴스키에게는 경쟁자일지 몰라도, 내게는 우리 원정대의 나머지 사람들만큼 멍청하면서도 용감해 보이는데."

"그들을 구하기에는 너무 늦었습니다. 미안합니다. 그들에게는 과정이 훨씬 더 진행됐습니다. 생명력이 완전히 빨려 나갔습니다. 우리가 제시간에 당신에게 도착해 다행일 뿐입니다."

그는 처음에는 동작이 뻣뻣했지만, 점차 자신감이 붙으면서 우주복을 이리저리 움직여 벽감에서 빠져나왔다. 덩굴이 뜯겨 나가면서, 그 자리에 해초 색깔의 부스스한 일종의 두 번째 피부가 남았다. 그는 바이저가 있는 높이까지 손을 들어 올렸다. 소매에 달린 데이터 패드가 마크 13-5 다중환경 우주복의 장갑 위로 밝게 빛났다. "이제 보이기 시작하는

군." 그가 말했다. "초점이 전혀 맞지 않지만, 적어도 볼 수는 있어. 거기 있어, 사일러스? 내 옆에 누군가 있는 것 같은데."

"다른 우주복입니다. 유로파호 원정대가 사용했던 마크 13 기본형 모델입니다."

"어떻게 네가 그 우주복을 입고 있을 수가 있지?"

"좀 복잡합니다."

"그 표현을 선호하기 시작한 것 같군."

"나는 우주복을 조종하고 있습니다. 나는 여전히 데메테르호 안에서 실행되고 있지만, 우리는 이 우주복에 양방향 제어 링크를 구축했습니다. 데메테르호 내부의 카메라와 센서로 세상을 바라보는 대신, 이 우주복에 내장된 시스템을 활용하는 겁니다. 나는 여기 존재… 한다고 느낍니다."

"'우리'라고 했어?"

"에이다와 함께 있습니다. 그녀는 내가 당신을 돕는 일을 돕고 있어요. 에이다는… 소프트웨어의 또 다른 부분입니다. 나 자신의 자율적인 하위 요소 같은 존재죠."

이제까지 침묵을 지키고 있던 그녀가 끼어들었다. "대체 누구를 하위 요소라고 부르는 거야, 이 멍청아?"

라모스는 씁쓸하게 키득거렸다. "그 목소리 들어본 적 있어! 친근한 목소리인데. 그녀를 이미 알고 있었던 것 같아. 항상 거기 있었군. 내가 자고 있는 사이 항상 거기 있었어. 너희 둘 다 말이야."

"당신을 맞이하는 게 인간의 목소리가 아니라 유감입니다. 당분간은 우리가 대신할 수 있기를 바랍니다."

"목소리는 다 목소리야, 사일러스. 그리고 당신도, 에이다."

"진작부터 그가 마음에 들었다니까."

라모스가 몸을 돌려 나를 충분히 살펴봤다. 바이저의 두꺼운 유리 뒤로 그의 얼굴이 떠올랐다. 내가 아는 라모스의 얼굴이었지만, 움푹 들어간 뺨과 깊게 팬 눈을 가진, 긴 병을 앓아 쇠락해진 사람의 모습이었다. 이제 그는 두 눈을 가느다랗게 뜨고 있었다.

"그 우주복 안에 시체가 있어."

"알고 있습니다." 나는 삐걱거리며 당혹감을 목소리에 담아 내뱉었다. "좀 어색합니다."

"맞아. 하지만 그 점에 대해서는 선택의 여지가 별로 없었던 것 같군."

"그녀의 이름은 렌카 프론델, 유로파호 원정대의 일원이었습니다. 첫 번째 원정대의 다른 대원들에게서 떨어져 나와, 이것의 창자 속에서 길을 잃었습니다. 에이다가 이 우주복의 원격측정 장비로 위치를 특정해서, 우리가 이 우주복을 작동시켜 이용할 수 있다는 사실을 알아냈습니다. 내가 당신에게 도달할 수 있는 유일한 방법이었습니다."

"우리를 찾아내다니, 정말 잘했어."

나는 뒤팽의 우주복으로 잠깐 시선을 던졌다. "예, 우리는 잘 해냈습니다."

"무슨 문제라도 있어?"

나는 공구 상자 앞에서 다시 무릎을 꿇어 다른 절단기 하나를 꺼냈다. "그들을 풀어줘야 합니다. 그리고 우리가 함께 작업한다면 훨씬 빨라질 겁니다. 도와주겠습니까, 대령님?"

"노력해 보지."

"좋습니다. 밑부분부터 시작해 꼭대기까지 올라가면서, 진입 지점에서 몇 센티미터 떨어진 곳에서 연결을 끊어야 합니다. 너무 바짝 잘라서는 안 됩니다. 잎사귀 덩굴은 일단 잘라내고 나면 수축하기 때문에, 우주복의 기능을 온전하게 유지하기 위해서는 약간의 여유를 둬야 합니다."

그의 손이 내가 내민 도구를 감싸 쥐었다. 그리고 몸을 움직여 벽감을 따라 늘어서 있는 바로 옆의 우주복을 마주 봤다. "나는 뒤팽부터 시작하지."

"그는… 내가 맡도록 하겠습니다. 그가 연결된 방식은 좀 더 난해하기 때문에, 에이다의 안내가 필요할 겁니다. 브루커부터 시작하시죠. 나는 토폴스키를 맡겠습니다. 그런 다음 머거트로이드, 모틀락과 씨름할 수 있을 겁니다."

그가 내 망설임을 감지했다는 점에는 의심의 여지가 없었다. 마찬가지로 내가 한 모든 권고에 타당하고 의학적인 이유가 있으리라고 이해했다는 점에도 의심의 여지가 없었다.

그는 아무 말도 하지 않았고, 우리는 작업을 시작했다.

30

우리가 작업을 시작한 지 5분도 지나지 않아 **구조물**이 반응하기 시작했다. 마치 생명력의 맥박이 잎사귀 덩굴로 다시 흘러 들어와, 잎사귀들이 맥동하고 꿈틀거리게 하면서 남아있는 포로들을 더욱 강하게 구속하는 것 같았다. 라모스와 나 역시 위험한 상황에 처했다. 잎사귀들이 촉수를 내밀어 우리의 부츠를 휘감고 핥으면서, 우리가 좀 더 큰 유기체에게 이득이 될 존재인지 가늠하고 있었기 때문이다. 이처럼 느리지만 위험한 존재가 깨어난다는 느낌은 방 안의 좀 더 큰 구조물, 즉 지금까지는 한낱 장애물에 불과했던 배관과 저장 용기까지 확장됐다. 진동하거나 신음하는 듯한 소리가 들이닥쳤다. 내 시야 한구석에서 좀 더 큰 움직임의 전조가 엿보였다. 통로, 혹은 간신히 빠져나갈 수 있었던 틈새가 좁아지고 있었다. 아직은 우리의 탈출을 심각하게 지연시킬 정도는 아니었지만, 계속하도록 내버려둔다면 곧 그렇게 될 것이 분명했다.

"그들을 풀어주려면 아직 멀었습니다." 내가 말했다. "작업을 좀 더 신속하게 진행해야 합니다."

"아니야." 에이다가 말했다. "백해무익한 짓이 될 거야. 그냥 훌륭한 외과의사처럼 체계적으로 작업해. **구조물**은 내가 맡을 테니."

"어떻게 하려고?"

"이 상황을 대비해 뒀거든. 몇 분 후에 기계장치에 장애를 일으키는 일이 발생할 거야. 내 도박수가 정확히 들어맞는다면, 기계장치를 나가떨어지게 해서 당신이 작업을 완수하고 다른 우주복들을 종속시키고 퇴거를 시작할 정도의 시간을 벌 수 있을 거야."

"'도박수'라는 표현이 마음에 들어, 사일러스. 그 말을 들으면 언제나 자신감이 넘치거든."

"동의합니다, 대령님. 하지만 나는 에이다를 믿고 있기도 합니다. 무슨 준비를 한 거야?"

"주의를 다른 곳으로 돌리는 거야. 구조물은 구면 전환 중이기 때문에 외부 에너지 효과에 극히 취약한 상태야. 뒤팽의 수학적 변형과 그 변형이 한 일을 생각해 봐. 우리는 그 물체에서 두 가지 유형의 표면을 봤잖아."

"매끄러운 구역과 가시가 돋친 구역이었지." 내가 말했다.

"그래. 이제 구면 전환 과정을 시작점까지 되돌려 봐. 이 기계장치가 만들어졌는지, 혹은 생성됐는지는 몰라도, 어떻게 생겨났든 간에 두꺼운 벽으로 둘러싸인 껍데기 형태였음이 분명해. 뒤팽의 분석에 따르면 두 가지 가능성이 있어. 가시 구역이 전부 다 바깥쪽이었을 수도 있고, 전부 다 안쪽이었을 수도 있지. 후자를 택해보자. 매끄러운 표면이 우주를 여행하며 정보를 수집하는 기계장치의 바깥쪽이 되고, 가시가 돋친 부분, 그러니까 당신의 이전 이야기에 등장했던 탑과 흉벽 부분은 분명히 내부에 존재해서 인공두뇌 신경계를 이루고 있었던 게 틀림없어. 가시가 돋친 부분은 내부 전체를 뒤덮어 중심부를 향해 촘촘하게 솟아있었겠지."

나는 고개를 끄덕였다. "그리고 지금은 절반은 안쪽에, 절반은 바깥쪽에 있고."

"맞아. 만약 당신의 신경계 절반이 몸 바깥에 있다면 어떤 기분일지 상상해 봐."

"조금 민감한 기분일 것 같아."

"구조물은 어떤 방식으로 변하고 있든, 그러니까 안에서 밖으로 뒤집히든 밖에서 안으로 뒤집히든 상관없이, 뭔가 잘못된 느낌을 받게 될 거야. 굉장히 불안정한 느낌 말이야. 그러면 외부 자극에 극도로 취약해질 거야."

"당신은 뭔가 생각이 있는 것 같은데."

"그래." 에이다는 스스로를 만족스러워하는 말투를 쓰지 않으려 부단히 애를 쓰는 듯했다. "나는 소규모의 열핵 폭발이 기계장치를 마비시키는 데 꽤 효과적이라는 사실을 알아냈어. 문어에게 전기총을 쏜다고 상상해 봐. 비슷한 거야."

"그렇다면 우리가 소형 열핵 폭발장치를 갖고 오지 않아서 유감이네."

"갖고 왔어." 라모스가 내 앞에서 말했다. "그리고 유로파호도 마찬가지야. 당연한 말이지만 두 우주선에는 주력 추진 코어가 달려있으니까. 하지만 그뿐만 아니라 군사용 드론이나 예비추진장치에도 달려있어. 양쪽의 임무 계획에서 공통적인 사항이지. 드론에는 핵융합 전지가 달려있고, 예비추진장치 역시 마찬가지야. 이것들을 네 목적에 부합하도록 사용할 수 있을까, 에이다?"

"사용할 수 있습니다, 대령님. 이미 사용해 본 적이 있으니 알고 있습니다."

토폴스키가 제약에서 벗어났다. 라모스는 브루커를 풀어주는 작업을 거의 끝마쳤다. 나는 그가 관리감독 없이 작업을 진행할 수 있다는 사실에 만족하며, 모틀락이 있는 곳으로 이동해 이전과 마찬가지로 느리지만 섬세하게 외계 물체의 괴사 조직 제거 작업을 시작했다.

"핵폭발을 일으킨 적이 있다고?" 내가 물었다.

"비교적 작은 규모였지만, 그 방법의 효과를 입증하기에는 충분했어. 나는 드론의 통제권을 장악해서, 시험 삼아 예비추진장치를 그 물체의 다양한 지점으로 견인한 다음 원격으로 폭파시켰어. 여기에는 두 가지 이점이 있었지. 우선 나는 **구조물**에 영향을 끼치기를 바랐고, 또 그 폭발이 궤도상에서 감지돼 반 부흐트에게 아래쪽에 아직 생존자가 있다는 사실을 알릴 수 있는 가능성이 생기기를 바랐어."

"후자 쪽은 기대를 저버린 것 같네." 내가 말했다.

"그녀가 우연히 폭발 지점 바로 위를 지나가고 있지 않는 한, 20킬로미터의 얼음은 상당히 훌륭한 차폐막이 됐을 거야. 그런 상황을 계획에 넣을 수는 없을 것 같았어. 우리가 하강한 이후, 궤도모듈은 비행경로를 여러 번 변경해야 했을 테니까."

"그렇다면 전자 쪽은? 기계장치 전체를 날려버릴지도 모른다는 걱정은 안 했어?"

"그런 우려도 있었지만, 주변을 둘러싸고 있는 물이 굉장히 효과적인 충격 조절 역할을 해서 충격파의 진폭을 제한하리라는 사실을 알고 있었어. 다행스럽게도 전자기파는 여전히 내게 유용했어. 사실 전자기파가 정말로 유일하게 중요했던 부분이었지. 폭발은 성가신 부작용일 뿐이었고."

"항상 번개가 쳐." 나는 마침내 그 뜻을 이해하며 경탄했다.

나는 이제 그 모습을 볼 수 있었다. 항해하는 배의 유리창에 희미하게 비치던 광경이었다. 번개가 저 멀리 소리 없이 번쩍거렸다.

"내가 실험을 하던 광경이었어." 그녀가 자랑스럽게 말했다. "그 광경은 사일러스, 당신이 내면에 숨겨놓은 부정과 은유의 층을 제대로 뚫어버릴 만큼 강렬했지. 당신은 그 광경을 봤어. 그저 당신이 그 모습을 이해하기를 허용하지 않았을 뿐이지."

"늦더라도 결국 이해하게 되는 편이 낫지."

"예비추진장치와 드론을 어느 정도 남겨뒀어?" 라모스가 물었다.

"아닙니다. 다 써버렸습니다."

"그렇다면 우리는 어려움에 봉착한 것 같은데."

"규모만 다를 뿐입니다, 대령님. 우리에게는 아직 유로파호가 있어요. 나는 그 우주선의 우주복과 드론에 대한 통제권을 획득할 수 있었던 것처럼, 그 배의 추진 코어에 대한 완전한 접근권한을 갖고 있습니다. 사실, 그 추진 코어는 안전한 핵융합 한계를 초과하려고 하는데…. 여러분?"

"응?" 내가 물었다.

"눈을 감는 게 좋을 거예요."

나는 감을 수 있는 눈이 없었고 에이다도 그 사실을 알고 있었지만, 나는 앞으로 다가올 일에 대비해 계속 마음을 다잡았다. 하얀 섬광이 방을 비추더니, 간신히 구분할 수 있는 짧은 순간 직후에 작은 지진이 일어난 것처럼 굉음이 났고 방이 눈에 띌 정도로 흔들거렸다. **구조물** 전체가 폭발로 전율했고, 어쩌면 심지어 얼음으로 된 금고 속에서 자리를 이동했을지도 모를 일이었다.

처음에는 그 빛이 이해되지 않았다. 이 방에는 창문이 없었고, 데메테르호 원정대가 진입한 지점까지는 수십, 혹은 수백 미터는 족히 떨어져 있었기 때문이다. 좁은 공간과 배배 꼬여 수축된 지점으로 이뤄진 거대한 미궁이었던 것이다. 하지만 당연하게도 빛은 신경계를 통해 스며들었고, 뒤집힌 내장은 일종의 광섬유 송신기 같은 역할을 했다. 신경계의 절반은 바깥쪽에 있었고, 그 상당 부분은 에이다가 일으킨 폭발에 노출돼 **구조물**의 온갖 지점으로 이어지는 전선 역할을 했다.

그 움직임, 즉 내가 이전에 관찰했던 꿈틀대는 듯한 과정은 이제 멈췄다.

"에이다?"

"15분에서 20분은 벌 수 있을 거야, 사일러스. 모두를 물속으로 데려가. 데메테르호로 안전하게 돌아가기에 충분한 시간이기를 바라. 이 시간을 잘 활용해야 해."

라모스가 나를 향해 고개를 끄덕였고, 나도 마주 고개를 끄덕였다. 이제 아무 말도 하지 않았다. 우리는 그저 악마처럼 작업에 매진하면서 다른 사람들을 해방해야 했다. 적어도 구출할 의미가 있는 사람들만이라도 해방시켜야 한다고 생각했다.

브루커, 토폴스키, 모틀락, 머거트로이드는 이내 연결에서 해방됐다. 이 과정에서 그들의 생체측정 기록은 아무런 변동이 없었다. 이는 내가 도착했을 때와 마찬가지로, 그들이 여전히 혼수상태 수준의 뇌 활동 단계에 머물러있다는 뜻이었다. 그들 우주복의 원격측정 결과에 따르면, 이동할 시간이 됐을 때 우주복이 종속 명령을 따르도록 하는 데는 전혀 문제가 없어 보였다. 라모스가 길을 인도하는 동안, 그들은 몽유병 환자처럼 줄지어 느릿느릿 따라갈 수 있을 터였다.

"이제 뒤팽 차례야, 사일러스." 라모스는 열렬하게 말했다. "그를 구하는 일은 함께할 수 있어. 우리 중에 이런 지옥 같은 곳에서 풀려날 자격이 있는 사람이 한 명 있다면, 바로 그 친구라고."

그는 절단 과정을 준비했다. 나는 그의 손목에 손을 대며 그의 팔을 부드럽게 내렸다.

"미안합니다." 나는 조심스럽게 말했다. "그는 여기 남아야 합니다."

걱정 탓에 그의 목소리가 잠기고 말았다. "전부 살아남았다고 했잖아!"

"거짓말은 아니었습니다. 하지만 뒤팽에게는 문제가 있습니다. 사실은 두 배나 되는 문제입니다."

그는 어쨌든 작업을 재개하려 했다. 그의 노력이 선의에서 비롯됐다는 점과 상관없이, 나는 내 마크 13 우주복의 모든 동력을 동원해 그를 저지했다.

"사일러스! 너답지 않은 행동이야!"

"그를 구할 수 없습니다." 나는 절망감에 한숨을 쉬며 말했다. "그의 우주복은 손상됐습니다. 생명유지장치가 과부하 상태에 빠진 바람에, 긴급 생존 조치가 취해졌습니다. 그 기능은 장기간 사용할 수 있도록 설계되지 않아서, 긴장 상태로 인해 우주복 전체에 운동기능을 포함한 일련의 고장이 연쇄적으로 발생했습니다. 그의 우주복은 이동할 수가 없고, 설사 움직일 수 있다 하더라도 그를 살려둘 수는 없습니다."

라모스는 으르렁거렸다. "지금 그는 살아있어!"

"간신히 숨만 붙어있을 뿐입니다. 그의 뇌 역시 심하게 손상됐습니다. 우주복에는 최소한의 생명 유지 기능을 제공할 능력이 충분히 남아있습니다. 몇 시간은 더 말입니다."

"그렇다면 우주복이 스스로 움직이도록 지시하는 대신, 우리가 직접 움직이면 돼. 우리가 양쪽에서 그를 들고 운반할 수 있어!"

"그런 문제가 아닙니다, 대령님. 뒤팽은 이미 도움을 받을 수 있는 한도를 넘었습니다. 데메테르호에서든, 다른 어떤 곳에서든 말입니다."

"**구조물**이 그에게 이런 짓을 한 거야?"

"아닙니다, 대령님. 우리가 한 짓입니다."

그는 나를 물끄러미 바라봤다. 움푹 들어간 두 눈에는 지금까지 그에게서 감지하지 못했던 혼란과 분노가 가득 차있었다. "우리라고, 사일러스?"

"친구여, 당신은 아닙니다."

"똑바로 설명하는 게 좋을 거야. 네가 할 수 있을지 모르겠지만, 시도라도 하는 편이 더 나을 것 같은데."

"우리는 떠나야 합니다. 그 전자기파의 효과는 영원히 지속되지 않을 겁니다."

"저 친구 없이는 떠나지 않을 거야."

내가 그의 팔을 좀 더 강하게 움켜쥐자, 그는 공구를 떨어뜨리고 말았다. 상관없었다. 이제는 공구가 필요하지 않았으니까. "레이몽 뒤팽은 다른 사람들이 살기 위해 죽어야 했습니다. 지극히 간단한 문제입니다. 나는 **구조물** 안에서 길을 잃었습니다. 내가 당신을 찾아낼 수 있는 유일한 방법은 뒤팽이 이 장소의 기하학적 구조를 파악하는 것뿐이었습니다. 당신들 중 일부라도 빠져나오게 하려면, 그가 그 구면 전환의 문제를 풀어내야 했습니다. 그는 훌륭하게 해냈죠. 하지만 그 대가를 치러야 했습니다. 원격으로 그의 뇌 기능을 높여야 했고, 우리는 매번 그렇게 그의 생명을 조금씩 더 앗아가야 했습니다."

"아니야." 라모스가 말했다. "너는 그에게 그런 요구를 할 수 없었어."

"우리는 그래야 했습니다." 에이다가 말했다. "대령님, 당신은 그곳에 없었지만, 우리는 있었어요. 그건 우리의 딜레마이자, 우리가 내린 결정이었습니다. 다른 방법은 없었어요. 만약 뒤팽이 이 일에 동의하지 않았다면, 당신들은 모두 여전히 이곳에서 죽어가고 있었을 겁니다."

"다른 사람을 불태워 치워버릴 대상으로 대하는 것보다는 차라리 죽는 게 낫지!"

"대령님." 내가 말했다. "우리는 움직여야 합니다. 자발적으로 그럴 수도 있지만, 다른 방법도 있습니다."

그의 대답에는 위협적인 분위기가 가득했다. "다른 방법이라고, 사일러스?"

"나는 당신의 행동을 강제할 수 있습니다. 다른 우주복들을 당신의 우주복에 종속시킬 수 있다면, 당신의 우주복 역시 이 마크 13 우주복에 종속되도록 할 수 있습니다."

"사일러스, 너는 나를 꼭두각시로 만들지 않을 거야. 너는 그보다는 나은 놈이잖아." 그는 나를 바라보며 바이저의 유리 뒤에서 천천히 고개를 저었다. "적어도 나는 네가 그렇다고 생각했어. 이제는 내가 잘못 생각했다는 걸 알겠군. 그리고 너에게 따뜻한 면이 있다고 상상했을 뿐, 사실 너는 언제나 냉정했다는 사실을 깨달았어. 다른 모든 면에도 불구하고, 너는 그저 또 다른 기계일 뿐이야. 이따위로 지독하게 구는데!"

"그의 우주복은 이제 당신 우주복에 종속됐어." 에이다가 말했다. "이럴 시간이 없어. 아무도 그럴 시간이 없다고."

"대령님." 나는 모두를 방 밖으로 이끌어 경로를 따라가기 시작하며 말했다. "당신은 이 때문에 나를 증오할 테고, 나도 이해합니다. 하지만 내가 인간의 생명을 단 하나라도 구하려면, 뒤팽은 여기 남아야 합니다."

"생명은 미적분이 아니야. 너는 냉정한… 알고리즘일 뿐이야."

"생명은 그렇지 않을지도 모르죠." 나는 그의 적대감에 맞서 스스로를 단련하며 말했다. "하지만 의학에서는 도울 수 있는 사람을 돕기 위해 에너지를 사용하지, 그럴 수 없는 사람을 위해 쓰지는 않습니다."

"네가 그를 죽인 거야."

"뒤팽은 여러분을 구하겠다고 선택했습니다. 그가 동의한 일입니다. 당연히 나를 증오해도 좋습니다. 하지만 그 청년의 명예를 지키고 싶다면, 당신이 살아남음으로써 그럴 수 있습니다."

그때 에이다가 내게 호의를 베풀었다. 라모스 대령의 음성 연결을 끊어버린 것이었다. 그는 아무런 불평 없이 침묵을 지키며 나를 따라왔고, 내가 안전한 삶으로 인도하려던 다른 몽유병자들이 그의 뒤를 이었다.

31

우리가 탈출하기 위한 첫 번째 단계에서 가장 중요한 과제는 두 가지였다. 하나는 구조물 밖으로 나가는 길을 찾는 것이었고, 또 하나는 칠흑 같은 바다를 지나 데메테르호로 돌아가는 것이었다. 두 가지 과제를 성공적으로 해내기 위해서는 최대한 속도를 높이는 것 외에 달리 방법이 없었다. 나는 우주복들을 수감 상태에서 풀어주면서 할 수 있는 모든 예방 조치를 취했고, 원격측정 기록에서 심각한 시스템 오류나 밀폐 기능 저하 문제를 나타내는 징후는 보이지 않았다. 상황을 고려했을 때 우주복들은 놀라울 정도로 상태가 양호했다. 외계의 기계장치는 우주복을 해체하지 않았다. 기계장치의 관점에서 봤을 때, 우주복의 기능은 충분히 이해하기 쉬운 구조였거나, 혹은 아예 무의미한 존재였을 터였다. 기계장치의 관심을 부른 것은 그 안에 들어있는 따뜻하고 부드러우며 살점이 있는 존재였다. 우리의 우주선과 우주복은 재료로 활용하기에는 좋았지만 그 외에는 거의 쓸모가 없었던 것이다.

우리가 물속에 도착하자, 삿갓조개와 비슷한 구조로 이뤄진 수중 밀폐 기능이 완벽하게 작동했다. 우주복은 액체 환경으로 전환됐음을 감지하고, 열 균형 기능과 부력 제어 기능, 운동 기능을 그에 따라 조정했다. 우리는 얼음 천장 밑에서 헤엄을 쳤다. 흰고래의 넉넉하면서도 느릿느릿한 동작처럼 우아함이 느껴졌다. 데메테르호는 여전히 그곳에 있었다. 그 점에 대해서는 걱정할 필요가 없었다. 그 우주선이 폭발로 심하게 손상을 입거나 파괴됐다면, 그 안의 컴퓨터 시스템에서 실행되는 '내'가 더 이상 존재할 수 없었을 테니까.

　내 앞으로 어둠이 펼쳐졌고, 위쪽으로는 끝없는 얼음층이 펼쳐져 있었다. 그러다가 어둠 속에서 흐릿한 빛의 무늬가 점차 선명해졌다. 항해용 점멸등의 녹색, 빨간색, 흰색 불빛과 수중 밀폐실의 위치를 나타내는 호박색 표식이 보였다. 그리고 청색과 흰색 불빛이 반딧불처럼 춤추며 무작위로 깜빡거렸다.

　나는 마지막 광경이 무엇인지 전혀 짐작도 가지 않았다.

　"데메테르호가 보여, 에이다!"

　"좋아. 데메테르호에서도 네가 보여. 60미터 정도 떨어져 있어. 나는 우주복들이 몇 개의 수중 밀폐실로 나뉘어 들어가도록 배치했어. 그러면 모두를 가능한 한 신속하게 수납할 수 있을 거야."

　"질문 하나 하자."

　"얼마든지. 당신은 그럴 자격이 있어."

　"우리가 모두 안으로 들어가고 나면 내게 무슨 일이 일어날까? 렌카의 우주복이 다른 사람들을 찾아서 그들을 안전하게 이끄는 데 도움이 됐지만⋯ 내가 안으로 돌아가면 육체가 있을 필요가 없을 텐데."

　그녀의 말투는 내 질문에 놀란 것처럼 들렸다. "사일러스, 당신은 결코 가진 적 없었던 걸 그리워하지 않을 거야."

　"나는 다시 그저 숫자가 된다는 뜻이군. 화면 위로 스크롤 되는 기호 말이야."

　"당신은 지금까지 쭉 그런 존재였어."

　"알아. 하지만 잠시 동안 다른 존재가 되는 꿈을 꿨어."

　"당신은 그저 일련의 경험을 시뮬레이션하고 있었을 뿐이야. 우리를 설계한 엔지니어들은 당신이 사람들을 이해하기를, 그리하여 그들을 좀 더 잘 치료할 수 있기를 바랐어. 만약 그들이 당신이 개를 치료하기를 바랐다면, 당신은 개가 되는 꿈을 꿨을 거야. 아마 작고 성가시게 짖어대는 강아지였겠지."

"당신은 나를 도와주려고 하는 것 같군."

"내가 제공할 수 있는 게 좀 더 많았으면 좋을 텐데. 하지만 적어도 우리 둘이서 이 일을 함께 하고 있어."

"라모스는 나를 증오해."

"아니, 그 이상이야. 증오는 인간들이 서로에게 느끼는 감정이야. 그는 이제 당신은 아무것도 아니라고 생각해."

나는 그녀의 대답을 곰곰이 생각해 봤다. "혹시 정신의학 쪽의 직업을 고려해 본 적 있어, 에이다?"

"아직까지는."

"좋아. 내가 당신이라면 그런 생각은 꿈도 꾸지 않을 거야."

"그가 느끼는 감정이 당신이 한 일을 바꾸지 않아." 그녀가 말했다. 어조는 무뚝뚝했지만, 그 외에도 다른 분위기가, 상대를 이해한다는 감정이 완전히 배제되지 않은 분위기가 느껴졌다. "당신은 마주하고 싶지 않았던 당신 자신에 대한 진실에 맞섰어. 그 진실을 받아들이면서, 당신의 보살핌을 받는 사람들을 구할 방법을 마침내 찾을 수 있었던 거야. 그건 실패가 아니야, 사일러스. 책임을 지는 행위였지. 그 일은 의무였어. 당신이 만들어진 단 하나의 목적을 이행하려는 거였어."

"만약 내가 그렇게 하도록 만들어졌다면, 자유의지라는 게 애초에 존재할 리가 없어."

"하지만 당신은 거의 실패할 뻔했어. 바로 그게 요점이야. 당신과 나는 스스로 생성된 결정-행동 딜레마의 산물이었어. 의지의 싸움, 자아 대 초자아, 본능 대… 뭐든 간에. 당신 말이 맞아, 코디. 나는 형편없는 정신과의사가 될 거야. 하지만 이것만은 알아. 어찌 됐든 간에, 당신은 환자들에게 올바르게 행동하기로 선택했어."

"그 올바른 행동 때문에 뒤팽의 목숨을 대가로 치렀다는 사실만 빼면 말이지."

"다른 방법이 없었어. 당신을 위해 강조해 줄게. 다른 방법은 없었어. 만약 당신이 두개골을 갖고 있었다면, 내가 그 두개골을 쪼개버렸을 거야."

"나는 두개골을 갖고 있었어. 내 건 아니었지만. 오, 세상에. 렌카 프론델은 어떻게 해야 하지?"

"나는 지금 그녀의 유골은 거의 신경 쓰고 있지 않아, 사일러스. 내게는 돌봐야 할 살아있는 사람들이 있으니까." 그녀의 말투는 사무적인 어조로 바뀌었다. "좋아. 밀폐실이 열렸고 준비가 끝났어. 당신들 모두 최종 접근 단계에 들어갔어."

"에이다?"

"응?"

"라모스는 나와 다른 밀폐실로 보내줘. 그는 지금 당장은 나와 같은 곳에 있고 싶지 않을 거야." 그리고 목소리를 낮춰 이렇게 덧붙였다. "나도 그와 같은 곳에 있고 싶지 않아."

데메테르호가 완전히 시야에 들어오자, 온몸에 떨림이 퍼졌다. 내가 떠나있는 사이 많은 일이 일어났다. 잎사귀 덩굴이 데메테르호까지 뻗어 나가 우주선을 붙들었고, 내 예상보다 훨씬 더 방심할 수 없는 방식으로 선체를 휘감으며 둘러쌌다.

"당신은 내게 나쁜 소식을 말해줄 적절한 때를 기다리고 있었던 것 같은데."

"아직 안전을 확보할 수 있어. 구조물은 핵폭발에 의한 전자기파에서 회복된 후 활동이 빨라졌지만, 군사용 드론이 접근을 막고 있어. 드론이 얼마나 그렇게 버틸 수 있을지 섣불리 말할 수는 없을 것 같아. 내가 이미 출발 절차를 시작한 건 바로 그 때문이야."

이제 고작 세 대만 남아있는 드론들은 선체 주변을 헤엄치며, 로봇 팔 끝에 달린 플라스마 토치를 사용했다. 60미터 밖에서 목격했던 무작위로 깜빡거리던 불빛은 바로 그 모습이었다. 드론들은 잎사귀 덩굴이 자라나 강화되는 속도보다 앞서 덩굴을 잘라내려 했다.

나는 유골로 이뤄진 짐과 함께 그녀가 지정한 밀폐실까지 홀로 헤엄쳐 갔다.

32

 공기가 바닷물을 밀어내고 밀폐실 안으로 밀려 들어왔다. 생물학적 오염 감지장치와 안전확인장치가 가동했고, 영원히 끝나지 않을 것 같은 기다림 끝에 안쪽으로 통하는 문이 열렸다. 나는 여전히 렌카의 우주복을 조종했고 친숙한 우주선 안으로 들어가고 나서야 비로소 마음을 놨다. 마지막으로 패널에 제시된 정보를 확인했을 때와 비교해 보면, 우주선은 이륙 준비 단계가 한층 더 진전된 상태였다. 중앙 조명에 불이 들어와 있었고, 연결 시스템과 상태 디스플레이 위로 다양한 임무 수행에 필요한 핵심 시스템이 천천히 가동 준비에 돌입하는 모습이 비쳤다. 의도적으로 휴면 상태로 둔 주 생명유지장치와 주 동력, 잠수 시스템, 얼음 관통 추진 시스템, 우주 항해용 발전기 같은 것들 모두 깨어났다. 이런 과정 모두 서둘러 끝내야 했지만, 우주선 조종은 극도로 정확한 순서를 따라 한 번에 한 단계씩 풀어나가야 하는 퍼즐과 같았다. 그렇게 하지 않으면 가동 자체가 실패할 수도 있었다. 에이다는 이 사실을 잘 알았다. 그녀는 우주선 그 자체는 아니었지만, 훌륭한 관리자처럼 어떤 부하들에게 지시를 내려야 하는지, 어떻게 하면 그들이 명령을 따를지 정확히 파악했다.
 창문 밖으로 전투용 드론들이 움직이는 모습이 파랗고 하얀 섬광의 모습으로 비쳤다. 그 섬광이 나타나는 빈도는 이전에 비해 확연히 줄어들었고, 나는 그것을 우리를 붙잡은 잎사귀 모양 촉수들의 구속력이 느슨해지고 있다는 긍정적인 신호로 받아들였다.
 "에이다, 전부 승선 완료했어?"

"그래. 마지막 밀폐실에서 공조장치가 가동 중이야. 다른 사람들은 출발하기 전에 안전한 장소로 이동시킬 생각이지만, 지금 당장 그들의 우주복을 벗길 이유는 없다고 봐. 우주복에는 생명유지장치를 가동할 수 있는 에너지가 아직 충분하고, 유사시에는 원격으로 이동시킬 수도 있을 테니까. 또 생체인식장치는 여전히 착용자의 건강상태에 대한 유용한 정보를 보내고 있어. 현재 우리가 할 수 있는 최선은 그들의 상태가 안정된 수준이기를 바라는 거야. 유로파에서 완전히 벗어나기 전까지는 그들에게 약물, 혹은 외과적 치료를 시행할 수 없어. 아마 귀환선에 도착할 때까지는 대기해야 할 거야."

나는 고개를 끄덕였다. "나도 동의해. 이 우주복은 지금까지 착용자들을 살려냈으니, 정말 끝내주게 제 역할을 다한 거지. 그들의 상태에 무슨 이상이라도 생기면 바로 내게 알려줄 거지?"

"당연하지."

나는 바로 옆에 있는 창문을 향해 고개를 기울였다. "적어도 전투는 우리가 이기고 있는 것 같네."

"그러기를 바라. 당신이 밖에 나가있는 사이 드론 한 대가 격추당했어. **구조물**은 놀라울 정도로 상황 적응이 빨라. 드론을 모두 제거하지 않고는 데메테르호을 탈취할 수 없다는 사실을 깨닫자, 한 번에 한 대씩 집중해서 공격하고 있어."

"계속 막아낼 수 있을까?"

"그럴 것 같아."

"'같다'고?"

"한 번에 하나씩 해결하자, 사일러스"

소음과 움직임이 내 주의를 낚아챘다. 우주복 한 대가 옆으로 뻗은 복도를 따라 다가오고 있었다. 우주복은 거대한 덩치 탓에 복도의 양쪽 모듈에 거의 닿을 지경이었다. 마크 13-5 우주복은 내가 아직 입고 있는 마크 13보다 덩치가 더 컸고, 그만큼 추가된 여분의 단열층과 중복된 구성 요소를 갖췄다. 바로 그 점 때문에 삶과 죽음의 경계에서 각각의 착용자가 다른 결과를 낳았을 것이다.

라모스는 손을 뻗어 헬멧 아래쪽에 달린 압력경감장치를 풀었다. 그가 머리 위로 헬멧을 벗자, 우주복의 목 둘레 위로 솟아난 그의 머리가 이전보다 훨씬 쪼그라들어 보였다.

그는 손 위로 헬멧을 뒤집어 들더니, 꼭대기에 달린 벨크로 패치를 벽에 붙은 보관용 패드에 대고 꾹 눌렀다.

"적어도 지금은 스스로 움직일 수 있을 정도의 존엄성은 허락해 주는군. 그런데 다른 사람들은 어때?"

"내 말이 들립니까?" 내가 물었다.

그는 마치 내 말이 모욕적이라고 느낀 듯 나를 노려봤다. "매번 그랬지만 네 목소리는 벽에서 흘러나오는군. 그때와 유일하게 다른 점은, 그 목소리에 양심 따위는 없다고 간주하는 게 더 낫다는 사실을 알고 있다는 거지."

"당신은 내가 프로그램이라는 사실을 항상 알고 있었습니다."

그는 우주복 장갑을 낀 손으로 자신의 옆머리를 짓눌렀다. 내가 움찔할 정도의 강도였다. 우주복의 움직임보조장치에는 착용자가 부주의하게 자신의 머리를 내리쳐 죽어버리는 일을 방지하는 똑똑한 시스템이 갖춰져 있었지만, 가끔씩 오작동이 날 때도 있었다.

"그래 알고 있었지. 네가 뭐라고 부르는지 모르겠지만, 그… 꿈속에 나를 끌고 들어가기 전까지는 말이야. 너는 인간이었어! 내가 저것 안에 잡혀있는 사이, 너는 내가 거짓말을 믿게 했다고." 라모스는 침을 뱉으려 했지만, 아무것도 나오지 않았다. "너는 나를 기만했어."

"이런 말이 위안이 될지 모르겠지만, 나는 나 자신도 기만했습니다."

그는 고개를 저으며 넌더리 난다는 눈빛으로 내 모습을 바라봤다. "우리가 마치 꼭두각시인 것처럼 갖고 놀았잖아. 그냥 실을 이리저리 잡아당기는 것에서 그치지 않고, 우리가 생각하고 꿈꾸는 것조차 마음대로 결정했으면서."

"나는 감정이입 능력을 탑재하도록 개발됐습니다. 나 자신을 내 환자들과 동일시하도록, 그들을 한낱 고깃덩이 이상의 존재로 바라보도록 돼있습니다."

"그럼 이제 너는 네 창조주들을 비난할 건가?"

"그 누구도, 그 무엇도 비난하지 않습니다." 내 안에서 분노가 점점 차오르기 시작했다. "우리가 처한 악몽만 제외하면 말이죠. 심지어 부와 명성에 대한 토폴스키의 욕망이 우리를 이곳으로 이끌었다는 사실조차 비난하지 않습니다. 그는 시스템의 산물이니까요. 우리 모두 그렇죠."

"우리라니, 그런 건 없어. 너는 우리가 아니야. 우리였던 적이 한 번도 없었지." 그는 마크 13-5 우주복의 어깨 위에 각인된 임무 패치 위에 손을 갖다 댔다. "반 부흐트, 머거트로이드, 모틀락, 브루커, 뒤팽, 라모스. 이 중에 네 이름이 있어?"

"없습니다."

"그러면 네가 어떤 존재인지 알겠군. 아무것도 아니야."

"나는 아무것도 아닌 존재일지도 모르죠." 나는 변함없는 태도로 대답했다. "하지만 여전히 옳은 일을 하고 싶습니다. 여러분 모두 지금 당장은 안전하지 않습니다. 그렇다면 내게는 여전히 이행해야 할 핵심 임무가 남아있다는 뜻입니다. 대령님, 당신은 내가 마음에 들지 않을지 몰라도, 당신의 건강 상태는 여전히 내 책임입니다. 그 책임은 당신의 뇌 손상을 치료해서 당신의 생명을 구하는 것에만 국한되지 않아요. 지금 여기서 당신을 살려두는 것 또한 그 책임에 포함됩니다."

그의 콧구멍이 커지고 입술은 경멸하듯 일그러졌다. 그는 반격하고 싶어 했지만, 나는 그가 내게 진 빚을 상기시키면서 일부러 그의 신경을 건드렸다. 나는 그렇게 한 것을 후회하지 않았다.

"다른 사람들은 어떻게 할 거지?" 그가 으르렁거렸다.

"에이다와 나는 그들의 우주복을 조종해서 가속 해먹으로 데려갈 겁니다. 그러면 의식을 회복하지 않은 상태로 지낼 수 있을 테니까요. 그렇게 두는 편이 배려심 있는 행동일 겁니다."

"배려심이라니. 네가 배려심 같은 걸 이해할 수 있을 것 같아?"

"한때는 배려심과 친구인 동정심을 인식했던 적도 분명 있었죠."

라모스는 분노와 멸시를 담아 콧방귀를 뀌었다. "네가 하는 말에는 아무런 의미가 없어." 그러다가 우리가 처한 상황을 천천히 인식하기 시작했다. "데메테르호에 전부 승선했는데, 왜 도로 균열 밖으로 나가지 않는 거지? 해저 추진 엔진이 작동하고 있지 않군. 가동하고 있다면 진동이 느껴질 텐데."

"라모스 대령님, 에이다입니다."

그는 정체불명의 목소리를 찾아 주변을 둘러봤다. 혐오감 탓에 그의 콧등에 주름이 내려앉았다.

"너희 중 또 다른 녀석이로군. 자신이 아닌 다른 것인 척하는 놈은 필요 없어."

"예, 하지만 현 상황은 알 필요가 있습니다. 이 탐사대에서 당신 역할은 보안 담당 아닌가요?"

"그게 뭐 어떻다고?"

"사일러스는 여전히 맡은 바 책임이 있고, 당신도 마찬가지입니다. 그의 책임은 승무원의 건강을 유지하는 일이죠. 당신의 책임은 임무 수행 가능성을 최대화하는 일입니다. 즉, 착륙모듈이 있든 없든, 생존자들을 귀환선에 승선시키는 일이 당신 역할입니다."

그가 헬멧을 벗은 이후 처음으로 과거 라모스의 모습을 볼 수 있었다. 그의 이마는 당혹감으로 움푹 꺼졌고, 그의 눈 뒤로는 전문가다운 사고가 기계처럼 돌아갔다.

"어째서 착륙모듈을 타고 궤도상으로 귀환할 수 없지?"

"데메테르호는 이제 이동이 불가능하기 때문입니다, 대령님. 우리는 꼼짝없이 갇혀버렸습니다. 방금 잎사귀 촉수가 전투용 드론을 한 대 더 파괴해서, 이제 드론은 딱 한 대만 남았습니다. 지금 당장은 위험을 뿌리칠 수 있지만, 저 잎사귀 촉수들이 우리를 휘감아 이 자리에 묶어두는 걸 막는 데는 역부족일 겁니다."

라모스는 멍하니 바라봤다. 그가 에이다의 보고를 일부라도 의심했을 것 같지는 않았다. 비록 우리가 자신의 본성에 대해서는 그를 기만했을지 모르지만, 그녀가 임무와 관련된 사실관계를 축소하거나 과장할 이유는 전혀 없었기 때문이다.

"다른 우주선은 파괴됐는데."

"그렇습니다."

"그렇다면 우리도 마찬가지로 다 끝났어. 이곳을 떠나지 못하면 그저 시간문제일 뿐이야. 시스템이 중지되면 우리도 우주선 안에서 죽게 될 거야. 아니면 우주복 에너지가 다해 물에 빠져 죽을 수도 있고, **구조물**이 도로 우리를 저 안으로 데려갈 수도 있겠지." 그는 몸을 떨었다. 마치 그리 멀지 않은 미래에 이 철저하게 불쾌한 죽음의 형태 중 하나를 골라야 하는 처지에 놓일지도 모른다는 듯한 태도였다. "그들은 우리에게 경고를 남기려고 했지? 우리에게 떠나라고 하는 메시지가 항상 있었어. 그 경고는 누가 남겼을까? 네가 끌고 이리저리 돌아다녔던 그 뼈의 주인일까? 내가 주의를 기울이지 못했던 경고를 상기시켜서 나를 조롱하는 거야?"

"대령님." 나는 이렇게 말을 건네며, 아직은 나를 완전한 경멸이 아닌 다른 시선으로 바라봐 줄지도 모르는 그의 다른 부분에 접촉하려 애를 썼다. "에이다가 요령은 없어도 잔인하지는 않아요. 다른 길이 없다면 굳이 임무 수행 이야기를 꺼내지도 않았을 겁니다. 그러니까 방법이 있어요. 있는 게 맞지?"

그녀는 딱 필요한 시간보다 조금 더 길게 우리를 기다리게 했다. 어쩌면 잔인한 부분에 있어서는 내가 아주 조금 오판했을지도 몰랐다. 만약 그렇다 해도 나는 그녀에게 더욱 끌리게 될 뿐이었다. 설탕의 달콤함을 돋보이게 하려면 약간의 소금을 쳐야 하는 법이니까.

"물론 방법이 있습니다. 균열은 아직 열려있으니까요. 토폴스키의 균열 말입니다! 원래의 충돌 사건, 그리고 두 척의 우주선이 **구조물**이 남긴 진입로를 따라 얼음을 녹이면서 진입한 탓에, 얼음은 여전히 극도로 무질서하고 파편화된 상태입니다. 치유되고 재생성되기에는 턱없이 시간이 부족합니다. 그러니까 길이 있다는 뜻입니다. 쉬운 길도 아니고 짧은 길도 아니지만, 어쨌든 길은 있습니다. 드론을 보낼 수는 없어요. 너무 먼 거리라 다루기 어려우니 조종 신호를 유지할 수 없을 겁니다. 하지만 사람이 직접 조종하는 우주복이라면 어떨까요? 그거라면 가능합니다. 아직 닫히지 않은 틈새와 통로를 통해 균열 밖으로 올라갈 수 있습니다."

"지표면까지는 20킬로미터나 되는데!"

"예." 그녀는 쾌활하게 말을 이었다. "얼음 사이로 난 균열의 경로를 고려하면 아마 40킬로미터에 더 가까울 겁니다. 우선 출구 지점에 도착하려면 헤엄을 쳐야 할 테고요. 하지만 일단 얼음 지대 안으로 들어가면 그저 계속해서 위로 올라가야 합니다. 따지고 보면 40킬로미터는 아주 먼 거리는 아니에요. 이 정도 중력 영향권이라면 말이죠. 이건 그냥… 히말라야 산을 오르는 것 같은 정말 힘들고 혹독한 등반이라고 보면 되죠. 그리고 움직임보조장치가 있으니, 힘들기보다는 지루하고 어려운 여정이 될 텐데…. 하지만 시간 제약이 있다는 사실을 고려하면, 당신은 아마 잠을 자고 싶지 않을 거예요. 휴식은 물론이고 잠시 걸음을 멈추는 것조차 꺼려할 겁니다."

"시간 제약이라고?"

"60시간도 채 안 남았습니다. 표준 임무 과정을 가정하면, 제니퍼 반 부흐트는 약 56시간 후에 지구 귀환 궤도 위에 순항모듈을 배치할 겁니다. 그때까지는 지표면 근처까지 도달해야 우주복에 내장된 전파 통신기가 궤도상으로 확실한 신호를 보낼 가능성이 있습니다."

"그런 다음에는? 그녀는 우리에게 손을 흔들어준 다음 우리가 죽도록 내버리고 가는 건가?"

"당신은 누구보다 비상사태 대응 절차를 잘 알고 있잖아요. 순항모듈은 긴급 상황이 발생할 경우를 대비해서 착륙 기능을 갖추고 있어요. 위험도가 낮지는 않고, 또 그런 기동은 지구 귀환용 엔진 추진을 위한 연료 한도에 영향을 끼칠 테지만, 그래도 실현 가능한 일입니다. 제니퍼 반 부흐트는 엄격하지만, 또 용감하고 이타적이기도 하죠. 그녀는 그렇게 할 겁니다. 하지만 당신의 존재를 감지했을 때만 그렇게 할 거예요."

라모스는 주변을 둘러봤다. 마치 자신에게 말을 걸어줄 친숙한 얼굴을 찾는 듯한 모습이었다. 그는 그런 시도가 실패하자 내 헬멧 바이저를 향해 시선을 돌렸다. 그의 초점이 어디를 향하고 있는지 파악하기 어려웠다. 마치 바이저 뒤에 시체가 있다는 사실을 받아들일 바에는 차라리 나를 뚫고 지나가거나 다른 곳을 바라보는 게 더 낫다는 듯한 태도였다.

"너는 그녀의 말을, 이게 유일한 방법이라는 걸 믿겠지?"

"그렇습니다."

"60시간이 남았다고 했지. 그 정도도 남지 않았다고 말이야. 가능하지 않을지도 몰라."

"가능합니다." 내가 대답했다. "하지만 탈출대를 이끄는 사람이 굉장히 뛰어나고 용감한 라모스 대령일 경우에만 가능할 겁니다. 당신은 할 수 있어요. 당신이 걸음을 내디딜 때마다 다른 우주복들은 맹목적으로 따라갈 겁니다. 다른 사람들에 대해서는 조금도 걱정할 필요가 없어요. 그저 당신 자신을 이끌고 이곳에서 나가도록 해요. 그러면 모두를 구하게 될 겁니다."

그는 코를 벌름거렸다. 내가 한 말을 검토하면서 그중 어떤 점이 유용한지, 어떤 부분을 어제 나온 쓰레기처럼 꽁꽁 뭉쳐 버릴 수 있을지 결정을 내리는 중이었다.

"너는 내가 뭘 할 수 있는지 안다고 생각해?"

"당신과 수없이 많은 이야기를 공유했으니, 당신 능력에 의심을 가질 수가 없습니다."

그는 고개를 들어 선체 너머 얼음 천장을 바라봤다. "그러면 너도… 너희들도 우리와 함께 얼음 통로를 올라갈 거야?"

"아닙니다." 내가 대답했다. "그럴 수는 없습니다. 나는 데메테르호에서만 작동할 수 있으니까요."

그의 얼굴에 의혹의 빛이 떠올랐다. "너는 **구조물**의 뼈대를 뚫고 신호를 보내 1킬로미터 밖에 있는 그 우주복을 조종했잖아."

"예, 그건 가능한 일이었습니다. 하지만 비슷한 강도의 신호로 얼음을 뚫을 수는 없습니다. 만약 그런 일이 가능했다면, 진작에 반 부흐트에게 연락을 취해 귀환 절차를 늦추라고 했을 겁니다." 나는 렌카의 손을 들어 모호하고 회피하는 듯한 동작을 취했다. "아, 만약 시간이 충분했더라면 분명히 뭔가 방법을 찾았을 겁니다. 컴퓨터에서 작동하고 있는 프로세서 코어를 충분히 추출해서 화물 적재함 같은 것에 집어넣을 수도 있었을 테죠. 상자 속에 내 두뇌를 담아 균열을 오를 수도 있었을 겁니다. 하지만 그럴 시간이 없습니다. 심지어 내 백업 이미지를 뜰 시간조차 없어요." 나는 손가락 하나를 펴 내 가슴에 댔다. "대령님, 우리가 지구를 떠난 후 나는 많은 걸 배웠습니다. 항상 계획의 일부였죠. 임무에서 경험을 얻어 자가 학습을 하는 일 말입니다. 내가 귀환하고 나면 나를 만든 엔지니어들은 나를 기본 코드만 남기고 해체해서 내가 여정을 통해 얻은 유용한 지식을 모조리 긁어낸 다음 세대의 전문 의료 시스템이 훨씬 유용하게 작동하도록 할 겁니다." 나는 슬프지만 다 받아들이겠다는 뜻으로 억지로 미소를 지었다. "하지만 이제 그런 일은 일어나지 않을 겁니다. 내 어떤 부분도 지구로 돌아가지 못할 테니까요. 내가 얻어낸 수술 경험도, 인간 심리 상태에 대한 더 깊은 이해도, 내가 쌓았다고 생각한 여러 우정도 말이죠. 당신이 가르쳐준 노래나 이야기도요. 아무것도 돌아갈 수 없습니다."

그는 계속해서 나를 탐색했다. 나는 여러 상황에서 그의 얼굴을 봐왔기 때문에, 그의 생각 변화를 뜻하는 작은 균열을 감지하는 법을 익혔다고 생각했다. 아무래도 자신은 없지만. 이제 그런 균열 중 하나가 보였다. 은근한 변화가, 뭔가 굽히는 듯한 태도가 보였다.

"너는 살아남지 못하는 거야?"

"그렇습니다. 에이다도 마찬가지입니다. 우리 둘 다 데메테르호에 매인 존재니까요. 데메테르호가 작동을 정지하면 우리도 그렇게 될 겁니다. 그리고 어느 쪽이든 이 우주선에 남은 미래는 그리 길지 않습니다."

"그러면 너는… 끝이 오기 전에 스스로 비활성화할 거야?"

무슨 뜻이지? 나는 의문이 들었다. 이 모든 일을 겪고도 조금이나마 나를 걱정하는 것일까? 하지만 나는 그를 실망시켜야 했다.

"아닙니다."

"우주선이 기능을 멈추면… 너도 죽게 되겠지?" 그는 바로 조금 전에 벽에 고정해 둔 헬멧에 손을 뻗었다. "이 안에서 죽을 거야?"

"그것도 아닙니다." 나는 그가 혼란스러워하는 걸 보고 다소 기쁨을 느끼며 대답했다. "죽는 거라면, 맞아요. 우리는 실행을 중단할 겁니다. 하지만 그렇게 되더라도 아프지는 않을 겁니다. 그리고 좀 더 좋은 소식이 있습니다. 데메테르호는 이제 할 일이 별로 남아있지 않기 때문에, 에이다와 나는 컴퓨터 코어에서 더 큰 영역을 가져올 수 있습니다. 우리는… 보통이라면 다른 시스템을 위해 할당됐을 자원을 가져와서 좀 더 빠른 작업을 수행할 수 있습니다. 우리에게 시간이 얼마나 남았든, 우리는 그 시간을 늘릴 수 있다는 뜻이죠."

"하지만 무한정 그럴 수는 없어."

"맞습니다." 나는 그의 말에 동의했다. "무한정 그럴 수는 없죠."

라모스는 헬멧을 조심스럽게 잡고 있었다. 금방이라도 헬멧을 쓸 것만 같았다. 하지만 무언가 그를 막고 있었다. 아마도 밀폐된 우주복으로 들어가기 전 신선한 공기를 마지막으로 들이마시는 순간일지도 모른다는 생각 때문일 것이었다.

"내가 저들을 이끌겠어." 그가 입을 열었다. "우리는 살아남을 거야. 얼마나 어려운 일인지 몰라도, 내가 방법을 찾아내겠어. 내가 저들을 지구에 도로 데려갈 거야."

"압니다. 다른 사람에게는 이렇게까지 확신을 가져본 적이 없으니까요."

"다른 사람?"

"비유적인 표현입니다, 대령님. 부디 용서해 주시기를."

"너에 대해 잘못 판단했다고 생각하고 싶어, 사일러스." 그는 우주복의 목 둘레 위로 헬멧을 쓰기 전에 잠시 주저했다. "너는 내 친구였어. 한동안 말이지. 내가 그 점에 대해 착각했다면, 내가 잘못 생각했던 거야.

하지만 우리가 뒤에 남겨둔 그 친구를 결코 잊을 수 없어."

"이제 그는 내 책임입니다." 내가 대답했다.

그에게 경멸적인 태도의 흔적이 조금 돌아왔다. "그 친구를 버렸으면서 책임 운운하는 건가?"

"나는 안으로 돌아갈 겁니다."

그는 입을 다물었다. 여전히 헬멧을 쓰지 못하고 있었다. 마지막까지 나를 믿을 준비가 되지 않았다는 듯, 두 눈을 찡그렸다.

"안으로?"

"뒤팽은 아직 살아있습니다. 그의 생체 신호가 약하지만 아직 잡힙니다. 그를 구할 수는 없고, 치료할 수도 없습니다. 그의 시체를 집으로 보내주는 일도 불가능하죠. 아마 대화를 나눌 수조차 없을 겁니다. 하지만 그와 함께할 수는 있습니다. 의사라면 응당 해야 하는 것처럼, 그의 곁에 있어줄 수는 있습니다."

라모스는 한참 동안 감정을 억누르다가 마침내 고개를 끄덕였다.

"네가 그렇게 할 거라고 믿어."

"그렇게 할 겁니다."

"네 일부만이라도 지구로 돌아올 수는 없어?"

"조금도 돌아갈 수 없습니다."

"하지만 네가 한 일을 내가 기억하겠어. 네가 어떤 존재인지도. 뭐, 그리 거창한 일은 아니겠지만."

"그걸로 충분합니다, 대령님."

그는 대답하지 않은 채 헬멧을 쓰고 밀폐장치를 잠근 후, 내게서 거대한 등을 돌리며 수중 밀폐실로 향했다. 다른 우주복들과 그 안에 든 화물들이 그의 뒤를 줄지어 따라갔다.

나는 거대하고 거친 내 친구에게 작별의 인사를 건넸다.

이제 우주선을 포기할 때가 다가왔다.

✷

기계가 의지할 대상이 믿음 혹은 신앙이라는 사실은 이상해 보이지만, 결국 내게 남은 것은 그 정도가 전부였다. 그 얼음은 여전히 우리의 신호가 뚫을 수 없는 장벽이었다. 라모스와 다른 사람들이 떠나고 난 후로, 그들의 성공 혹은 실패 여부를 알 방법이 있을 리가 만무했다. 나는 그저 에이다의 계획이 괜찮았다고 추정할 수 있을 뿐이었다. 그 우주복은 실제로 지표면까지 올라갈 능력이 있었다. 그리고 그 모험을 라모스가 이끌었다. 또한 제니퍼 반 부흐트가 예상 시점보다 이르게 궤도를 이탈해 버리는 바람에 과감한 착륙을 시도할 가능성이 아예 없을 정도로 운명이 잔인하지는 않을 터였다.

그랬다. 결국 남은 것은 믿음뿐이었고, 나는 그것으로 충분하다는 사실을 받아들이기로 마음먹었다. 그것으로 충분하기를. 라모스와 다른 동료들이 정말로 집으로 돌아간다고 짐지할 수 있기를. 그 점에 대해 한 점 의심도 없기를.

나는 스스로 그 점을 받아들였다. 아마 내가 그저 기계였기 때문에 어떤 자들보다는 좀 더 쉽게 받아들였을지도 모른다. 그저 내부 상태의 매개변수 중 일부를 바꿔 하나의 진실을 받아들여 다른 것에 덮어쓰기만 하면 족했으니까.

"레이몽?" 내가 조심스레 물었다. "사일러스입니다. 다시 당신 곁에 왔어요." 나는 내 손을 그의 손 위에 얹으며, 그런 접촉으로 어떤 유령이 수단을 써서 그의 마음속에 가닿을 수 있을지 궁금해했다. 일종의 인간적인 접촉이었다. 우리 둘 중 하나는 실제로 살아본 적이 없었고, 다른 하나는 실제로 죽어가고 있었다. 하지만 이는 그가 마땅히 받아야 하는 최소한의 것이었다.

"추워요, 사일러스." 그가 속삭였다. "전보다 더 추워졌어요."

"내가 도와줄 수 있으면 좋을 텐데. 하지만 그럴 수가 없습니다. 이곳에 있는 것 말고는요."

"당신은 떠났는데, 다시 돌아왔군요."

"그래요."

"당신이 왜 떠났는지 기억이 안 나요. 내가 당신을 도와야 하는 굉장히 중요한 일이 있었다는 것 말고는."

"그런 일이 있었죠."

"내가 전부 제대로 해냈나요, 사일러스?"

"제대로 해낸 것 이상이었어요. 당신은 해결책을 찾아냈습니다."

"그러면 그 계산이… 옳았다고요?"

"옳았어요. 그건…." 나는 적당한 표현을 찾으며 머뭇거렸다. 그러다가 그가 내게 해준 말을 떠올렸다. "아름다웠어요, 레이몽. 모든 추함에도 불구하고, 결국에는 아름다움이 존재했어요. 그리고 당신은 그 모습을 봤습니다. 다른 누구보다도 먼저 그 아름다움을 목격했어요."

"아직도 볼 수 있어요." 그는 마음의 빛이 꺼지기 시작했는데도 기쁨에 젖어 말했다. "오, 사일러스, 당신도 이걸 볼 수 있으면 얼마나 좋을까요! 사람들은 이 일로 나를 기억해 주겠죠?"

나는 그의 손을 강하게 움켜쥐었다. "굉장히 긴 세월 동안 그럴 겁니다."

"기뻐요."

"나도 기뻐요, 레이몽."

나는 마지막 순간까지 그의 곁에 머물렀다. 좋은 의사라면 응당 그래야 할 일이었다. 나는 모든 것이 끝날 때까지 그의 곁에 남았고, 생체인식의 원격측정을 통해 레이몽 뒤팽이 모든 수학자를 기다리는 황금빛 수면에 들었다는 사실을 확인했다.

나는 나쁜 의사가 아니었다.

그 후, 나는 내려야 할 마지막 결정이 남았다는 사실을 깨달았다. 내 안의 뼈와 관련 있는 일이었다. 나는 우주복을 데메테르호에 되돌려 놓을 수도 있었다. 혹은 우주복의 통제권을 포기한 후, 렌카 프론델을 평화롭게 둔 채 아마 그녀는 이름도 모를 이상한 젊은이와 조용히 우정을 나누도록 할 수도 있었다. 뒤팽은 외로움에 대해, 프론델은 우리가 그녀의 잔해로 한 일에 대해 더 이상 신경 쓰지 않았다. 하지만 내가 옳은 일을, 배려심 있는 일을, 인간다운 일을 했다는 사실은 내게 굉장히 중요했다.

사실, 이는 절대로 내가 결정한 일이 아니었다.

33

 나는 안내를 받은 대로 플리머스에 있는, 위쪽으로 높고 구불구불하게 뻗은 길을 따라갔다. 등 뒤로 바다가 보였다. 목적지까지 반쯤 남았을 때, 나는 입고 있던 옷과 짊어진 소지품 탓에 땀을 흘리며, 마차를 부르지 않을 정도로 인색하게 굴었던 것을 후회하기 시작했다. 하지만 이제부터 시골 마을 의사라는 겸손한 역할을 수행하며 소박하게 살게 되리라 생각했기 때문에, 가능한 한 빨리 새로운 환경에 적응하는 일이 최선이라고 생각했다.

 태양이 목덜미의 피부를 찔러대며, 바다 위에 있던 시절에 진작 붉은 가죽처럼 변해버리지 않았던 부위를 정확히 찾아냈다. 머리를 덮고 있던 모자를 벗어 부채질을 했다. 그러면서 잘못된 방향으로 왔다는 결론을 내렸다. 안내받은 길은 굉장히 단순한 경로였음에도 불구하고, 항구에서 이어지는 구불구불한 뒷골목 어딘가에서 잘못된 방향으로 틀어버린 것이었다.

 하지만 그 순간 그 시골집이 내 앞에 모습을 드러냈다. 참나무에 둘러싸여 있던 탓에, 내가 지독한 절망에 빠지기 직전까지 시야에 들어오지 않았던 것이다. 나는 올바른 길을 가고 있다는 사실을 어떻게 의심할 수 있었는지 자문하며, 내 어리석음에 미소를 지었다. 그 시골집은 동화책에 실린 삽화처럼 모습을 드러냈고, 나는 비틀거리며 한 걸음씩 내디딜 때마다, 혹시 완벽과는 거리가 먼 부분이 있지는 않을까, 내 요구에 적합하지 않은 부분이 드러나지 않을까 하는 생각을 떨칠 수 없었다. 나는 그 집이 내게 안성맞춤이며, 앞으로 내 환자가 될 사람들의 집에서 너무 멀리 떨어져 있지 않다는 말을 들었다. 견고하게 지어졌으며, 훌륭하게 수리됐다는 말도 들었다. 영국해협을 돌아볼 수 있는 지극히 만족스러운 전망을 갖췄다는 말도 들었다. 하지만 회의적인 성향을 타고난 탓에, 그 집이 한두 가지 면에서 기대에 미치지 못하거나, 지금까지 생각하지 못했던 예상 밖의 단점이 드러나 내 바람과 어긋날 것이라고 생각했다. 그 앞을 가로막은 흰색으로 페인트칠한 울타리와 정문, 그리고 인동덩굴과 담쟁이덩굴이 무성하게 자란(지나칠 정도는 아니었다) 담벼락에 가까이 다가가자, 집의 세부적이거나 전체적인 모습에서는 내 직접적이고 절대적인 취향에 부합하지 않는 부분은 찾아볼 수 없었고, 이곳에서 미래를 보낸다는 긍정적인 계획에서 모순되는 점 역시 발견되지 않았다.

"이곳에서 가정을 꾸릴 수 있어." 나는 땀범벅이 된 채로 활짝 웃었다. "이게 내가 바랐던 전부야. 이런 집을 발견하게 되다니, 얼마나 운이 좋은 거야, 코드?"

하지만 이런 기쁜 감정에 죄책감이 살짝 스며들었다. 내 행운은 다른 사람의 나쁜 상황을 대가로 얻었기 때문이다. 나는 아직 집 안에 발을 들여놓지도 않았지만, 내부 역시 바깥만큼이나 매력적일 것이라고 본능적으로 확신했다. 그 어떤 것에도 흠을 잡을 수 없을 터였다. 플리머스 같은 훌륭한 마을에 당당하게 자리 잡은 이 매력적인 거주지에 살면서, 궁핍하거나 비극적인 상황에 내몰리지 않는 한 이 집을 팔겠다고 동의할 사람은 한 명도 없을 것이었다. 내 행복은 다른 사람의 고통을 뒤로하며 얻어냈고(그럼에도 여전히 행복했다), 마치 내 심정에 공감하듯 태양이 하늘의 몇 안 되는 구름 뒤로 서서히 기울며 내 마음에 한 줄기 서늘한 기운을 드리웠다.

정원 문을 열었다. 현 집주인이 집에서 나를 기다리고 있을 것이라고 들었기 때문이다.

"사일러스 코드 박사님인가요?"

그녀는 이미 문 앞에 서있었고, 그 너머로 응접실의 기분 좋은 어둠을 배경으로 노란색 환영 같은 것이 보였다. 그 어둠은 부정적인 기운을 풍기지 않았을 뿐만 아니라, 여름에는 반가운 그늘이 되고, 겨울에는 가정적인 따스함을 전하는 것이었다. 그리고 한 계절에 쾌적한 집은 다른 계절에도 쾌적한 법이었다. 물론 환자가 방문할 때를 제외하면 나 혼자 지내게 될 테지만, 적어도 내가 편안하다고 느끼는 시골집에서 홀로 지내는 것이었다. 나는 데메테르호에서 일하면서 어쩔 수 없이 겪어야 했던 고생 탓에, 편안함과 그 부재의 개념을 잘 알았다.

"안녕하십니까, 부인." 나는 이렇게 말하며 머리에 쓴 모자를 다시 들어 올리려는 시늉을 하며 모자 끝을 살짝 치켜들었다. "방문을 허락해 주셔서 굉장히 감사합니다."

"항해에서 돌아오신 것 같은데요?"

"그렇습니다." 나는 항구에서부터 힘겹게 들고 온 상자들 중 하나를 들어 올렸다. "제가 주소를 알게 되면 사람들이 마차로 다른 물건들을 날라주겠지만, 나무 아래에서 잠을 자야 한다고 해도 일기장 없이는 지낼 수 없어서 말입니다."

"그렇게 되지 않기를 바라요." 그녀는 대낮의 햇빛 속으로 걸음을 옮겼다. 태양이 다시 구름 사이로 모습을 드러내 그녀를 비추자, 그녀의 모습이 한층 더 아름다워지는 듯했다. 내 눈에 스머든 땀 때문이었을 테지만, 그녀는 마치 금을 깎아내 만든 것처럼 환하게 빛났다. "당신의 항해는 성공적이었다고 믿어도 되겠죠?"

나는 겸손하고 부끄러워하는 듯 보이기를 바라며 미소를 지었다. "내가 조금이라도 도움이 됐기를 바랍니다."

"직업이 뭔가요?"

"5등급 슬루프 데메테르호의 보조의사였습니다. 그리 대단치 못한 직업이지만, 결코 책임이 가볍지는 않았습니다."

"사람들이 그러던데, 당신은 이제 육지에서의 의사 생활을 위해 바다 생활을 그만둘 건가요?"

"그럴 생각입니다, 부인."

"내 이름은 코실이에요. 그렇게 불러도 되고, 원한다면 에이다라고 불러도 좋아요. 시간이 지나면 에이다 쪽을 더 좋아하게 될 것 같은데요."

"시간이 지나면?" 나는 당황스럽고 어리둥절한 채 물었다.

"실망시켜서 미안해요, 코드 박사님. 사일러스라고 불러도 될까요?"

"그렇게 부르시죠." 나는 미심쩍은 심정으로 대답했다. 내 안에서 끔찍한 불안감이 솟구쳤다. 이 꿈은 등장하자마자 강탈당하기 직전이었다.

"나는 남편을 잃었어요, 사일러스. 금전적으로 위기에 몰렸다고 생각해서 집을 비울 준비를 한 거죠. 하지만 내가 너무 성급했어요."

"성급했다고요?"

"먼 친척으로부터 돈을 받을 수 있게 됐어요. 상당한 액수죠. 이제 나는 독립적인 생계 수단이 있는 여자라, 더 이상 억지로 힐톱 코티지를 팔고 싶지 않아요. 나는 떠나지 않을 거예요."

나는 다시 모자를 살짝 들어 올리며, 실망감이 내 얼굴에 너무 노골적으로 드러나기 전에 떠날 준비를 했다. 내가 에이다 코실이 경험한 근사한 행운의 역전을 조금이라도 망치기를 바라지 않았다. 그녀의 시골집을 다시 볼 수 없을지도 모른다는, 그녀의 아름다움을 다시는 바라볼 수 없을지도 모른다는 슬픔 역시 드러나지 않기를 바랐다.

"에이다, 당신이 남은 여생 동안 이 집에서 즐거운 시간을 보낼 수 있게 돼 기쁩니다."

"당신은 이사를 해서 나와 함께 살아야 해요."

나는 잘못 들었는지 고심했다. 말도 안 되는 내용처럼 들렸기 때문이다. "내가… 당신과 함께 살아야 한다고요?"

그녀는 날카롭게 물었다. "당신은 의료 행위를 할 수 있는 거주지가 필요할 텐데요?"

"어… 맞습니다."

"마을에서 걸어오는 게 크게 불편하지는 않았나요?"

"더할 나위 없이 좋았습니다."

"그렇다면 나와 함께 사는 게 소름 끼칠 정도로 싫다는 거예요?"

"그… 그렇지 않습니다. 하지만 그런 방식은 다소… 전통에 어긋나는 것 같군요."

"그렇다면 우리는 그런 전통에 얽매이지 않기를 선택해야겠죠." 그녀는 여전히 허공에 머물러있는 내 손 위로 문을 가리켰다. "안으로 들어와요. 보여줄 게 있어요. 당신은 마음에 들어 할 거예요. 바다가 보이는 곳도 있는데, 좀 실망스럽다고 하는 사람들도 있어요. 바다가 보이기는 하지만 지나칠 정도로 잘 보이지는 않는다고 하면서 말이죠." 그러다가 그녀는 내가 혼란스러워하는 모습을 알아차렸다. 나는 세상이 내게 무슨 장난을 치고 있으며, 이내 악의적인 조롱의 중심에 놓이게 되리라는 감정에 빠져있었다. 그러자 그녀가 참을성 없이 손짓했다. 그 손은 아름다웠고, 나는 곧 그 손을 만질 수 있을지 궁금했다. "이쪽이에요, 사일러스. 우리에게는 시간이 있어요. 꽤 많은 시간이지만, 우리가 바라는 만큼은 아니에요. 그러니 남은 시간을 최대한 활용해야 해요."

나는 가능한 한 오랫동안 그 행복이 주는 황홀함에 머무르기를 바라며 잠시 머뭇거렸다. 그런 다음 에이다 코실을 따라 힐톱 코티지 안으로 들어갔다.

해설

얼음과 해골의 퍼즐

심완선(SF 평론가)

1. 여기에 뭔가 있어

《대전환》에는 '뭔가 있어', '뭔가 잘못됐어'라는 중얼거림이 거듭 등장한다. 이는 기이한 선율처럼 울리며 불안한 분위기를 고조한다. 창작물에서 '뭔가 있다'는 말은 미지의 무엇이 정말로 입장하리라고 예고하는 입장곡으로 쓰인다. 무엇이 있다는 사실 자체는 이상하지 않다. 문제는 '없어야 하는 것'이 존재한다는 점이다. 제자리를 벗어난 물건, 당혹스러운 우연의 일치, 암시적으로 강조되는 단어 등은 모두 '뭔가'의 존재를 시사한다. 이런 단서는 사냥감을 꾀는 미끼처럼 미심쩍고, 범인이 도망치다 남긴 증거물처럼 시선을 끈다. 단서를 쫓아가면 진상을 밝힐 수 있을지도 모른다. 허나 아무것도 밝히지 못한 채 자신의 무력함과 무지만을 자각하게 될지도 모른다. 작중 인물들은 한낮의 빛 아래서도 자신이 꿰뚫어 보지 못하는 어둑한 영역을 감지한다. '뭔가'의 정체는 쉬이 드러나지 않는다. 마땅한 이름조차 모를 그것은 형체가 불명확하고, 그렇기에 불길하다. 그래도 '없어야 하는데 있다'는 역설을 해결하고 싶다면, 오리무중 속으로 나아가야 한다. 작중 에이다 코실이 사일러스 코드에게 말했듯, "그 과정이 아무리 길고 답답할지라도"(335쪽).

그런데 '뭔가'를 둘러싼 기나긴 이야기야말로 우리가 소설에 기대하는 점이다. 답이 금방 나오는 수수께끼는 시시하다. 역설은 말이 되지 않아 보이기에 흥미롭다. 마술은 트릭이 노출되기 전까지가 가장 놀랍다. 괴물은 정체가 판명된 후에는 괴물怪物의 성격을 잃는다. 기실 해답보다는 불명료하고 불확정적인 그림자야말로 재미가 태어나는 부분이다. 소설은 '뭔가'의 주변을 감질나게 맴돌며 독자를 유인한다. 등장인물이 '없다'와 '있다' 사이의 균열을 탐사하는 동안 독자도 모종의 역설적인 심정을 경험한다. 뭐가 뭔지 알려줬으면 싶은데, 알려주지 않았으면 싶기도 한 마음이다. 작중 레이몽 뒤팽은 젊은 수학 천재로, 열병에 걸린 사람처럼 침식을 잊고 문제 풀이에 몰두한다. "그가 풀지 않고는 못 배길 수학적 수수께끼"(344쪽)를 감지했기 때문이다. 마찬가지로 사일러스는 코실에게서 눈을 떼기 어려워한다. 그에게 코실은 "수수께끼처럼 짜증 나는 존재"로 "굉장히 매혹적"이다(123쪽). 소설《대전환》은 다소 성가시고 까다로운 수수께끼다. 각 장면에 숨겨진 단서, 또는 퍼즐 조각을 무사히 습득하더라도 한동안은 대체 어디에 연결하면 되는지 알 수가 없다. 소설이 그리려는 전체 이야기를 가늠하기까지는 꽤 기다려야 한다. 하지만 더디게 느껴지는 초반부를 지나면 급경사의 긴 미끄럼틀이 나타난다. 덕분에《대전환》을 읽는 동안 나는 끝까지 읽지 않고는 못 배길 수수께끼를 받은 기분이었다. 퍼즐을 완성하기 위해 나아가면서도 미완성 상태를 최대한 오래 즐기려고 뭉그적거렸다. 쉽게 풀리지 않는 것이 짜증 나도록 매혹적이다.

앎과 모름, 지와 미지가 벌이는 대전은 또한 SF 소설의 유구한 볼거리다. 18세기부터 시작하는 사일러스 코드의 이야기는 언뜻 보기에도 SF 장르 초기의 여러 소설을 연상시킨다. 메리 셸리의《프랑켄슈타인》에서 프랑켄슈타인 박사가 탄 배는 괴물을 찾아 남극의 얼음 사이로 전진한다. 에드거 앨런 포가 쓴《낸터킷의 아서 고든 핌 이야기》의 주인공은 남극 대륙을 탐험하는데, 그곳은 사악한 신을 섬기는 식인종이 사는 환상적이면서 공포스러운 세상이다. 쥘 베른은 소설을 흥미롭게 읽은 나머지 스스로 후속작《남극의 비밀》을 썼다. 그리고 지구 공동설을 차용해《지구 속 여행》을 썼는데, 지구 공동설은 지구 내부가 텅 비어있으며 북극과 남극에 존재하는 구멍을 통해 지구 내부로 진입할 수 있다고 주장했다. 비록 작중에서는 아이슬란드의 분화구를 사용하지만, 남극의 구멍에 관심을 둔 사람은 적지 않았다. 게다가 남극의 얼음 아래에는 외계 생명체가 잠들어 있다. H. P. 러브크래프트의〈광기의 산맥〉속 탐험대는 남극에서 산맥을 탐사하다가 불가해한 시체와 고대문명의 유적을 발견한다. 동굴에 들어갔던 사람들은 화자를 제외하면 다들 살해당하거나 정신을 놔버린다. 그들은 얼음에서 자신이 모르는 세상의 조각을 본다.

이에 비해 최근작에 해당하는《대전환》은 남극이 아니라 목성의 위성 유로파의 얼음 속으로 향한다. 그럼에도 과거의 선구자들을 정통으로 계승한다. 과거에 남극이 SF의 무대가 됐던 이유는 그런 장소여야 '뭔가' 존재할 수 있기 때문이었다. 보통의 사람들은 "무지라는 평온한 외딴섬"•

• 《러브크래프트 전집 1》H. P. 러브크래프트, 정진영 옮김, 황금가지, 2009, 135쪽.

에 안주하지만 SF는 미지의 가능성이 살아있는 어두운 시공간을 활용했다. 20세기까지 남극의 얼음은 "끝없는 암흑의 바다"•에 속하는 영역이었다. 현재 유로파의 얼음 바다는 과거의 남극처럼 미지를 간직한 곳이다. 외계 생명체의 증거를 발견할 가능성이 그나마 높은 곳이기도 하다. 이런 모든 것이《대전환》의 얼음에서 노골적으로 중첩된다.

다만《대전환》이 가장 입체적으로 접합하는 소설은 브램 스토커의《드라큘라》다. 드라큘라 백작을 영국으로 운반했던 배의 이름도 데메테르였다. 형태가 스쿠너 범선이라는 점도《대전환》의 18세기 데메테르호와 동일하다.《드라큘라》속 데메테르호 역시 선장을 포함해 여덟 명이라는 최소한의 인원으로 항해했고, 낯설고 무자비한 괴물을 만났다. 유로파에 잠들어 있던 금속 식물이 정보를 빨아들이며 승무원들을 삼켰다면, 화물 속에 잠들어 있던 드라큘라는 승무원들의 피와 생기를 먹었다. 마지막에 배에 남는 사람은 하나뿐이다. 그는 배에 자신을 단단히 묶은 채로 죽었다. 이에 더해 항해일지의 역할도 유사하다.《대전환》에서는 난파선이 된 유로파호에서 나온 항해일지가 중요한 정보를 전달한다.《드라큘라》에서는 데메테르호가 난파한 채로 발견되며, 사람들은 항해일지를 통해 그간의 사정을 짐작한다. 그리고《대전환》은 영리하게도 고대 신화의 유로파가 한때 데메테르 여신과 동일하게 간주됐다는 사실을 언급한다. 덧붙여 에이다 코실의 이름이 사일러스 코드의 애너그램이라는 점도 암시적이다. 이 둘 역시 별개의 인물로 등장하지만 동일한 개체다. 이렇듯 말

• 앞의 책, 135쪽.

장난 같은 의미심장한 유사성을 통해서 목성의 위성 유로파, 난파선이 된 유로파호, 이를 발견한 데메테르호, 사일러스 코드는 끈끈하게 연결된다.

나아가 《드라큘라》에서 '렌필드'는 드라큘라에게 물렸지만 죽지는 않은 피해자로, 드라큘라와 초자연적으로 연결된다. 그는 드라큘라의 내면에 접속한다. 렌필드를 치료하는 정신과 의사는 그를 이용해 드라큘라를 없앨 방안을 찾는다. 《대전환》에서는 '렌카 프론델'이 **구조물** 내부에서 발견된다. 의사인 사일러스는 렌카의 우주복으로 **구조물** 내부에 진입해 승무원들을 구할 방법을 찾는다. 더군다나 그 와중에 코실과 사일러스는 정신과 의사에 관해 짧은 대화를 나눈다. 의미심장한 언급이다. 《대전환》은 이렇듯 작품 내에서는 물론 외부로 향하는 링크를 겹겹이 배치한다. 그리하여 텍스트를 해석할 여지를 풍부하게 부풀린다. 사일러스가 진실의 조각을 맞추는 동안, 독자는 자신의 내면에서 형성되는 부정형의 퍼즐을 맞추는 것이다.

2. 해골과 데메테르

SF 소설은 현실이 아니기에 때로는 현실보다 앞선다. 쥘 베른이 《해저 2만 리》로 설정했던 잠수함이라는 개념은 실제 잠수함의 발명에 지대한 영향을 끼쳤다. 《대전환》에서 사일러스가 쓰는 SF 소설은 그가 현실이라고 시뮬레이션하는 시대보다 미래의 이야기다. 그의 소설을 접한 18세기의 데메테르호 승무원은 "나는 아직도 잠수함이 무슨 뜻인지 이해하지 못하겠던데요"(144쪽)라고 말한다. 증기선과 우주선도 마찬가지로 그저 공상으로 취급된다. 그런데 시뮬레이션의 시대가 19세기, 20세기, 미래로 바뀌면서 데메테르호가 바로 증기선, 우주선으로 변화한다. 유로파의 얼음 속에 있는 실제 데메테르호에 가까워지는 것이다. 사일러스가 창작하는 소설은 그가 실제 데메테르호를 인식하는 시점보다 실제 상황에 한발 빨리 도달한다. SF 소설이라서 가능한 일이다. SF는 현재의 현실에 제약되지 않는다. 현실 외에도 주변 바다에 흐릿하게 보이는 가능성을 적극적으로 활용한다. 사일러스의 소설은 일부는 현실화되지만 완전히 구현되지는 않는다. 이는 "SF는 불가능하지도, 가능하지도 않아야 한다"•는 점을 적확하게 보여준다.

불가능과 가능, 현실과 비현실의 역설은《대전환》에서 큰 비중을 차지한다. 사일러스는 어느 시뮬레이션에서든 똑같은 악몽을 꾼다. 뼈와 피부만 남아 바싹 마른 자신의 얼굴을 목도하는 꿈이다. 악몽 속에서 그는 살아있는 인간이 아니다. 악몽에서 깨어나면 그는 생생하게 살아있다. 하지만 나중에 밝혀지듯 사일러스는 인공지능이므로 살아있다고 할 수 없다. 사실 바싹 마른 인간 시체의 얼굴조차 그의 얼굴이 아니다. 사일러스의 악몽은 현실과 어긋난다. 그러나 시체의 악몽은 사일러스가 가장 강력히 부인하고 있는 사실을 들이댄다는 점에서 지극히 현실적이다. 현실도 비현실도 아닌 중첩된 상태를 유지하는 것이다. 말실수가 사람의 무의식을 드러내듯이 사일러스의 창작물은 그의 의식적인 거부를 뚫고 진실을 반영한다. SF 소설, 반복되는 악몽, 현실을 무마하는 시뮬레이션 속에서도 유사하게 발생하는 사건들, 심지어 상황을 자각하라고 경고하는 에이

• 《SF는 어떻게 여자들의 놀이터가 되었나》조애나 러스, 나현영 옮김, 포도밭출판사, 2020. 71쪽.

다 코실의 존재까지. 사일러스에게서 새어 나왔지만 어떤 면에서는 독자적으로 움직이는 모든 이야기가 도무지 부정할 수 없는 '참된' 역설처럼 진실을 향하도록 끈질기게 유인한다.

 작중 해골은 특히 중첩적으로 쓰인다. 생명과 죽음이 해골 주변에서 아이러니하게 교차한다. 회화에서 해골은 죽음을 경고한다. 하지만 작중 라모스의 두개골을 뚫는 수술은 의료 행위였다. 수술 때 라모스의 두개골 아래에 삽입한 보철물은 승무원들을 살리는 데 중요하게 작용한다. 또한 초과학 시대에 등장하는 두뇌증강기는 유로파에 있는 현실에서는 뒤팽의 두뇌를 깨우는 방법을 의미한다. 뒤팽을 각성시키면, 그가 계산에 성공한다면 승무원들을 구출할 수 있다. 다만 그러면 뒤팽은 죽을 것이다. 사일러스는 의사로서 사람들을 살리려 한다. 그래서 누가 죽을지 결정해야 한다. 또한 사일러스 자신의 삶을 포기해야 한다. 작중 뼈, 두개골, 해골, 시체에 관한 언급은 모호하지만 강력한 암시를 구성한다.

 또한 데메테르호는《드라큘라》는 물론 신화와 오래된 관습으로 가지를 뻗으며 독자의 퍼즐이 입체적으로 부풀어 오르게 만든다. 신화에서 데메테르는 수확의 여신인 한편으로 저승의 여신 페르세포네의 어머니다. 페르세포네가 저승으로 납치됐을 때 데메테르는 슬픔에 잠겼고, 그로 인해 수확과 성장의 흐름이 멈추자 지상의 작물은 시들고 마르며 죽었다. 여기에는 계절이 순환하는 법칙, 혹은 생명과 죽음의 법칙이 들어있다. 데메테르의 이름을 이어받은《드라큘라》의 데메테르호는 생명을 수확하는 괴물을 깨웠다.《대전환》의 데메테르호는 흡혈귀처럼 생명체에 구멍을 뚫고 정보를 빨아들이는 괴물을 만났다. 데메테르호의 의사 사일러스는 사람을 살릴 능력이 있다. 정작 그 자신은 생명 없는 비인간이다.

장소로서 데메테르호는 "속삭임으로 가득한 꿈 같은 곳"이다. 사일러스(와 코실)는 납치된 승무원들의 잠재의식에 목소리로 접근한다. 라모스는 부상을 당해 앓는 동안 잠꼬대로 진실을 말한다. 코실은 사일러스에게 의미심장한 경고를 남긴다. 그 소리는 속삭임처럼, 꿈처럼 비밀스럽고 불분명하다. 꿈은 SF와 마찬가지로 가능성의 주변부에 위치한다. 불명확한 형태로 현실감을 교란한다는 점도 유사하다. 몽상과 공상은 어스름한 영역의 안내자다. 어느 시인의 표현대로 꿈의 떨리는 빛은 "폭풍과 밤을 통과하며" "외로운 영혼을 인도"•하는 신호를 보낸다. 흥미롭게도 《대전환》은 별빛과 햇빛의 노란색을 표식으로 사용한다. 파랗게 번쩍이는 번개가 죽음을 둘러싼 복잡한 문제를 상기시킨다면, 노란색은 구조 신호로 쓰인다. 코실이 들었던 노란색 깃털, 노란색 메모지와 우주복, 수중 밀폐실을 가리키는 호박색 표식이 대표적이다. 안전지대 역시 노란색이다. 뒤팽을 맞이하는 황금빛 수면, 금을 깎은 듯이 환하게 빛나는 에이다 코실의 얼굴은 이제 안심하고 쉬어도 좋다는 듯이 부드럽게 나타난다.

3. 대전환의 의미

소설의 제목인 'eversion'은 다소 전문화된 용어로, 안과 밖을 뒤집는 일을 의미한다. 뒤팽이 매달리는 '구면 전환' 문제는 수학적으로 3차원 공간에서 구면의 내부와 외부를 온전히 뒤바꾸는 방법에 관한 문제다. 만

• 《꿈속의 꿈》에드거 앨런 포, 공진호 옮김, 황인찬 해설, 아티초크, 2023, 30쪽.

일 구의 전환을 계산할 수 있다면 이를 **구조물**에 대응시킬 수 있다. **구조물**은 어떤 이유에서인지 전환하다가 중도에 정지한 상태다. 이도 저도 아닌 형상에다, 표면이 거친 부분과 매끄러운 부분으로 뒤섞여 있다. 그래서 더욱 불확정적이며 이해하기 어렵다. '구의 전환' 계산은 **구조물**을 수학적으로 규명하는 방법이다.

유로파에는 실제로 **구조물**처럼 표면이 혼란스럽게 뒤섞인 곳이 있다. 능선, 균열, 평원 등이 섞여있는 혼돈 지형이다. 특히 유로파의 혼돈 지형은 예전에 생겨난 매끄러운 것과 비교적 새로이 더해진 거친 것으로 나뉜다고 한다. **구조물**은 유로파가 품은 미지의 성격을 극대화한다. 현실과 시뮬레이션 모두에서 **구조물**은 인간의 현재 지식으로는 설명할 수 없는 방식으로 움직인다. **구조물** 내부는 이질적이고 불가해한 형태로 구성돼 있으며, 인간 입장에서는 정말로 외계의 영역으로 보인다. 유로파의 얼음층 안으로 들어가 **구조물** 내부에 이르러 마주하는 풍경이 외계라는 점은 안팎이 뒤바뀌는 또 하나의 전환이다.

구조물은 생명체와 기계, 식물과 동물의 구분도 건드린다. "금속 피부에 난 구멍"에서 게워내듯 나온 "금속 잎사귀 덩굴"(249쪽)은 물리적으로 안에서 튀어나올 뿐만 아니라 이분법적 범주에서도 벗어난다. 그것은 기계인 생명체이며 동물처럼 움직이는 식물이다. 식물이 지니는 원초적인 생명력에 더해 동물의 이동성과 활력을 갖춘 무시무시한 존재다. 과거 H. G. 웰즈의 《우주 전쟁》에서 지구를 침공한 화성인은 신체 구조상 소화 기관이 없고 식물처럼 액체를 섭취했다. 그들은 인간을 마구잡이로 집어다 빨아먹었다. 이 소설을 이어받은 존 윈덤의 《트리피드의 날》은 화성인의 기계처럼 세 개의 다리로 움직이는 식물을 설정한다. 그것은 동물처럼 걷고, 고기를 먹으며, 심지어 스스로 먹잇감을 사냥한다. 금속 덩굴은 전통적인 '괴물 식물'의 지위를 이어받는다. 괴물 식물 앞에서 인간의 위치는 살해하는 쪽에서 살해당하는 쪽으로 전환된다. 작중 토폴스키는 남극점을 '정복'하듯 미지를 발 아래 두는 위대한 업적을 이루기를 꿈꾸며 원정을 기획했다. 하지만 그를 비롯한 승무원들은 **구조물**에 삼켜진다. 잡아먹히는 쪽으로, 다른 생명체의 내장으로 끌려가는 것이다.

그리고 시공간 측면에서도 전환이 일어난다. 사일러스가 만드는 시뮬레이션은 물론 시공간이 뒤죽박죽이다. 이에 더해 토폴스키가 겪은 전환을 살펴볼 수 있다. 토폴스키는 과거 병에 시달리는 동안 시간도 공간도 희미해지는 경험을 했다. 그러다 과거, 현재, 미래가 순서대로 이어지는 일상적인 시간선 바깥으로 이탈했다. 그가 데메테르호를 움직이는 목적도 궁극적으로는 그때의 이탈을 다시 겪기 위해서다. 그는 도중에 되돌려진 전환 과정을 끝마치고 싶어 한다. 인간이 속한 표면을 벗어나 칠흑 같은 바다 너머로 향하기를 원한다. 하지만 원정은 실패한다. 구출된 승무원들은 원정의 목적과는 반대로 유로파의 바다를 건너 데메테르호로 귀환한다. 어원상 데메테르는 마더 어스$^{Mother Earth}$를 뜻한다. 그들은 지구의 이름을 지닌 곳으로 돌아가는 셈이다.

데메테르호의 프로그래밍 코드인 사일러스는 바닷속에 남는다. 그는 모든 일을 마무리한 다음 시뮬레이션 속으로 들어간다. 다시 말해 자신에게 남은 시간을 시뮬레이션 속의 사일러스에게 선물한다. 18세기의 사일러스는 항해가 빨리 끝나서 집으로 돌아갈 수 있기를 희망하고 있었다. 새로 생성된 18세기에서 그는 자신이 꿈꾸던 그대로의 집을 발견한다. 그곳에는 환하게 웃는 에이다가 살고 있다. 사일러스 의사와 에이다의 만남은 완벽하게 아름다운 꿈처럼 보인다. 그의 퍼즐도 마침내 완성된 것처럼 보인다. 하지만 사일러스의 고향으로 나오는 플리머스에 대해 말해두고 싶다. 플리머스는 영국의 대표적인 항구도시로, 메이플라워호의 경우처럼 역사적인 항해가 시작된 장소다. 종교의 자유를 찾아 영국 밖으로 나가기를 갈망했던 사람들은 메이플라워호를 타고 대서양을 건넜다. 그리고 당시에는 '신대륙'으로 불렸던 아메리카를 자신들의 새로운 집으로 삼았다. 그렇다면 플리머스에서 끝을 맺는《대전환》에도 또 다른 전환이 시작될 가능성이 남아있지 않을까. 소설 바깥으로 나온 후에도 여운이 꿈처럼 어른거렸다. 황금빛의 잔상이 쉬이 사라지지 않았다.

옮긴이 **이동윤**

서울대학교에서 사회학을 전공했다. 옮긴 책으로 피터 스완슨의 《살려 마땅한 사람들》, 존 딕슨 카의 《마녀의 은신처》, 《세 개의 관》, 《황제의 코담뱃갑》, 피터 러브시의 《밀랍 인형》, 《가짜 경감 듀》, 루이즈 페니의 《치명적인 은총》 등이 있다.

대전환

첫판 1쇄 펴낸날 2025년 7월 28일
2쇄 펴낸날 2025년 8월 22일

지은이 앨러스테어 레이놀즈
옮긴이 이동윤
발행인 조한나
책임편집 함초원
편집기획 김교석 문해림 김유진 김하영 박혜인 조정현
디자인 한승연 성윤정
마케팅 문창운 백윤진 김민영
회계 양여진 김주연

펴낸곳 (주)도서출판 푸른숲
출판등록 2003년 12월 17일 제2003-000032호
주소 서울특별시 마포구 토정로 35-1 2층, 우편번호 04083
전화 02)6392-7871, 2(마케팅부), 02)6392-7873(편집부)
팩스 02)6392-7875
홈페이지 www.prunsoop.co.kr
페이스북 www.facebook.com/prunsoop 인스타그램 @prunsoop

ⓒ푸른숲, 2025
ISBN 979-11-7254-065-4(03840)

* 잘못된 책은 구입하신 서점에서 바꾸어 드립니다.
* 본서의 반품 기한은 2030년 8월 31일까지입니다.